당신은 언제 행복하실 거예요?
저는 지금 당장 행복하려구요.

노희경 2022.6

你何時要開始幸福呢?
從此時此刻就感受幸福吧。──盧熙京 2022.6

我們的藍調時光
1

Essential YY0931

我們的藍調時光 1

우리들의블루스

作者：盧熙京
譯者：莫莉、黃邦尼
封面設計：張添威
內頁排版：立全排版
責任編輯：詹修蘋
版權負責：陳柏昌
行銷企劃：楊若榆、黃蕾玲、陳彥廷
副總編輯：梁心愉

發行人：葉美瑤
出版：新經典圖文傳播有限公司
地址：10045臺北市中正區重慶南路一段五七號十一樓之四
電話：886-2-2331-1830　傳真：886-2-2331-1831
讀者服務信箱：thinkingdomtw@gmail.com
臉書專頁：http://www.facebook.com/thinkingdom/

總經銷：高寶書版集團
地址：11493臺北市內湖區洲子街八八號三樓
電話：886-2-2799-2788　傳真：886-2-2799-0909
海外總經銷：時報文化出版企業股份有限公司
地址：桃園市龜山區萬壽路二段三五一號
電話：886-2-2306-6842　傳真　886-2-2304-9301

初版一刷：2022年12月5日
定價：新台幣990元

國家圖書館出版品預行編目(CIP)資料

我們的藍調時光/盧熙京作；莫莉，黃邦尼譯.
-- 初版. -- 臺北市：新經典圖文傳播有限公司，
2022.12
2冊；15.2*22.5公分. -- (Essential；YY0931)
譯自：우리들의블루스
ISBN 978-626-7061-47-3(全套：平裝)

862.55　　　　　　　　　　111018975

盧熙京 著

莫莉、黃邦尼 譯

我們的藍調時光

1

《我們的藍調時光》使我成長了一拃*

　　編寫劇本的同時，其實羞愧難當。我明明不了解濟州方言，卻以濟州島作為故事場景（說來慚愧，劇中的台詞皆由演員們實際學習濟州方言後演出）。我不曾有過墮胎經歷，卻毫不猶豫寫下英珠與阿顯的故事；生活周遭明明隨處可見與朋友出現心結、沒有當下解決就疏離的友情，但我仍推動著美蘭與恩喜這對好姊妹邁向和解，延續珍貴的友情；即便我寫下英玉、定俊、英希的故事，但仍無法真正感同身受身心障礙者與其家庭的傷痛；至於春禧的喪子之痛，我是透過親生母親了解這份傷悲。總之，這些故事對我來說彷彿隔岸觀火般，看在眼裡卻無法伸手觸碰。

　　雖有慚愧，同時也有數十個辯解在我心底騷動。寫電視劇並非個人筆記，編劇只是人生的觀察者。我也曾像漢修，為了家人負債而看他人臉色，像恩喜有過無從實現的愛情；也如英珠與阿顯，在父母的胸口上釘入如手臂粗的鐵釘，因為我的選擇曾引來他人的指指點點。雖不是因為子女，我也曾因為父母，像浩息那樣嘶聲力竭地捶打自己的胸口，與印權一樣，在父母過世後才領悟到應該珍惜。雖沒有與宣亞那樣經歷過憂鬱症，卻陪伴我有恐慌症的家人好幾十年，像東昔那般（我的情況是父親）厭惡生我的人好幾十年。我的母親也像玉冬，在不識字、什麼都不懂的年紀就到別人家幹活，也能單用大醬就煮出一鍋美味難忘的大醬湯。我寫劇本的時候，旁觀、主觀的看法，以及無法釐清解答的各種分歧在腦子裡纏繞，我無法安心入睡，只能不斷寫下又刪除，寫下又刪除，持續這樣反覆的過程，伴隨著羞愧與辯解。時至今日，我撰寫劇本已經三十年左右，卻依舊理不出正確的編

---

* 一拃，大拇指至中指的距離，大約五吋。

劇方式。當必須超越前作的挑戰，如障礙物般在我眼前出現時，那就像12碼罰球的時刻來臨。幸好，最後我還是完成了。若是觀眾能漸漸忘記這部電視劇會更好，因為人們必須接觸新的電視劇，享受不同的快樂，變得更加幸福才行。現在我的休息時間到了，我出版這本劇本書僅是作為紀錄，並不妄想成為雋永長存的書籍。

此外，我有許多需要感謝的人們，以及與其說是傷痛，不如說是寶貴人生經驗的意外與摩擦。厭惡了十幾年的父親啊，若沒有你，我將從哪裡學到厭惡為何物，又從何明瞭厭惡是亟欲和解的另一面。此外，也感謝填滿這套劇本的演員們，以及相信我的金圭泰導演、李東圭代表、張正道製作人、金楊禧、李政木、朴丈赫、金鎮漢、劉英鐘、趙俊赫導播，以及金香淑記者、崔成權音樂導播和每一位辛苦的幕後工作人員。還有與我一同鑽研劇本內容的莉娜、程民、正美、詩英作家，以其對於作家們永遠敞開笑顏的恩英、誠敏、頌依、京禧等諸位製作人。對於上述每一位，我深感抱歉也懷有無盡的感謝。

以前我總是在執筆時才感覺真實活著，現在我也努力在歇息時感受活著的真實感。看著形狀不一的雲朵飄浮於天空，以賞花的心情欣賞年輕人、老人、辛勤上班的人們穿越街道的模樣。我想花上很長的時間發呆，我想伸手觸摸在路旁一點也不顯眼的懸鈴木，輕撫它的腰桿或腳踝，時而仰望，時而依靠。我並非為寫作而生的人，而是為幸福而生的，因此，《我們的藍調時光》使我成長了一拃。

Ⓠ：《我們的藍調時光》的執筆動機為何？

不知不覺中，只專注在兩位主角身上的故事已顯得枯燥乏味。而且，我們每個人都是自己生命的主角，每一位出現的人物，都不想被認作是配角。我以這樣的想法作為本劇的出發點。

Ⓠ：本劇裡15名主角各有各的人生故事，但在劇中也能看到他們彼此互動、影響，建構出獨特的短篇故事。對於這種嶄新的嘗試，您有什麼想法，以及編寫時最費勁之處？

創作者必須隨時創作出新的事物，新的結構、視角、題材等等。我在追求創新的同時，選擇以短篇來演繹。最苦惱的是如何將電視劇共鳴度高的優點，與每集以好奇心開頭的迷你劇優點揉合得恰到好處，這是最大的困難，也是直到最後一刻都無法鬆懈的煩惱。

Ⓠ：劇名取為《我們的藍調時光》是否有特別的意義？

藍調是庶民的音樂。每位平凡人各自帶著的不同故事，我想將這點用一首歌的形式在觀眾眼前上演。

Ⓠ：故事背景為何選在濟州島的五日市集？同時也好奇取材的過程。

有好幾年的時間，每到冬天我會待在濟州島熟人的房子裡專心寫作。那段日子，我每週都會到五日市集裡打轉，徹底迷上了濟州島獨有的魅力。不僅因為當地的迷人風景，更羨慕他們特有的一家親文化（將所有島民皆視為親人），保留住韓國僅存的溫暖情懷。我造訪了數十名海女、船長、魚販，甚至銀行員，更看了數百部由當地電視台製作的市場紀錄片、雜貨貨車紀實，努力了解市場裡人們的動線、語氣、想法和他們心中的悲歡。

Q：很好奇挑選演員的過程。您是從演員身上發現他哪一點適合劇中的角色？合作的過程中是否發現了演員們不一樣的魅力？

這齣劇的演員是只要身為編劇都夢寐以求的陣容，我非常感謝他們答應演出。相信觀眾對於《我們的藍調時光》演員們的演技都抱持高度的認可，因此我思索的只有一件事：比起給予每位演員適合的角色或熟悉的人物設定，我更希望能給予他們過去作品中未曾扮演過的角色。我給演員們這項功課，讓他們去苦惱該如何在觀眾面前展現全新的模樣。雖然他們會經歷不小的苦思，卻也滿足了我的企圖心。

曾一起合作過的韓志旼演員在這齣劇裡的演技更為熟練，更有深度，能讓人感受到不同以往的自信，表現出豐富的一面。尤其是後段英玉的故事，若不是由韓志旼飾演，不會有現在這般呈現。

金惠子、高斗心兩位老師的演繹方式，並非用演技揣摩，而是真實地將內心情感溢於言表，我再次對兩位老師滿懷感激。

首次合作的李秉憲演員，有著讓人目不轉睛的精彩演技。每一場戲、每一幕裡的東昔，皆是那般深沉苛薄，滑稽可笑的同時又能觸動人心。看著最後一場戲裡的他，想必李秉憲演員再演個一百年也不是

問題。

　　原先我對於車勝元演員是否適合我的作品抱持著疑問，然而他卻像是與我合作多次的演員那般，呼應甚好。他不只完美詮釋中年男子的悽慘處境，更演出跨越人生苦難後純真自然的漢修。這個角色非車勝元演員莫屬。

　　申敏兒演員則是讓我與劇組大為驚豔，她的演技何時成長得如此精緻細膩，沉著冷靜又充滿自信。我認為申敏兒演員所詮釋的演技之寬與深，任誰皆無法預測。

　　描述金宇彬演員是最容易的事。雖然我們之中沒有人與他合作過，但只要列出大家對他的認知，就能明白他真實的個性。現在的他從內到外都保持著健康的狀態，我很高興能讓觀眾看見他無盡的魅力。他克服了一段相當艱難的時日，我非常樂見他繼續在螢光幕上發光發熱。

　　嚴正化演員從排戲時已是美蘭的化身。我想她之所以能將美蘭這個角色演得透徹，必定歷經長時間的劇本研究。美蘭與恩喜的單元裡，有一場長達6、7分鐘的戲，她像是從我寫劇本時就在我身邊一般，將編劇所撰寫的情感與氛圍發揮得淋漓盡致，那場戲可謂本劇最大亮點。

　　李姃垠演員是我所見過的演員中最有鬥志並具備熱情的人，也是《我們的藍調時光》中戲份最多的演員，這代表著她是非常可靠的專業演員。漢修與恩喜單元裡，李姃垠演員成功詮釋了中年女子與初戀重逢的悸動，我也祝賀她即將踏入美國好萊塢。

　　能挖掘到崔英俊、朴志煥這兩位專業演員真是太好了。觀眾在觀看他們精彩的演技時，想必會覺得被冷不防打了一記後腦勺，但仍能笑得很開心，也或許會與戲中的他們一同落下熾熱淚滴。這兩位都歷經了許久默默無名、暗自努力的時光，現在已迎向寬廣的演員之路。

盧允瑞、裴賢聖、奇昭侑等人，一看就讓人想露出微笑的新生代演員及兒童演員，或許年紀仍輕，卻完美詮釋英珠、阿顯、恩奇等角色。我非常感謝劇組經由無數次的徵選找到這3位演員。排戲時他們認真聽取每一項建議，並成功體現於表演之中。

　　最後，謝謝飾演恩希的恩惠，她如同她的畫作，獨特又帥氣，珍貴無比，令人嘆為觀止。

活著的我們都要幸福快樂！

這部戲劇獻給所有站在人生盡頭、頂峰,甚至起點的每一個人。
並不是因為有人特別需要這份鼓勵,而是活在此時此刻的我們,
都明瞭生命有時並非只有喜悅的祝福,更多是使人感到無力的重
擔。作者希望能以這個故事替所有生命加油,請盡情地「幸福
吧!」。

醫生宣告罹癌,來日不多、70多歲的玉冬。

青少年時期因母親改嫁造成心理創傷,從初戀開始便不斷遭女人
拒絕,所有家當就是一台載雜貨的貨車,脾氣暴躁,40多歲,單身的
東昔。

守寡的春禧經歷了3次喪子之痛,正面臨小兒子也可能離開自己
的現實。對她來說,長壽猶如一份難以擺脫的罪過,這是70歲出頭春
禧的人生。

一天有20個小時都在剁魚頭、刮內臟,一輩子賺錢照顧家人,
活到近半百才終於揚眉吐氣拚出一片天,但始終單身的恩喜。

受憂鬱症折磨十幾年,咬著牙熬過每一天的宣亞。因為自身的病
症與丈夫離婚,甚至被法院判決喪失兒子的監護權。

自貧苦家庭中長大,兄弟姊妹中唯一考上大學到城市讀書的漢
修,卻淪為領月薪的上班族。女兒夢想成為高爾夫選手,他為了幫女
兒圓夢,四處哈腰為錢奔波,甚至還欺騙年少時的初戀,試圖向她借
錢,是個過著悽慘人生的大雁爸爸*。

喜歡海女生活,看似大膽豪邁的英玉,當喜歡的男人向自己求婚
時,卻無法感到真正的快樂,因為她有一個如瘤般的唐氏症姊姊。

平凡自在,看淡名利,當身邊的人紛紛至首爾追求更高遠的發

---

* 大雁爸爸,意指子女與媽媽出國留學,爸爸獨自留在韓國賺錢養家的說法。

展時，寧願留在濟州島與家人一同生活，個性直爽的船長定俊。唯一的心願是與心愛的女人在濟州美麗的大海邊，共度溫馨甜蜜的新婚生活，但卻連這樣簡單的願望也被拒絕。

雖然是未出生的小孩，但哪有這麼容易就選擇忽視。年輕的兩名高中生即使懼怕未來，仍下定決心生下肚子裡的新生命。然而高中生要怎麼扛起扶養小孩的責任？英玉與阿顯飽受同學與旁人的歧視目光，甚至連他們的父親也無法諒解。

忍受別人指責自己不會教導小孩的言語就算了，竟然被自己的孩子當面辱罵：「爸爸你為我做過什麼？從現在起請不要干涉我的人生！」兩位單親爸爸房浩息與鄭印權的人生就此徹底崩毀。

被父母、兄弟姊妹、丈夫、子女拋棄，無處可去後，懷抱著最後一絲希望來到最好的朋友（以美蘭的立場）恩喜身邊的美蘭。但她在這裡沒有得到任何慰藉，反而被說成是自私自利的女人。

還有，懵懵懂懂地離開父母，來到濟洲島上陌生的奶奶家，甚至還離家出走的7歲恩奇。

作者希望透過這齣戲劇，提醒讀者別被命運擊潰，一切尚未來到盡頭，我們仍實實在在地活著，每個人都要幸福，每個人都值得被鼓勵。

溫暖的濟州、富有生命力的濟州五日市集，14名主角在冰冷嚴酷的大海前，演繹出各自酸甜苦澀的人生故事。在有限的篇幅內，他們的人生有抒情有哀戚，有時歡樂有時痛快，以鮮明的節奏呈現在觀眾眼前，猶如接連看了好幾部電影，精彩有趣，感動連連，讓人回味無窮。

東昔與宣亞

那個丫頭踐踏他的感情，讓他過得悲哀又悽慘，甚至不是一次而是兩次。現在那丫頭過得比他還慘，再度出現在濟州大海旁，他要給她好看嗎？

李東昔（男，40歲出頭，雜貨貨車老闆）

誕生於濟州島，有家不回，放著家中的老母親不管，仰賴貨車為生。車上有蔬菜、衣物、五金雜貨，往來濟州各小島做生意，吃飯睡覺都在貨車上，與村裡的老奶奶們和國小同學恩喜、印權等人開著玩笑過生活，平凡的生活。有點粗魯，有時也很牛脾氣，人家總說他是天生粗獷之人，但他們又怎麼知道，東昔也想如一般人心平氣和地待人處事，也想每天快快樂樂，爽朗地與街坊鄰居往來，更想幸福地活著。姊姊因為經濟因素成為海女，在19歲的青春年華就因捕撈鮑魚溺死在海中（姊姊的遺體被海浪沖上岸時，手裡還握著腦袋般大小的鮑魚，就是那該死的鮑魚殺死了姊姊，因此東昔發誓從此不吃鮑魚）。身為船長的父親被巨浪席捲而去、死在汪洋時，母親玉冬像是等待已久，得知父親身亡後隨即改嫁父親的朋友善周，還吩咐東昔不能叫她一聲媽，要改叫阿姨，還被那些叫他乞丐的同父異母兄弟（一名同年，一名大他1歲）打得快死掉。至於那個他珍惜無比的初戀女人——那丫頭在18歲和32歲時，狠狠甩了東昔兩次……如果沒有這些悲慘的過去，他現在會是什麼模樣？（恩喜、印權、浩息如果知道

他繼宣亞之後又跟兩個女人交往過，一定又會說他在找藉口，反正就是這樣。）

　　東昔初次遇見宣亞時，她15歲（國中二年級），他18歲（高中二年級）。他因為姊姊死亡與母親改嫁，內心受創無法排解，便將課業拋在腦後，每天流連於村子內的遊樂場。某天，宣亞出現在遊樂場，她是從首爾來的小孩，因為父親事業失敗，寄住在前面村子裡的叔叔家。她的皮膚如浪花般白皙，舉手投足好似散發著花香，這樣的女孩怎麼會出現在村子裡的娛樂場所？同學滿是好奇地湊近宣亞，東昔儘管也抱著好奇之心，卻不動聲色。某天，東昔一樣和兄弟們打得你死我活（如果是一對一必定能贏，但偏偏對方有兩個人，甚至有時還會找來他們的朋友），傷痕累累地來到遊樂場，看見宣亞獨自一人玩著遊戲，兩人就這樣各自在自己的角落玩了一整晚遊戲。有次東昔把原本自己要吃的（其實已經很在意宣亞）泡麵給了宣亞，宣亞也在東昔常玩的遊戲機上放了飲料，作為謝禮。東昔為了給她更多泡麵和零食，不只從天花板的夾層偷拿母親的錢，還偷兄弟放在書包裡的錢，即使因為這樣挨揍也不停手，這種日子反覆上演。某天，末班公車開走後，騎著摩托車的東昔看見獨自走在街頭的宣亞，他開口問：「要載你回家嗎？」宣亞不發一語地跨上摩托車，並抱住他的腰，東昔再次開口：「要不要去看海？」「好。」那天晚上東昔在夜裡的海邊奔跑著，感受到沒來由的幸福。

　　某個下雨的深夜，宣亞敲響東昔的窗，他只穿著一條內褲打開窗戶，看見在雨中渾身濕透、如小鳥般顫抖的宣亞。東昔瞞著家人讓她進房，替她煮泡麵，給她衣服穿，將她原先淋濕的衣服晾在爐灶上。他對著仍顫抖不已的宣亞說：「要我抱你嗎？我不會做其他事情。」宣亞點點頭。第一次擁抱女人，或說第一次擁抱人類的感覺是那樣生澀又心動，甚至有些悲傷，東昔那晚信守了承諾，因為愛她而克制了自己，但他誤以為宣亞也愛著他。

誤以為是愛情的東昔，直到現在還清楚記得那天的情景。當他被繼兄們打得鼻青臉腫時，想起了宣亞曾對他說過：「別挨揍。」那天在山坡上，他拚了命不讓自己被打，義無反顧地撲向兄弟，而繼兄們沒了朋友的幫忙，根本抵擋不了他誓死反抗的決心。之後得意洋洋的東昔到遊樂場找宣亞，卻不見宣亞的人影，他向遊樂場打工的朋友詢問宣亞人在哪裡，對方卻說她跟載玖出去了，還抽著菸，行為跟載玖一樣。東昔一聽，立即前去孩子們當作祕密基地的廢屋，但為什麼遠遠就看到載玖那傢伙拉著褲頭走出來？究竟是怎麼回事？東昔不管他，繼續往前走，看到宣亞扣著制服釦子。看來宣亞被欺負了，他什麼也沒多想隨即找上載玖，揮拳而去，儘管路人阻止東昔，想拉開兩人，但東昔早已失去理智，根本沒有人攔得了他。這時，他聽見宣亞的聲音說：「警察嗎？請趕快過來，這裡有流氓要打死人了。」揮舞拳頭的東昔抬頭看向宣亞，她搭上父親開來的車子，呼嘯而去，這究竟是怎麼回事？

閔宣亞（女，30歲後半）

在首爾出生，話少，個性低沉，雖然泰勳說愛上她的笑，她卻無法理解。小時候似乎很愛笑，活潑愛撒嬌，至少在母親不告而別之前是這樣。當時年僅7歲的宣亞，在幼兒園放學後坐上母親的車，母親說要去找父親，宣亞不知道父親去了哪裡，因為他已經一個多月沒有回家，母親將車子停在成人娛樂場（賭場），告訴宣亞：「你進去找爸爸，告訴他你要回家。」宣亞聽話地走進賭場，裡頭香菸煙霧繚繞，父親專注地大力按著遊戲機台，她看見父親後，跑去外頭說：「媽媽，爸爸在這裡！」可是外面已不見母親的車子，母親原本停車的空地上，只留有宣亞和父親的行李，宣亞就這樣被母親拋棄了。父親在那之後努力與宣亞相依為命，像母親般替她做飯，送她上學，也努力工作，但無論做什麼都失敗收場，因此她同父親到故鄉濟州島上的叔叔家借住。父親向叔叔借取東山再起的就業資金，但叔叔已經

借了父親很多錢，兩人爭執不下，宣亞也無法待在不時爭吵的兩人之間。（那時她走到遊樂場遇見了東昔，東昔雖粗枝大葉卻個性善良，當時的宣亞連死是什麼都不清楚，仍想尋死，而東昔是當時的她微小的依靠，在她想尋死的時刻，能夠伸出手的人，或許宣亞的憂鬱症就是從那時候開始。）然後那一天來了，東昔毆打載玖的那天，宣亞父親似乎又跟叔叔起了爭執，眼神相當悲傷，他載著宣亞來到海邊，望著大海發了好久。父親對她說自己肚子餓了，希望宣亞替他買些麵包與牛奶，宣亞聽話幫父親買好食物後，再次回到海邊，但迎接她的是父親驅車急速駛向海洋的那刻。車子衝進大海，漸漸被浪濤淹沒，宣亞就這樣失去了父親，於是她離開了濟州，回到母親身邊，直到大學畢業前都住在一起，現在母親已經改嫁。

與東昔再次相遇是在首爾的事，她已是20多歲後半的上班族，與當時還是男朋友的泰勳吵了架。那天她加班完，參加公司聚餐，疲憊的她叫了代駕，出現在眼前的人就是東昔。當時因為她記憶裡對東昔的觀感不佳（以宣亞的立場來說，東昔以前毫無理由地毆打了身為朋友的載玖），想裝作不認識，而東昔在遞出名片的同時卻附加了一句：「你記得我吧？」（東昔其實之後很後悔，為什麼當時要主動問宣亞是否還記得自己，或許是出於長年的掛念以及就算過往有過不愉快，但仍在都市中相遇的興奮，同時也想問清楚那天宣亞與載玖究竟發生了什麼事⋯⋯）「我記得。」之後宣亞因為需要代駕，又主動打給東昔，一方面想幫他提升業績，一方面小時候在濟州也欠過東昔人情，最重要的是東昔與父親一樣都是濟州人。每當東昔說著自己餓時，宣亞就會邀請他來自己的住處，煮一碗泡麵給他吃，星期六再一起去夜店找樂子。東昔雖然木訥但沒有心機，以及自然開懷大笑的模樣，讓宣亞覺得很可愛。她從來無法在他人面前提起關於父親的事，面對東昔卻可以。

宣亞　（不經意）你知道我爸死的事嗎？
東昔　（老實說）知道⋯⋯

宣亞　濟州島的人都知道嗎？

東昔　（誠實）都知道……

宣亞　（不在乎）他們怎麼說？關於我爸的死。

東昔　（別過眼神）還能說什麼……就說他應該很辛苦之類的。

宣亞　（思念，故作鎮定）我好想爸爸。

東昔　……

　　東昔對宣亞來說是個能自在相處的人，像小時候在遊樂場相處的感覺。有一天東昔提議去看海，父親死後宣亞一次都沒有去過海邊，或許因為些許醉意，她坐上了車前往那片海，但是東昔卻擅自吻了她。「這是什麼意思？」東昔沒好氣地看著宣亞，尷尬一陣子後開口問：「你不也是因為喜歡我……所以才跟我來看海嗎？」「我？喜歡你？」（之後再次相遇時才知道，東昔將宣亞單純的問句，誤會成「我怎麼可能喜歡你這種人」，這是東昔自信心低落所造成的誤會，而宣亞並沒有因此感到愧疚。）當時宣亞與東昔的關係也畫下句點（儘管不曾正式開始過），她回到首爾的幾個月後與泰勳和好，步入禮堂。

　　泰勳是宣亞公司的同事，他們交往了四、五年，歷經多次分分合合，相戀、倦怠，又相戀，然後結婚，生下了兒子（金烈5歲），最後還是離了婚。這段反覆的關係，只造成彼此生命中的傷痕，泰勳說自己已經盡了力，單方面認為宣亞沒有克服憂鬱症的意願。沒有想克服的心？這到底是什麼話，她可是比所有人都還要厭惡憂鬱症，比誰都想要走出這片陰霾。每當她睜開雙眼，明明是白天，也開了燈，四周卻漆黑無比……全身宛如被淚水包圍（像父親的屍體被打撈上岸時的濕透模樣），眼前盡是難以掙脫的幻覺（只要當天一出現幻覺，就會持續一整天），床鋪像是會伸出手臂，緊抓著自己不放，但她仍會努力起床，為了替小烈煮飯並打掃家裡。

泰勳　（吃到一半感到煩躁）你能不能打掃房子？都有味道了。

宣亞　（無力但仍極力偽裝）我打掃了房間，還洗了碗。

泰勳　洗衣間呢？濕了的衣服就那樣擺著？棉被也好幾個月沒洗了。

宣亞　（無力但仍極力偽裝）你難道不能分擔嗎？

泰勳　（鬱悶想哭）我要出去賺錢，還要打掃家裡，難道還要幫你洗澡嗎？你到底幾天沒洗頭了？都有味道了。拜託你吃藥、去看醫生好嗎？（出門後再次回來大吼）就算你因為爸爸的死深受打擊成這副德行，但你要落魄到什麼時候？事情已經過了十年、二十年，你到底什麼時候才要振作？

　　他說的沒錯，她連洗澡的力氣都沒有了。而她不吃藥是有理由的，因為那次開車載小烈，藥物的副作用讓她嗜睡，差點就造成嚴重車禍。總之，與泰勳離婚，她沒有怨言，但泰勳卻要求把小孩接過去，讓公婆扶養。小烈是她的一切，她現在也會按時服藥，他們卻仍不同意，離婚後，她輸了第一次的撫養權官司，她現在該何去何從？該怎麼活下去？

❊＊ 故事大綱 ＊❊

　　宣亞打輸第一場扶養權官司的那天，順著路開到了木浦，搭上前往濟州的渡輪，她沒有任何計畫，一心只想看看濟州的大海。她在船上看見開著貨車的東昔，他們已經約莫七、八年沒見，不過她沒有心力與他相認。東昔也看見了她，這次他沒有主動相認，雖然心頭一陣波動，但過往的傷口還隱隱作痛，他不想再次吃閉門羹，乾脆裝作陌生人。

　　當船靠岸後，宣亞開著車消失了，東昔一點也不覺得可惜，但當他開著貨車往前行駛一陣子後，看到不遠處宣亞的車停在路邊，原本東昔只是呼嘯而過，最後還是繞了回來，他也不明白自己折返的理由。他走上前，掀開宣亞車子引擎蓋檢查故障原因，看來是汽車電池沒電了，宣亞分明認識自己，卻連一聲招呼都不打，直接說：「好像

電池沒電了……可以幫我嗎？」東昔拒絕了她，宣亞再次求助：「或是能借我手機嗎？我連手機也沒電了……」東昔也不理會，開著車逕自離開，丟下宣亞在原地。若是宣亞看見自己時能說：「東昔哥，好久不見。」他說不定不會如此小心眼，總之他與宣亞就這樣分道揚鑣。幾天後，東昔去摹瑟浦五日市集賣衣服時，再次看到宣亞。摹瑟浦的人口不多，大家早已對宣亞的出現議論紛紛，記得宣亞的恩喜、印權、哲民等人無法理解為什麼宣亞表現得不記得大家（日後東昔問起為何宣亞裝作不記得大家，宣亞說因為自己從那時候開始出現憂鬱症的症狀，小時候的記憶相當模糊，唯一記得的人只有東昔）。宣亞在附近的旅館住了下來，每天像鬼一樣死盯著大海看，還說想要買下廢屋，堅持要住在這裡。她找上英玉和定俊，大膽地說自己想當海女，還到恩喜的水產店（看見應徵店員的廣告）表明自己想在這裡工作，恩喜隨口答應讓她試著處理看看，結果她切到手指，鮮血濺得滿地都是，她卻連眼睛都不眨一下。東昔聽那些認識宣亞的濟州島人說，宣亞離了婚，就連小孩的扶養權也拿不到，但是東昔毫不在乎。接著就出事了，宣亞每天盯著那片吞噬自己父親的海，如今真的跳了下去，英玉和其他海女奮力下海尋找她的蹤影，在定俊與其他海女的協力下，救起了溺水的宣亞。東昔一聽到消息隨即趕去接她，並朝著她的廢屋而去，早知道該裝作不認識的，東昔責怪自己多管閒事，抱怨她為什麼要跳海，為什麼要給別人添麻煩，又不是魚，憑什麼往水裡去……說著說著，忍不住流露憐憫之情。

　　那天晚上，他將宣亞安置在廢屋，用米煮了熱粥，但宣亞這次依然不知感激，連一句道謝也沒有。看來這是最後一次了，正當東昔想坐上貨車揚長而去時，終究忍不住內心的怒火問：「你究竟怎麼回事？你那個時候在村子裡的廢屋，跟載玖那小子做了什麼？說啊！你有什麼好驕傲的？臭丫頭！你憑什麼看不起人？說話啊！你到底在想什麼？別人為了求生存才跳入海裡，你憑什麼不珍惜自己的生命，要死就在首爾死一死，媽的！你看不起濟州嗎？還是你根本就看不起我！」

　　就連東昔也不清楚自己究竟在怒斥什麼，在他獨自發完火的那天

晚上起，就一直待在宣亞身邊，不時替她準備飯菜，放不下要獨自蓋房子的她（宣亞說要蓋一棟跟小烈一起住的房子）。東昔二話不說幫她修繕房屋，當旁人問起東昔為什麼要幫她時，東昔只說因為有帳還沒算完，也還有事情要問她。雖然東昔沒有表現出來，其實他深怕宣亞會再次想不開，可謂無可救藥的純情男子。但其實宣亞很久以前就已經回答了他的問題，當時她跟載玖什麼事都沒有發生。那時的宣亞每天都很想死，毫無求生意志，所以找上毫無後顧之憂的流氓載玖，提議與他發生關係，但載玖的衣服脫到一半，突然說自己倘若真的跟宣亞發生關係，一定會被東昔打死，膽怯的他很快就落荒而逃。而去江陵看海時，她也從未看不起東昔，只是單純對他沒有男女之情的想法，畢竟自己也沒有過得多好，哪有資格指責他人，東昔對她而言就是一個關心自己的哥哥，那時候如此，現在也是如此。即便東昔無法理解一個對自己毫無多想的女性為什麼仍稱自己為哥哥，畢竟姓氏和父母都不同……。與宣亞解開了多年的心結之後，他無法棄宣亞於不顧，當他在島上做生意時，提議載宣亞去兜風，宣亞拒絕了，東昔卻說願意陪她一同去首爾探望兒子。他們先一同去了木浦，宣亞挑選兒子的禮物時，臉上的笑容那樣漂亮，東昔不由自主想像著宣亞與自己在一起的美好畫面。不久後他們一同前往首爾，到了晚上，孩子坐著父親的車停在宣亞家門前說：「媽媽好。」那雙望向孩子的明亮雙眼，在東昔眼中萬分美麗。東昔不想妨礙母子相聚的時間，走到遠處的路邊靠著牆，泰勳也讓他們獨處，宣亞與小烈在泰勳的車上相處得很開心，她將在木浦買的玩具送給小烈，還用手機播放小烈最喜歡的歌曲，兩個人玩了好一陣子。結束後，宣亞想將兒子抱回貨車上，泰勳見狀趕緊衝過來，將兒子搶走，問：「你要帶他去哪裡？」著急的宣亞趕緊解釋：「只要讓我跟他住一個禮拜就好。」她奮力抓著小烈的手臂，拉扯之中，小烈發出尖叫並放聲大哭。「孩子受傷了！」泰勳將宣亞推倒在地，此時東昔趕緊衝上前，生氣地推了泰勳，將宣亞攙扶起身，扶她上車便離開了。幾個小時過後，宣亞在江南附近接到泰勳的電話。

泰勳　我們在醫院，小烈的手骨折，已經打了石膏。

宣亞　讓我跟小烈說話。

泰勳　媽媽要你接電話。

小烈　不要，媽媽好可怕，我不要。

電話應聲掛斷，不久後泰勳傳來訊息：「小烈掛斷電話了，我之後再打給你。」宣亞心如刀割，孩子竟然親口說出害怕媽媽。當天晚上，即使宣亞吃了藥，仍再次陷入重度幻覺之中，她被漆黑深淵包圍，全身被眼淚浸濕。對東昔而言，無論是自己或是宣亞，都有著艱難痛苦的人生，即使委屈受罪，也希望能快樂一點，希望能開心地笑著面對。究竟東昔與宣亞能幸福嗎……

恩喜與漢修

恩喜的高中同學漢修，長得帥又會讀書，拳頭也很厲害。他暌違三十年回到濟州（漢修的母親在十年前搬去首爾，雖然搬走前漢修有回濟州探望家人幾次，但沒有和恩喜見面，因此對她來說是三十年）。現在的漢修成為摹瑟浦銀行的分行經理，褪去了從前不良少年的模樣，成為穿戴整齊的都會男子，隻身回來濟州島，並與妻子協議離婚中（？）。他甚至對恩喜說：「我想和你這樣的女人在一起，隱居在此當漁夫也不錯。」這究竟是怎麼回事？恩喜瞬間墜入情網，漢修是真心的嗎？同一時間，以前的同學們漸漸知道漢修真正的目的……

鄭恩喜（女，30歲後半，經營水產店）

父母從事農業，以長女之姿出生於4男1女的家庭。摹瑟浦市場裡最有錢的老闆，個性潑辣、心直口快、機靈好動、活潑待人。但因白手起家成為老闆，有時過度自大（在濟州市、西歸浦、摹瑟浦皆有水產店，20歲時在西歸浦買了塊地，擁有一棟房子，是當地的有錢人）。目前仍單身，她的人生像海鮮般帶著刺鼻腥味又宛如被丟棄的魚頭般殘酷。她的父親認為女孩子只要國中畢業即可，為了反抗父親，她在16歲時喝下農藥（這是美蘭的主意，美蘭將自己家裡的農藥滴在水中，慫恿恩喜喝下去，並告訴她，你喝下去之後我就去你家，跟大人說你因為不能上高中，所以要喝農藥自盡。恩喜聽了美蘭的話，真的喝下農藥，美蘭去向恩喜爸爸求救，當恩喜爸爸揹著恩喜時，美蘭在後面哭著哀號說：「恩喜要是死了，都是叔叔的錯。村子裡不能上高中的人只有恩喜一個，她說如果活得這麼丟人，不如死了算了。」她們的作戰計畫成功，恩喜成功上了高中，兩人成為無話

不說的好友。該死，若沒有這一段往事，恩喜就能如擤完鼻涕的衛生紙般將美蘭隨意從自己生命中抹去了……）。她希望自己高中畢業後能搬到首爾，至少考上職業大學，夢想著像漢修一樣成為生活在首爾的一份子。但是人生怎能如她所願，高二時，父親在農地裡腦中風過世，總是支持自己的母親也在田裡中暑，離開人世，而母親留下的遺言，吩咐她：「要好好照顧弟弟。」她討厭母親，最後一句話應該要說愛她，說感謝她這個長女很辛苦，或是稱讚她的乖巧，至少可以祝福她未來長遠的人生，結果母親用盡最後一口氣之力所說出的遺言竟是叫她照顧弟弟。雖然埋怨母親，她仍毅然決然自高中休學，開始在魚市場賣起水產。她努力工作，供養弟弟們上了大學，每天睜開眼就是工作，口袋的錢越多，她就越忙碌。然而某天，漢修出現在濟州島上，他並非短暫停留幾天，而是調派到這裡。漢修說自己正在準備離婚，看來他預計會長久留在濟州島上，說不定她與漢修還有可能。恩喜乾渴已久的心田，注入沁涼的一絲泉水。

　　高中時，漢修是所有女生的夢中情人，又高又帥，還是全校第一名，又會打架，若要挑出一個缺點：他家境清寒，是五個兄弟姊妹中的長子。但這個缺點很重要嗎？總之，恩喜雖然跟漢修是兩個世界的人，卻有一段珍貴的回憶。當時她沒錢交學費被老師罵（那時候的孩子經常因為家裡沒錢在學校被罵），穿著制服扛了一頭豬在身上，打算搭公車去翰林市場（現在的車程只需2小時，但當時要6小時）；漢修也穿著制服，在身上扛了個裝滿芝麻的大麻布袋。同學們見狀戲弄他們，恩喜覺得非常丟臉，漢修卻用嚴厲的眼神恐嚇他們：「還敢笑？不怕我把你們打到求饒……」同學們瞬間鴉雀無聲。崔漢修在恩喜的眼中成為帥氣的救命恩人，他們到市場賣掉豬與芝麻，並且一起吃了血腸湯飯，恩喜呆望著漢修抽菸的模樣，並且跟他要了一根菸來抽，漢修不為所動，將恩喜的頭髮勾至耳後說：「你是個好孩子，別學抽菸。」看著漢修的恩喜，頓時踮起腳尖，吻上了漢修。回到濟州的恩喜開心地跟美蘭說這件事，因為太過興奮，將事情的原委撒了謊，說那天是漢修主動親她。恩喜要美蘭守密，美蘭卻沒有遵守承諾，直接找上漢修，質問他有沒有親恩喜，甚至還在同學面前大聲

質問他。因為美蘭不相信漢修真的會親恩喜，彷彿天下紅雨般不可置信。漢修盯著恩喜，然後再望向美蘭後說：「我？親你？強吻？你不是也很享受嗎？」然後一走了之。曾經那樣的漢修，再次回到了濟州，回到了恩喜的面前。

崔漢修（男，40歲後半，摹瑟浦農協銀行分行經理）

小時候厭惡自己出身貧困家庭，喜歡到處打架，但那都已過去，現在的他比誰都認真面對生活。為了省錢，自己下廚，不抽菸喝酒，作為一家之主，善良謙遜，對眾人帶著溫暖的微笑，就是一名老實過活的上班族，深愛著妻女。他是家中長子，底下有一個弟弟與三個妹妹，父親是名酒鬼。他就讀小學時，老么才2歲，媽媽為了扛起養家大任，獨自到別人家的土地上種植芝麻，而漢修因為很會讀書，升學到首爾的好學校，他的弟妹留在家鄉工作，供他專心讀書。弟妹們為了照顧長年工作導致腰脊不舒服的老母親，高中畢業後紛紛至本島的工廠或餐廳工作（只有最大的妹妹留在濟州，與丈夫辛苦地經營牧馬農場，母親則到首爾與單身的老么同住）。弟妹們原本期待他大學畢業後能飛黃騰達，照顧辛勞工作的他們及老母親，但人生談何容易，漢修上了大學後，無論怎麼努力仍爭取不到獎學金（他那時才明白，即使在濟州是學校第一名，到了首爾也只是名平凡人）。他與大學一年級時相識的薇珍結婚，夫妻倆辛苦工作，終於還完就學貸款與結婚貸款。但在女兒寶嵐展現高爾夫的天分後，兩人又再次面對拮据的生活。寶嵐小時候因為有興趣，拿起高爾夫球桿把玩（漢修只是為了會見客戶所學，並非自身興趣），殊不知卻在國小時展露天分，頻頻在比賽中獲獎。漢修將妻子薇珍與女兒送出國進修，自己留在韓國賺錢，成為了大雁爸爸（其實他一開始反對寶嵐學高爾夫球，但小女孩整個禮拜絕食抗議，要求父親送自己出國，他只好答應，當作投資女兒，只要有一絲希望，就應當全力以赴試試看）。倘若寶嵐真的成為朴仁妃*，他就能報答弟妹當初的恩惠，也能對母親善盡遲來的

孝道。不過，寶嵐在美國讀國中時比賽成績順順利利，升上高中後卻一落千丈，現在只在乙組（為了節省開銷，放棄繼續讀大學，專心比賽，已經在乙組長達兩年）。最近這兩年間，她只在世界比賽上獲得一次亞軍，大多數落在50名至100名之間。現在放棄太可惜，但若繼續比賽，無論是教練費、滯留費、比賽資金等又難以支應，十年前買房子時已經動用了漢修退休金的70%，兩年前又賣掉首爾江北的公寓，現在已經所剩不多。然而世界知名的教練認為寶嵐還有希望，雖然姿勢需要調整，但有信心能指導寶嵐。隨之而來的教練費高達五千美元，再加上其他雜費一個月就要支出兩千多萬韓元，一年要投入三億韓元以上。雖然剩餘的退休金足夠給付，但那筆錢必須等到辭職才能領出，而就算真的辭職了，那筆錢已經預計當作母親的手術費用，漢修還要準備預算支付照顧母親的老么的房子租金。若是將這些財產都耗盡，那麼當寶嵐與妻子歸國時，一家三口在無積蓄的情況下該怎麼過活？這時，一名富有的客戶鼓吹他購買烏朗電子的股票，那間公司很快就有來自中國與歐洲的資金，只要一、兩個月就能把兩億翻倍成五、六億。當時漢修正準備調職到濟洲摹瑟浦分行，因為曾使喚他如自家僕人般的幾名頂級客戶最後把錢投資到了其他公司，這是上層為了警告他所下的調職令（客戶們認為他推薦的投資產品必定要賺錢，只要有些微損失就會全部怪罪於他）。雖然漢修因為面子問題想要辭職走人，但他的狀況哪有餘裕在意面子？他只好聽命調派至故鄉濟州島。母親因為腰脊問題，搬到老么家中住已是十年前的事情，他睽違十年踏上故鄉的土地，其實一點也不想回來，因為他的處境悽慘無比。但是外人從表面看不出一絲徵兆，他想要努力咬牙撐過去，但是錢該從何而來？

　　漢修抵達摹瑟浦分行，搬進簡單的小套房，僅帶著輕便的隨身行李，大致整理住處後，隨即研究當地的客戶名單。然而一個名字使他為之一震，摹瑟浦農協銀行的最大儲戶十人名單中，有兩人竟是他的高中同學。一名是在西歸浦的建商金福千，另一名則是鄭恩喜，她

＊ 朴仁妃，韓國知名高爾夫球選手，曾排名世界第一。

仍單身，不做任何投資，有一筆十二億的儲金存在銀行，是水產店的老闆，還有間咖啡廳……漢修想起以前似乎跟恩喜有過交集……沒錯，她擅自親了他，還對同學說謊，就是她！當時朋友們好像說恩喜在學校都不上課，雙眼直盯著他……然後也跟他一樣窮。她長得不漂亮，卻挺善良可愛的……要跟她借錢嗎？借個一億就好？如果用那筆錢買烏朗的股票，成功開出紅盤的話，他會賺多少？那天晚上漢修輾轉難眠，隔一天是高中同學會。

❀ 故事大綱 ❀

妻子薇珍撥通電話，說我們別繼續了，已經撐不下去了，寶嵐要搭飛機去比賽，但連買機票的錢都沒有，最後只夠讓孩子獨自搭飛機去，她自己則要開車三千公里前往，現在車子在山路間拋錨。妻子說太害怕了，不想再繼續這種生活，要說服寶嵐回去首爾。漢修透過螢幕呆望著妻子哭泣的模樣，說：「你打給車子的保險公司，我找找看其他可行的辦法。」總是與他相扶持的妻子，如今憤怒地說厭惡他，應聲掛斷視訊電話，漢修也默默關掉視窗，穿上熨燙平整的高級西裝，提著後跟嚴重磨損的皮鞋至皮鞋間擦得油油亮亮，邁開步伐前往同學會。同學會的席間好不熱鬧，大肆歡迎返鄉的他，不會喝酒的他不只被眾人灌酒，自己也大口飲盡好幾杯，此時恩喜出現了。「好久不見啊，崔漢修！」說著就上前擁抱他，他一見恩喜彷彿看見希望，腦海裡浮現那個想法：「她會借我錢嗎？」那天晚上，酒後三巡的同學們各自回家，喝得爛醉的漢修站都站不穩，恩喜用卡車載他回家。當到了漢修家門口時，他一點也不想下車，也不想讓恩喜看見自己悽慘的模樣，心中滿是悲傷。「恩喜，可以借我錢嗎？」只要看著恩喜，這句話就會不斷浮現他腦海，他厭惡這樣勢利的自己。「我不想回家……」「你說不想回家是要我怎麼辦，哈哈哈……」恩喜笑得比小時候開朗許多，眼神對他沒有排斥，看來她對他還懷有好感。漢修在那時將謊言脫口而出：「我在準備離婚了。」不知是否太過悲傷，

當漢修講完後，隨即睡著了。

　　恩喜看著在卡車上睡著的漢修不知所措，卻也欣然接受，認為心中的悸動應是與老朋友重逢的喜悅。她載著漢修，一如往常地到遠處的翰林市場和西歸浦碼頭採購水產。幾個小時過去，漢修酒醒後看著恩喜認真下標漁獲的模樣，對著她說：「你成為了一個很帥氣的大人呢！」恩喜嘴上笑笑，要漢修別嘲笑她，其實心裡小鹿亂撞。平常結束採購她會匆匆趕去冷藏倉庫，但這天她卻開著載滿漁獲的貨車駛向東邊的海，他們在沿岸散步，聊著以前的回憶。恩喜開玩笑似的提起以前暗戀漢修的事，漢修問恩喜怎麼不早點告白，並且說他當時也覺得恩喜很可愛……語畢，漢修像個孩子般，奮不顧身地衝進海裡游泳。那天是星期六，他不用上班，恩喜說：「你也不年輕了，還這麼熱血。」獨自留在沙灘上看著漢修。穿著西裝的漢修如鯨魚般恣意地在水中優游，宛若回到小時候，漂浮在海面望著頂上的天空。恩喜喊著：「你在幹嘛？這麼大的人了還跑下水！」雖然嘴上這麼說，內心卻萬般希望與漢修的時間能就此暫停。不過這是不可能的，她明白眼前的漢修不是普通男人，而是有婦之夫，他們只是老朋友的關係。她試圖說服自己，內心深處卻蠢蠢欲動。

　　恩喜將自己對漢修的心意當作友情，製造能與漢修多相處的機會，她將其他存款全都移來漢修的分行，聽從漢修的建議，將不曾投資的存款拿來購買銀行投資組合，還介紹漢修給身邊的親朋好友，想方設法幫助漢修，與漢修更加親近。某天，漢修邀請她來家裡吃飯，恩喜第一次踏入進口洋酒行，買了一支昂貴的紅酒，前往漢修的租屋處。但漢修的住處簡單得讓人難以相信，只有一張床、小沙發、書桌與書櫃，還有在小菜店家買的幾道簡單菜餚與海鮮湯。「因為要給妻子贍養費，她沒有工作……所以我比較節省支出。」漢修在她眼中那麼體貼溫柔。那天晚上，恩喜與漢修在餐桌邊用餐、小酌，聽著漢修播放的音樂，聽著他的故事，漢修與妻子正在協議離婚，女兒是高爾夫球選手，雖然現在只是乙組選手，但過不久就會升級至甲組，很快就能像朴仁妃那樣在國際發光發熱，那個孩子就是他的一切。漢修

說自己鮮少與他人提起心事，只能在恩喜面前傾訴，老同學好久沒見了，看來恩喜有著能讓人自在相處的魅力。那天晚上漢修講了無數自己的事，但恩喜唯獨記得他將與妻子離婚，已經把協議書寄去美國，並且能對她傾訴心事，她有讓人放鬆心情的魅力等等。那天漢修載恩喜回家，到她家門前時，漢修說：

漢修　（內心悲傷卻裝作溫柔）恩喜，我們要不要在一起？
恩喜　（掩飾興奮，裝作玩笑）我們現在不就在一起了嗎？我不是在這裡嗎……
漢修　不是朋友關係……而是男人跟女人……
恩喜　（無語地笑）難不成我們現在是男人跟男人，還是女人跟女人嗎？
漢修　（直盯著恩喜，吻上她後快速別開臉，雙眼浸濕）
恩喜　（不明所以）……你趕快回去休息吧。（轉身回家，內心悲傷又悸動，情緒複雜）

幾天後，印權動用人脈，打探漢修的真面目，得知漢修大學時與妻子薇珍相識，兩人感情如膠似漆，但是為了栽培女兒寶嵐，薇珍在親友間不斷借錢，更不曾還過錢，他們在首爾沒有置產，退休金也幾乎花光。說到底，漢修就是一個到處欠債的人，還聽說他最近可能要購入股票。他們警告恩喜，他下一個借錢的對象就是她，聽說他已經跟福千借錢了……恩喜聽完這些話，思考若是屬實，那麼漢修究竟從何時就盤算要跟她借錢？他當時是真心稱讚她可愛嗎？那個短暫的吻以及紅了的眼眶究竟是真心還是演戲？還是對妻子感到抱歉？恩喜沒有生氣，只是感到心碎，漢修曾心疼她每天睡不到兩、三個小時，不停地工作，敬佩她努力賺錢買房子給弟弟住，同情她為了照顧家人而放棄追求自己的快樂，並用那雙溫暖的手牽起了她的手，然後竟然想要奪走她這樣辛苦賺來的血汗錢？世上真有這麼壞心的男人嗎？

幾天後，漢修傳來訊息，約恩喜單獨兩人到木浦遊玩，恩喜答應了。她整理著行李，生平從未跟男人出門旅行過，看來今天晚上就能

明白，漢修是真的愛她，還是愛上她的錢……她激動的心情與悲傷如海浪般襲來。漢修與恩喜搭上了開往木浦的船班。

英珠與阿顯

得知真的懷孕的當下，英珠第一個想法是：「慘了！」她想要拿掉孩子，意志堅定地不願意將孩子留下，但談何容易？在彼此都認識的濟州島上，前往婦產科如同演諜報片般艱辛。肚子一天天變大，即使用了束腹還是很明顯，光是想著要告訴爸爸們就讓人害怕。英珠與阿顯能拿掉小孩，並且裝作什麼事都沒發生過嗎？

房英珠（女，18歲，高中生）

誕生於濟州島，極度厭倦濟州島的一切，無論是強勁的海風，還是餐桌上一年四季的海鮮都讓她厭惡，最令她討厭的是村子裡沒有人不認識她。這不是什麼光明磊落的事，爸爸以前是混混，最後媽媽也拋家棄子，她的一切可說是無人不知無人不曉，從踏出家門的那一刻直到抵達學校為止，每分每秒都在跟街坊鄰居打招呼，她多想趕快脫離這個鬼地方，而她知道期盼已久的那天即將到來，只要再撐一年，等到她20歲，就能考上首爾大學醫學院！把濟州島拋在腦後！

大家認為英珠急著想考上首爾大學是因為拋下了她的母親，但那只是他們不懂而胡謅出來的理由。其實英珠是希望盡可能地遠離爸爸。小時候她總怕爸爸有一天會拋棄自己，極力要做完美的女兒，長大後看著爸爸為了養家而窮酸小氣的模樣，真是令人討厭，所以想盡可能地逃離家中。懂事的她為了幫忙粗心的爸爸，生活相當不易，一聽到爸爸也期待自己獨立搬出去的那天，心裡更不是滋味。隨便他怎麼想，只要她上了大學，大家各自自由不就好了？考上首爾大學對英珠來說不是遙不可及的夢，她一直都是全校第一名（雖然有時是阿

顯）。但即使她的課業是第一名，卻不是位品學兼優的模範生，她私底下是個愛玩的不良學生，當班長純粹只是因為能加分。真實的她有話直說，長得漂亮，又不擔心成績，雖然有許多同學喜歡跟她玩，卻也知道她自私的個性，在背地裡稱她為「壞女人」。只要一到考試期間，她就不與任何人來往，玩得好好的也會突然說要回去讀書，還會丟下失戀的朋友，獨自去補習。這些都是英珠，她外向愛玩，同時也對外人堅守底線，築起高牆，那是因為她不想聽別人喊她是沒有媽媽的孩子所建立出的高傲自尊心，同時也是對為了養女兒而吃了一卡車頭痛藥的父親一點最基本的尊敬。即使想放下課本出去玩，但一想到整天與冰塊搏鬥、手掌冰冷到失去知覺的父親，又會打起精神。英珠用這樣的念頭督促自己，成為一個完美無缺的女兒，無論什麼愛恨情仇都不為所動，結果沒想到會因為從小就認識、住在樓上的阿顯而越過了那條線。其實英珠都知道，每次她與朋友玩到半夜才回家時，阿顯會在樓梯口等她。那天下著雨，剛好考完試心情很好，「書呆子，你每次都在這裡等我回家對吧？」原以為害羞的阿顯會就此逃跑，結果他卻吻了她，偏偏那時樓梯的電燈壞掉，她臉紅的事實沒被發現，如果當時能當機立斷冷卻那份悸動的話，現在會怎麼樣呢？如此一來，就不會看見驗孕棒上這兩條鮮明的紅線了吧！她還以為自己很聰明，首爾大學已經近在眼前……僅因為一次沒有避孕就壞了大事。爸爸打算把她養大，就要出海捕魚過日子，難道她要毀掉他的夢想嗎？朋友們一定也會恥笑她，她要怎麼相信懦弱的阿顯？沒有母親的她要怎麼成為一名母親？英珠下定決心，認為墮胎是唯一的方法，她深信一定得拿掉孩子。她很害怕，誰說懷孕是上天的祝福，究竟這份祝福是給誰的？媽的，一切都毀了。

鄭顯（男，18歲，高中生）

誕生於濟州島，人們總形容阿顯是個懦弱的人，但阿顯並不認為強悍、會打架就是堅強。他常被說優柔寡斷，然而他只是從容不迫、

擅長思考、心思縝密罷了。他的雙親於國小時離婚，他跟著大男人主義的爸爸維生，每天聽著爸爸說他是「該死的書呆子」也不以為意，以男子漢自居的爸爸整天嘮叨不停，滿口髒話，似乎沒有狗崽子三個字就完成不了一句話。這樣的爸爸在他眼裡只是一個書讀不多的人。爸爸雖然以經營血腸專賣店自居，但在阿顯眼中那不過是自我安慰，爸爸在濟州五日市集做生意，付出的辛勞與賺來的錢根本不成正比，處理豬內臟的工作腥臭又骯髒，無論天氣炎熱或寒冷，每天都要窩在嘈雜的市場裡工作，究竟哪一點好？而且每當阿顯出現在市場，爸爸總會跟每個人炫耀他這個兒子，因此若非不得已要買菜，阿顯根本不想踏進市場一步，成為爸爸卑微人生中僅有的驕傲，也是件令人疲憊的事。媽媽當初也是因為受不了這樣的丈夫而離開，阿顯從不認為爸爸是個真正的男人，因此才能對他的嘮叨左耳進右耳出。但當英珠對他說「書呆子，你每次都在這裡等我回家對吧？」時，卻無法忍住心中的躁動，不知道自己的勇氣從何而來，當聽到書呆子三個字時，一下子就失去理智，上前吻了英珠。慌張的她說：「你這是什麼意思？」他也直白地說：「喜歡你的意思。」他那時明白，爸爸錯了，他不是書呆子，親吻、發生關係，稱讚英珠漂亮，說愛她的這些話語，都是阿顯主動的。他彷彿在英珠面前擁有過人的勇氣，就連朋友們也覺得阿顯變得與以前不同。爸爸挑釁地問他：「你有牽過女人的手嗎？」「那親嘴呢？」「要不要爸爸買保險套給你？」雖然聽來討厭，他卻暗自笑了，因為自己前不久才親過英珠。鄰居大人看見兩人一起出現時，曾開玩笑說：「你們乾脆結婚算了。」曾經唾棄這種說法的英珠，如今會趁同學們不注意時偷牽阿顯的手，當她對他說「你很性感時」，他會沾沾自喜。當他成績下滑，因著爸爸的壓力，他會認真讀書，企圖拿回第一名。但是當他跟英珠發生完關係，緊緊相擁時，她的一句「我喜歡你」會讓他的心劇烈地跳動。但英珠卻像什麼事都沒有發生過，回到日常生活，繼續跟他在每次考試上爭奪第一名。有時阿顯會感到不安，因為英珠經常將「我們只是一時的火花」這種話掛在嘴上，這些傷人的話語在阿顯心裡累積。對於英珠來說，瞞著眾人交往，有著難以言喻的刺激感，但阿顯卻漸漸不想只當英珠眾多同學

中的一個人，他越愛她，心中越痛苦難耐。因此當英珠懷孕時，阿顯非常害怕，他沒有信心扶養小孩，又怕英珠拿掉小孩後，也會將他從她生命中抹去，即使英珠懷孕，阿顯對她來說仍然什麼都不是。英珠的一句話如匕首般深深刺進阿顯的心，「我們有辦法拋下一切，生下這個孩子嗎？老實說，我們有這麼相愛嗎？」這是阿顯十八年的人生裡，最重要的問題。

❧ 故事大綱 ❧

　　幾天前當驗孕棒出現兩條線時，英珠還以為是瑕疵品，但重驗仍出現兩條線，英珠說服自己應該是因為晚上了，驗得不準，隔天又到便利超商再買一條驗孕棒，而當那兩條鮮明的紅線再度浮出時，英珠清楚認知到自己的人生毀了。她在學校不願意跟阿顯說話，不知為何，若是跟那傢伙搭話，事情只會變得更複雜，她以為只要像以前一樣嘻嘻笑笑，就能回到懷孕前的日子。她比起以往更誇張地與同學玩鬧，還是掩飾不住內心的害怕，不斷踩著高爾夫球按摩腳底，因為她在網路上看到，若是刺激腳底就能讓子宮收縮，可能會引發流產。不管真假為何，試了就知道，說不定滾一滾這顆球，小孩就會被滾得消失無蹤。

　　當阿顯得知英珠懷孕時，先是驚愕叫出聲，然後不自覺地嘆了口氣，自己那時不該表現出那種反應的，英珠因此受傷了嗎？所以才躲著自己？無論他左思右想，終究提不起勇氣。他沒有勇氣扶養小孩，也沒有勇氣要英珠拿掉孩子，因此當英珠問他想怎麼做時，他只能說：「讓我再想一下。」他覺得對英珠很抱歉，知道自己總是猶豫不決，而英珠總是說：「你別管。」「我要自己決定。」「我會想辦法。」他感到很傷心，瞞著同學交往的事就算了，這次肚子裡的孩子不也是跟自己有關係的孩子嗎？究竟自己要當英珠生命中的旁人到什麼時候？心中燃起怒火的阿顯，這次鼓起了勇氣講明心意……

阿顯　（冷靜地說）如果你想拿掉孩子，我會找出最安全的方法，如果你想生……

英珠　（打斷阿顯）想生？講白一點，我們有這麼相愛嗎？

　　面對英珠尖銳的問題，阿顯無法回答，當英珠要獨自前往醫院，叫阿顯讓開時，他也只能聽話，無法出手攔下英珠。

　　英珠壓低帽簷去了西歸浦的婦產科，雖然墮胎法已經通過，但每間醫院同意進行墮胎手術的週數有所不同，還是學生的英珠從預約到實際踏進診間的每一步都相當艱辛，還在醫院前遇見爸爸的好友恩喜阿姨。當護理師看見英珠的出生日期，眼神隨即變異，英珠用網路計算出自己的懷孕週期為四週，但經過超音波的精密檢查後發現已經懷孕二十二週又一天，代表已經懷孕六個月了，或許因為原本經期就不順，她渾然不覺自己已懷孕六個月之多。她從未感受過胎動，即使有些疲倦與消化問題，卻以為只是課業壓力造成的。不知所措的英珠希望能立即墮胎，但醫生拒絕動手術，她憤怒地說要以醫師拒絕提供醫療行為提起告訴，沒想到換來醫師冰冷的回應：「你以為耍賴就能墮胎嗎？當初就應該做好避孕才對。」如果是平時她一定會回嘴，但若頂嘴，可能連最後一絲希望也沒了，究竟該怎麼辦？

　　阿顯開始思考現實的問題，真的沒有辦法讓英珠把孩子生下來嗎？他進入商店，看著奶粉一萬九千八百韓元，尿布兩萬八千韓元，打開錢包，裡面僅有一萬七千韓元，貧窮的事實擺在眼前，看來是不可能生下來了……即便他抑制著內心的聲音，但當經過嬰兒服飾店時，還是會露出欣羨的眼神。他伸手撫摸嬰兒襪，心中滿溢溫暖之情，難道真的沒辦法了嗎？他陷入兩難，始終無法做決定。痛苦的阿顯在隔天的模擬考中交出了人生中第一張白卷，連人生的問題都無法解答了，寫出數學答案究竟有何意義？

　　英珠預約了懷孕六個月仍能墮胎的婦產科，自己一人坐車前往濟州市。阿顯躺在床上，把雙腿打開放在枕頭上（墮胎手術的姿勢），

希望透過模擬墮胎手術的過程，感受一些英珠所承受的痛苦。他什麼也無法替英珠做，此時剛好爸爸回家，看著他說：「要嘛睡覺，要嘛起來玩，男人把腳打開能看嗎？真沒出息。」沒錯，如果是個男人，就要負起責任！阿顯衝出家門。他無法放任英珠獨自面對，即使會被英珠打也沒關係，他必須守在英珠身旁。英珠看見阿顯出現的瞬間，驚呼了一聲，或許是阿顯的出現讓她感到放心，她緊握阿顯的手。醫師做超音波時親切地述說孩子的狀況：「寶寶很健康喔。」醫師的聲音聽得出來帶著不捨，讓阿顯感到痛苦萬分。醫師操作機器時想要播放孩子心跳的聲音，「不要！不要讓我們聽！我好害怕！」即使英珠大吼著，但已經來不及了，噗通、噗通的心跳聲鑽進耳朵。那是不能聽的聲音，英珠連衣服都沒穿好就衝出診間，阿顯也跟著衝出去，英珠在廁所嘔吐，阿顯在一旁輕撫她的背說：「我們將孩子生下來吧，畢竟沒有經歷過怎麼知道，說不定我們能成為很好的父母。」孕吐中的英珠大吼著：「都是因為你搞砸了！」雖然嘴上埋怨，但心裡已經動搖。真的嗎？我們難道有不墮胎的選擇權嗎？太誇張了吧。

　　返家的公車上，因為是放學時間，有認識的同學也在車上。英珠盡可能地壓低帽子，坐在角落的位置，英珠與阿顯沒有說話，只是呆望著窗外的大海，孩子已經二十二週了，現在連手術也做不成，他們不知道該怎麼辦，沒有力氣思考，也沒有力氣掉眼淚。這時公車突然一陣顛簸，感覺到胎動的英珠察覺到危險，公車頓時煙霧瀰漫（因為滅火器爆開，造成煙霧籠罩，並非發生火災）。當公車上的眾人陷入驚慌時，英珠用衣服遮住口鼻，下意識地叫喊著。她在滿是同學的公車上大喊：「我是孕婦，我懷孕了，請停車！」公車最後停在馬路中央，英珠隨即跑下車，而當公車正要重新出發時，換阿顯大喊著要下車，「我是孩子的爸爸！」

　　同學們在車上瞪大眼睛看著衝下車的兩人。「死定了。」「該怎麼跟我們的爸爸們說？你先說吧。」「學校應該很快就會傳開了吧？」雖然兩人很擔心充滿未知的以後，但彼此的心意已經明確且堅定，然而他們想肩負起責任走回家時卻⋯⋯

印權與浩息

印權與浩息的人生逐漸交錯糾纏，現在是彼此的眼中釘，兩個男人之間別說是和解的機會渺茫，更儼然是此生最大的冤家。兩位單親父親，獨自扶養寶貝兒子與女兒長大成人，但這兩個小孩竟然在未經爸爸的同意下相互產生好感，甚至在18歲的年紀就懷上小孩，竟然還堅持生下這個新生命。鬧劇不只如此，兩人還篤定地說要休學從此離家出走。他們打拚十多年，含辛茹苦就為了讓這兩個孩子考上首爾大學醫學院，如今卻遇上這種荒誕的事情。好啊，反正他們的人生還有什麼大風大浪沒遇過？放馬過來吧，為人父必戰勝，這兩個叛逆的臭傢伙！

鄭印權（男，40歲後半，五日市集血腸湯飯店老闆）

雖然脾氣暴躁，動不動就罵粗話，但他是因為學識不高才如此直腸子，本性不壞，待人有義氣、重人情，不過對浩息例外就是了。他在五日市集裡賣血腸湯飯，休市的日子忙著備料（去屠宰場收取豬內臟回來處理，還要採買蔬菜，洗菜、切菜、烹煮血腸，湯飯小店的所有事情都由他一手包辦），並將製作好的血腸賣給附近的血腸湯飯店家。他並非從小就過著任勞任怨的生活，他們家代代賣湯飯維生，可謂貧窮的延續，無論切了再多的血腸，仍舊脫不了窮困的家境。他小時候厭倦窮酸的生活，毅然決然逃家，成為一名流氓。他很會打架，也很能挨打，因此其他人都不敢惹這樣的瘋子，他躍身成為西歸浦、濟州市夜店的維安老大，事業一帆風順，還搭過帥氣的敞篷車……（他的妻子）阿顯的母親是從國小到國中一直喜歡他的女人，所以兩人展開了同居生活，妻子瞞著印權遞交了結婚證書，生下男孩（阿顯），孩子誕生後妻子每天哭著要印權別再當流氓，但印權從不理

會，妻子再也受不了，於阿顯10歲時離家。印權當時不為所動，認為女人憑什麼干涉男人的事業……並將阿顯交給父母扶養。然而某一天，印權搭著進口車經過父母的血腸湯店附近，親眼目睹車禍的發生，他的母親頭上頂著兩碗滾燙的血腸湯飯，就為了賺一萬韓元，被迎面而來的貨車撞倒在地，當場死亡。送走辛勞工作的母親後，印權終於振作，認清現實。「印權，別活得讓子女蒙羞。」那句印權最討厭的話，在葬禮上如遺言般繚繞於耳。那句話其實是母親對自己說的話，為了不讓她的兒子蒙羞，才會每天拚死拚活地煮血腸，印權直到母親去世才明白這句話的意思（印權的父親現在住在養老院，他是獨生子）。母親帶著這樣的信念活著，而他卻覺得她使他丟臉……他要從現在開始遵照她的遺志，絕不讓寶貝兒子因為他而蒙羞，這是他贖罪的方法。從那之後，印權盡心盡力地扶養阿顯，像是要展現給拋下自己的妻子看一般，每天腳踏實地賣著一碗又一碗的血腸湯飯。個性誠實善良又會讀書，每次考試皆是全校一、二名的阿顯，是印權辛勞人生裡唯一的驕傲，雖然開口稱呼阿顯都是「臭書呆子，一點都不像男人的臭傢伙，只聽你媽的話的傢伙，長得漂漂亮亮跟個女孩子一樣、一點都沒有男子氣概的傢伙」。即使印權經常這樣叫阿顯，但都只是嘴上說說罷了，他深愛這個孩子，因為阿顯跟他毫無相似之處，若是跟阿顯一同去澡堂，大家都會投以羨慕的眼光，所以他今天也有力氣一大清早起床切血腸，為了誰？為了阿顯！為了謹守母親的遺言！

但這到底是什麼晴天霹靂！那個書呆子，我人生中唯一的驕傲，竟然讓浩息的女兒懷孕，還要休學去養小孩……印權的人生天崩地裂，眼前一片漆黑，女方不是別人，偏偏正是浩息的女兒！為何上天如此捉弄人？印權只要想起浩息就氣得牙癢癢。高中同學浩息與他同年入學，卻比他小1歲，恩喜、漢修、明寶等人雖然都小他1歲，但只差了兩、三個月，浩息與他相差十個月之多，因此即便兩人同班，浩息仍喜歡跟在他身後叫著「哥、哥」。當時的他也很疼愛浩息，當懦弱的浩息被同學欺負挨揍時，印權會挺身而出；當浩息找不到工

作、進出賭場時，是印權勸誡他別再賭博，並介紹他廚房的工作等等。但浩息還是沉迷於不良場所，並向印權借錢，說要買孩子的奶粉，卻將那些錢全都拿去賭場下注……甚至揹著女兒到印權面前發誓那是最後一次向他借錢。看不下去的印權，對浩息脫口而出：「你這個乞丐，給我滾！」當下他只是想要罵醒這個傢伙，沒想到浩息卻用此當作藉口（以印權的立場而言）從此看他不順眼！雖然某次想在雨天時一決勝負，但他都忍住了，然而如今他們的小孩竟然發生這種事？印權緊緊抓著阿顯說：「我絕不容許你們生下孩子，把孩子拿掉！我為了扶養你，放棄了多少事情！你為什麼放棄不了那個看都沒看過的小孩！」但是，阿顯這個傢伙卻指責說這種話的爸爸讓他蒙羞。為了不讓寶貝兒子蒙羞，他付出了多少努力……兒子竟然覺得他丟臉？印權遏止不住心中的怒火，痛揍阿顯。竟然這樣對爸爸說話！明明腳下踢的是阿顯，痛的卻是印權的心。

鄭顯（男，18歲，高中生）

10歲時，爸媽離婚了，爸爸看起來好可憐。當爸爸試圖挽回媽媽時，她說：「為什麼要這樣活著？我才不要，離婚是我的自由吧？」阿顯比較喜歡媽媽，他討厭爸爸暴躁的模樣。爸爸當流氓時總是相當暴躁，雙眼流露可怕的殺氣，那副臭脾氣讓媽媽很辛苦。印權每次罵阿顯是書呆子、沒有男子氣概，但阿顯不會被這種老舊觀念的話語所傷，爸爸要那樣活著隨便他，阿顯不想成為他，也不想活成他的樣子，那些都只是裝模作樣罷了（爸爸總是說，村長曾是他的小弟，市議員也是他的小弟，甚至連國會議員也是他曾經服侍過的大哥等等）。在爸爸的眼中，千錯萬錯都是別人的錯，再怎麼說血腸湯飯也是小吃店，卻弄得很不衛生。一直以來因為個性，他不想跟爸爸爭論，但現在牽涉到了英珠，阿顯無法乖乖聽話。「我人生裡最重要的就是英珠。」阿顯奮不顧身迎戰威脅他們拿掉孩子的爸爸說：「我一直以來不都照著你的意思過活了嗎？難道我要一輩子聽你的話？這次

我的決定是對的，我要守護英珠與孩子，他們只有我，我們要將孩子生下來，無論如何我們都想努力看看。為什麼你覺得我們做不到？為什麼？我休學後無法當醫生，讓你無法到處炫耀自己有個醫生兒子嗎？這幾年來你炫耀得還不夠嗎？我並非要成為醫生，才能當你的兒子吧！」在阿顯說完話之前，印權的拳頭已經揮了過去，把阿顯揍飛到路邊。太好了，十八年來的飯錢用揍揍來還吧！打一打還比較爽快。

房浩息（男，40歲後半，冰塊店老闆）

待人親切和善（雖然對印權很兇），出生於加波島，父母種植大麥維生，三個妹妹皆僅有國中畢業。因他是家中唯一的男孩，能到西歸浦繼續升學，原先已與恩喜有了婚約，在去完加波島拜會父母後回程的途中，恩喜取消了婚約，因為領悟到若是結了婚，自己要養的家人將會更多。「換做我也會厭惡這樣的人生，像你這樣貧窮的男人。」她的話深深刺傷浩息的心，不知不覺中想要脫離貧窮的無盡欲望深植他心中，即使再次與其他女人交往、結婚，生下女兒，他只要手邊一有閒錢就會拿去買股票，賠個精光，拿去投資也拿不回本，最後落入賭博的深淵。即使因為賭博而被印權打得鼻青臉腫，還是無法振作，他認為反正人生已經夠糟了，沒什麼事能嚇到他。但某天回家後，發現年僅3歲的英珠哭鬧著說：「媽媽逃走了，快去拉住媽媽！」浩息當時曾閃過念頭要拋下英珠，一走了之，但還是就地趴下睡著。起來後，看見英珠抱著空了的飯鍋，他突然清醒過來，自己必須養活女兒才行。可是該怎麼做？要工作才能賺錢，自己去工作孩子又該給誰照顧？下著大雪的那天，他帶著英珠去找還在當流氓的印權，向他下跪。

印權　即使給你錢，你不是一樣要拿去賭博。
浩息　哥，請再幫我一次，至少讓這孩子有飯吃。

印權　還想騙我，你以為帶女兒來我就會相信你？我看過多少像你這種戒不掉賭博的傢伙。

浩息　（抓住印權）哥，我發誓不再賭博了，我們現在真的沒錢……

印權　（看著英珠，感到無語）帶著女兒來討錢你很開心嗎？這個臭乞丐。（說完離開）

　　即使浩息覺得深受侮辱，還是再度拜託印權：「哥，再借我一次就好！」印權轉過身，賞了他一記巴掌，「給我滾，臭乞丐！」浩息內心受傷，因為他確實是乞丐沒錯，身後的英珠被眼前的情景嚇到大叫著：「為什麼打我爸爸？」然後痛哭起來。浩息當場下定決心，絕不能忘記在孩子面前被當作乞丐的侮辱，發誓此生不再重蹈被呼巴掌的窘境，決定從此與印權不相往來。那時拯救浩息與英珠的人是恩喜，她表示希望冰塊的供給能交由信任的人來做，因此出資讓浩息開了冰塊店（當時的恩喜還不像現在這樣富有，仍貸款幫浩息籌備店務，直到現在若是與恩喜有關的事，浩息絕對在所不辭。後來浩息才知道，當時印權曾去跟其他冰塊店施壓，讓浩息的生意蒸蒸日上）。對於接受甩掉自己的初戀幫忙，浩息沒有慚愧的時間，因為他全心全意想著要養育英珠。那時的他開始像一部永不故障的機器般工作，凌晨在水產買賣區穿梭，接著回家準備英珠的早餐，每天運送數百袋冰塊，無一遺漏。浩息扛起整個水產市場的保冰作業，客戶源源不絕，即使一整天工作下來腰痠背痛，指尖破皮出血，也都咬牙撐下來，負擔家裡一切開銷，甚至還每天讓英珠吃到裝滿當季水果的便當。

　　供養父母，照顧替自己犧牲前途的妹妹們並扶養英珠，這些龐大的費用無論怎麼辛苦賺錢都填補不完，他成了小氣鬼中最小氣的人，開口閉口都在計較價錢，要買任何東西之前都要問過聰明的英珠。無論工作服破了洞，或是襪子磨破也絕對不買新的，都是又填又補將就著穿，但如果是英珠需要，他一定給她最好的，印權對於這樣的他嗤之以鼻：「什麼愛女成癡，我看他是真的白癡。」浩息對這種說法不

放在心上，只要是對自己女兒好的事，無論什麼他都願意做！而英珠像是在報答爸爸的養育之恩，每次考試都能拿回全校一、二名，浩息將那些成績單視為自己人生的成績單，每次拿到都要大哭一回，雖然要負擔補習費、家教費讓他更加忙碌，但每次拿出錢包裡的成績單時，就會覺得一切都值得。老師說只要再撐一年，英珠就可以考上首爾大學的醫學院，只要等到那時，他的人生就會撥雲見日，可以像定俊成為船長，開著船出去釣魚，有客人時載客出海捕魚，沒客人時能在海上享受美好的釣魚時光，然後用釣來的魚製成生魚片，配上燒酒。光是想像就讓人覺得好幸福，可以不用擔心父母、妹妹、英珠，還有錢的問題，可以自己一個人……

　　但這個美好的夢想，竟然不是被別人，而是被英珠應聲踩碎。她要生下孩子！這令他想起自己忘情地賭到最後一局，將賭注全押上後卻輸個精光的情形，難道他要再次回到臭水溝般的惡劣生活嗎？

房英珠（女，18歲，高中生）

　　即使當時只有3歲，但英珠清晰記得媽媽離開時，爸爸無助的神情。「啊……那個瘤就是我嗎？」她不確定爸爸是否真說了這種話，只記得爸爸為難的表情。小時候她為了不讓爸爸丟下自己，努力做個好孩子，即使爸爸對自己很好，市場的阿姨們也說浩息沒有英珠就活不下去，但英珠仍無法放下要當個「完美女兒」的壓力。當浩息計較價格、到處比價時，急性子的英珠會迅速上前解決問題，並說：「爸爸如果沒有我該怎麼辦？」

　　必須完美的龐大壓迫感讓英珠學會抽菸、唱歌玩樂，還跟不良份子來往，但即使如此，執著的英珠還是能考到全校第一名。因為若是能考上首爾大學，無論是爸爸或是她都能解脫，獲得自由的人生。爸爸總是說：「你如果去了首爾，我就自由了。」因此當英珠下定決心生下小孩時，仍舊認定自己能考上首爾大學，她也這樣說服爸爸，說

要生下小孩，將孩子交給阿顯扶養，並考上爸爸所期望的首爾大學，所以央求爸爸讓他們生下孩子。不過，一直以來都順應英珠的浩息，這次卻沒有順著她的意，堅持要她拿掉孩子。既然這樣，她只好丟下爸爸了！

❖ 故事大綱 ❖

浩息聽到英珠說「懷孕」二字時，還以為她在描述電視裡正在上演的劇情，沒想到這樣的情節竟發生在自己女兒身上。更驚人的還沒結束，孩子的爸竟是阿顯，而且已經懷孕六個月了，女兒與阿顯決定要生下小孩，希望浩息能幫助兩人。浩息完全無法置信，話語卡在喉嚨，腦子也停止思考。他們兩個不是每天只會讀書的模範生嗎？為了讀書連睡覺時間也犧牲的孩子，哪來的時間談戀愛？高中生也進不了旅館，那小孩是怎麼蹦出來的？英珠卻說他們趁晚自習時，在學校後面發生關係，這到底是什麼使人血壓上升的話！難道是阿顯侵犯她嗎？英珠回答是自己主動的。這樣的晴天霹靂浩息根本無法接受，先是暴跳如雷，最後嚎啕大哭。冷靜過後他要英珠將孩子拿掉，英珠卻直視他的雙眼說：「我知道爸需要時間接受。」然後逕自回房。這不就代表英珠堅持要生下孩子嗎？他找上印權，認為這件事需要由大人討論。他說明英珠懷孕的事，希望孩子們把小孩拿掉，但印權卻勃然大怒：「讓孩子們？笑死人了，拿掉孩子是英珠的事，不是阿顯的事！你們家的事自己處理！」說完一走了之。真是個見了准沒好話的臭傢伙！總之浩息知道，不能把這個會阻撓女兒人生與自己退休人生的小孩生下來……

聽完浩息這番話的印權，回家不發一語就對阿顯拳打腳踢。隔天（市場營業日），印權在公廁遇見浩息，丟給他一百萬韓元說：「帶英珠去好一點的醫院，把孩子拿掉。」然後走出廁所。不久後，恩喜聽見「啊！」的驚呼聲，原來是浩息這傢伙從恩喜水產店裡拿了一把

刀！幸好恩喜與其他人順利將刀子奪走，沒有發生意外，但因為兩人激烈爭執與叫罵，村裡所有人都知道了英珠與阿顯的事。曾因為優秀的子女而得到眾人欣羨眼光的兩個單親爸爸，在這瞬間淪落為大家異樣眼光的焦點。

當天晚上，浩息不顧一家之主的顏面，跪在英珠面前說：「英珠，拜託你，把那個瘤拿掉，房英珠，聽爸爸的話！」但英珠卻反問他，若我的孩子是瘤，那我對你而言，也是瘤嗎？浩息沒有說謊，誠實告訴英珠：「當然是瘤啊，臭丫頭！養小孩是多麼辛苦的事！這都是為了你好！要你拿掉小孩，跟我所付出的一切，都是為了你好！你自己說，你要選我，還是選肚子裡的瘤？」那時，浩息以為英珠會聽自己的話，但是英珠比起作為浩息的女兒，更將作為腹中孩子的母親視為優先，毫不猶豫地講出答案：「我要選肚子裡的瘤！爸爸你把瘤丟掉吧，把我丟了。」隨後衝出家門。

跑出家後，英珠與阿顯兩人緊握著手，找到附近的旅館，打算住下（老闆知道事情原委後，看兩人可憐所以暫時收留他們）。看著孩子們堅決的抗爭，印權無法坐視不管，聽恩喜說浩息整個人失了神，不送冰塊，整天不吃不喝，把自己灌醉。真是神經病，這樣頹廢下去怎麼解決事情？印權決定使出最後手段，找到英珠，緊抓著她要去醫院。「有醫院只要付錢就可以做手術，跟叔叔來，我幫你把人生扶正。」可是英珠百般不願，死命掙扎，甚至連阿顯那小子都在大街上下跪說：「算我求你了，爸，這樣你滿意了嗎？拜託你放開她！」阿顯大聲呼喊，讓街上的人們全都聚集圍觀。印權覺得相當難為情，「該死的，你這傢伙……要讓你爸變成惡霸就對了？好，反正我就是沒知識的人，你這招對我行不通，英珠，跟我來！」印權再次緊拉住英珠的手，阿顯（英珠得了流感，但因為懷孕無法吃藥……阿顯當時一心想要保護英珠與腹中的孩子）突然像野獸般大吼道：「別碰她！別碰英珠！」說著撲向印權。印權整個人失去重心，跌倒在地，「你知道英珠有多痛苦嗎？爸你完全不在乎我們的想法吧？我讓你丟臉了

嗎？爸才是一輩子讓我丟臉的人，我現在不想再當你的兒子了，我做不到！媽的！」說完後，阿顯扶著英珠，丟下獨自一人的印權。印權憤怒難耐，發誓這天一定要打死兒子，當他起身時，浩息也聽見消息趕來，一到場就向印權揮拳而去，兩人在街上打得你死我活，直到警察趕到場，將兩人關到局裡反省……

同一時間，讓兩方父親失望的英珠與阿顯，搜刮了各自家中所有值錢的東西，離開了家……印權與浩息兩人如今被子女拋棄，悽慘的人生變得更加殘破不堪，他們有和解的可能嗎？

其他人物

楊小月（女，29歲）

與小2歲的聽障妹妹星星（能用手語或張大嘴型溝通）在市場賣咖啡，也當海女（一年左右），同時身兼恩喜水產店、英玉布帳馬車裡的工作。個性勤勞、活潑開朗，善良的父母也是聽障人士，在蔚藍村裡負責砌石牆的工作。她知道定俊那個與自己同年的弟弟，從國小一路到高中皆一同上學並且喜歡自己，但當她知道高中時基俊與自己的朋友交往後，就對基俊沒了好感。世界上除了父母以外最喜歡星星，跟星星在一起什麼事情都很有趣，雖然別人都問她要與星星一同生活到何時，即便是姊妹也無法一輩子在一起，但小月希望連結婚之後也要跟星星住在隔壁。不過真的能如此嗎？有時候她也想獨自生活的念頭又是怎麼回事？這個念頭不能被其他人知道。

楊星星（女，27歲，賣咖啡）

溫和善良，擁有開朗的笑容，個性也很樂觀，夢想是打造一間名為月星的咖啡廳。只要有時間就會跟小月去咖啡廳，兩人形同雙胞胎，愛笑的點也很相似。當大家知道她是聽障人士時會投以惋惜的眼神，但那都是多餘的，她並沒有因為聽不見而埋怨人生，因為她有慈愛的父母與小月（姊姊）。她得到充足的愛，日子過得非常幸福。只不過有些不喜歡基俊，並不是怕他搶走姊姊。每次小月下海捕撈時她都很擔心（所以每次小月捕撈時她會待在附近，等到小月上岸為止）。星星不喜歡基俊因為喜歡小月而當船員，她希望小月與本島的人在一起，如果要喜歡在海上工作的人，倒不如喜歡可靠的定俊哥。

朴基俊（男，29歲，在定俊的船上工作）

雖然外表像個小混混，但現在已經收心，認真幫忙哥哥工作，金盆洗手不過一年的時間。基俊年輕時不懂事，不愛工作，只知道喝酒花錢，混在女人堆中，但東昔聽了定俊因為基俊的事傷心難過後，將基俊打個半死，並警告他若是再遊手好閒，一定將他打死，基俊才開始在定俊的船上幫忙。他一開始因為害怕東昔再次對自己出手，現在卻因為尊敬哥哥而認真工作。但他不喜歡哥哥愛上神祕的英玉，而且雖然小月認為他喜歡她，但其實基俊喜歡的人是星星。不過他說不出口。愛或許能改變一個人的個性吧，真令人難為情，這件事沒有人知道。

劇本用語

S	幕（Scence）。組成電視劇的單位之一，相同的場所、時間裡連貫發生的動作與台詞。
C.U	特寫（Close-Up）。特別著重背景或人物的部分，使之成為畫面焦點。
跳接（Jump Cut）	跳脫一定的邏輯，集合不同場景的剪輯方式。
嵌入（Insert）	為了強調特定動作或情況時插入的畫面。即使不使用也不影響整體場景理解，但此手法可使狀態更為鮮明，使用時經常伴隨特寫場面。
（E）	摒除台詞與音樂的效果音效（Effect）。經常用於畫面中未登場人物而只有聲音時，常使用於回想畫面與一般畫面之間。
閃回（Flashback）	回想畫面。經常用來說明事件的前因後果，或以回憶畫面呈現人物特性。
閃切（Flash Cut）	兩個畫面間插入瞬間性場景，帶來具有張力的效果。
F.I	淡入（Fade In）。由全黑的畫面漸亮，直至正常明亮度的畫面的轉換手法。
F.O	淡出（Fade Out）。由正常明亮度的畫面漸暗，直至全黑的畫面的轉換手法。
（N）	旁白（Narration）。畫面以外的口白聲音。
蒙太奇（Montage）	將不同的場景剪輯為同一段。
（O.L）	疊加（Overlap）。現行畫面逐漸消失時，下一幕的聲音或畫面緊接著出現。

漢修與恩喜 1

聽說你來到濟洲了，
嘿，真高興再見到你，我的初戀！

序章。

第1幕　蔚藍（虛構的濟州地名），濟州海邊，清晨三點。

攝影機，從天空往大海拍攝，跟著波浪看到亮著的燈塔，旁邊停著一輛關著燈、有點舊但有型的巴士，定俊住在裡面。這時，鬧鐘像警報一樣隆隆響起，同時可以聽到類似金延智〈Whisky On The Rock〉的復古音樂，定俊的巴士燈亮起，透過車窗往內看，定俊（看不到臉，只看到身影）從床上醒來坐著，關掉鬧鐘（C.U）的響鈴（凌晨三點）；站起來，在巴士另一端的洗手台為牙刷擠上牙膏，站到車窗前，瞇著眼認真地看著海上的風浪，仔細地看著。

第2幕　英玉家，臥室（外屋，室內所有物品都很整齊乾淨，15坪左右的簡單套房）＋恩喜家（內屋，20坪左右，簡潔感，恩喜蓋著棉被看著電視快睡著，棉被旁邊有喝過的燒酒跟下酒菜，凌亂），天黑的清晨。

英玉穿著短褲背心躺在床上，即使有音樂聲（〈Whisky On The Rock〉，在恩喜家也能聽到的音量）也一副睡死的樣子。攝影機從熟睡的英玉到屋外的院子，再拍向內屋，透過廚房的窗戶看到恩喜睡醒的臉，頭髮凌亂，淡然但認真的神情，跟著手機裡放出的音樂搖晃著身體（反射動作，不是很嗨的那種），模仿般地跟著音樂唱，邊從飯鍋裡把飯盛入銅盆，加入麻油、芝麻與鹽之後，用手混勻做成飯糰，放進有點年代的便當盒裡，一幕幕呈現，專心地做著飯糰，凌亂的外表沒有笑容地舞動著，面無表情地做著飯糰的樣子看起來有種不協調。

第3幕　　恩喜家前，天黑的清晨。

恩喜的卡車經過家門口離開，恩喜打開音樂，開車，有種要戰鬥的緊張感。

第4幕　　濟州幽靜的道路＋恩喜卡車內，天黑的清晨。

恩喜開著車，吃著手裡的飯糰，沒笑，身體跟著音樂晃動，腦袋裡想著今天拍賣的漁獲品質要好才行，感覺得到緊張的氣氛，吹著口哨，車奔馳著，接著停下來等紅燈，開到定俊的卡車旁，車窗打開。

＊交錯》

恩喜　　（不笑，咬著自己的飯糰，把沒吃過的往前遞）你吃過了嗎？

定俊　　（從容不迫，準備好接棒球般的手勢）

恩喜　　（丟出）

定俊 （接住飯糰，綠燈，像是說謝謝般按了一下喇叭，快速駛離，緊張感）

恩喜 （追著定俊的卡車）

第5幕 水協拍賣場外，早上。

跳接畫面呈現活力十足的拍賣場。

1. 水協外，港口。
快速將漁獲從船上卸放到推車上的人們模樣。

＊跳接，港口一邊》
浩息流著汗，從冷凍卡車上把滿滿的冰塊鏟到卡車下的推車。推車裝滿冰塊後，浩息從車上下來，快速且具緊張感地推著推車進入水協。

浩息 請借過，借過，借過，借過，借過！

2. 拍賣場角落。
婦女們坐在廣場，好多漁獲裝滿了箱子。這時，浩息推著推車將冰塊倒出來，又推著推車離開。浩息後面的工人推著裝滿漁獲的推車前往鯖魚拍賣場，攝影機跟著工人，鯖魚拍賣場出現。

3. 鯖魚拍賣場。
作業員們把裝滿鯖魚的箱子卸下排好。
定俊維持緊張的神情，在人群中（大部分的人都是這般緊張感）找縫隙觀察鯖魚。
恩喜在定俊身旁，也有點緊張地看著鯖魚。

恩喜	東西怎麼樣？
定俊	（看著鯖魚，嚴肅）不怎麼樣。
恩喜	（不太開心）怎麼說？
定俊	（因為漁獲不好不太開心，靠近恩喜耳朵，不讓別人聽到，輕聲說）只有上面鋪著滿滿的冰塊，這是障眼法，大概是昨天或前天的。
恩喜	（看著鯖魚，打斷，有點不高興）還有這樣的？魚的眼睛都像喝了酒，味道一定不好。（不高興，看著定俊問）漁獲很少嗎？
定俊	（看著鯖魚）鯖魚少買一點，改買魷魚吧。
恩喜	（心悶，淡定）交給你吧。（說完離開）
拍賣員	長壽八號鯖魚，長壽八號鯖魚，拍賣開始！
定俊	（拍賣員旁邊站著負責自己這邊生意的批發商，對他用手指打出訊號，要買三十箱）
批發商	（看到定俊的訊號，再打手勢買下東西）

4. 2號拍賣場。
白帶魚的箱子一排一排擺著。

拍賣員	（站上高椅，看著批發商們，大聲說）接下來是宇里號的白帶魚，宇里號的白帶魚，宇里號的白帶魚！10公斤十萬！10公斤十萬，開始喊價！
批發商們	（各自認真地看著拍賣員，打出手勢）
恩喜	（站在配合的批發商1旁邊看著漁獲，果決地在批發商1的耳邊小聲說）買！
批發商1	（認真，靠近恩喜耳朵問）真的？
恩喜	（看著白帶魚，小聲但果決地說）剩下的也全部買下來。
批發商1	（認真點頭，快速朝拍賣員走去，拍手讓拍賣員看向自己，用力打手勢）

批發商2看到後，打出手勢要加價。

批發商1再次打出加價的手勢。
批發商2擺出不耐煩的表情，放棄。
批發商3叫出更高的價錢。
批發商1喊了更高的價錢。

拍賣員	33號三十萬兩千，三十萬兩千，來來來來來！還要加嗎？（說完，看著批發商們，大家低著頭）一、二、三！（輕快，像是棒球教練般的動作）宇里號的白帶魚，宇里號的白帶魚，新鮮的宇里號的白帶魚，33號全包，得標！
恩喜	（冷靜地拍了三、四次手，朝地板吐口水，快速有力地朝出口走去）

5.　西歸浦每日市集一角，天色尚暗的清晨五點。
定俊流著汗從卡車上把漁獲搬下來，丟向恩喜水產店的職員1（民君）、職員2（梁君）。定俊丟出時喊道「二十！」，民君與梁君接著重複道「二十」，定俊喊「二十一」，民君與梁君重複道「二十一」後接住。民君先把漁獲裝上推車推走，定俊用毛巾擦汗，沒有休息，繼續跟梁君一起卸貨。

6.　西歸浦每日市集內恩喜水產，清晨五點左右。
民君把漁獲從推車放到檯面上處理，梁君拉著推車一起處理，恩喜站在一旁，專心地看著訂單本，放下，一起處理漁獲。

7.　蔚藍村路旁，朦朧的清晨，約六點。
春禧跟惠慈，海女1、2（都是60歲左右的老年人），拿著包包坐在路邊，看著路的一頭，正在等車。

＊跳接》
英玉的小車駛來。

英玉	（搖下車窗，開心地說）大姐們請搭車！

＊跳接》
春禧、惠慈與海女1、2上車。

惠慈	（不耐煩）就叫你早一點來，怎麼老是遲到？
英玉	（開朗地笑）對不起，對不起。
春禧	（平和淡然，就這樣坐在車上）

＊跳接》
英玉的車奔馳著。

8. 海邊，定俊的船行駛在海上。
春禧、英玉、小月以及海女1到10，搭著船，各自吃著暈
船藥，或是用艾草汁擦蛙鏡。

惠慈	（吃著英玉給的暈船藥）你到海裡後不要像水蛭一樣黏著 我，很煩。
英玉	（開朗地笑）好。（說完拿出一顆暈船藥遞給春禧）這個暈船 藥給您。
惠慈	（不開心地看著）你不要再巴結春禧大姐了，大姐也覺得很 煩。
英玉	（吃著自己的暈船藥）好，知道了！
春禧	（淡定地看海，接過暈船藥吃下）
小月	（從容地靠近英玉耳邊）英玉姐，你不要在意惠慈大姐的 話，如果不跟著春禧大姐的話，今天又只有海螺可以抓了。
英玉	（沒有回答，船繼續開，東張西望和定俊對上眼，向他眨了 眨眼說）嗨，船長，吃過飯了嗎？
定俊	（當作沒聽見，什麼事都沒發生一樣，把頭轉向一邊，繼續 開船）
英玉	（開朗地對著隔壁船的裝船長說）嗨！

＊跳接》

裴船長（30多歲），在船上看到英玉，開朗地揮手說「嗨，英玉」，英玉也回答「嗨」，裴船長也「嗨，英玉」，兩人揮手笑著的畫面。

惠慈　（看著這樣的裴船長跟英玉，覺得無語又荒唐，不滿地瞪著兩人看，靠近春禧耳邊小聲地嘟囔）她怎麼見到男的就一定要嬉鬧一番？真是隻狐狸精。春禧大姐，我們真該把她趕下船，當初就不該接納這個陸地來的人，總覺得她滿口謊言。

春禧　（沒興趣，繼續擦蛙鏡，專注在自己的事情上）

＊跳接》

開船的定俊旁邊是基俊，為了讓附近的海洋警察、船及海女可以聽到，用無線電說話。

基俊　前進1號，前進1號，共15名乘客，共15名乘客！現在位置是蔚藍近海，緯度8度，經度10度，現在時間上午七點三十分，下水時間至上午十一點三十分，下水時間至上午十一點三十分。

＊跳接》

海女們把手機包在塑膠袋裡放進浮球，確認時間。

定俊　（開船，無所謂的樣子）我跟英玉姐交往的話，你覺得怎麼樣？

基俊　（看了一下，瞬間愣住，看著還在跟裴船長嗨來嗨去的英玉，再看向定俊）如果不是玩玩就不要，她不適合你，你看了還不明白嗎？她超輕浮的。（說完離開位置，看向遠遠的海）

定俊　（從容地把船停好，轉過頭看英玉，表情淡然）

英玉　（坐在船邊，什麼都不知道地向定俊拋媚眼後跳進海裡）

＊跳接－海裡》
春禧、英玉、小月及海女們，進入海裡。

＊跳接》
放下海女們之後，定俊的船向陸地開去。

＊跳接－海裡》
海女們潛入海中，英玉表情堅定地跟著春禧，春禧停下看
向英玉，指著要英玉去別地方。英玉猶豫了一下，心情有
點受傷地準備離開，這時發現腳下有鮑魚，用工具想把鮑
魚挖起來卻失敗，怎麼試都不行，表情悲壯。春禧看不下
去，離開去別地方。這時，英玉吸了一口氣再試一次，成
功了，帶著鮑魚向浮球游去。

＊跳接》
英玉的臉浮出水面，開心地說「啊！」，把鮑魚放進網子
後再次潛入海裡。

9. 西歸浦每日市集，早上八點。
恩喜水產店前聚集了很多人，民君跟梁君剖著魚肚認真地
工作，恩喜為魟魚去皮，一邊跟客人說話。

恩喜	稍等一下，慢慢來，慢慢來，按照順序！（說完，對著把魚翻來翻去的客人大罵）喂，不要摸魚，又不是全都要買！
客人	（首爾人，拿著白帶魚）我要這個，阿姨這個算我一萬就好。
恩喜	（把魚搶過來擺在台上）一萬五。
客人	（把白帶魚拿起來看）一萬二。
恩喜	（把白帶魚再搶過來擺好）喂，說了不要摸，去去去，不賣了。要嘛就剛營業的時候來，跟著大姐們坐船自己釣來吃！（說完，用力把魟魚大卸八塊）
客人	唉唷，你這脾氣，知道了，一萬三。

恩喜	（用生氣的表情剁魚，把刀插在砧板上，瞪著客人看，忍住怒火的樣子）……
眾多客人	（驚嚇貌）！
恩喜	（拔起刀，繼續粗魯地剁魚）買兩條的話，一條一萬四，再殺價就算了。（說完繼續做事，只抬頭瞄了客人一眼）OK？

字幕：漢修與恩喜1

第6幕　　火車站前，白天。

漢修與職員七、八位，身上掛著ＳＳ銀行的布條，向路過的人發傳單。

漢修與職員們　　（努力地擠出溫暖的笑容，發著傳單反覆地說）我們是ＳＳ銀行。今天來宣傳我們為各位量身打造的新商品，歡迎來我們銀行諮詢，謝謝，謝謝各位。

路人沒興趣拿，或是拿了就立刻丟掉走開。漢修發傳單給路人，在路人丟掉的瞬間又趕緊撿起，壓在自己手上原本拿著的傳單下，回到原位繼續向其他人發傳單，就這樣認真地一直發。

第7幕　　大樓走道，白天。

漢修跑著，快速把傳單塞到每戶的門底下。

＊跳接》
漢修流著汗，像打仗一樣認真地跑下階梯，到樓下繼續用相同的方式把傳單塞進門縫裡。

＊跳接》

其他樓層，職員1用跟漢修一樣的方式在家家戶戶發傳單。

第8幕　　房屋仲介公司前，白天。

仲介公司裡走出拿著箱子的職員4、5。

漢修　　　（Ｅ）為什麼把宣傳品就這樣抱來？

職員4、5轉過頭看，漢修與職員1、2、3正走過來。

職員4　　（心悶）大家都不拿，把我們當成怪人，叫我們走。
職員5　　韓英銀行的人一早大概就發過了，跟我們一樣的宣傳品。
職員4　　社區的仲介公司裡已經堆滿韓英跟ＨＢ銀行的宣傳品了。
漢修　　　（走向停在附近的車，準備上車，發現車上貼著違規罰單，
　　　　　把罰單取下來）
職員1　　（車停在漢修前面，正準備上車，看著漢修說）我的車沒有
　　　　　耶，為什麼只有分行經理被開單？真是的。（說完，上車開走）
漢修　　　（撕傳單，但實在黏得太緊撕不下來，很無奈，放棄，坐上
　　　　　駕駛座，向沒搭上職員1的車的其他職員說）來，上車吧。
　　　　　（說完，職員們上車後駛離）

第9幕　　小又狹窄的分行經理室，白天。

漢修整理著箱子裡的文件，手機鈴聲響起。是他正在等的
電話嗎？他趕緊起身去拿放在另一邊的手機，穿著拖鞋露
出的腳趾撞到了桌腳，很痛。他忍著痛坐到桌邊，確認來
電後接起，一隻手抓著受傷的腳趾，聲音親切卻也尷尬。

漢修	嗯，亨植，是我……怎麼樣？問過你太太了嗎？
朋友	（E，抱歉貌）真是不好意思，我太太叫我別跟朋友有金錢往來，不然錢不見朋友也沒了。我有跟她強調你不會這樣，但她還是堅決不答應，否則就要跟我離婚，真的很抱歉。
漢修	（淒涼貌，努力表現從容）啊，這樣啊……
朋友	（E）不過漢修，你這次一定要想辦法籌到一筆錢，去買我說的烏朗股票。真的，你要是買了他們的股票，只要兩、三個月就能翻倍，一億韓元變兩億，之後再變成四億，我是念在同鄉的情分上才告訴你的，根本不會跟別人說。
漢修	（聽著電話，把襪子脫下來，流著血的趾甲半脫落狀。腳痛，心也痛，想哭但忍著）嗯，我知道，我知道……你是想幫我才告訴我的，但亨植啊，我現在忙著準備調職，我們下次再聊吧。（掛上電話，忍痛把趾甲拔掉，連聲音都不敢發出來，用手捏緊流血的腳趾，痛著）
男子	（E）喂喂喂喂，你為什麼一下說這樣一下說那樣？

第10幕　銀行櫃台＋分行經理室＋分行經理室前，白天。

職員們委屈地將工作收尾，有人將鐵捲門放下來。
職員1一臉委屈地站著。穿著運動外套的中年男子站在他面前，生著氣。

男子	（生氣，大發雷霆）你這人很可笑耶，你看這個！
職員1	（想哭，委屈貌）先生，我沒有每次說的都不一樣，我推薦你的本來就是不保本的商品，我也強調過好幾遍它的風險比較高……
男子	（打斷職員，拿旁邊的文件打職員）你這傢伙，你什麼時候跟我說過了？
職員們	（為了攔住客人，擋在他面前）先生，您不要動手！拜託不

要這樣！

男子　　　（打人貌）出來，你給我出來！

＊跳接》

這時，漢修一隻腳穿著拖鞋，另一隻貼著厚厚的ＯＫ繃走出來，快速地走向男子，站在他面前慎重地說。

漢修　　　先生，請先忍忍，先忍一下！麻煩到我辦公室來吧，請進。

男子　　　分行經理你誰啊？明明在裡面卻現在才出來！瞧不起人啊！

漢修　　　（無奈，但專注地安撫客戶）先生，您也真是的，怎麼這樣說呢？我們怎麼會看不起您呢？

職員１　　（委屈想哭）前兩季有賺錢，我跟您報告利息，您還很開心，這次只是賠了一點，您就跑來大發雷霆，這樣銀行要怎麼經營？

漢修　　　（生氣，傷心）金代理，你還不住口！

男子　　　這傢伙！（說完，穿過其他職員就要拿文件打職員１，漢修驚嚇喊著「先生！」，抱住男子的腰，男子大喊著推了漢修一把，往分行經理室去）你這傢伙，你說獲利的話年收益至少有10％，肉鋪的沈老闆也投資了五億韓元，你用話術騙我們這種老實人，事到如今才說什麼保本不保本這種難以理解的話，害我投資的一億八千萬韓元變成一億六千萬……你還有什麼好說的？

漢修　　　（無視男子的話，繼續安撫他，小心地把男子帶到自己房間，跟男子一搭一唱）先生，請您冷靜一下，先到我辦公室來好好喝杯茶，您血壓高，先冷靜，先冷靜……（說完把氣喘吁吁的男子帶到自己房間）

男子　　　（不知道漢修的腳趾受傷還踩了下去）

漢修　　　（很痛，滿身汗，好不容易把男子帶到房裡，讓他坐在椅子上）我去幫您倒杯茶，您在這裡稍等一下。

男子　　　唉……我也是很難過啊。

漢修　　　（關上門走出去，勉強忍住腳的疼痛）

＊跳接–櫃台》

漢修走出來，跟鬧哄哄的職員們說話。

漢修　　（無奈又受傷，盡力維持泰然）金代理你忍忍吧，其他人先
　　　　下班。（說完，忍著腳痛走到茶水間）

職員1　（看著他的模樣覺得難過，也走向茶水間）

第11幕　銀行茶水間內，白天。

漢修拿著杯子，職員1走進來接過杯子。

職員1　我來吧。（接過杯子，打開冰箱門）

漢修　　（流血的腳趾包著衛生紙）不要給那個人喝冷飲。端一杯會
　　　　燙口的熱茶，讓他沒辦法一口喝下，這樣他在把熱茶吹涼的
　　　　同時，不管是什麼樣的情緒也會冷卻下來了。

職員1　（照做，擔心抱歉貌）您的腳趾頭怎麼了？

漢修　　（用衛生紙包著腳趾）沒事，沒什麼特別的⋯⋯

職員1　經理，對不起，我應該道歉認錯的。

漢修　　（用衛生紙包著腳趾，從口袋裡拿出襪子穿上，不去看，平
　　　　靜地說）就當作是我調職前給你的禮物吧。

第12幕　分行經理室內，白天。

男子（坐在分行經理的椅子上）要喝薑茶，很燙，嚇了一
跳說：「啊，好燙！」
漢修坐在男子對面。

漢修　　（溫暖從容，但不卑屈）慢慢喝，慢慢喝。

男子　　（吹著茶，涼了一點之後慢慢喝下，比起生氣更是難過）我

得拚死拚活工作半年才能賺到兩千萬，可是一夕之間就在你們銀行損失了這麼多錢，這像話嗎？崔經理，你說說看啊！

漢修　　（同感貌）我相信您一定很難過，換作是我肯定也會跟您一樣，這點我百口莫辯。

男子　　真是的，呼～呼～（準備喝茶）

漢修　　（從容專注，看了一下男子的臉色）所以我在想，您投資的這個商品，正好這兩天就會到期回收，您就別再續約，用這筆錢投資其他商品，安全的商品。（說完拿出文件給男子看）換成保本的商品如何？你看這個，它的利率也很高，這是我們的新商品，您買的話就是幫我們開市的客人了。

男子　　（看著文件，表情僵硬，心想到底是真是假）是嗎？（說完無意識地喝了一口茶，燙）啊，燙！

漢修　　（抽取旁邊的衛生紙，站起來幫男子擦嘴）小心一點嘛。

第13幕　漢修住的大樓景色，晚上。

　　　　電話鈴聲響起。

第14幕　漢修的套房內，晚上。

　　　　套房牆壁上的電視裡播著寶嵐（在青少年競賽裡有不錯的成績，19歲，去年的比賽）的高爾夫球比賽，漢修穿著家居服正在洗臉，用毛巾擦頭髮，接起電話往廚房走去，倒熱水泡麵。

漢修　　（溫暖平靜地說）今天工作提早結束了嗎？你送快遞腰還受得了嗎？

第15幕　漢英（漢修弟弟）的兩房小租屋處＋漢修的套房，晚上，交錯。

漢英（穿著快遞員制服）在廚房裡烤魚。

漢英　　　（不自在）車禍受傷的腰怎麼可能一夕之間就好，你有事嗎？

漢修　　　（抱歉貌，把泡麵放進鍋裡）總之小心點。

漢英　　　（無言，把魚放到餐桌上，放在正在看電視的媽媽面前，邊講電話）你要是擔心，不如多給我們一點錢，都當到分行經理了，賺的錢通通只給妻小，身為長子居然把媽媽丟給最小的弟弟照顧，一個月還只給二、三十萬韓元，這到底是怎樣？（說完，跟漢修母親一起吃飯）

漢修母親　（吃飯不想聽，喪氣貌）

漢修　　　（無話可說，攪動泡麵）……可以換媽聽一下電話嗎？我下禮拜要轉調了，來不及去找她，想在電話裡跟她說一聲。

漢英　　　（厭惡貌）媽睡了。（說完掛上電話）

漢修母親　（難過地看著漢英）

第16幕　漢修的套房內，晚上。

漢修看起來很慘但忍著，站在廚房把泡菜整盒拿出來，直接端著鍋子吃泡麵，然後打開冰箱，拿出結凍的隔夜飯倒進泡麵鍋裡，用湯匙把飯散開，繼續吃，坐到電視前面看寶嵐的比賽。

漢修　　　（嚴肅，有點無奈）她去年也是，發球一直會往右邊去，所以一直被推到右邊，唉……

這時，打開著放在廚房餐桌上的筆電，顯示薇珍打來的視

訊電話。

漢修　　（著急地把泡麵放在地上，趕緊坐到筆電前，接起電話）最近好嗎？

＊跳接–一陣子後》

漢修　　（冷靜）我現在有的錢加起來大概八千萬韓元，換成美金大概有六萬六到六萬七千。

薇珍　　（美國，安靜的路旁，車內，揉著疲倦的臉，暫時陷入思考）這些錢……連參加五個月的客場比賽都不夠，親愛的，我們放棄吧。如果她連在乙組的平均成績都擠不進前50名，明年也進不了甲組。

漢修　　（看著，認真果決地說）是因為易普症（字幕說明）的關係，她才會最近半年都這樣，在那之前，她的成績可是好到連甲組教練都有興趣，今天的比賽不是11名嗎？

薇珍　　（冷冷地說）今天是水準比較低的比賽。

漢修　　（不開心）寶嵐會聽到的。

薇珍　　寶嵐後天有比賽，先搭飛機去洛杉磯了，我為了省機票錢，現在正在開車過去的路上。我的車故障了，就先借了這台車。

漢修　　你跟誰借的車？

薇珍　　認識的贊助商。

漢修　　（好奇）怎樣的贊助商？對寶嵐有興趣嗎？哪個贊助商？

薇珍　　（無奈）到此為止吧。這種開車在整個美國到處跑的日子我已經怕了，油錢不夠，連暖氣都不敢開，這裡很冷，我也老了。

漢修　　（悲傷但不放棄）史蒂夫教練有打給你嗎？你說你寄了寶嵐練習跟比賽的影片給他，他怎麼說？

薇珍　　（心悶，看著漢修，不說一語）

漢修　　他說什麼？

薇珍	（生氣地把頭轉開）我在這裡已經沒有地方能借錢了，（難過，埋怨）你知道這裡的留學生跟移民都怎麼說我們嗎？「敲碗的」，意思就是乞丐，他們還把寶嵐當成吃錢的妖怪。我們費盡千辛萬苦貸款，還提前動用退休金，賣掉房子栽培她，我們已經做得夠多了吧？真是的！
漢修	（直愣愣地瞪著看，冷靜地說）你告訴我指導過朴仁妃的史蒂夫教練怎麼說就好，寶嵐的易普症到底治不治得好？你也知道寶嵐是得了易普症之後成績才下降的，只要治好………說不定也不是易普症，如果是根本不可能出賽吧？應該是恐慌症？也可能只是單純教練的問題。（在這之間又說）史蒂夫怎麼說？
薇珍	（難過）她的訓練費一個月就要一萬五千美元，就算餐餐吃漢堡，加上生活費、住宿費、遠距交通費，等於我們還要在她身上花三、四億韓元，我們現在連房子都沒了，你要退休嗎？真是個好主意，你就把最後的退休金通通拿來栽培她，她要是沒成功，我們就等著流落街頭！（說完掛掉電話）
漢修	（沒被影響，依然冷靜嚴肅，過了一會兒，再次用筆電打視訊電話過去）

＊ 跳接－筆電畫面》
薇珍打開視訊，淚眼汪汪。

漢修	（看著薇珍，眼睛稍微變紅，深吸了一口氣，安定心情淡淡地說）看你氣成這樣，應該是史蒂夫教練認為寶嵐還有潛力對吧？
薇珍	（看著漢修，埋怨貌）
漢修	寶嵐就是我們最後的希望，薇珍，我們再撐一下吧！我會想辦法籌到錢。
薇珍	（難過，受傷）你敢退休試試看。
漢修	（說不出話）……
薇珍	還要撐什麼？我已經在美國七年了。

漢修	（打斷，想哭的樣子，突然說）寶嵐都沒放棄了，高爾夫就是她的一切，我們身為父母的怎麼可以放棄？
薇珍	……（擦眼淚，冷靜下來，暫時沒有其他動作）
漢修	……
薇珍	（拿起旁邊的保溫瓶喝水，看著漢修，心疼淡淡地問）你什麼時候要調到濟州蔚藍去？
漢修	下禮拜。
薇珍	回到故鄉應該會見到朋友吧。
漢修	（心情複雜）什麼朋友？都二、三十年沒見了。
薇珍	（對漢修的妹妹漢淑感到抱歉）會去找小姑嗎？
漢修	（淡淡貌）錢……我會想辦法籌到的。
薇珍	（難過地關掉視訊）
漢修	（蓋上筆電，起身，打開旁邊的泡麵紙箱開始整理）

第17幕　飛機飛行＋機艙內，另一天早上。

漢修從飛機內心情複雜地往下看。

第18幕　濟州海岸路＋漢修車內，白天。

後座堆滿了行李。
漢修開車中。

第19幕　濟州西歸浦市區的大樓電梯內，白天。

漢修心事重重地站著，看著旁邊的地板上堆滿行李及好幾個泡麵紙箱。

第20幕　大樓裡，白天。

漢修穿著短袖短褲，把行李放到一邊，用抹布擦地板。

＊跳接–廁所內》
漢修用沾滿泡沫的菜瓜布到處刷洗。

＊跳接–大樓裡》
漢修打開行李整理，拿出寶嵐獲獎的獎盃擺好，再放上看起來很快樂的全家福照。接著用舊款的咖啡機泡咖啡，在窗邊喝，路上有人吵架的聲音，往下看。

恩喜　　（覺得荒唐，勃然大怒，E）來來來，這邊的人都來評評理，到底是我錯還是這個人錯？

＊跳接–大樓外》
恩喜的卡車跟轎車擦撞到的樣子。
恩喜站在卡車前面，轎車裡貌似流氓的年輕人走下車，跟恩喜吵架，髒話用嗶聲處理。

恩喜　　我的車明明就好好地停在這裡，是你轉彎太急才撞到我的車，不是嗎？

駕駛　　（首爾人）我在這裡轉彎，明明是你看到了卻不等我轉過去，就直接後退才撞到我的車的，臭女人！

恩喜　　（聽到臭女人，無語地說）你說什麼？

駕駛　　什麼啦？

恩喜　　臭女人？

駕駛　　（沉下臉，粗魯地說）是啊，你這個老……

恩喜　　（立刻伸出兩根手指，要刺向駕駛一般）小心我戳爆你眼睛（眼珠）！（不認輸地往駕駛靠近，眼睛瞪著，殺氣騰騰地大罵）媽的，王八蛋！話不好好說，還敢用那張臭嘴罵我老，

再亂說話啊？不過是剛長出腳的青蛙！

＊跳接–大樓窗邊》

漢修喝著咖啡，遠遠地觀察恩喜，心想那個人到底是不是恩喜，仔細地看著。

＊跳接–大樓外》

這時，印權的卡車經過停下來，印權下車往恩喜走去。

| 印權 | （和氣地想勸恩喜）喂喂喂，一個女生怎麼罵人罵成這樣？ |

＊跳接》

駕駛	（惡狠狠地對恩喜說）這老人罵人罵成這樣找死啊！（拳頭舉起又放下）矮子，小心被我教訓！
恩喜	（瞪著駕駛，有點累地說）你打啊，你這隻才剛長出腳來的青蛙，是你先罵我老的吧？難道是我先罵你的嗎？你這個爛東西……還裝委屈？在那邊裝什麼可憐？看我把你眼珠挖出來咬一咬再吐掉，可惡！
駕駛	（又把手舉起來）真是的。
印權	（攔住恩喜，準備要把她帶走）恩喜，走吧……（安撫駕駛）首爾來的先生，你也快走吧。
駕駛	（忍住氣往回走）真是踩到屎了，今天有夠倒楣，遇到這些二百五。（吐了口水後上車）
印權	（聽到這句話把上衣脫了丟一邊，衝向駕駛，抓住他的手臂轉過來，要他自己看，沒有表現出太生氣的樣子，只是帶有殺氣）她的車子根本沒發動，怎麼會撞上你的車？你這個腦袋空空的王八蛋！好啊，來打一場啊，二百五？你真的知道那是什麼意思嗎？就是指你這種沒大沒小的傻子，這種話是拿來罵你的，幹嘛扣到我們頭上？你這個醜又無腦的死王八蛋！

駕駛	（爆氣地說「該死」，打斷印權的話，握緊拳頭）
印權	（快速躲開，後面的浩息被打中〔原本是來勸架的〕，鼻血噴了出來）
浩息	媽的！

＊跳接－人行道》

英珠在放學路上看到在吵架的浩息，覺得無語、厭惡又難過，走在一起的善美向英珠說話。

善美	（覺得有趣而笑著）班長，你爸爸流鼻血了，副班長的爸爸光著上身，哈。

英珠感到受辱。阿顯也在一旁的人行道上，看著印權覺得難過又丟臉，離開，英珠也離開。

＊跳接》

印權	（拿出手機打電話）你沒事幹嘛冒出來被打？太無聊嗎？
恩喜	（忍住火氣，也打電話說）喂，吳巡警，我是賣水產的恩喜，我在蔚藍十字路口，這邊發生了鬥毆事件，快點過來處理。（說完掛上電話，對印權說）記得把他交給警察，不然你們都會死在我手裡。（上車後離開）
駕駛	（生氣）唉，煩死了。（說完上車）
浩息	（默默地擋在車前）你要走？你走不了的，想走就先賠償我。

車子喇叭一直響。
印權彷彿自己是交通警察般指揮著車子，熟練地說：「來，停，來來來，這邊等一下！」（重複，熟練貌）

＊跳接－大樓窗邊》

漢修　　　　（看著這些人，懷念般的苦笑）這些傢伙還是老樣子，年紀
　　　　　　大了也沒變……（繼續在窗邊喝咖啡，離開）

第21幕　蒙太奇。

1. 做血腸的房間，晚上。
印權將切好的蔬菜放進大盆裡，倒進豬血，用機器攪拌。
以跳接畫面呈現，豬血噴到臉上的樣子。

2. 冰塊工廠，晚上。
冰塊從機器裡掉出來，工人們用水洗冰塊。

3. 海邊，清晨拂曉。

4. 西歸浦每日市集前＋漢修車內，早上。
路上有點塞。
漢修開著車，前頭的卡車（恩喜的卡車）越過中線往市場
開去，大家議論紛紛。

漢修　　　　（看手錶，有點不耐煩，按了喇叭後下車看到底發生什麼事）

＊跳接》
車都塞住了，喇叭聲不停地響著。

＊跳接》
恩喜的卡車突然橫擋在中線，許多駕駛嚇得趕緊迴轉，大
聲罵著：「搞什麼啊！在開玩笑嗎？」

恩喜　　　　（流著汗，辛苦地慢慢專心開車）對不起，對不起，不好意
　　　　　　思，我這都是為了討生計，不好意思。（說完，在車道違規

迴轉後要往市場去，遠遠地看到站在車前的漢修，很開心，但猶豫了一下，確定之後呈現驚嚇貌）喂，你……你……你是漢修嗎？

聽到這聲音，漢修直愣愣地看著恩喜，因為路上的狀況感到有點尷尬而露出為難的笑容。

漢修　　喔喔喔，是恩喜啊，我是漢修。（說完看著周遭）

其他車的駕駛說：「喂，把車移開！」「到底在幹嘛？」拚命按著喇叭。

恩喜　　（對駕駛們說）等等，稍等一下！（突然很著急）我遇到二十年沒見的朋友了！等一下！

漢修　　（有點為難地看著恩喜）恩喜，先把車移開吧！我之後會跟你聯絡的！

恩喜　　（一邊移車一邊跟漢修說話）欸，你來濟州玩嗎？什麼時候回首爾？你知道我的電話嗎？

漢修　　（用手機拍下卡車上的電話號碼）我拍下電話號碼了，你先把車移開吧！

恩喜　　（很著急又很開心地說）你一定要打給我喔！一定喔！（邊說邊移車）對不起，抱歉。（說完離開）

漢修　　（對駕駛們說）抱歉，抱歉。（說完趕緊上車，把車開走）

＊ 跳接－市場一處》
恩喜急著把車先停下來，再跑回剛才塞車的地方，車都離開了，恩喜有點失落。

恩喜　　啊……他走了……
攤販　　（E）喂，賣魚的，把車移走！
恩喜　　（跑過去）走了，走了，賣魚的要走了！

第22幕　西歸浦市場前，漢修的銀行全景，白天。

明寶　　（E）這位是孫代理，單身。

第23幕　銀行內，白天。

　　　　明寶在漢修旁邊介紹職員，漢修一一和職員握手，專心地
　　　　跟大家打招呼。

漢修　　（邊握手）請多指教。（說完走向下一個員工）
明寶　　這位是李組長，他的業績是第一名。
漢修　　（伸出手）你好，請多關照。
明寶　　這位是最親切的趙組長。
漢修　　請多多指教。

第24幕　分行經理室，白天。

　　　　漢修看著資料，桌上擺著看起來很和睦的小張全家福照。
　　　　明寶拿著資料走進來，放在漢修面前後坐下。

明寶　　這個是我們銀行的VVIP客戶名單。
漢修　　（從容，很有原則的樣子）金組長，在銀行我們還是說敬語
　　　　吧！
明寶　　（尷尬地笑）真是的，這裡只有我們兩個人啊。
漢修　　（看著明寶給的資料）主要客戶都是市場的商人嗎？
明寶　　這裡的商人和市區裡的地主都很有錢，跑業務可能比大部分
　　　　的首爾分行還容易。
漢修　　（翻著資料）嗯，真的耶……（感覺哪裡奇怪，看向明寶）
　　　　鄭……恩喜？

明寶	她光是現金就有十二億九千萬韓元。
漢修	（不信貌）我們的同學鄭恩喜？
明寶	（用力站起來）我們先去跟客戶們打招呼吧！（說完走出去）
漢修	（羨慕地感嘆）天啊……（邊看著資料邊收起來，穿上外套走出去）

第25幕　西歸浦市場內，白天。

漢修身上掛著布條，與明寶一起跟店家打招呼，漢修跟店家老闆握手並90度鞠躬致意。

漢修	請多多關照，有問題歡迎隨時到銀行諮詢，我們都會竭誠服務。
明寶	（向店家老闆說明）他是西歸浦蔚藍人！昌文高中，全校第一名，首爾大學畢業的。
漢修	（看向明寶）？
明寶	（看著漢修，轉向店家）啊，不是，是首爾有名的大學，衣錦還鄉，還請大家多多幫忙。
店家	好，好，不用擔心。

漢修與明寶向大家打招呼，經過市場，停下來。

明寶	（指著一間大店家）那裡！
漢修	（看著）？
明寶	那裡！
漢修	（看著大店家）？
明寶	還有這裡跟那邊！（又指向兩間大店家）
漢修	（看著店家，轉向明寶）這些是什麼地方？我們的客戶嗎？
明寶	（有力地走向寫著「恩喜家漁鋪—西歸浦店」，只有員工在工作，滿滿的客人，指著角落）最後面那邊，那裡！

漢修	（看著，人潮絡繹不絕，驚嚇，假裝不動聲色，專注地看著）
明寶	你一路走來看到的五間店全都是恩喜的。
漢修	（看著明寶）？（再次看向漁鋪，終於看到寫著「恩喜家漁鋪」的招牌，看著員工做事的樣子，生意很好，很羨慕，覺得自己很沒出息）
明寶	（看著店家做生意）這四間光是每個月的租金就超過一千五百萬韓幣。光是這間濟州店、西歸浦店以及五日市集那邊的漁獲交易，一年營收就有二十三億。扣掉員工薪水，淨利應該有三億以上。
漢修	（羨慕，從容地說）恩喜老公是做什麼的？一起做生意嗎？
明寶	誰敢跟她結婚啊？嚇都嚇死了，她自己做。（玩笑地笑）難道她還喜歡你，所以才一直沒結婚？
漢修	（看著）不要胡說八道。
明寶	（笑著）如果你還單身，那誰都說不準啊。
漢修	（平靜，沒有笑容）恩喜呢？怎麼沒看到？
明寶	她很忙啦，要送貨到附近各家超市，又要幫春禧大姐、玉冬大姐做五日市集要賣的海鮮乾貨，還要顧濟州跟這裡的水產店。對了，你住的公寓對面那家咖啡廳的大樓也是恩喜的，如果弟弟們沒有跟她要錢，她說不定已經在西歸浦跟濟州市區各有一棟大樓了，厲害吧？
漢修	（看著漁鋪，覺得自己很落魄，到底都做了什麼？轉過身）印權跟浩息呢？
明寶	（邊走邊說）唉唷，他們沒錢，他們在我們銀行貸款做生意。對了，（暫時停住，看著漢修）總公司一直要我們推銷新商品，但恩喜就是無動於衷，她只知道把錢存在銀行，不會投資也不知道怎麼用，我都替她著急了。哎，這禮拜五去同學會，你一定要想辦法說服她投資我們的商品，知道嗎？
漢修	（邊走，平靜，不太開心）你把她當成砧板上的肉嗎？還叫我烤一烤啊。
明寶	（咯咯笑）唉唷，你還是這麼會說話！我都想起你以前意氣風發的時候了，呵呵呵。

漢修	（笑著）接下來還要去哪裡拜訪？
明寶	（開完笑地彎腰說）是的，經理，這邊請。
漢修	（笑著走過去）
明寶	對了，我們接下來要去拜訪加油站老闆，他們家女兒也跟寶嵐一樣在美國打高爾夫。
漢修	（點頭）

第26幕　濟州島寧靜的路＋車內，白天。

漢修悶悶不樂，副駕駛座上放了一個禮物盒子。

第27幕　廣袤的馬場一隅，稍晚的午後。

漢淑，生氣貌，漢修不開心地餵草給馬兒，接著看看四周風景說。

漢修	（與妹妹對視）這座農場真大，親眼見到感覺真不錯，你辛苦了。
漢淑	（邊工作）你來之前有先去看媽嗎？
漢修	（抱歉貌）工作太忙了，來不及去。我上個月有跟她吃過晚餐。
漢淑	（停下工作，轉身看漢修）大嫂還在美國嗎？
漢修	（抱歉貌）因為寶嵐還要繼續念書……快結束了，大概再一年就行了。只要寶嵐發展得好，以後我一定會好好彌補你跟媽還有漢榮。
漢淑	（突然大怒，邊工作邊難過地說）念書個頭啦！為了供她打高爾夫球，你還把房子賣了！（邊工作邊看著漢修）我們家裡沒錢，只能供你一個人去首爾念書，我跟漢榮都只有高中畢業，結果你連媽都照顧不了，還敢說這種話？

漢修	（抱歉貌）這我百口莫辯。
漢淑	你要是還能辯就真不是人了！（說完繼續工作）

這時，妹夫走來，插手漢淑的工作，不喜歡漢修，沒好氣地說。

妹夫	（對漢修說）你吃過飯了嗎？
漢修	還沒……
妹夫	我很想招待你吃頓飯，但工作實在太多，我們自己都忙到沒時間吃飯了。
漢修	（難過貌）沒關係啦，不用了……
妹夫	（邊工作邊對漢淑說）對了，今天我媽會過來家裡。
漢淑	（邊工作）好，這邊忙完我馬上回去。
漢修	（即使看見漢淑跟妹夫在交換眼神，還是暖暖地看著他們）妹夫，我下次再來吧，我現在就住濟州，之後會常來，不用送了。（說完離開，難過想哭）

第28幕　漢修住的大樓內，晚上。

漢修把買來的小菜整袋放在桌上，邊吃飯邊看著旁邊的手機，拿起手機輸入訊息。

＊ 跳接–插入，訊息》
漢淑，哥很抱歉，你能不能借我一億韓元……

＊ 跳接》

漢修	（不發訊息了，覺得現在不是時候，刪掉，放下手機，整理吃完的碗盤）

＊ 跳接》

漢修用杯子接水龍頭的水，看到有訊息進來。

恩喜　　（開朗貌，好朋友，不是戀人的那種心動，自己這樣相信
　　　　著，E）漢修，我從明寶那邊聽到你來濟州的消息了，哎
　　　　呀，真高興，我的初戀！星期五的同學會你會來吧？要來
　　　　喔，我要好好見見我的初戀！

漢修擠出苦笑，放下手機，打開電視在YouTube找到寶
嵐的比賽，喝著水走到窗邊，看著底下的咖啡廳，看到寫
著「恩熙家咖啡廳」的招牌，客人們在喧鬧的咖啡廳裡看
起來很放鬆。漢修貌似心事重重地看著咖啡廳。

明寶　　（E）你住的公寓對面那家咖啡廳的大樓也是恩喜的，如果弟
　　　　弟們沒有跟她要錢，她說不定已經在西歸浦跟濟州市區各有
　　　　一棟大樓了，屬害吧？
漢修　　（恍惚，苦悶）我都幹了什麼啊？連棟房產都沒有……（看著
　　　　電視）我都在栽培你這丫頭啊，對吧？（說完再次轉頭，看
　　　　著窗外的咖啡廳）真是太羨慕了……（說完，難過遠遠地看
　　　　著海邊，心悶）

第29幕　恩喜家前的小路，晚上。

恩喜想到漢修笑著，快步走向英玉的店裡。

第30幕　回想＋現實交錯，白天。

1. 濟州安靜的路上以及奔馳的巴士內，白天，回想。
漢修（穿著制服的高中生，胸前別著名牌，帥帥的，有點

像小混混），看起來生著氣，窮苦樣，坐在位子上看著窗外，座位旁邊放著一個很大的芝麻袋。

巴士停下來，學生們紛紛上車。

恩喜（穿著制服的高中生，別著名牌，樣貌不好看，結實的樣子），手上的大網袋裡裝著一隻小豬，抱著上了車，漢修坐在對面的位子，巴士開動。

男學生1　（開玩笑）天啊，漢修、恩喜！你們不去學校嗎？怎麼一個扛豬、一個扛布袋？

男學生2　（看著恩喜）你是要賣掉賺錢去校外教學嗎？

男學生3　（看著漢修的布袋）漢修，你要賣什麼去校外教學？芝麻？小米？還是高粱？

漢修　　（生氣地瞪著男學生，淡淡地低聲說）芝麻。

女學生1　（笑著對恩喜說）欸，把豬賣掉太可惜了，還是別賣了吧！

恩喜　　（瞪著）婊子。

女學生1　（站起來）你瘋了嗎……

漢修　　（看著女學生1）坐下。

恩喜　　（毫不在意女學生1地看著漢修）

男學生1　（笑著）別坐，打架啊。

漢修　　（起身抓住站著的男學生1的領子，讓他坐下，直直地瞪著，男學生1氣勢退了，瞪向其他男學生。漢修看著女學生1，霸氣地叫她坐下，女學生也沒勁了，回到自己座位上）

恩喜　　（抱著小豬，從容地看著漢修）

漢修　　（不動，看著窗外）

2. 漢修住的大樓，晚上，現在。

漢修，瓶子裡裝著水，拿熨斗，在白襯衫上噴水後開始熨燙。

3. 英玉的攤子內，晚上，現在。

恩喜喝著燒酒看著海，想到漢修就很開心。

恩喜	天啊，海邊真舒服！
英玉	（在廚房裡做下酒菜，開朗，有興趣地說）然後呢？就這樣而已嗎？
恩喜	（看著英玉笑）才不是，當然還有後續，後來就是我們去木浦校外教學。

4. 木浦市區一隅，小超市＋小巷子，白天，回想。
恩喜用吸管喝著袋裝咖啡牛奶走出來，走向小巷子。
漢修滅掉香菸。

恩喜	（冷靜直說）自由活動時間大家都去儒達山，你怎麼不去？
漢修	不想去。
恩喜	你在跟誠善交往吧？有接吻嗎？
漢修	（冷靜地看著說）分手了。
恩喜	（喝著咖啡牛奶）接吻的感覺好嗎？
漢修	（看著無語，可愛地笑著）
恩喜	你是不良少年吧？你們睡過了嗎？
漢修	（不看恩喜，無語地笑）
恩喜	（喝著咖啡牛奶，一副無所謂地說）你應該不會跟我這種醜八怪交往吧？
漢修	（暖暖的，無語地笑）
恩喜	（遞給漢修咖啡牛奶）
漢修	（低著頭）
恩喜	（又繼續喝咖啡牛奶，一副無所謂地說）喂，反正我們也沒事做，要不要來接吻？
漢修	（無語）什麼？（說完笑著）
恩喜	（淡然，隱藏著失望，從漢修前口袋裡拿出香菸盒說）香菸給我，想抽抽看。
漢修	（搶不回香菸，搭著恩喜的肩膀笑著走）不要這樣，你是好學生。
恩喜	（驚訝地看著，有點心動）？

漢修	（笑著，像是對男生朋友那樣，用手弄亂她的頭髮）看什麼看？你很可愛耶，走吧，自由活動時間應該快結束了。
恩喜	（停住站著，直說，踮起腳看著很高的漢修）我喜歡你，把我佔為己有吧，或者你當我的人。
漢修	（笑著，像是要安慰一般，搭著恩喜肩膀）走吧！恩喜。

說著，恩喜捧著漢修的臉，輕輕地碰了一下嘴唇。

漢修	？

5. 英玉的店內，晚上，現在。
恩喜跟英玉對坐著。

英玉	（覺得太有趣，跺著腳）天啊，天啊，真的嗎？
恩喜	（呵呵笑，倒了酒來喝）真的啦！（說完模仿接吻的樣子）親！

這時，定俊走進店裡，走到廚房拿了燒酒跟杯子出來，坐到恩喜旁邊。

英玉	（大笑，跺著腳）姐你實在太厲害了，故事就到這裡嗎？
恩喜	（興致昂然）沒有，還有後續。
英玉	（身體往後仰，很有興趣的樣子）哇哇哇！還有啊？那你繼續說！
定俊	（坐在恩喜旁邊，注意著英玉但假裝沒有，喝著酒）
恩喜	（心情很好地看向定俊）我在跟她說我初戀的故事。
英玉	（對著恩喜，笑到快暈過去）姐，你快說。

6. 漢修住的大樓內，晚上，現在。
漢修蜷曲地坐在玄關，擦著皮鞋，想到以前的事情笑著。

恩喜　　　（E）美蘭你不要鬧啦！美蘭！

7. 教室走廊，白天，回想。
美蘭笑著說「去死吧！」，跑過去，從一樓一路跑上二樓、三樓。
恩喜用快哭的表情說著「去死啦！」，追上美蘭，用力推著同學，抓不到美蘭，快哭了，累翻的樣子。

恩喜　　　美蘭，美蘭！站住，你要是敢講，我就殺了你！

＊ 跳接－教室內，回想》
美蘭笑著快速打開教室的門，太過突然而嚇到同學，以為是老師來了，全部坐回自己座位，漢修只顧著讀書。

美蘭　　　（打開門走進來，往漢修的方向走去）
印權／浩息（校服上別著名牌）幹嘛呀……
美蘭　　　（問漢修）欸，你真的親了恩喜嗎？
漢修　　　（讀著書抬起頭來）
印權　　　（像流氓一樣，對嚇到昏頭的浩息說）喂，這是怎樣？暈了嗎？
浩息　　　（看著茫然看著漢修的恩喜，難過貌）
誠善　　　（漂亮，生氣地看著漢修）
美蘭　　　你快說，你真的吻了恩喜嗎？真的是你主動又霸氣地強吻她的嗎？
恩喜　　　（快哭出來的樣子走進來，看著美蘭，大叫）欸，你這傢伙！（說完哭喪著臉看著漢修）
漢修　　　（淡淡地看著美蘭、恩喜，想追問又無語的樣子）我？親你？主動？強吻？
恩喜　　　（快哭了，抱歉貌）……
漢修　　　（看著恩喜，無語）喂……（坦率地說）你也很享受吧。（說完繼續讀書）

恩喜跑過來，喘著氣，被漢修的話嚇到，無話可說。
美蘭、印權、浩息及同學們紛紛：「欸欸欸！」跑向恩喜，搖著她要她確認。

8. 英玉的店裡，晚上，現在。

英玉／恩喜 （互看著笑著，大聲說）「你也很享受吧！啊！」（兩次、三次反覆著，笑著）「你也很享受吧！啊！」

定俊 （看著兩人的舉止，特別看著英玉，感到好笑又無語，假裝在喝酒，一邊看著英玉，心也向著英玉，微笑）你們瘋了嗎？

英玉／恩喜 （互看，拚命地笑）「你也很享受吧！啊！」

＊ 跳接》

漢修放鬆但也苦苦地笑著（回想過去），再次看向咖啡廳，拉上窗簾，感嘆人生真辛苦，結束在這個畫面。

第二集

漢修與恩喜 2

我的朋友，謝謝你順利長大成人，
守護了我的美好回憶與青春時光。

第一幕　序章（字幕：七年前）。

1. 汽車奔馳在東海，晚上。
宣亞開心地享受著，將身體伸出敞篷車外，隨著音樂擺動，高興地呼喊：「是海！是海耶！」享受著吹拂的海風。
東昔（下巴貼OK繃）熟練地駕車，哼唱著〈Tennessee Whiskey〉的曲調，心情輕鬆自在，時而開心喊著：「海耶！」

東昔	抓好，抓好喔！我要轉圈了！（轉動方向盤，在沙灘上打轉）
宣亞	（開心）啊！好棒！海風好舒服！
東昔	（笑得很開心，駕車轉圈）

＊跳接，交錯－回想中的回想》
高中時期的東昔（滿臉是傷，新舊傷痕同時存在，臉部與手部皆是）與國中生的宣亞（沉默，原先輕輕抓著東昔的衣角，後來緊抱住腰間，將頭靠在東昔背上）。兩人騎著老摩托車，戴著陳舊的安全帽，往濟州島海邊奔馳而去，面露難以言喻的苦澀表情。

＊跳接—七年前》

東昔	（將敞篷車停下，起身坐在椅背上）
宣亞	（呼著氣，興奮地發出歡呼聲，也坐上副駕駛座的椅背，感激地看向東昔）真的太棒了。
東昔	（想起從前的時光，凝視著宣亞後吻上她）
宣亞	？！（吃驚、無語，三秒後反應過來，將身體往後縮）
東昔	（移開頭，用真摯的眼神直盯著宣亞，略帶害羞）
宣亞	……（有些不知所措，不開心，用「這是什麼意思，你是我哥哥，怎麼能這樣對我？」的眼神看著東昔，覺得鬱悶，拿起包包下車關上車門，倚靠著車身，用手機搜尋江陵的叫車中心）
東昔	（困惑，覺得宣亞很奇怪〔？〕。些許慌張，難為情，下車看著她，忍著難為情的情緒，平淡地問）你要……打給誰？
宣亞	（不理會，繼續搜尋並撥打電話，毫無表情，冷酷地說）我要叫車回首爾。
東昔	（一手抓走宣亞的手機，有些生氣，不明白為什麼會這樣，惱羞成怒）
宣亞	（因手機被搶而生氣，伸手要東昔還給她，眼神銳利〔東昔哥你別鬧了的眼神〕直盯著東昔）
東昔	（嘆氣，明白宣亞的意思，極力表現平靜）原來……你不喜歡我……（掩飾心痛）好吧，上車，我載你回去。
宣亞	（一動不動，盯著東昔看，難過地看著搞壞關係的東昔，輕聲說）手機還我吧。
東昔	（心情複雜，忍住氣看著宣亞）還你的話，你就會上車嗎？
宣亞	（有點無奈）……會。
東昔	（給她手機）
宣亞	（拿回手機，坐上後座）
東昔	（透過後視鏡看宣亞）坐前面。
宣亞	（打斷他，看向後視鏡）我要坐這裡。
東昔	（無奈）坐前面……

宣亞	（盯著窗外）……
東昔	（無法理解，感到受傷，即使生氣也忍著，發動汽車）

2. 無車的國道＋東昔行駛的車，回想七年前的事。
東昔的車內，無車的國道。

宣亞	（無奈，堅決的語氣）開高速公路。
東昔	（看著後視鏡，壓抑怒氣，小聲說）不要。
宣亞	（轉頭看著窗外，傷心）
東昔	（想沉住氣，語調卻不盡然）如果你要這樣，一開始幹嘛跟我來海邊？
宣亞	（直盯著窗外，誠實並小聲說）因為你說要看海。
東昔	（更生氣，看著後視鏡，鬱悶）你覺得一男一女大半夜（沒好氣）從首爾特地開車來江陵，真的只會為了看海嗎？
宣亞	（鬱悶，勸導似的說）哥。
東昔	（受不了，忍不住怒火）別開口閉口叫我哥！我們又沒有血緣關係，我怎麼會是你哥？我是男人！你是女人！你不也對我有好感嗎？我們每天去夜店玩，你還跟我到這麼遠的海邊來，不是嗎？
宣亞	（無語，盯著後視鏡中的東昔）我……
東昔	（看著後視鏡中的宣亞，有些無法置信）
宣亞	對你……
東昔	？
宣亞	喜歡……？
東昔	（認為這句話帶有「我怎麼可能喜歡你」的質疑，停下車，深深嘆了口氣，覺得荒唐想笑，透過後視鏡看著宣亞，壓抑內心的哀戚，眼眶泛紅，繼續追問）怎樣？我這種人……不值得你喜歡嗎？是嗎？

3. 渡輪內＋碼頭，白天，現在。
東昔在貨車內張著嘴睡覺。

船上廣播告知靠岸，人們緩緩下船，東昔繼續睡。
後面的車感到厭煩，按喇叭催促。
東昔原本閉著眼睛，因巨響而睜開眼，發動車子，搖下車窗。

東昔　　（煩躁）別按了！要走了啦！（說完趕緊開車下船）

4. 揪子島，白天，現在。
東昔（疲憊、暴躁，比起前面的流氓感，更接近艱辛討生活的勞工）開著雜貨貨車，喇叭中傳出東昔的聲音，清晰且無感情的廣播音。

東昔　　（E）鯖魚、鯖魚，魷魚、魷魚，雞蛋、雞蛋，豆腐、豆腐，嫩豆腐、嫩豆腐，豆渣、豆渣，菠菜、菠菜，蕨菜、蕨菜，高麗菜、高麗菜，葡萄、葡萄，養樂多、養樂多，爆米餅、爆米餅，玉米、玉米，古早味米果、古早味米果，鋁鍋、鋁鍋，不鏽鋼鍋、不鏽鋼鍋，平底鍋、平底鍋，鉗子槌子螺絲起子、鉗子槌子螺絲起子，上衣下服、上衣下服……

5. 海邊一角，白天，現在。
村子裡的爺爺奶奶在車邊挑選雜貨，東昔在車旁忙碌地處理水產，將幾條魚放進新鍋子給奶奶1。

東昔　　（專心工作）兩萬一千韓元，算你兩萬韓元就好。（對另一個奶奶說）大姐，最近菠菜很貴，買高麗菜吧，兩千韓元就好。
奶奶1　有沒有不鏽鋼湯勺跟鰻魚？
東昔　　（左顧右盼，拿出湯勺與一條大尾的鰻魚，裝進袋中給奶奶）這是你之前託我買的頭痛藥，九千韓元，總共（思考）兩萬五千韓元（奶奶1付錢後拿了）。

爺爺1	有斧頭嗎？
東昔	（拿起一旁的斧頭，在空中揮舞幾下，快速遞給爺爺）

＊跳接》
奶奶們拿著大包小包回家。

＊跳接》

東昔	（將鋁鍋、菠菜裝進大袋子裡，拿起魷魚，對遠處的奶奶大喊）大姐，我有買你愛吃的魷魚，過來看看吧！
奶奶2	（揮手謝絕，回家）
東昔	（將東西裝進袋子，覺得奇怪後問奶奶3）藍色大門那家的奶奶不舒服嗎？怎麼不買東西？
奶奶3	（付錢，不經意地說）她前兩天跟其他雜貨車買過了。（講完離開）
東昔	（眼神變銳利，覺得不對勁，對正在挑選商品的奶奶4問）其他雜貨車？
奶奶4	（生奶奶3的氣）那個老太婆沒事幹嘛多嘴？（看著東昔）有賣電池嗎？手指大小的？
東昔	（察覺有異，望向周遭，附近居民都在工作或是在家門前曬辣椒，大聲說）你們都不來買東西嗎？
居民1、2	你下次再來吧！
東昔	（可惡，覺得他們已經跟別人買了，百般確定）什麼下次再來，今天就給我買！大姐你最喜歡的（拿起鯖魚）我都幫你帶來了！
居民	（低頭做事）
東昔	（放下漁獲，對還在挑選的奶奶4、5、6揮手，要她們離開，難受且大聲地說）你們都走吧！我今天不賣了！
奶奶們	（嚇到）唉唷，怎麼不賣了？
東昔	（生氣難受，拉上貨車的簾子，為了讓居民們都聽到，大聲高喊）你們去找其他雜貨車買東西吧！

居民	（望向東昔）？！
東昔	（看著藍色大門，再望向居民，將手扠在腰間，生氣地說）難怪我覺得今天客人特別少！我還以為你們全都在等我來。我從昨晚身體就不舒服了，媽的，但我還是沒休息，開著車搭船過來，就算一天賺不到十萬韓元，媽的！我還是來了！一年365天我每個禮拜都來，無論下雨還是下雪……可是……你們竟然跟其他雜貨車買東西？那我呢？我算什麼？今天幫你們帶的生鮮雜貨，鯖魚、魷魚、菠菜、高麗菜、豆腐、嫩豆腐，如果沒賣完，就要變廚餘了。除了生鮮以外的鍋碗瓢盆，你們可以跟其他人買！但這些不能放的東西，總是要買吧！
奶奶們	（慌張，抱歉貌）我們沒有，都在等著要跟你買啊，賣給我們吧！
東昔	（傷心）你們都一樣！看見其他奶奶買，應該要阻止她們啊！為什麼袖手旁觀？要我怎麼過活？吃自己嗎！你們都一樣！（把車上的菠菜、裝生鮮的箱子、豆腐箱丟下）都給我拿走！媽的！反正都要變廚餘！（把養樂多紙箱、玉米全丟下）你們都拿走！（養樂多碰地破裂）
奶奶們	（傷心，撿起地上弄髒的食物）東昔！東昔！你別這樣！
東昔	（上車，發動車子，難受想哭）有求於我的時候就不分晝夜地打電話過來，要我買電池、寄快遞、買藥，對自己的小孩都不會這樣呼來喚去，結果其他雜貨車一來，你們就跟他買？（無語）搞什麼！你們怎麼能這樣！我以後不來了！（說完開車離開）
奶奶們	（傷心）東昔！東昔！（彼此面面相覷）她幹嘛提雜貨車的事！這下該怎麼辦？萬一東昔真的不來了，怎麼辦？
東昔	（開著車，不開心，小聲說）我跟我媽都斷絕關係了，（看著奶奶們在遠處揮手，要他過去）跟那些奶奶們互不往來也只是小事一椿，我再也不來了，媽的。

字幕：漢修與恩喜2

第2幕　髮廊內，白天。

恩喜在髮廊洗頭，聽著曹行祖的〈謊言〉，扭動脖子。

設計師　（幫恩喜洗頭）要參加同學會這麼開心啊？
恩喜　　（隨歌哼唱，手舞足蹈）

這時，手機收到訊息，拿起一看，是弟弟傳來的影片。
恩喜毫不猶豫點開影片，身體仍隨著音樂搖擺，什麼也沒
多想，這時正植（弟弟）打電話過來。

恩喜　　（閉著眼擺動身體，接起電話）幹嘛？那是什麼影片？
弟弟　　（E，興奮）姊，你不是說要買房子給我，所以我來看公寓
　　　　了，這裡超棒，45坪，還有海景！
恩喜　　（瞬間睜開雙眼，大吼）你瘋了嗎……你又沒錢！憑你的存
　　　　款，住什麼海景公寓！小心我宰了你，去看20坪的聯棟住
　　　　宅就好！（憤怒地掛掉電話，讓設計師繼續洗頭，但越想越
　　　　氣，又撥電話）你把我的錢當你的了嗎？
設計師　（見氣氛不對，將手機音樂關掉）
恩喜　　你姊每天挖內臟、刮魚鱗賺來的辛苦錢，你竟然當成自己
　　　　的，你這傢伙，根本不是我弟，是冤家！你什麼時候才會懂
　　　　事！自己一毛錢也沒有，想買45坪的房子？等你死了我再幫
　　　　你訂45坪的棺材！（掛上電話，閉上雙眼）放音樂！
設計師　（播放音樂）
恩喜　　（聽著歌，想消氣卻無法冷靜，再次撥電話辱罵）提親也是
　　　　用我的錢，結婚也是用我的錢，買房又要我出錢！你打算一
　　　　輩子跟我伸手要錢嗎？你沒看到姊姊過著怎樣的生活？我
　　　　還住在爸媽以前的老房子耶！臭小子！小心我哪天剝了你的
　　　　皮！（再次掛斷電話，嘆口氣，閉上眼睛）吹乾吧……（冷
　　　　靜下來）

第3幕　　漢修的辦公室，白天

漢修內心焦急，認真地輸入訊息，看著內容覺得心痛鬱悶，一旁的桌上放著全家福照。

漢修　　（E）漢淑，哥真的很抱歉……可以借我兩億……（放下手機，雙手搓揉臉頰，嘆氣，將兩億刪除，輸入一億，又覺得這樣不夠，再次輸入兩億。E）一年後我就還你，也會給你足夠的利息。（眼眶泛紅，忍住淚。E）對不起，我是無能的哥哥。（太過害怕，趕緊傳送出去，此時內線響起，漢修接聽電話）好，我馬上過去。（起身，拿起公事包）

第4幕　　組長室，白天。

客人（穿著乾淨的工作制服）與漢修握手後交換名片，明寶站在一旁替兩人介紹。

明寶　　這位是上次我們登門拜訪時，沒見到面只留下洋酒的吳老闆，他在西歸浦市中心開了四家加油站……今天是來買新保險的。

漢修　　（謙遜有禮，彎腰問候）非常感謝您。

明寶　　吳老闆的女兒也在美國東部打高爾夫球。

客人　　（問候，些許尷尬地笑，語氣親近）她之前在全運會對上崔寶嵐選手，拿到了銀牌。

漢修　　（有些抱歉，和善地說）原來如此……

客人　　（尷尬，難為情）不過她現在也進不了乙組，差不多該讓她回國了。

漢修　　這樣啊……

明寶　　（對客人說）經理要先去忙客戶諮詢，這裡交給我就好，別忘了……待會兒還有同學會。（從客人看不見的角度，對漢

修邊笑邊比著喝酒的手勢）

漢修	（看著明寶後又看向客人）那我先失陪了。（眼神示意後轉身，再90度鞠躬）吳老闆，我們下次見。（離開）
客人	（原本示意後要坐下，見漢修鞠躬，又急忙站起來，露出尷尬的微笑，隨後坐下）
明寶	（坐下，為了蓋章，將印章沾上墨水）那我們來簽約吧……
客人	（打斷）分行經理的薪水很少嗎？
明寶	（抬頭思索，不明白為何突然問這個）至少應該比我……
客人	（自言自語）我想也是，沒有家產的上班族，一定沒辦法讓女兒打高爾夫球。
明寶	……（不明白，有些擔心）這是什麼意思？他女兒有在打高爾夫球啊。
客人	（鬱悶）美國留學生的移民圈跟濟州一樣小好嗎？崔寶嵐她媽媽在留學生的家長團裡，名聲不太好。

第5幕　　西歸浦市中心，白天。

漢修提著公事包，到處奔波，正在講電話。

明寶	（背景音樂很大聲。E）你在哪裡啊？怎麼還不來？
漢修	（奔跑）客戶剛好有事，等了很久……我現在要過去了。（閃躲著迎面而來的人潮，奔跑）抱歉，不好意思喔。（再次拿起手機）不過同學會怎麼會辦在大白天啊？
明寶	（E。鬱悶）喂，你說什麼？

第6幕　　KTV內部＋外部＋洗手間內（男女共用，門外貼著男女標誌）＋西歸浦市中心（與漢修的鏡頭交錯），白天。

浩息在舞台上高歌，同學們在一旁跳舞，有人穿工作服，有人穿西裝，有人穿商人服，和樂融融，彼此開心地喝著酒，喧嘩嘻笑，鏡頭朝門外而去，明寶看了一眼室內後，講著電話走到洗手間。

明寶	我跟你說過多少次，同學會從中午就開始了。
漢修	（邊跑邊說，氣喘吁吁）是嗎？
明寶	（走向洗手間，拉下拉鍊，講著電話）今天的聚會不只是同學會，也是我們拉客戶的機會，你神經繃緊點。（朝向看著自己的印權說）漢修。
印權	（些許醉意，搶走手機）神經病，你的朋友不是經營小本生意，就是跑船、務農，明天一大清早就要各自去魚市場、下田、出海，所以得早點狂歡完回家睡覺啊，臭小子！快點來啦！否則我把存在你們銀行裡的錢都拿走！分行經理了不起嗎？顧客至上！（作勢將手機還給明寶，又突然搶回來）對了，我是印權。
漢修	（喘氣，一邊笑著）喔，印權，很高興聽到你的聲音，好啦，我快到了。（繼續跑著）

＊跳接－洗手間》

印權	（解尿，平淡地說）那傢伙不會來啦。
明寶	（解尿，無語地看向印權）臭小子，漢修說到做到，怎麼可能不來？
印權	（醉醺醺，維持解尿姿勢看向明寶）如果那傢伙出現在同學會上，我就把手剁給你！那個臭傢伙八年前要把媽媽帶去本島時，就是因為不想見到我們，才大半夜將她帶走。你、我、恩喜，自從他去了首爾就把他媽媽當成親生母親照顧了幾十年，那傢伙連一句謝謝都沒有。
明寶	那是因為他覺得沒臉見我們。
印權	朋友之間在意這些幹嘛！跟浩息那傢伙一樣。

浩息	（踏進洗手間，忍住怒氣，上下打量印權）這傢伙真是開口就在說人閒話，（斜睨著印權）把你的拉鍊拉好。
明寶	（拉起印權的拉鍊）我拉好了，不要吵架了。
印權	（拉起拉鍊，睨著浩息，呲嘴一聲）欠揍！
浩息	（不認輸）揍我啊！（哼歌）不揍就是你沒種，（探頭挑釁）來啊！
印權	（打後腦勺）
浩息	啊！（作勢撲上）
明寶	（擋在兩人中間）不要再吵了！你們怎麼一見面就吵架？
印權	（狠睨，來回看著明寶與浩息，大聲說）怎麼可能不吵？這傢伙年輕時沉迷賭博，我為了讓他戒賭，不借錢給他，結果他一直懷恨在心。我為了讓你做冰塊生意，甚至動用市場的關係，竟然不知感恩……
浩息	（挑釁語氣，不斷靠近印權，還打斷他）我不僅不知感恩，明明比你小一歲，還講話沒大沒小！老是跟你作對！是吧？我女兒聰明會讀書，把你兒子踩在腳下。我們英珠這次又是第一名，你兒子只是區區第二名。

印權在浩息講完話前，憤而拿起旁邊洗抹布的水桶，一股腦地潑向浩息，甚至波及一旁的明寶。

浩息／明寶	（咳嗽）
恩喜	（從女生洗手間走出來，拍著手，看著印權）你贏了，恭喜啊！
印權	（丟下水桶，走出去大喊）小心我把你大卸八塊加進血腸湯。
浩息	（嗆到，朝印權奔去）你有種別走，來打一架啊！站住！
恩喜	（攔住，拿出手帕，用力擦著浩息的嘴，讓他說不了話）你跟他比，只會被他打，別鬧了，看在往日的情份上吧！（也將手帕給明寶）喂，擦乾淨再帶他回來！（邊走出去邊罵）一群神經病……
明寶	（隨便擦拭，替浩息擦乾淨）你對其他人都很和顏悅色，為

什麼每次都要跟印權硬碰硬？以前不是稱兄道弟的嗎？

浩息　　（拿走手帕擤鼻子，受氣的模樣）他留級一年很光榮嗎？你們也把他當同輩，為什麼我就要把他當哥哥？而且我對別人都和顏悅色，唯獨對他大小聲，就代表一定有我的理由啊，不是嗎？可惡。

明寶　　（看著離去的浩息）有苦衷就說啊！臭小子。（知道浩息已經走遠，正要回去包廂時，突然想起來）

明寶　　（E。擔憂）什麼名聲不好？

＊跳接－閃回（回想不久前與客人在辦公室的對話）》

客人　　（小心翼翼）崔寶嵐最近因為易普症的關係，成績一落千丈⋯⋯還聽說她媽媽跟男性贊助商來往甚密⋯⋯更令人擔憂的是她經常四處借錢不還⋯⋯她先生是分行經理，信譽不是很重要嗎？

＊跳接－ KTV包廂外的走廊，現在》

明寶悶悶不樂地走著，覺得不對勁抬頭一看，發現仁靜正盯著自己。

明寶　　（內心一震）啊，老婆⋯⋯

仁靜　　（上下打量明寶，不開心）你最好別玩到太晚！

明寶　　（困惑）你怎麼了？不繼續唱了？

仁靜　　（舉起拳頭）我突然肚子痛，要走了。（離去）

明寶　　（對離去的仁靜說）大家聚在一起多⋯⋯（確定仁靜離去後，面露欣喜）太好了，我老婆走了⋯⋯（接起電話）喂，你怎麼還沒來？你去那裡幹嘛？我說的是後面那棟啊！（掛斷進去包廂）

印權　　（E）來來來來，下一位，恩喜！

浩息／朋友們　　（E）恩喜、恩喜、恩喜。（拍著手，拱她唱歌，背景音

樂響起，E，姜志敏版本的〈Whisky On The Rock〉）

第7幕　　　KTV包廂，白天。

　　　　　　印權將麥克風丟給遠處的恩喜說：「接好！」同學們個個
　　　　　　嘴上喊著：「恩喜、恩喜！」恩喜拿起麥克風，捲起麥克
　　　　　　風的線，將同學給的啤酒放到桌上，大口喝起一旁的飲
　　　　　　料，隨著音樂擺動起舞，（前奏較長）像名經驗豐富的歌
　　　　　　手，踩上桌子。同學們開心地隨著恩喜的歌聲一同歡唱，
　　　　　　印權與浩息兩人跳著舞，不小心對到眼後，馬上撇開頭。

恩喜　　　（唱歌）那天是我的生日，事後憶起。
印權／浩息／其他　　事後憶起！
明寶　　　（開門進來，一同拍手唱歌）
恩喜　　　年歲增長，並非全是壞事。
印權／浩息／其他　　並非全是壞事！
明寶　　　（唱歌）並非全是壞事！（看向門口）
漢修　　　（滿頭大汗地開門，進來後環顧一周，笑著看向唱歌的恩
　　　　　　喜，覺得她很可愛，並與明寶對上眼）
明寶　　　（朝漢修揮手，對一旁的印權笑）漢修來了，你要剁手了
　　　　　　耶？
印權　　　（瞄一眼漢修，用手在明寶面前揮來揮去，開玩笑說）剁
　　　　　　啊，剁啊，把手給你，你也不會剁啦！（突然起身跳舞，拍
　　　　　　手，裝做若無其事）漢修，是漢修！
同學們　　（聞聲轉向門口）哇！是漢修！（開心上前擁抱他）
恩喜　　　（唱到一半發現與同學們握手問候的漢修，即使嘴上掛著
　　　　　　笑，卻不漏詞，專注地熱唱，對漢修比手勢，要他踩上桌）

　　　　　　所有同學，包含印權也笑著靠上前，拱著漢修去恩喜那
　　　　　　裡，高喊著：「漢修、漢修！」只有浩息表情凝重（吃

醋，雙眼只有恩喜，隨著歌聲跳舞）

漢修	不、不、不，我不行啦，我已經很久沒有唱歌了。（即使拒絕還是被朋友們推到恩喜的桌上）
印權	（拿起別支麥克風，握在漢修手上，恐嚇貌）你如果破壞恩喜的興致就死定了！
恩喜	（開心地唱著，示意漢修加入）
漢修	（看著同學期待的目光，雖然難為情，還是豁出去與恩喜一起唱歌，唱得很好）
同學們	（雀躍）啊！
恩喜	（笑著高歌律動）
漢修	（跟著恩喜擺動，唱歌）

＊跳接－ KTV外＋內》
東昔掛著笑容走進來，看到大家玩得開心，也一起跟著眾人起舞，並與拿著麥克風的漢修對視，淺笑一下。倒了一杯酒給正在唱歌的漢修，並在印權身邊跳舞。

印權	（跳舞跳到一半，看見東昔覺得無語）你跟我們不同年，來學長姐的同學會幹嘛？（雖然這麼說，卻伸出拳頭要與東昔打招呼，對明寶說）是不是你告訴他我們在這裡？
東昔	（自在地坐下，笑著與印權用拳頭打招呼）
明寶	（與東昔握手）他永遠知道哪裡有酒喝。
東昔	（與明寶握手，很開心，笑得有些浮誇）哈哈哈！（跳舞喝酒）
印權	（看不慣東昔，卻不甚在乎，繼續喝酒玩樂，倒酒給漢修）
漢修	（接過酒喝下）
明寶	（盡興跳舞）

印權、浩息和眾人，跟著桌上的恩喜與漢修一同跳舞，玩得不亦樂乎。

第8幕　KTV後方停車場，晚上。

　　　　　　恩喜、東昔、浩息與同學們（一同唱著歌）三三兩兩，往車子走去。
　　　　　　恩喜說：「喂、喂、喂，別這樣！漢修只是個上班族，哪有錢這樣花？我們就跟以前一樣一起分攤吧！不然乾脆我來付！」
　　　　　　東昔、浩息與其他朋友不管她，全擠在恩喜的卡車旁，醉醺醺地亂唱一通。

恩喜　　　喂，分行經理哪能賺到多少錢？老朋友好不容易回鄉，你們沒招待他，還敲他竹槓，你們是流氓啊？（想要轉身就走）

　　　　　　東昔、浩息與其他人拍手吆喝，讓恩喜無法回去結帳。
　　　　　　恩喜心裡焦急，卻被眾人圍住無法脫身。
　　　　　　這時幾名朋友從酒吧出來，往大路走去。

朋友們　　喂，大家不要開車喔，不然要在警察局續攤了！
印權　　　（跟在後頭自酒吧走出來，拿著信用卡在空中晃，洋洋得意）我搶走漢修的信用卡付完酒錢了！
東昔／浩息／朋友們　　（開心拍手叫好）太棒了，太棒了！
恩喜　　　（不好受，走到印權身邊，搶走卡片）你這個流氓。
印權　　　（抓住恩喜手臂）你別讓男人顏面盡失，漢修可是分行經理，睽違二十年回鄉，請我們這群做生意的朋友喝點酒也不為過吧？你就是不懂男人心，才會到現在還沒結婚。
恩喜　　　沒結婚總比你被休了好。（說完離開）
浩息　　　（拍手）沒錯！說得好！
印權　　　（瞪浩息）我離婚總比你老婆跑掉好。
浩息　　　（衝上前）什麼！
印權　　　（不服輸）怎樣！
東昔／朋友們　　（拉開兩人，笑嘻嘻貌）好啦、好啦……

這時，定俊來了，擋在印權與浩息之間。

定俊　　（笑著擋住兩人）好了啦，哥，別生氣了……

第9幕　　KTV洗手間外，晚上。

男女共用的化妝室裡（門微微敞開）傳來漢修嘔吐的聲音，明寶與恩喜在外頭說話。

明寶　　（無奈，提起漢修付的酒錢）一百八十萬韓元。
恩喜　　（難受，無語）你們喝這麼多幹嘛，小心肝都爛掉。
明寶　　（疲倦地笑）哈哈，我該回家了，不然仁靜會發飆。
恩喜　　回去吧。
明寶　　（邊走邊開玩笑）他是有婦之夫，你別動歪腦筋。
恩喜　　（看著明寶，笑著露出無奈神情）受不了……（走進洗手間，敲門後輕拍漢修的背）在首爾活得好好的，結果反而老了命喪故鄉！
漢修　　（吐得不成人形）

第10幕　　浩息、印權的家，晚上。

英珠打開家門，睡衣外頭披著針織衫，穿著拖鞋下樓，阿顯（穿休閒服，拖鞋）看著她走下來，確認周遭無人後，輕輕扶住英珠的頭，吻了她一下，溫暖地笑著，轉身下樓。英珠看著阿顯的身影，雖然心想未來該怎麼辦？但沒有多想也跟著下樓。

第11幕　　浩息、印權的家門口＋定俊的公車前＋英玉的店

內，十二點左右。

定俊開車，一旁為印權，後面則是東昔和浩息，除了定俊
以外其他人皆呼呼大睡。
定俊將車子停在房子前，鳴了聲喇叭後停車。

＊跳接》
英珠與阿顯為了不讓爸爸們發現，裝作不熟地站在兩側，
定俊的車子靠近。

定俊　　（從車上下來，叫醒印權）哥、哥，到家了，到家了喔。

印權意識朦朧地下了車，看著阿顯覺得無奈，阿顯攙扶著
跟蹌的印權。

阿顯　　拜託你站好，好嗎？
印權　　（打阿顯的後腦勺，醉醺醺貌）竟然用這種語氣跟爸爸說
　　　　話！我可是用血腸把你養大的，臭小子。
阿顯　　（在英珠面前覺得丟臉，但忍住）
印權　　（走到一半，看到英珠讓他很不滿）臭丫頭，看到長輩也不
　　　　會問好。
英珠　　（比起討厭更接近不自在〔因為想到印權討厭自己〕，向印權
　　　　點頭示意）
印權　　連點頭都這麼敷衍，真沒禮貌。
阿顯　　（難受，攙扶印權）我們快點回去！
定俊　　（爽朗）大哥，回去小心！
印權　　（朝定俊說）喔，你回去吧。（被阿顯攙扶回家，因醉意而叫
　　　　罵）你這個臭傢伙，我把你養這麼大，居然連我都揹不動，
　　　　養你要幹嘛，考試只考第二名。
阿顯　　（難受但沒有回話）

＊跳接》
定俊扶浩息下車。

定俊　　哥，快醒醒，英珠來接你了。
英珠　　（心疼酒醉的父親，以對朋友發脾氣的語氣，卻沒有過火）
　　　　快點站好，我累了，扶不了你，快站好！
浩息　　（開心，酒醉）唉唷，好的，我的寶貝女兒，我家英珠。
英珠　　（對定俊說）哥，謝謝你。（率先轉身離開）
浩息　　（搖搖晃晃地走回家，跟不上英珠的速度，但很替女兒高興）
　　　　英珠，第一名，等等爸爸呀，我聰明的第一名女兒。

＊跳接》
定俊看著浩息與印權，笑著回到車上。

＊跳接－定俊的公車附近，東昔的車》

定俊　　（搖醒東昔）哥，要不要去我的公車上睡？
東昔　　（打呼，看起來格外淒涼）……
定俊　　（放棄，將一邊車窗搖下，使空氣流通，從貨車後座拿出一
　　　　條毯子蓋在東昔身上，輕輕關上車門，然後望了一眼英玉的
　　　　咖啡廳）

　　　　裴船長和英玉喝著酒，看著英玉手機裡的影片笑得很開
　　　　心，裴船長說：「好笑吧，很好笑對不對？」
　　　　定俊看著兩人的模樣，原本打算走回公車，卻突然轉向咖
　　　　啡店，大力地打開門。

定俊　　（冷漠無表情，對英玉說）你不打烊嗎？
英玉　　（笑著）要啊。
定俊　　（拉了椅子坐在一旁，面無表情）我幫你打烊。
裴船長　我會幫她，朴船長你先走吧。

定俊	（看不順眼裴船長，問英玉）我要走嗎？
英玉	不用。
定俊	（不理裴船長，保持坐姿）
裴船長	（看了一眼英玉後，再看向定俊）你不走？
定俊	（面無表情，賭氣）她說不用。
裴船長	（看著英玉）你們是什麼關係？
英玉	（看著定俊笑了，也看著裴船長笑）船長跟海女。
裴船長	（不悅）真了不起……我一點也不想喝酒了。（起身）幫我記帳。（離開）
定俊	（起身整理椅子）
英玉	（打掃）你為什麼要對我好？該不會是喜歡我？不行喔……會受傷的。
定俊	（專心收拾）決定權在我身上。
英玉	什麼？真的喜歡我？（開心地收拾店內，看見訊息）

＊跳接－嵌入鏡頭，訊息》
我快想死你了。

＊跳接》
英玉看見訊息，瞬間不高興，將手機關了。

英玉	（僵硬）船長，直接關門離開吧。（丟下衣服和包包，轉身就走）
定俊	（看著英玉離去的身影，困惑）

第12幕　便利商店，晚上。

恩喜在便利商店買了解酒液，急忙地走出來，閃躲十字路口的車，朝KTV走去。

第13幕　KTV停車場附近，晚上。

漢修坐在出入口旁的階梯，一臉狼狽，因醉意大口喝下解酒液，含在嘴裡笑了起來，解酒液都流出來。
恩喜在一旁笑說：「你是怎樣啦！」漢修嘴裡的解酒液噴出來，還噴到恩喜的衣服，她看著漢修。

漢修　　（含著解酒液笑）

恩喜　　（開心地笑）拜託，有什麼好笑的？我只是問你記不記得小時候被我強吻，我還騙別人是你強吻我，這有那麼好笑嗎？

漢修　　（喝下解酒液，對恩喜發自內心地笑）那時候你直接在學校昏倒，太可愛了……真的很可愛……

恩喜　　（大聲，但心情很好，笑得嬌羞）既然你覺得我可愛，那應該跟我交往啊，臭小子，我那時候真的很喜歡你。

漢修　　（帶著微笑看著恩喜）你怎麼沒結婚？

恩喜　　（半開玩笑，直說）因為沒遇到你這種人啊？回家吧，我一滴酒也沒喝，我上個洗手間後就載你回去。（指著自己的卡車，起身）

漢修　　（看著恩喜的身影，露出溫暖的微笑，擦拭嘴角，這時來了訊息，漢修拿起手機）

漢淑　　（難過、埋怨、想哭的聲音，E）哥，你真是太過分了！怎麼能跟我借錢！（大聲）我哪裡來的兩億韓元？我高中畢業後就到本島的工廠工作，供你上大學！你替我做過什麼？我們的農場都是跟銀行貸款的！你連媽都照顧不了……（難過）叫你老婆跟女兒回首爾吧！不要這麼窩囊到處借錢！

漢修　　（心痛淒涼，想哭，嘆口氣，看向周遭，隨時都會哭出來）

第14幕　漢修的租屋處前＋恩喜的車內，晚上。

恩喜的卡車出現並停下。

恩喜	（看著漢修住的公寓，再望向自己的店）你就住在我咖啡廳的對面耶？你住幾樓幾號？
漢修	（陷入苦思，對自己的處境感到難過）……
恩喜	你醉到走不動了？要我扶你嗎？
漢修	你等一下要去哪裡？明天星期六我放假。
恩喜	哇，命真好，星期六還能放假。（看手錶）我待會兒要去魚市場，你下車吧。
漢修	（沉思，看著恩喜）還是我跟你去魚市場？我家一個人也沒有……也睡不著。
恩喜	（輕鬆地笑了）好啊。（開車離開）
漢修	（看著窗外的濟州大海，內心惆悵）

第15幕　魚市場內，凌晨。

酒醒的漢修，臉上有些浮腫，站在原地呆望著往來奔波的冰塊商與水產商，以及競標時俐落快速的手勢，看著眾人努力打拚生活的模樣覺得敬佩，另一方面也感到不由自主地悲傷。

遠方傳來口哨聲，漢修抬起頭。
恩喜在出入口揮著手說：「這裡！」
漢修往恩喜的方向走去，恩喜想要轉身，一位水產商對她說。

商人	那是誰？你男朋友？
恩喜	（打他的背）對啦，我老公啦，怎樣！（跟走過來的漢修並肩而走）濟州島的人就是愛管閒事，什麼都要問一下，煩死了。
漢修	（沉穩地笑）這就是濟州啊，接下來要去哪裡？
恩喜	你知道定俊的弟弟基俊吧？我把東西拿給他之後，我們去吃

飯。

經過的批發商1對恩喜說。

批發商1　鄭老闆，你今天買了多少？
恩喜　　（無奈，往卡車走去）我沒買什麼，只買了八千韓元。
漢修　　（羨慕的眼光）……（苦澀）

第16幕　濟州的海邊一角，白天（回想＋現在）。

高中時期的印權、浩息、恩喜、漢修、美蘭穿著別有名牌的制服，丟下鞋子與書包，朝著海邊奔去，所有人嘻笑喧鬧，背景音樂撥放類似〈月〉的抒情歌曲。

＊跳接－海邊，現在》
恩喜停下車，兩人一同看向海邊，猶如一同望見學生時代，帶著思念之情。

恩喜　　（看著回憶的片段，露出懷念的笑容）那時候除了上學，我們只要心情不好，就會不顧一切，天不怕地不怕……穿著制服跳進海中……你記得嗎？
漢修　　（懷念，看著大海〔回憶片段裡的自己〕，眼眶濕潤，那時即使窮困卻很快樂，看著自由自在的從前，更加心痛）恩喜……那時候，我是怎樣的人？
恩喜　　（看著海）生氣的時候很兇……但笑起來很溫暖，開朗，充滿朝氣，很讓人喜歡，也很有魄力……那時候的我們都這樣……
漢修　　（懷念學生時期在海邊玩耍的自己）那時候我真的太厭倦貧窮了，不時感到暴躁，但跟你們在一起時，就能笑得很開心，是吧？不像現在，既無趣又灰暗……

恩喜	（看著漢修，直言）你哪裡無趣又灰暗了？你現在還是很帥氣啊。
漢修	（走向回憶中的自己，帶著惆悵的神情，徐徐走下車，脫去鞋子，朝大海而去）
恩喜	（看著那樣的漢修有些傷感，也覺得好笑）喂，崔漢修，你要去哪兒？

＊跳接－回想與現在融合》
大家想跳進海裡，卻因為害怕而在岸邊猶豫。彼此吆喝著對方先下水時，年輕的漢修毫不猶豫地奔向大海，「啊！」噗通一聲躍入水中，然後像是對現在的漢修大喊著。

年輕漢修	下來啊！快點！
漢修	（因自己的處境感到心痛，眼帶淚水，脫下衣服後，奮力奔向年輕的漢修，躍入水中）
恩喜	（現在，下車，面帶擔憂）天哪！喂，崔漢修，你已經老了！跳進海裡會感冒！

＊跳接》
年輕的漢修浮在海面，對現在的漢修笑得很燦爛，現在的漢修帶著淚，看著過往閃閃發光的漢修，眼淚不停流出，然後撇過頭，看向天空。

＊跳接》

恩喜	（看著漂浮在海上的漢修，笑得很開心）真是的……他還帶著赤子之心……我連下水的念頭都不敢有……真羨慕！
漢修	（躺在海上，下定決心要跟恩喜借錢，但由於過度心痛而哽咽）恩喜……
恩喜	（聽不清楚）什麼？

漢修	（因難受而發不出聲音）借我……（說不出口）……
恩喜	（聽不見）漢修，趕快上岸吧！
漢修	（忍住淚，牙一咬，突然大吼）恩喜！
恩喜	怎麼了？
漢修	（下定決心）我們去旅行吧！去以前校外教學的木浦！
恩喜	（不在意，開玩笑貌）木浦？如果只有我們兩個我就去！不要帶吵死人的印權跟浩息！
漢修	（大聲，覺得愧疚、內疚，狠下心）好！
年輕漢修	（面露擔心地看著漢修，眼神悲傷）
恩喜	（笑著）真是愛開玩笑。

第17幕　漢修的套房內，白天。

漢修穿著跳進海裡的衣服，蜷縮在床上一角，枕邊的手機響起。

第18幕　道路旁＋車內＋美國，晚上。

薇珍（嘴角有傷〔似乎是新傷口〕，哭著，感到害怕）拿著手機（撥打電話給漢修的途中）跑進車內，將發出聲音的手機放在支架上。繫上安全帶時，有人大力拍打她的車窗，她很害怕，趕緊驅車離開。

第19幕　漢修的套房內，晚上。

浴室傳出水聲，家裡都是漢修脫下的衣物，漢修的手機再次傳出視訊電話的來電。漢修穿著家居服，從浴室洗完澡出來，想要接起電話，卻已掛斷，正要回撥時，來了一則

訊息，漢修點開。

寶嵐　　（E，無力）爸，我……要放棄高爾夫球。

漢修　　（生氣，再次撥通視訊電話，對方接起時漢修的表情相當難
　　　　受，眼眶泛紅，生氣的語氣）你幹嘛放棄高爾夫球？你努力
　　　　了十三年，現在放棄高爾夫的話，你打算做什麼？爸媽勸你
　　　　放棄時，你死都不願，每天以淚洗面，不吃不喝，說高爾夫
　　　　是你人生的一切！事到如今為什麼要放棄？說啊！

門鈴響起，漢修抬頭，看見恩喜站在門外。

寶嵐　　（在旅館內通話，傷心）我們又沒有錢，怎麼打高爾夫？

漢修　　你幹嘛擔心錢的問題！錢的事情，爸會想辦法！

薇珍　　（搶走手機）媽來跟他說。寶嵐跟我都放棄了，現在換你
　　　　了，我不想繼續待在這裡像乞丐一樣，苟延殘喘地活著。

恩喜　　（按門鈴）

漢修　　（看著對講機畫面裡的恩喜覺得難受，狠下心）我再打給
　　　　你。（掛斷電話，環顧房間，看見全家福照片時感到內心一
　　　　陣刺痛，將照片收進抽屜，收拾散亂的衣物，整理好心情後
　　　　開門）抱歉，我剛好在洗澡，進來吧。

恩喜　　（拿著滿滿的小菜，直爽地說）你還沒吃飯吧？

＊跳接－－一陣子後》

漢修在打掃，恩喜煮著大醬湯，餐桌上擺滿白飯與小菜，
漢修使用吸塵器，看著桌上的菜餚。

漢修　　看來你也很會下廚？

恩喜　　（試大醬湯的味道，笑著說）我不會，都是鄰居大姊們給
　　　　的，你慢慢吃，還有很多。（將大醬湯擺上桌）我很不會做
　　　　菜，只會剁魚頭，哈，不過大醬湯應該還不錯，你喝喝看。

漢修　　（關掉吸塵器，用恩喜給的湯匙試喝，硬擠出笑容）好難得

　　　　這樣吃家常菜……（尷尬，看見恩喜拿餐具的手，她因為每天用刀，手指滿是傷痕，還纏著一塊繃帶）你的手指怎麼了？

恩喜　　（爽朗）今天我在處理明太魚乾時想到你可能還沒吃飯就切到了……哈哈哈哈。

＊跳接》
漢修從抽屜拿出小型醫藥箱，坐下。

漢修　　（輕聲說）過來吧，你的繃帶都濕了，我幫你重新包紮。
恩喜　　（洗碗中）沒關係啦，多麻煩……
漢修　　（將藥拿出來）過來，我看看你的傷勢。

＊跳接－－一陣子後》
漢修認真地幫恩喜擦藥，換上全新的繃帶，恩喜對於眼前的情況有些不適應也很難為情。

漢修　　（貼好繃帶，平淡卻溫暖地說）你的手好多傷口。
恩喜　　（尷尬地笑）賣魚的人都這樣啦，常常被刀子切到、被魚鱗刮傷，都是家常便飯……
漢修　　你一天可以賣多少魚？
恩喜　　（單純）多到數不清，好的時候可能有幾百條。
漢修　　你這樣每天剁魚，手應該很痠吧。
恩喜　　對啊，手腕、肩膀都剁出病了，只是外表看不出來而已。
漢修　　（心疼，認真貌）你這樣辛苦賺錢供弟弟們上大學、結婚，還幫他們買房子，真的很了不起。
恩喜　　我想我這輩子大概會這樣照顧家人到老死吧，哈哈哈。（看著OK繃）這OK繃貼得很牢耶，謝謝。（看向漢修腳趾上的傷）喂，你的腳趾怎麼了？好像流血了。
漢修　　（看向腳趾，拆開繃帶）沒什麼啦，只是腳趾甲掉了……
恩喜　　我幫你重新包紮。

漢修	不用啦，我自己包紮就好。
恩喜	你都幫我處理傷口了，這次換我幫你，朋友之間何必見外。（將漢修濕透的繃帶拆開）天哪，一定很痛，你怎麼受傷的？
漢修	踢到桌子……
恩喜	天哪……（淋上消毒藥水，漢修似乎因疼痛而皺起眉頭，恩喜細心地處理傷口，替他擦藥、包紮，不經意地問）可是你們夫婦會不會分開太久？孩子都成年了，你太太應該可以回來了吧？
漢修	（呆看著恩喜，堅定意念，但不擅長說謊，因此聲音相當小）我們……分居了……
恩喜	（擔憂地看著漢修）什麼時候？
漢修	（撒了違背良心的謊，起身走向廚房，含糊其辭）送小孩去留學的時候……
恩喜	（擔憂）這麼久嗎？分居這麼久不好耶，你們該不會打算離婚吧？
漢修	（泡咖啡，無奈）嗯……

＊跳接》
恩喜、漢修在窗邊看著遙遠的大海，喝著咖啡。

恩喜	這個咖啡不太好喝。（用下巴指著對街的咖啡店）早知道外帶我們的咖啡，很好喝喔。
漢修	（喝咖啡，沒有看向恩喜，只是望著大海，直白地說）我們去木浦吧。
恩喜	（心裡雖然小鹿亂撞卻覺得可笑，看了一眼漢修，不經意地說）喂，你結婚了耶，雖然你們現在分居，但還是……我之前說要兩個人去只是開玩笑，不行啦。（看著漢修）你是不把我當女人，才這樣說的吧？
漢修	（盯著海）不……我把你當作女人看待……
恩喜	（動搖）……

漢修	（看著，真摯沉著）你很可愛……很令人尊敬……也很有自信。
恩喜	（尷尬地笑）好了啦。
漢修	……
恩喜	小時候你很受歡迎，女生都圍繞著你。但我只喜歡過你一個人，我想珍惜這份感情，如果我去木浦……又像校外教學一樣突然親你或是撲倒你該怎麼辦？哈哈……（想起回憶而露出笑容）那個吻可是我的初吻呢……真懷念……
漢修	（盯著海，神色茫然，繼續說）如果你不去，我就自己去吧。
恩喜	（看著漢修，有些落寞）你真的打算自己去？

第20幕　蒙太奇。

1. 玉冬家裡，漆黑的凌晨。
玉冬更衣繫髮，雖貧苦無裝扮，但整齊乾淨。

＊跳接》
玉冬手腳俐落地整理被褥。

＊跳接－屋前簷廊》
木廊上堆滿包好的穀物、高粱果穗、南瓜、曬乾的蕨菜。
玉冬靜靜地坐在一旁。

＊跳接》
這時，恩喜開著車過來（副駕駛座載著春禧），趕緊下車，「大姊，你怎麼這麼早就出來？」然後打開副駕駛座的門，將玉冬的東西放在貨車後方，玉冬坐上副駕駛座，春禧往旁邊挪去。（前方能坐三人的貨車）

玉冬	（繫上安全帶，看見春禧未繫，伸手幫她繫上）

恩喜	（整理完貨車後方的物品後，急急忙忙坐上駕駛座）大姊，昨晚有睡好嗎？（說完打了一個近乎裂嘴的哈欠）
玉冬	（盯著前方）有。
春禧	（看著恩喜）我的孩子們若還活著，你就不用那麼辛苦了。
恩喜	忘了那些離你而去的孩子吧！（發動）下次要去市集，別一大早就出來等我，我有吩咐好印權、浩息，叫他們……
玉冬	（打斷，揮手要她出發）
恩喜	唉唷，真是急性子……（開車）
春禧	（看著恩喜，又看向玉冬）你對我們真好。
玉冬	（點頭）對呀，真乖。（說完看向窗外）

2. 市集，由黑轉亮的凌晨。
商人們各自忙碌，準備開店做生意，市場逐漸熱絡，客人紛紛上門。

3. 印權的血腸湯飯店，早晨。
印權與打工的阿姨1、2熬煮著大鍋高湯，切血腸，調整火力，切蔥，揮汗如雨。浩息推著冰塊推車經過說：「兩份湯飯，外送。」印權假裝沒聽見，阿姨1替他裝盛。
恩喜推著水產推車，看見浩息。

恩喜	你那麼忙，吃什麼飯？
浩息	（拿出一萬韓元給印權）不是我要吃的，是要給春禧大姐跟玉冬大姐吃的。
恩喜	（看了一眼浩息，再看印權）喂，大姐們要吃的，你還敢收錢！真是不懂敬老尊賢……
印權	（煩躁，看著恩喜，再看浩息）
浩息	（吐舌，湯飯包好後，放下推車，拿走湯飯）

4. 恩喜的水產店，白天。
英玉、定俊、恩喜、基俊處理漁獲，客人漸漸湧上，其他

店家也有許多客人。

定俊	（認真叫賣）現撈的白帶魚、鯖魚、魷魚、鯛魚！
基俊	（拍手）白腹魚、石狗公、石首魚、銀鱈！
英玉	多利魚、鱗魨！（講完用手機開啟手電筒，向遠處的星月咖啡車揮舞）
小月	（看見閃光）
英玉	（用手指比出一與四，然後隨著定俊與基俊的吆喝，繼續叫賣漁獲）

＊跳接》

小月看懂英玉的手勢，朝星星比手語。

小月	四杯一號招牌咖啡。
星星	（快速沖泡咖啡）

這時，東昔靠近，朝小月說。

東昔	一杯二號黑咖啡。
星星	（製作咖啡，遞給小月）
小月	（送至恩喜的水產店）
東昔	（從星星手中接過咖啡，因為燙口而吹了幾下）

這時，浩息拿著湯飯往玉冬而去，瞥見東昔。

浩息	你有沒有去跟你媽（用頭撇向玉冬）打招呼？
東昔	（沒有回答，啜著咖啡往外走）
浩息	（別過頭，將湯飯遞給正專心擺放農作物的春禧與玉冬）大姐，請用。
春禧	（給錢）
浩息	（用手推辭）不用啦！（起身離去）我走了！

春禧	（拿湯匙給玉冬，看見遠處東昔在貨車邊擺出衣架，安靜地朝玉冬示意）東昔……也來了……
玉冬	（假裝沒聽見，舀著湯飯）快吃吧。（咀嚼）
春禧	（吃到一半，看見客人上門，平靜且有禮地說）看看吧……（客人挑選著農作物）
玉冬	（平淡）全是濟州產，我自己種的。
客人	麻煩給我兩把菠菜。（打開菜籃）
玉冬	（將菠菜放進去）
春禧	（溫柔地對客人說）這樣兩萬韓元。（接過錢）謝謝。

玉冬、春禧吃著湯飯，看到客人時招呼著：「穀物、高粱、魚乾。」兩人的言行舉止宛如雙胞胎般整齊。

＊跳接》
東昔叫賣服飾，面無表情地用腳打拍子並拍手招攬客人，人們拿起衣服問：「這件多少錢？」東昔用手比出價格，客人們將錢放進一旁的小籃子內。

＊跳接－印權的湯飯小店》

漢淑	（靠近後坐下）給我一杯燒酒。
印權	（在杯中倒入燒酒）大白天就喝酒？
漢淑	（喝光杯中的酒，氣憤不已）我哥到底憑什麼這麼厚顏無恥？
印權	？

＊跳接，交錯》
1. 現在，刮魚鱗的恩喜。
2. 過去，互吻的恩喜與漢修。
3. 現在，刮內臟的恩喜。
4. 昨晚在停車場邊笑著說「那時你真的太可愛了……」

的漢修。

5. 替恩喜包紮的漢修。

6. 說著「我們分居了」的漢修。

7. 現在，恩喜淡然地將刀放下，發了訊息給漢修後，將手機收進口袋裡，對著客人大聲吆喝：「當天現捕的白帶魚！」

第21幕　銀行內＋組長室內，白天。

漢修　　（跑完業務回來，聽見訊息提示聲，拿起手機）

恩喜　　（E）走吧，回憶的木浦，朋友也可以一起出去玩。

漢修　　（內心沉重，但假裝若無其事，打開組長室的門）

明寶　　（坐在電腦前，表情有些僵硬）你回來啦，還……順利嗎？

漢修　　（尷尬地笑）我只有先打招呼，去吃午餐吧。（說完正要離開）

明寶　　（有些擔心，但保持一貫的語氣）恩喜從其他銀行提了九千萬韓元存到我們這裡，說要幫你做業績，看來她很為你著想。

漢修　　（感激，露出哀傷的笑容）回到濟州真不錯……有你們這群朋友……（隨後關門出去）

明寶　　（看著離去的漢修，拿起電話，語氣輕快）喂？亨植，最近好嗎？你最近還在投資股票賺錢嗎？哈哈哈……對了，亨植，我想問你，你最近有跟漢修聯絡嗎？是喔……他來濟州前有跟你聯絡？（擔憂）嗯……問你這個好像有點尷尬……但漢修他很缺錢嗎？……（懷疑）不是啦，他沒有跟我借錢……（思索）沒有啦……他有跟你借錢嗎？

第22幕　渡輪碼頭，隔天，黎明時分。

第23幕　渡輪碼頭，漢修的車內，黎明時分。

漢修看著視訊來電的畫面。

第24幕　美國，旅館內，晚上。

薇珍在旅館房內，似乎正在打電話，面帶憂傷，嘴角還有傷口。

第25幕　漢修的車內，黎明時分。

漢修心情沉重，掛掉電話，凝視著車內的全家福吊飾，心中五味雜陳。
這時鳴笛聲響起，恩喜將貨車停在停車場，看著漢修笑得滿臉燦爛。漢修則是生硬地擠出笑容，心痛地將全家福拿下來收進口袋。恩喜下車，坐到漢修旁邊，漢修淺淺一笑，將車開往渡輪。

第26幕　渡輪在海中行駛，白天。

恩喜（用耳機聽音樂）與漢修吹著風，恩喜用餅乾餵海鷗。

恩喜　　（開心地笑）真棒……可是你校外教學之後，還有去過木浦嗎？
漢修　　（心痛，仍擠出笑容）公司的訓練中心在那裡，所以我有去過兩、三次。
恩喜　　我在那之後就沒去過了。

漢修	（看著）
恩喜	（看海）一方面是忙於生計，一方面怕去了會難過……
漢修	（平靜）為什麼會難過？
恩喜	（略帶悲傷地笑，刻意表現得若無其事）那段時光，算是我這一生最燦爛的日子了！去完校外教學沒多久，我媽就過世了，她在田裡工作時中暑。
漢修	（想起）這樣啊……
恩喜	（輕描淡寫）所以我就休學，開始賣魚，那時候不能跟你們一起畢業，是我這輩子的遺憾。
漢修	但你後來不是考過了學力鑑定考試？
恩喜	（看海）其實我中途休學，根本沒資格參加同學會，但還是很謝謝他們邀請我。
漢修	（看著人生坎坷的恩喜，再望向大海，想到自己的人生也很艱辛）謝謝你好好地長大了，我的朋友。
恩喜	（看他）我才要謝謝你呢。
漢修	（看她）
恩喜	謝謝你沒有變壞，依舊那麼帥氣。（看著漢修）如果你很頹廢地出現，我一定會很傷心失落，因為那等於我的回憶與青春都毀壞了。謝謝你過得這麼好，守住了我燦爛的回憶與青春。（拍肩後看向大海）我很開心！（用耳機繼續聽音樂）
漢修	（想到已經毀壞的自己，無比心痛，看著大海難以抑制眼淚）……
恩喜	這首是我最喜歡的歌，你要不要聽？（將一邊耳機給漢修）
漢修	（心如刀割卻極力偽裝，接過耳機戴上，看著大海）
恩喜	（看了漢修一眼後，笑著望向大海）

畫面裡兩人帶著迥異的心情，一同望著大海後結束。

第三集

漢修與恩喜3

你這輩子總是做賠本生意，
這次我不想讓你虧錢。

第1幕　序章。

1. 英玉的房內，夜晚（最近）。
床上的手機不斷跳出訊息，洗完澡的英玉進房間，擦拭乳液，看了一眼手機，似乎知道是誰傳來訊息，不想多理會，繼續擦乳液，但訊息仍不停地傳來。她深吸一口氣，坐在床尾，拿起手機看，「我好想你」等四個字被拆開發送，累積了上百條訊息。英玉感到氣憤想哭，忍住眼淚嘆口氣，在手機上輸入訊息。

英玉　　（Ｅ）再等等，我下個月一定過去。（輸入完到化妝檯繼續擦乳液）

＊跳接》
訊息仍不斷跳出，英玉擦完乳液後，整理化妝檯檯面，坐在床邊拿起手機看，「下個月什麼時候？」，每則訊息只傳送一個字，並且不斷重複。英玉憋住怒火，輸入「下個月第二個星期六」想平息怒氣，但緊接著又是另一則寫著「壞女人」的訊息，同樣也是一個字一個字地傳來。英玉難過地丟下手機，生氣又傷心，訊息絲毫沒有停歇。

第2幕　五日市集，恩喜的水產店，白天。

1. 現在，刮魚鱗的恩喜。
2. 過去，互吻的恩喜與漢修。
3. 現在，刮內臟的恩喜。
4. 昨晚在停車場邊笑著說「那時你真的太可愛了……」的漢修。
5. 替恩喜包紮的漢修。
6. 說著「我們分居了」的漢修。
7. 現在，恩喜淡然地將刀放下，向漢修發了訊息後，將手機收進口袋中。

恩喜	（E）走吧，跟朋友有哪裡不能去的。（將手機收進口袋，大聲吆喝）今天現撈的白帶魚！白帶魚，白帶魚！（處理漁獲，想起漢修，難掩嘴角的笑意）
英玉	（將處理好的漁獲遞給客人，收錢後看向恩喜）你怎麼這麼開心？
恩喜	（若無其事）我？哪有，我沒有開心。
定俊	（忙著剁魚，額頭上滲出汗，不經意地說）還說沒有，連我都看得出來你很開心。你今天運刀如飛，旁人都要嚇死了。（說完繼續工作）
恩喜	我有嗎？
定俊	（喝了口咖啡，將冰塊倒在漁獲上）有！
恩喜	（收起笑容，大力揮刀）我才沒有。（將魚遞給英玉）
英玉	（將魚裝進籃中，從一旁的水槽裡撈水，清洗魚隻，撒上鹽巴，裝袋給客人，收錢後放進塑膠桶內）謝謝。（客人離開後，在恩喜耳邊說）別想騙我，你知道我都看得出來吧？
恩喜	（拿起烏賊給前方的客人）來買烏賊喔！（客人點頭後，處理

烏賊，用定俊、基俊聽不到的聲音，偷偷告訴英玉）我要去
木浦。

英玉	（專注地聽）跟誰？該不會是跟你的初戀？
恩喜	（在英玉耳邊說）他說他們夫妻分居了。
英玉	（頓時大喊）衝啊！

定俊、基俊轉頭看。

英玉	（嚴肅）工作！（靠在恩喜耳邊說）不要白白浪費機會，一定要破處再回來。
恩喜	（皺眉大吼）你這個瘋女人！
英玉	（嘻嘻笑，爽朗地對客人說）需要什麼？今天的岩魚不錯喔。
恩喜	當天現撈的白帶魚、岩魚、烏賊！（喊著漁獲的名字，招呼客人，表情和悅）
英玉	（笑著招呼客人）當天現撈的白帶魚、岩魚、烏賊、石首魚！大姊，今天的魚都很新鮮喔！
定俊	（看著英玉淺笑）
基俊	（對英玉露出厭惡的眼神，在定俊耳邊說）我不喜歡她。
定俊	（從冰箱拿出漁獲，排放於攤上，輕笑著）弟弟，你管好自己就好。

＊跳接－印權的血腸湯飯小店》
印權切著蔥，漢淑喝著燒酒，阿姨們忙著與客人應對，時
而送餐，時而切血腸。

漢淑	（傷心欲哭，大喊）爸爸過世後，我跟我媽還有漢榮為了供他讀書，拚死拚活工作，但他卻毫不在乎，甚至賣掉房子，就為了照顧他那了不起的老婆跟女兒。
印權	（無奈）唉唷，寶嵐如果能闖出好成績，又不是只有漢修有好處，你跟漢榮，還有你媽，整個家族都能沾光啊！
漢淑	（打斷，揮手）我才不需要！他們自己過得好，我就謝天謝

地了！不要連房子都賣了，還窩囊地到處借錢！（起身要離去，將錢放在桌上）

印權　（不收錢）不用給了，今天我請你！不過漢淑，漢修跟你借多少錢？

第3幕　恩喜家的洗手間內，晚上。

　　　　恩喜猛力地刷牙，看著鏡子唱〈Whisky On The Rock〉，然後刷牙漱口，隨著節奏跳舞。

恩喜　（唱歌）害怕一個人生活的說詞。（刷牙搖擺，跳舞唱歌）……我們結冰的夢想，正慢慢融化，包圍舌尖的加冰威士忌……（邊唱歌邊刷牙，朝外面走去）

第4幕　恩喜家，晚上。

　　　　英玉（替恩喜算錢，將五萬韓元、一萬韓元的紙鈔分開放），小月與星星坐在一旁認真計算咖啡推車的收入（五千韓元、一千韓元、零錢分開整理）。恩喜唱著〈Whisky On The Rock〉走出洗手間，來到廚房盛飯，在一旁較矮的桌邊吃飯。

小月　（看著恩喜唱歌的模樣，不經意地說）姐，你唱歌好好聽。
英玉　恩喜姐以前的夢想是當歌手。
星星　（專心數錢）
小月　（笑著）當歌手也沒問題的。
英玉　（數錢，看了一眼恩喜，笑著對小月說）恩喜姐這個週末要破處了。
小月　　　？

恩喜	（原本吃著飯，聽見後狠瞪英玉，笑容消失）你這個瘋婆子！找死啊，還不閉嘴？活得不耐煩了？
英玉	（不在乎，繼續對小月說）這個週末她要跟初戀去木浦……
恩喜	（威脅，似乎真的生氣了）你還不閉嘴？平時我不跟你計較，這丫頭竟然爬到我的頭上？
英玉	（開玩笑）唉唷，我好怕。（繼續小聲地，幾乎只用嘴形跟小月說）她要跟男人共度春宵，上……床……
小月	（一驚）咦！（對著星星，笑得很開心用手語比劃）恩喜姐要跟男人睡了，所以現在很興奮。
星星	（瞪大雙眼看著恩喜）啊！（笑著比手語）哈哈哈。
小月	（翻譯星星的手語，嘻笑）星星問恩喜姐真的要跟男人上床了嗎？還說恭喜你，哈哈哈！
恩喜	（吃著飯，來回看著小月、星星和英玉）
英玉	（笑著）
恩喜	（舀一大口飯，作勢要抓住英玉）你今天死定了！
英玉	（笑著逃跑）事實啊，幹嘛害羞？有什麼好害羞的，我們都懂啦！我又沒說錯，跟男人上床又不是壞事，人要懂得及時行樂，別每天只想著賺錢。
恩喜	（抓到四處跑的英玉，扳開她的嘴，將飯塞進）我要用飯當水泥，把你這張嘴緊緊封起來。（把飯塞入，搗住英玉的嘴，使她無法吐出來）這傢伙，只會造口業，真壞！
英玉	（痛苦但笑得很開心）哈哈哈。

小月用手語向星星解釋兩人的對話，並且一同哈哈大笑。

第5幕　　魚市場，隔天，黎明時分。

浩息用鏟子從貨車上鏟起冰塊，倒在下方的推車上，水產商（第2集曾跟恩喜講過話的人）看著浩息說。

水產商	（好奇）恩喜上週帶來的男人是誰啊？
浩息	？
水產商	（笑著）長得不錯又有男子氣概，感覺是個知識份子。
浩息	（有些懷疑，不確定）眼睛炯炯有神，皮膚白白的人嗎？
水產商	（點頭）她男朋友？
浩息	（不開心）什麼男朋友……只是朋友！我們的高中同學，他畢業後去首爾讀書，現在調到濟洲ＳＳ銀行當分行經理。
水產商	是喔……來拉業務的？（邊走邊說）
浩息	（對著正離去的水產商再次詢問）是不是很高，像白帶魚那麼高？
水產商	（走遠了，用手在頭上比劃）超級高！
浩息	（從貨車下車，用毛巾擦汗，推著載滿冰塊的推車，打給恩喜〔藍芽〕，當恩喜接起時大吼）喂！你幹嘛帶漢修到魚市場？市場的人都很長舌，你知道他們都在討論你是不是交男朋友了嗎？

第6幕　開往碼頭的路上，恩喜的貨車＋魚市場，凌晨（去木浦的那天），交錯。

恩喜穿上衣櫃裡最漂亮的衣服（大概就是破洞牛仔褲與輕薄的短袖），開著貨車，接起電話開擴音。

恩喜	（厭煩）一大早就這麼囉嗦！我很忙，要掛電話了。
浩息	（不耐煩，大聲說）你還單身，如果傳出跟有婦之夫的謠言怎麼辦？
恩喜	（受不了）知道了啦，不要唸了！
浩息	你在競標漁獲嗎？
恩喜	對啦！
浩息	早餐吃了嗎？
恩喜	（無奈又生氣，掛斷電話，開車大吼）真囉嗦！

| 浩息 | （推著推車）這傢伙真是……（邊走邊喊著要前方讓路）推車，推車經過喔！ |

浩息走著，遇見恩喜的競標員。

浩息	（覺得奇怪）競標結束了？
競標員	（無奈）恩喜老闆今天怎麼沒來競標？身體不舒服嗎？
浩息	（不明所以）什麼？我才剛跟她講完電話，她說正在競標漁獲耶？
競標員	（詫異）哪有？今天只有定俊來，他已經買完離開了。（離去）
浩息	（停下推車，看著競標員離去的身影）什麼意思啊？（說完邊走邊用藍芽電話打給恩喜，再推著推車離開）推車，推車喔！

第7幕　渡輪碼頭，停車場，凌晨。

恩喜將貨車停在停車場，手機響起浩息的來電，看了一眼後搖頭。

| 恩喜 | 真是的，受不了。（將手機放進口袋，停好車後，看見一旁的漢修，按了喇叭，朝他燦爛地笑） |

＊跳接（第2集結尾）》
漢修生硬地擠出笑容，心痛地將全家福照片拿下來放進口袋。恩喜下了車，坐到漢修旁邊，漢修淺淺一笑，將車開往渡輪。

第8幕　開往木浦的船內，白天。

恩喜與漢修戴著同一副耳機聽音樂。
恩喜打噴嚏，看起來有些著涼。
漢修看著恩喜，脫下外套，披到恩喜身上。

恩喜　　　　（笑著，難為情）不用這樣啦。
漢修　　　　（溫暖地淺笑，不經意地說）聽說你跟浩息交往過，後來怎
　　　　　　麼分手了？
恩喜　　　　（無語）那件事都過了二十年左右，你怎麼知道的？
漢修　　　　同學會聽別人說的。
恩喜　　　　真的很長舌，該死的濟州島一家親，大概要連別人家有幾條
　　　　　　內褲都清楚才安心，真是夠了……
漢修　　　　（微笑，看著大海，想著該怎麼開口借錢，很不自在）
恩喜　　　　（看著漢修，有些心動，看了一眼大海後又看向漢修）
漢修　　　　（看恩喜）怎麼了？
恩喜　　　　（裝作沒事）沒有啊。（從口袋裡拿出餅乾餵海鷗）吃吧！
漢修　　　　（也拿起餅乾餵鳥）……

＊跳接》
海鷗只吃漢修手上的餅乾，恩喜有些失落，對漢修說。

恩喜　　　　搞什麼，海鷗只吃你的餅乾。
漢修　　　　（溫暖地開玩笑說）大概不敢靠近每天揮刀的你？
恩喜　　　　（瞪大眼）？！
漢修　　　　（突然將餅乾放進恩喜嘴裡，恩喜笑得很可愛，再度餵鳥）
恩喜　　　　（眼神沒有流露出排斥，繼續拿餅乾餵鳥）吃吧，吃吧！

漢修與恩喜餵食海鷗，相當開心。
這時，恩喜口袋裡的手機與漢修的手機皆有來電震動，但
他們顧著玩樂，沒有注意。

第9幕　　西歸浦的每日市集內，恩喜的水產店，白天。

浩息將推車上的冰塊交給店員。

浩息　　（覺得奇怪，擔心）她有事去本島？她有什麼事要去本島？
　　　　去本島的哪裡？
店員　　（平淡）木浦，她說要跟朋友出去玩……
印權　　（打斷，E）喂，你們老闆哪有什麼朋友？
浩息／其他人　　（朝向聲音來源）

印權推著疊滿血腸的推車，看著他們。

印權　　（用下巴指向浩息）她哪有什麼朋友，就只有賣冰塊的。
浩息　　（用厭惡的眼神看印權）還有那個賣血腸的。
印權　　（看不慣浩息，撥打電話，滔滔不絕）定俊，恩喜去哪裡
　　　　了？不知道？你怎麼會不知道？去玩？跟誰？你怎麼沒問？
　　　　那傢伙說要去玩，你不是應該要問她跟誰去嗎？啊？你沒興
　　　　趣過問恩喜姐的私生活？講這什麼屁話？（掛斷）
浩息　　（看著，擔心地問）定俊怎麼說？
印權　　（瞪）不要跟我說話。
浩息　　（煩躁）你以為我想跟你說話嗎？這可是關係到恩喜的事。
印權　　（不甩他，走人）
浩息　　（受不了，看著印權，咬牙切齒）媽的，要是沒有法律規
　　　　範，我早就想揍人了，可惡……（往反方向走）

這時，印權接到明寶的電話。

印權　　（停下來接電話）明寶，怎麼了？
浩息　　（聽見聲音，好奇地轉頭看）？
印權　　（認真聽）……什麼？好，知道了……晚點見。（推著推車）
浩息　　（一驚，拖著推車到印權身邊）你要跟明寶見面？為什麼？

印權	（邊走）聊漢修的事！
浩息	（跟著走）我也要去。
印權	（停下）我現在要送血腸給客人，你一個賣冰塊的跟去做什麼？
浩息	你不去找明寶嗎？
印權	要啊。
浩息	什麼時候？
印權	下午兩點。（走著）
浩息	（轉身走往印權的反方向，忽然想到什麼，停下轉身問）約在哪裡？
印權	（轉身）你覺得呢？
浩息	恩喜的咖啡廳？
印權	（不想說話）幹嘛明知故問？（走著）笨蛋。

第10幕　木浦路上＋漢修車內，白天。

漢修的車在道路上行駛，背景響起電話聲。

＊跳接－車內》

恩喜	（拿出手機，眼見是浩息的來電）這傢伙……一定又是有求於我，才會瘋狂打給我……是不是又要借錢……真受不了……家人已經很讓我受不了了，現在連朋友也這樣，看到我只想到錢錢錢……（將電話收回口袋）
漢修	（難受，裝作沒事，開車）
恩喜	（搖下車窗，深吸一口氣）天哪，是木浦的味道。（哼歌）開往木浦的那班普快末班車離站後……你知道我小時候的夢想是當歌手嗎？
漢修	（開車，想起從前）知道，我以前也喜歡聽你唱歌。
恩喜	（苦笑）如果我當初為了當歌手去首爾的話，會成功嗎？

漢修	（親切地笑）當然會成功，你只要下定決心就會成功……
恩喜	（對漢修傷感地笑）跟你在一起，就會想起那些被遺忘的青春夢想，與老朋友重逢真好。（再次高歌，看著漢修）對了，你小時候的夢想是什麼？
漢修	（回想從前，惆悵）籃球……選手。
恩喜	（訝異）真的嗎？我知道你喜歡打籃球，但沒想到那是你的夢想。
漢修	（沉浸在過往的回憶）我不是讀書的料。
恩喜	怎麼沒有繼續打球？啊，算了，你不用回答我也知道，窮人家的長子怎麼可能去打籃球，不可能！你爸媽反對吧？
漢修	（落寞地笑）我連跟他們提都沒有，自己放棄的。
恩喜	（無奈地笑）哈哈哈……對啊，我們都是有自知之明的人，家裡窮困談什麼夢想……真是糟透了，我真是受夠了貧窮。不過至少我們都熬過最煎熬的時候了……真是萬幸啊，我們現在都過得不錯，對吧？
漢修	（有苦難言，只能僵硬地點頭）……
恩喜	（唱著歌，又打噴嚏）
漢修	（看著恩喜）
恩喜	（打噴嚏）唉唷，為了愛美穿太薄了，哈啾！
漢修	（看著恩喜）你是不是在船上吹太久海風？（開車，看見路邊的藥局，將車停下）
恩喜	你要幹嘛？
漢修	我去買藥。
恩喜	不用啦，我喝點熱水就好了！
漢修	除了喝熱水，也要吃藥才行。（下車快步穿越馬路）
恩喜	（開心地看著下車的漢修）天哪，他居然只要十步就走到了，腿真長……（又打噴嚏）

第11幕　海上纜車內，白天。

恩喜與漢修在纜車裡愜意地看海。

恩喜	我辜負了浩息。
漢修	（溫柔又心疼地看著恩喜）
恩喜	（愧歉地笑，看著漢修）我們當時決定交往，也會親吻，在一起的時光很快樂……直到有一天，我去了他們家那個很遠的島，見過他種大麥的父母，還有行動不便的爺爺奶奶，以及務農的三個妹妹。當我們搭船回家時……我覺得眼前一片漆黑，我沒有信心……我底下還有四個弟弟……我不知道該怎麼扛下一整個家的生計……其實他也沒叫我扛……但我覺得肩上瞬間壓了好幾塊大石，很沉重。因此下船後，我就跑到超市，買了一瓶燒酒往嘴裡灌，牙一咬，狠下心跟他說：「浩息，我不想再窮下去了，但如果跟你在一起，我好像一輩子都擺脫不了貧窮，我們分手吧，對不起。」（傷心）當時浩息一句話也說不出來，只是握著我的手掉眼淚……之後浩息還因此誤入歧途，差點成為黑道，還沉迷賭博……
漢修	（心疼地聽著）
恩喜	（看著窗外的風景，難受卻坦然）那時候我就看清了自己，我不在乎兒女情長，我只要錢，原來我就是這種女人……（講完趕緊轉換沉重的氣氛，看著漢修）不過那時你帶媽媽去首爾，怎麼沒告訴我們這些幫忙照顧她的人？搞得像半夜潛逃一樣？你知道那時我們對你很失望耶。
漢修	（心痛，情緒複雜，尷尬地笑）因為我實在沒臉見你們……你或許只辜負了浩息一個人，但我……辜負了我媽、我弟、我妹……還有臨終前將這個家託付給我的爸爸……或許對你們這群朋友而言，我永遠都是個叛徒。（說完轉頭看向外頭，悲傷並真心感到愧歉地說）對不起……大家明明都很相信我……
恩喜	（心疼這樣的漢修）沒事啦，照顧家庭一定有苦難言……難道身為長子就一定要十全十美嗎……（難受地看著漢修，為了轉移話題看向窗外）……哇，太美了吧，你快看外頭的風

景！難怪觀光客這麼喜歡來，對吧！

漢修　　（看向恩喜那邊）

恩喜　　（用手調整漢修目光的方向）那裡啦。

漢修　　（看著美景淡淡地笑）真美……

恩喜　　（看著漢修露出笑容感到放心，雀躍地用雙手捧住漢修的臉
　　　　轉向）還有那邊……那邊也很美……

第12幕　木浦室內（現在＋回想），白天。

　　　　漢修與恩喜悠閒地走在街頭，看著學生們約會的模樣，露
　　　　出微笑。

漢修　　（看著學生們宛如看見自己年輕的時候，掛著笑容）我都認
　　　　不出這裡是哪裡了……變了好多……

恩喜　　我依稀還記得這裡……

　　　　這時，有人與恩喜擦肩而過，恩喜轉頭看去，看見現在與
　　　　回憶（年輕的漢修）交錯。

　　　　＊跳接－回想》
　　　　高中時期（眾人穿制服，名牌掛在衣服上或用髮夾夾著）
　　　　的漢修、美蘭拿著棉花糖，為了不讓恩喜、印權、浩息搶
　　　　走棉花糖，拚命在人群中奔跑。恩喜跳上漢修的背，撕起
　　　　一口棉花糖吃，漢修笑得很愉快，恩喜在漢修背上大喊：
　　　　「快跑！」漢修就這樣揹著恩喜穿梭於人群之中（慢動作
　　　　播放），浩息為了抓住漢修也往前跑，說：「恩喜是我
　　　　的！下來！」印權則抓住美蘭，搶走棉花糖，放進自己嘴
　　　　裡，美蘭大叫：「神經病！」打了印權。

　　　　＊跳接－現在》

恩喜懷念地回想著，專注看著（想著），然後轉頭看向巷弄。

＊跳接－巷弄，回想》

漢修　　（不讓恩喜抽菸，搭上她的肩，笑著走）乖小孩別抽菸。

恩喜　　（心頭一震，有些心動）？

漢修　　（笑著，像男友般將另一隻手放在腰間）看什麼看，真可愛，走吧，自由時間結束了。

恩喜　　（呆愣在原地，勇敢地說，看著比自己高出許多的漢修）我喜歡你，把我佔為己有吧，還是你當我的人？

漢修　　（笑著哄她，搭肩）恩喜，走吧。

說到一半，恩喜拉近漢修的臉，吻上他。

＊跳接－現在》
恩喜帶著笑，聽見漢修的聲音。

漢修　　（想起回憶，有些心酸）這條巷子都沒變呢。

恩喜　　（看他）

漢修　　（拿著棉花糖，遞給恩喜，看著巷弄覺得心裡過意不去）

恩喜　　（難為情）看來……你記得這條巷子……

漢修　　（回憶令人心痛，仍裝作沒事）是啊……

恩喜　　我們那時很可愛吧？（邊走邊說）

漢修　　（走在恩喜身旁笑著）對啊。

恩喜　　（吃著棉花糖）我們現在有錢，可以一人吃一支了……那時候……只能五個人吃兩支……你還記得嗎？

漢修　　（生硬地笑著點頭，看見學生們在路上打鬧，為了不讓恩喜被撞到，用手扶著她）

恩喜　　（有些尷尬，卻很心動，看著漢修，吃了一口棉花糖）真甜……

漢修	（將手搭在恩喜肩上走著，吃著棉花糖，看了一眼恩喜，開玩笑地說）因為是糖做的啊……
恩喜	（吃到一半）哈哈哈哈哈……
漢修	（笑著，原本想將手放下，又再度放上，緊緊地搭著）
恩喜	（覺得有些異樣，看著漢修）
漢修	（看著恩喜，有些不安，露出尷尬的眼神）
恩喜	（既害羞又開心，說著無關要緊的話）我的身高剛好可以讓你放手，對吧？
漢修	（不自在，沒有看她，小心翼翼）你不希望我搭你的肩嗎？
恩喜	（盯著前方）不會啊，沒關係，朋友之間搭個肩又不會怎樣。（走著，很開心，慢動作）
漢修	（內心總是掙扎又心痛）

第13幕　前往咖啡廳的路上，白天。

印權一臉嚴肅地走著。

＊跳接》
浩息生氣地重重踏地，碎步快走，看著前方迎面而來的印權，兩人停下動作。

印權	開門啊。
浩息	你自己開。
明寶	（出現在兩人之間，開了門，嚴肅地說）進去吧。（進入咖啡廳）

印權（瞪著浩息）與浩息進入咖啡廳。

第14幕　能看見籃球場的戶外公園，涼椅，白天。

漢修與恩喜坐在涼椅上吃著棉花糖聊天。

恩喜　　（對漢修說）作媒？當然，一個月大概會被問一、兩次，不過我都拒絕了，為什麼大家都搶著要幫我介紹，因為我有錢啊。

漢修　　（尷尬地笑）……

恩喜　　（呵呵笑）不過老實說，我到了這個年紀……總是疑心病很重，會懷疑對方是不是身體不好？工作穩不穩定？是不是看上我的錢？更好笑的是，我一旦聽到對方是需要照顧父母的長子，就會馬上拒絕，我是不是很糟糕？

漢修　　（看著恩喜，苦笑）哪會，這是人之常情……

恩喜　　（心情複雜，直白）什麼人之常情……不用安慰我了……我也覺得自己這樣很糟糕，感覺很冷血，就連愛情也當成生意，盤算著利弊得失，而且還是最討人厭的那種老古板。看來我這輩子會孤獨到死了，（看著漢修，撕一口漢修的棉花糖來吃）不過你怎麼會跟太太分開？

漢修　　（難以開口，露出尷尬地笑）因為……我不是個好丈夫……（看著地上的籃球，快步走去）

恩喜　　（擔憂）你該不會有外遇吧？

漢修　　（投籃）沒有……就只是……我太無能了……

＊跳接》
從球框上彈出的籃球滾至恩喜身邊，恩喜撿起球站起身，丟給漢修，漢修再次運球。

恩喜　　（站著看向漢修）你怎麼會無能？無能的人怎麼會當上分行經理，還送女兒出國打高爾夫球？

漢修　　（投球後再次拿起球，無奈地在原地運球）……

恩喜　　我在電視上看過你的女兒，很像你，很漂亮。

漢修　　（投球，想轉移話題）恩喜，我想聽你唱歌。

恩喜　　（隨即歌唱）

漢修	（感激這般開朗的恩喜，再次笑了起來，投球）
恩喜	把球給我。
漢修	（傳球給恩喜）
恩喜	（投籃，但沒有成功）
漢修	（奔去撿球，再傳給恩喜，從腰間抱起恩喜，幫助她投球，再放她下來）
恩喜	（進球後相當高興，在漢修身邊轉圈）啊！進球了！（唱著歌搖擺）
漢修	（看著恩喜開心的樣子也很快樂，口袋中的手機傳來震動，拿出一看是薇珍，隱忍內心的苦痛，將手機再度收進口袋，使勁上前灌籃。觸碰到籃框時，嘴角笑著，眼角卻帶著淚）
恩喜	（驚訝）天哪，灌籃耶！好厲害！（高興地唱歌，張開雙手在場邊繞著）
漢修	（笑著卻悲傷不已）

第15幕　恩喜的咖啡廳內，白天。

印權、浩息、明寶三人一同坐著。

明寶	（有口難言，不停用手搓揉著臉，嘆氣）唉……
浩息	（煩躁）你到底在幹嘛？為什麼叫人家來又一直嘆氣！急死人了！
印權	（看著明寶，打斷浩息）漢修有跟你借錢嗎？
明寶	（一驚）？
浩息	什麼意思？
印權	（看著明寶，認真貌）聽說漢修開口跟他妹漢淑借兩億韓元。
浩息	（發火大吼）兩億韓元？真是瘋了，他自己對漢淑有做過什麼？媽媽在這裡時，也都是漢淑在照顧的！（生氣地看著明寶）
明寶	（喝一口咖啡）

浩息	你把你知道的所有關於漢修的事全都講出來，全部！漢修那小子帶恩喜去木浦了，一個有婦之夫跟單身女子去木浦玩！（看著印權）我一定沒有猜錯！不然恩喜怎麼會對我說謊，說自己在魚市場，卻不見人影，而且他們兩個還都不接電話！
明寶	（鬱悶）真的？他們兩個去了木浦？應該不至於吧，漢修不是那種人，他只是沒錢而已⋯⋯你們別這樣誤會老同學⋯⋯
印權	（瞪著明寶）我們沒有誤會，就叫你趕快說漢修的事，快點！
明寶	（喝一口咖啡，深吸一口氣，有點無奈卻老實）聽說漢修到處借錢，他向住在首爾的亨植借錢，但是被拒絕了，也跟住在首爾的國中同學在民借了五千萬韓元，而且還是很久以前借的，聽說老婆在美國的留學生圈裡風評也不好，到處借錢⋯⋯我們有一位客戶認識他老婆⋯⋯因為銀行分行經理最重要的就是信譽，我出於擔心查了一下他的信用狀況，發現他連退休金也幾乎提前領走了。
印權	（聽著覺得很無語）也有貸款？
浩息	（打斷，生氣貌）到處借錢？
明寶	（點頭）如果漢修回來故鄉到處借錢怎麼辦⋯⋯濟州這麼小，一定很快就會傳遍⋯⋯那他就做不了分行經理了。我擔心到睡不著覺，怕漢修跟我們幾個借錢。
浩息	（聽完大發雷霆）還會跟誰借，一定是找恩喜啊，臭小子，他絕對是盤算著要借錢才會回來，到底把這裡當什麼！（打電話給恩喜）
明寶	（無奈地看著浩息，對印權說）印權，可是漢修真的不是壞人⋯⋯他人真的很好⋯⋯只是因為他的孩子⋯⋯我相信他沒有惡意，只是傳得比較難聽⋯⋯
印權	（忍住氣）我就知道那傢伙有問題！人只要碰到錢就會變得醜陋，他一定是有計畫才會帶恩喜去木浦！
明寶	（無奈）漢修不可能跟恩喜去木浦吧⋯⋯
印權	（生氣難受）如果真的去了呢？你要代替他去死嗎？他就是

看恩喜不懂男人，又對自己懷有好感才藉機找她出去玩，計畫慫恿她掏錢出來。陰險的傢伙！臭傢伙，還不接我們的電話！（講完走出去）

第16幕　高級旅館全景＋走廊＋恩喜的房間內，夕陽西沉。

兩人乘坐電梯，抵達樓層後走出來。
漢修打開房門，示意恩喜進房。

恩喜	（呆滯）只有一個房間？
漢修	我房間（比劃）在對面，這裡是你的房間。
恩喜	（開玩笑）唉唷，害我嚇一跳。（進房後看見美麗的景色，讚嘆不已，走向窗邊，看得出神）
漢修	（輕聲讚嘆）天哪……
恩喜	（看著景緻覺得很感動，整頓著心情環顧景色）這裡是……（看向一旁的漢修）……
漢修	（看著風景，想起往事，淡淡地笑）沒錯，這裡是我們以前校外教學時住的老旅館……
恩喜	（再次看向窗外，十分感動）原來改建成飯店了……（環顧房間）可是我們住這裡，會不會太奢侈了……
漢修	（盯著風景，平淡地說）我也是第一次住這種五星級飯店，但因為是我們唯一一次的回憶之旅，就別吝嗇吧。
恩喜	回憶之旅？哈哈哈……也對，人生唯一的回憶之旅，的確奢侈點也不為過。（為漢修脫下外套，放在床尾，坐到床上，上下蹦跳）這個床真棒……（打開冰箱，看著漢修）這個不是免費的對吧？這種事我還是知道的。（坐在床上，關起冰箱）要不要喝點酒？要去超市買嗎？
漢修	我去買。（起身）
恩喜	（躺著，看著天花板，開心）真乾淨。（轉向一旁）我也真是的……（再次轉向另一邊）都這個年紀了，怎麼沒來過這種

地方⋯⋯（電話聲響起，浩息來電，破壞心情的電話，恩喜受不了接起來，非常無奈）我的手機都要著火燒焦了！到底有什麼事，需要這樣打給我？

第17幕　英玉的店內＋店外＋恩喜的房間內，傍晚，交錯。

明寶、印權、浩息、定俊嚴肅地坐在一起喝酒，英玉、小月準備下酒菜，星星坐在一旁看著聾啞人士收看的影片。

浩息　　（講電話，語氣憤怒）你在哪裡？

印權　　（搶走手機開擴音，放到桌上，難受地說）你和漢修去了木浦嗎？

定俊／英玉／小月　　（不明所以地看著印權）？

恩喜　　（從床上跳起來，無奈地大吼）對，我們來木浦了，怎樣！那又怎樣！

浩息　　（難過又生氣地大叫）你一個單身女子，為什麼跟有婦之夫去木浦？

恩喜　　（煩躁）什麼有婦之夫⋯⋯他們分居七年，已經快要離婚了！

英玉　　（準備下酒菜中，無奈）大哥們，你們在幹嘛？為什麼要開擴音，這裡人很多耶！

印權　　（為了不讓恩喜聽到，將電話掛斷）

定俊　　（看不下去哥哥們的作為）哥，這樣很沒禮貌⋯⋯今天就當作我沒在這裡。（起身往廚房走去，倒了杯水後坐到靠近海邊的桌子看海）

恩喜　　喂？喂？（掛斷電話）他們是怎樣⋯⋯（將電話放在一旁，看著海哼歌）

印權　　（認真地對明寶說）漢修要離婚？你問問亨植，他們雙方夫妻不是很熟？

英玉／小月　　（無奈，一臉擔心地看著）

明寶	（無可奈何地找到同學亨植的電話，走出去）喂？亨植，我有事想問你……
浩息	（跟著走出去，站在明寶身邊）
（E）	（門鈴聲響起）

第18幕　恩喜的旅館房內，夜晚。

恩喜	（開門後看著漢修）？
漢修	（流汗）恩喜，抱歉……幫我拿個外套……我的皮夾在裡面，忘記帶了。
恩喜	好。（從床尾拿起外套給漢修，吊飾自口袋中掉出來，但兩人都沒有發現）
漢修	（拿過外套）我馬上回來。
恩喜	別跑，會受傷，慢慢來。

這時床上的手機收到訊息，恩喜有些煩躁，但仍拿起來查看，看著臉色逐漸僵硬。

＊跳接－嵌入，照片》
漢修、薇珍、寶嵐一家人在美國幸福美滿，相擁合拍的全家福照片。

第19幕　英玉的店內＋店外，晚上。

印權（嚴肅、無奈）坐著，看著明寶，明寶（難過）用手機向恩喜傳送照片，浩息坐著，面帶怒氣。

浩息	呼……（生氣，深呼吸）漢修那傢伙，肯定計畫好要向恩喜大敲竹槓。

小月	（擔憂，問英玉）怎麼回事？
英玉	（將小菜盤遞給小月，不以為意）別管他們，將小菜送過去。（說完，手機響起，看了一眼號碼後臉色一沉，往海邊走去接電話，看上去很無奈、不情願）嗯，是我……說吧……我也愛你，不是只有你單方面付出……
小月	（聽見英玉的對話內容，覺得有些怪，但不甚在乎，清洗著髒碗盤）
定俊	（跟著英玉往外走，怕夜路不安全，遠遠地跟在英玉身後，考慮要不要上前搭話，因距離遠而聽不見對話內容）
英玉	（語氣不耐煩，看到定俊後，轉身走回去）你要我說幾次？我也愛你……嗯……
定俊	（遠遠地看著英玉，猶豫要不要主動搭話，但怕英玉對自己反感，因此只盯著她看）

第20幕　旅館電梯裡＋漢修旅館房間內，夜晚。

漢修提著一瓶紅酒、一盒起司呆站著，忽視口袋裡不斷響起的來電。走出電梯後看著恩喜的房門，從口袋裡拿出手機，畫面顯示為寶嵐，望了一眼恩喜的房間後，打開自己的房門，接起視訊來電。

漢修	（心情悲傷、沉重，仍表現強硬）怎麼了？
寶嵐	（在簡陋的旅館房間內撥打電話，眼眶泛紅，語氣抱歉）爸爸……我……要回首爾。
漢修	（堅決，疲憊，生氣）如果你是要跟我說這件事，我要掛電話了。
寶嵐	（感到抱歉卻直說）爸，我打高爾夫球不快樂，我不想繼續打了。
漢修	（氣憤難過，眼眶泛紅）你別騙我，我知道你是因為沒錢才說這種話，你的人生只有高爾夫，這點爸爸比你清楚。

這時，薇珍搶走手機，提高音量用傷心的語氣說話，眼眶泛淚。

薇珍　　寶嵐說她不幸福啊！你為什麼不相信女兒！

漢修　　（對自己生氣，心痛地大聲斥責）還不都是你總在孩子面前提起錢的事情，她才會萌生退意！

寶嵐　　（搶走手機，比剛才更強硬）我要回首爾，爸，我現在打高爾夫球真的一點也不快樂！

漢修　　（氣憤，眼眶泛淚，大喊）為什麼不快樂？說啊！你老爸為了讓你開心，到目前為止花了那麼多心血，要是你一點也不快樂，那爸爸我要怎麼辦，臭丫頭！你現在只是因為易普症才會不快樂，但有一天會痊癒的，你忍忍吧！

薇珍　　（在後面看著哭得很傷心的寶嵐，難受地說）你知道我的嘴角為什麼會破嗎？我在路上遇到持槍搶劫的強盜，被毆打了！要不是路人救了我一命，我早就死了！要是寶嵐在場，她就會受傷！你真的替寶嵐著想嗎？那為什麼寶嵐放棄高爾夫，你的人生就跟世界末日一樣？

漢修　　（心疼，眼眶泛紅，大吼）不要再說了！（將手機摔出去，大口吐氣，眼淚在眼眶打轉，走到洗手間洗臉，盯著鏡中，艱難地開口）恩喜，借我一些錢⋯⋯恩喜，可以借我一點⋯⋯（嘴上說著，內心卻相當煎熬）

(E)　　（電話聲）

第21幕　　恩喜旅館房間內＋英玉的店，晚上，交錯。

恩喜在床上看著照片接起電話，心裡五味雜陳卻故作鎮定，另一頭的印權、明寶、浩息坐在一起，手機開著擴音，努力沉住氣。

恩喜　　這些照片是什麼？

浩息	還有什麼好問的？就是漢修夫妻倆感情很好的證據，可是你說什麼？他們分居七年了？那是漢修老婆一年前上傳到社群媒體的照片，亨植存下來傳給明寶，明寶再傳給你的，他們感情好得不得了，哪有可能離婚？
印權	漢修跟你借錢了嗎？
恩喜	（落寞）沒有……
印權	那他很快就會跟你借了。
明寶	（難受）恩喜，很抱歉。
浩息	你有什麼好抱歉的！
印權	漢修他一年前已經跟國中同學在民借了五千萬韓元。
明寶	（難受）漢修有給利息，每個月20%。
印權	最近他跟在玩股票的亨植開口借了兩億韓元被拒絕。
明寶	亨植用老婆當藉口拒絕了他，然後叫他投資股票，轉移話題。
印權	（緊接著說）他還跟漢淑借兩億韓元被拒絕，下一個目標就是你了，漢修連房子都沒有，存款也沒了，貸款堆積如山，退休金都快用完了。
恩喜	（忍住氣，難受）他借那麼多錢要用在哪裡？
明寶	（難受）他讓女兒學高爾夫球，似乎花費很高。

這時，恩喜的門鈴響起，她走上前開門，漢修在門外表情尷尬地笑著，手上提著葡萄酒與起司走進房內，坐在餐桌一旁，打開葡萄酒，拿起一旁的兩只酒杯至洗手間清洗。恩喜看著漢修的身影，鎮定情緒，聽著電話那頭印權的聲音。

浩息	（憤怒難耐）該死，沒錢就不要生小孩啊！
明寶	你自己也有小孩，這樣說太過分了！
浩息	我有自知之明，不會讓我的小孩打高爾夫球！
恩喜	（不發一語地聽著，心痛並氣憤）
浩息	漢修他老婆跟亨植老婆是大學同學！她說他老婆很漂亮善

良！好相處又聰明！但在遇到漢修後人生都毀了，變得一點也不快樂！

印權　恩喜，如果你借錢給漢修，絕對收不回來，他跟在民說半年就會還，結果現在已經過了兩年，在民只拿到利息，根本討不回本金。

浩息　你現在立即回濟州，馬上回家！

恩喜　（忍住氣，平淡地說）我明天……吃完早餐後回去。（說完掛斷）

＊跳接》

浩息　恩喜、恩喜、恩喜！

印權　她掛電話了，你耳聾聽不出來嗎？（說完拿著手機走出去）

浩息　（從口袋裡拿出自己的手機，打給恩喜）

第22幕　恩喜的旅館房間內＋洗手間內，晚上。

恩喜拿起酒杯，漢修替她倒酒。

恩喜　（忍著怒火與不堪，將斟好的酒杯放在一邊，接過紅酒替漢修倒酒）

漢修　（拿酒杯接著紅酒）

恩喜　（倒完酒後，拿起自己的酒杯，若無其事地與漢修乾杯，配了一口起司，擠出笑容）喝紅酒配起司，我只在電視上看過，味道真不錯，你怎麼知道這種吃法？

＊跳貼－閃回（恩喜的視角）》
第2集，在KTV的停車場，漢修稱讚恩喜很可愛後，嘻嘻笑著。

＊跳接》

漢修	（尷尬地笑）跑業務時⋯⋯有機會跟客戶一起吃。
恩喜	你和老婆也常喝紅酒嗎？
漢修	（生硬地笑，沒喝紅酒，只是輕沾嘴唇後放下酒杯）⋯⋯
恩喜	（看著漢修）

＊跳接－閃回（恩喜視角）》
木浦街頭，搭著恩喜肩膀的漢修。

＊跳接－閃回》
漢修溫柔地笑著看向高歌中的恩喜。

＊跳接》

漢修	（拿起酒瓶，內心五味雜陳）再喝一杯吧？
恩喜	（遞上杯子，直直盯著漢修，不動聲色地飲盡杯中的酒）
漢修	（看著窗外，感到難以啟齒，微微嘆了口氣）
恩喜	（看著那樣的漢修，故作自然）那我們現在要做什麼？白天四處逛逛，一起來飯店，現在喝了點酒，接下來⋯⋯（平穩，卻語氣犀利，極力保持冷靜，眼眶些許泛紅）我們該做什麼事？
漢修	（無法看向恩喜，說不出話，將酒杯往嘴邊靠）
恩喜	是不是要我和你都去沖澡⋯⋯然後⋯⋯一起睡覺？
漢修	（看著恩喜，心頭一震，察覺不對勁）？
恩喜	（直白）還是你終於要說出帶我來這一趟的⋯⋯本意了⋯⋯
漢修	？
恩喜	你要向我⋯⋯借錢嗎？
漢修	（看著恩喜，糾心，內心痛苦萬分，眼眶漸漸濕潤）⋯⋯
恩喜	（不堪，心裡難受，直截了當但不過度譴責的語氣）你從什麼時候開始騙我的？

漢修	（眼眶泛紅，悲傷）……
恩喜	我剛剛才知道你缺錢。（哀傷地拿起手機，點開明寶傳來的照片給漢修）你看。
漢修	（接過手機，看著照片，心痛落寞）
恩喜	這裡不是首爾，是濟州，大家連隔壁人家有幾條內褲、幾支湯匙和筷子都知道得一清二楚。你太小看濟州島、印權、明寶、浩息，還有你的朋友們了。
漢修	（傷心，將手機放回恩喜面前，心如刀割，用手搗住臉）
恩喜	你沒錢，可以直接開口借。
漢修	（悲傷不已，眼淚在眼裡打轉，看著恩喜）
恩喜	（淒涼，眼眶泛紅，輕柔地說）可是你為什麼要謊稱你和老婆已經分居，還要協議離婚？（傷心，忍住淚水，但仍看得出來很難受，沒有退讓）
漢修	（看著恩喜，悲慘哀傷，想要說明但沒有亟欲辯解，對於自己的真實想法被踐踏感到難受，緩慢地，卻每個字都難以說出口）恩喜……這一切並非全是謊言……這次的旅行對我來說很珍貴。
恩喜	（想哭，打斷，拿起沙發旁的抱枕朝漢修的臉打了好幾下，眼淚迸發）
漢修	（不閃躲，流下淚水，忍住不崩潰）
恩喜	（丟出抱枕，傷心不已，抑制不住淚水，仍壓抑著滿腹的情緒）你把我當成什麼了？
漢修	（心痛地流淚，無臉面對恩喜，悽慘）……
恩喜	（心痛，擦去流出的淚水，語氣強硬，很傷心）如果你把我當成朋友，一開始就該老實說，而不是帶我來這種地方……在你說跟老婆分居、離婚的謊言時，就代表你沒有把我看成朋友……而是迷戀你的那個愚蠢呆瓜，對吧？你這是在利用我的感情，不是嗎？
漢修	（看著恩喜，快要潰堤哭出來，心痛地點頭，小聲說）沒錯……如果可以利用你，我想這麼做……我不想讓女兒像我一樣……因為沒錢而放棄夢想……因為我明白……沒有

夢想的日子⋯⋯是什麼感覺。

恩喜　　（對於沒有夢想的日子這句話感到心痛，淚水在眼眶打轉）
　　　　我在今天這一刻⋯⋯失去了畢生的摯友⋯⋯（心痛萬分，忍
　　　　住淚水起身去洗手間，拿起毛巾，將臉埋進毛巾內，短暫哭
　　　　過後走出洗手間，看見地上的全家福吊飾，拿起來放在漢修
　　　　面前，坐下倒了杯酒，盯著窗外，低聲對漢修說）你走吧。

漢修　　（看著恩喜，將吊飾收進口袋，再看著恩喜，發自內心地哭
　　　　著說）你問我為什麼不一開始就跟你借錢⋯⋯

恩喜　　（非常難過又生氣）

漢修　　（語調和緩，淚水滿溢）對你而言，這世界沒有任何一點有
　　　　趣的事，每天拚命地剁魚頭，努力賺錢，忙著照顧弟弟們，
　　　　我不想用錢⋯⋯破壞你對我僅存的少年時美好回憶⋯⋯

恩喜　　（心痛萬分，理解漢修的心境後更是難受）

漢修　　（鎮定心情，忍住淚水，真摯地說）不過⋯⋯我真的對你感
　　　　到很抱歉，我的朋友。（心痛但平靜地起身，走出房間）

恩喜　　（流下淚水，再度倒了一杯紅酒喝下）

第23幕　漢修的車內＋旅館停車場＋街道，晚上。

漢修心痛地流淚，深呼吸一口氣後，開車離開旅館，駛向
街道，鏡頭往上移。恩喜難受地看著漢修離去的身影，啜
飲手上的紅酒，眼神轉為堅定，拉起窗簾。

第24幕　恩喜的旅館房內，凌晨。

恩喜穿著浴袍，望向大海（窗簾已拉開），沒有胃口地吃
著早餐，一旁的手機響起，浩息來電，她沒有接，繼續吃
飯，電話不斷響起，她不情願地接起來。

浩息	（生氣，E）你有沒有借錢給漢修？
恩喜	（瞬間生氣，難受地說）沒借！沒借！我沒有借他！可是你 們呢？你跟印權動不動就跟我借錢，我為什麼不能借給漢 修？你說啊！為什麼！

第25幕　浩息家門前樓梯＋恩喜旅館房內，凌晨，交錯。

浩息一頭亂髮，凌晨準備出門工作的途中，撥打電話的樣
子。

浩息	（大吼）騙人的傢伙算什麼朋友！
印權	（一頭亂髮，從家裡走出來，搶走手機後用擴音說話）
恩喜	（難受，眼眶泛紅）他會說謊一定有他的理由啊！
浩息／印權	（大喊）理由？有什麼偉大的理由要欺騙朋友？
恩喜	（難過，眼眶泛紅）朋友？你們是他的朋友？你們這些人自 稱是朋友，結果亨植那傢伙用老婆和股票當藉口，明明有錢 卻不借他還到處宣揚；在民那小子借了錢，卻跟放高利貸的 業者一樣收他20%的利息；而你們像一群幸災樂禍的人，把 他的處境昭告天下，還暗中調查別人！然後我，讓他顏面盡 失！
印權	（難受）我們只是……
浩息	（難受，打斷印權）因為比起漢修，我們更在乎你啊。
恩喜	（不理會）為什麼比較在乎我？因為我比較有錢吧！
印權	喂，你怎麼這樣說話。
浩息	（打斷）你怎麼可以這樣說！
恩喜	我難道沒資格這樣說嗎！你們在乎有錢的我，不就也應該在 乎沒錢的漢修嗎！
印權	（難受，走回家）
浩息	你幹嘛走？
印權	（大喊）恩喜說得沒錯，我還有什麼話好說？（說完進屋關

門）

浩息　（傷心）唉唷，我們也不好受啊……

恩喜　我們算哪門子的朋友！我跟你們都稱不上他的朋友！他把我們當成朋友，還回來找我們，結果我們現在在他的背後說他壞話！（難過地掛斷電話，將手機丟到一旁，幾次深呼吸後吃了一口早餐，情緒高漲地難以下嚥，放下刀叉望著大海，難受想哭，直直地盯著大海）

第26幕　渡輪內，凌晨。

漢修與薇珍（機場的一角）正通著視訊電話。

薇珍　（語氣和緩，略帶悲傷，眼眶泛紅，溫柔地說）你為什麼不生氣？我們沒聽你的話，已經來機場準備回首爾了。

漢修　（溫柔地看著）我也不知道，不知怎地生不了氣……

薇珍　（心疼的眼神，帶淚）老實說……你覺得輕鬆很多吧？

漢修　（泛淚想哭，點頭）對啊……沒錯……可是薇珍……寶嵐以後埋怨我們怎麼辦？

薇珍　我們得讓她埋怨啊！不過她都這麼說了，我們就相信她吧。人心是會改變的，原本幸福也可能會變得不幸福啊。

漢修　那我們現在很難熬，以後也有機會幸福了嗎？

薇珍　當然……你知道嗎？她來到機場很開心，還哼著歌。

漢修　（心痛地努力笑著）太好了，真的太好了……

薇珍　（心疼）你已經做得夠多了。

漢修　（傷感，停頓片刻後好不容易點點頭，心痛仍淺笑著）你也是……辛苦了……

薇珍　（努力笑著，望向另一邊）寶嵐來了，我們首爾見。（說完掛斷電話）

漢修　（將手機放進口袋，看著大海，心情如釋重負，抬頭望著頭上的鳥兒）

第27幕　漢修的銀行（假日），明寶的辦公室內，白天。

漢修走至明寶的座位，將辭呈放到桌上，在便條紙上寫字。

＊跳接－便條紙》
明寶，麻煩幫我申請自願離職，詳細情形我再打電話告訴你，真的很抱歉。

＊跳接》
寫好的便條紙放在桌上，漢修走出辦公室。

第28幕　銀行停車場，白天。

漢修坐在車內，後座擺著行李。
繫上安全帶時，收到訊息，他拿起手機查看。

＊跳接－訊息》
銀行傳來帳戶內轉入兩億韓元的訊息，並有另一則訊息。

漢修　　（仔細看著內容）
恩喜　　（E）做生意難免會虧錢，我打算當作今年生意虧了錢，我這輩子做過好幾次虧本生意，你別在意，收下吧。
漢修　　（看著虧本生意的字眼，鼻頭一酸，心中滿懷感激，靜靜地收起手機，開車）

第29幕　航行中的渡輪，白天。

恩喜看著大海，惆悵地哼著歌。

第30幕　恩喜的家，隔天凌晨。

恩喜聽著〈Whisky On The Rock〉，一如往常地包著飯糰，輕微擺動身子，但並非很快樂的舞動。

第31幕　通往魚市場的海邊道路＋恩喜的貨車內，凌晨。

恩喜聽著歌，停在紅綠燈前，手機收到訊息，點開查看。

＊跳接》
銀行傳來帳戶內轉入兩億韓元的訊息，然後又收到另一則訊息。

漢修　　（E）恩喜，我把錢還給你了。

這時，喇叭聲響起，恩喜將車子開到路旁，停靠後看著手機，眼眶逐漸濕潤。

漢修　　（E）你這輩子總是做虧本生意，這次我不想讓你虧錢，我把這筆錢還給你，因為你的心意……我已經收到了。恩喜，這次待在濟州的生活，對我來說真的很值得，因為我跟你、印權、浩息、明寶……這些只存在於記憶中的人，再次成為了朋友……

第33幕　道路＋行駛中的漢修車內，白天。

漢修開車，載著薇珍與寶嵐。

薇珍　　我們要直接去旅行？

漢修　　我拿到不少自願離職金，雖然還完債後沒剩多少……但總之我們先玩一玩吧。

寶嵐　　（雀躍）太棒了！

漢修　　（笑著，E）我還不曉得往後要怎麼過活，但我打算先和這幾年在國外辛苦熬過來的家人們，開心地到處開車旅行，在旅行的過程中，或許就會浮現下一步該怎麼走的想法。

第34幕　蒙太奇。

　　1. 水產商向競標員比出價錢的手勢，恩喜發出「喔喔喔喔！」的聲音。水產商趁無人發覺時，迅速比劃著要提高價錢的手勢。
　　2. 浩息用電鋸吃力地切著冰塊。
　　3. 印權在工廠裡，撈出滾燙的血腸，滿身是汗。
　　4. 恩喜揮著刀，流著汗，處理著各式漁獲，高喊「當天現撈的白帶魚，當日現捕鯖魚、魷魚！」招呼客人。

漢修　　（E）哪天我覺得疲憊的話，我會想起在濟州的你，還有我的朋友們，這樣或許……我就會得到力量，因為無論我做什麼，想必都沒有你們辛苦。

第35幕　恩喜的房內＋客廳，夜晚。

　　恩喜坐在書桌前，紅了眼眶，心疼卻備感溫暖。

漢修　　（E）當我們再次相見時，與印權、浩息、明寶一同去濟州海邊，開心地喝杯燒酒吧，到時候我會請你們大吃一頓，你負責唱歌給我們聽，我會期待那一天的到來。恩喜永遠的朋友，漢修。

恩喜　　　（心疼，打著字，E）好，你一定要來請我們喝酒，準備一桌
　　　　　豐盛的酒菜，我們在濟州的海邊等你。（臉上帶著心疼，將
　　　　　藏在書櫃深處，自小時候到現在的日記本中，拿出最新的一
　　　　　本，真摯、傷感又踏實地拿筆寫下，E）我永遠的，（語帶哽
　　　　　咽，低聲強調）初，戀，崔漢修……再見。（寫完將日記本
　　　　　放進書櫃，走向客廳，自冰箱裡拿出燒酒，倒了一杯，用電
　　　　　視播放 KTV 頻道，唱起歌）

＊跳接－回想》
以倒敘的方式，回想一幕幕與漢修開心的回憶。

＊跳接》
用車子搭起的露營棚邊，薇珍與寶嵐烤著肉，漢修運著球
說：「爸爸小時候的夢想是當籃球選手，我現在打得還不
錯吧，爸爸仍寶刀未老喔。」開心打球的漢修與唱著歌的
恩喜，兩人的畫面交錯播放，劇終。

第四集　　　　　　　　　　　**英玉與定俊1**

我能愛這個情史豐富的女人嗎？
我該怎麼做呢？

第1幕　　序章。

1. 宣亞的寢室內，早上。

生活富裕，40坪公寓，寢室窗邊是不透明的窗廉，室內光線昏暗，一絲微光自窗簾縫隙射進來。

宣亞在床上緊閉雙眼。（看上去很疲憊，背對鏡頭，從遠處看就只是一般入睡的模樣）

這時，外頭傳來聲響。

泰勳　　（E，呼喊宣亞，有些不悅，似乎正在煮飯，伴隨碗盤的聲響）老婆！老婆！宣亞！宣亞！

宣亞　　（看似熟睡的背影）……

泰勳　　（片刻後，穿著便服，圍著圍裙，看來剛盛完飯，手上拿著飯勺打開門，站在門邊一臉無奈，以不會過大的音量喊著）宣亞、宣亞……

宣亞　　……

泰勳　　（表情無奈，拉開窗簾，使日光照亮房內）

宣亞　　（因強光睜開眼睛，望著窗外）

泰勳　　（疲憊無奈）快點起床，我要出門上班了。（說完關門走出去）

＊跳接》

鏡頭拉近至宣亞，她艱難地起身，坐在床邊，（咬著牙，用盡力氣坐起身的模樣）額頭冒汗，想睜開眼清醒，但身上（像溺水後上岸的人，全身濕透〔幻覺〕）滴著大小水滴，地板上也有大片積水。宣亞調整著呼吸，試圖清醒。

2. 宣亞的廚房，早上。
宣亞（看上去沒有倦容，笑著，頭髮簡單地束起馬尾）吃著飯，夾菜給小烈（5歲，穿著幼兒園制服）。

宣亞	（笑著）要咬碎喔……
小烈	（咀嚼，笑著）咬碎！
宣亞	（覺得小烈很可愛，捧起臉，在他臉頰上輕吻）唉唷。
小烈	（笑得開心，學媽媽的語氣）好乖。
宣亞	（開心看見孩子模仿自己）唉唷，好乖！（自己吃一口飯，再餵小烈，擦拭孩子的嘴角，臉上止不住笑容）
泰勳	（擔憂，吃著飯，想對宣亞說話卻欲言又止，只喝了一口水，提著一旁的包包與外衣，起身要出門）
宣亞	（一如往常）要出門了嗎？
泰勳	（無奈）對。（走至玄關）
宣亞	（餵小烈）親愛的，路上小心。
泰勳	（走到一半停下來，覺得要告訴宣亞，轉身後一臉無奈地說）宣亞。
宣亞	（看著）？
泰勳	（忍著難受，無奈地說）拜託你……如果在家能不能打掃一下房子？
宣亞	（有些不開心，但仍餵著飯，和緩地回答）我有啊，房間都掃得很乾淨，還洗了碗，你看客廳，（看著乾淨的客廳）很乾淨啊。
泰勳	（生氣，走向陽台的洗衣區，開門後對宣亞說）你看這裡。
宣亞	又怎麼了？（跟上前）

＊跳接－洗衣室內》
泰勳打開門，裡頭堆滿棉被、衣物，洗衣桶內外都擺滿髒衣物，髒鞋、抹布胡亂擺放。

宣亞　　（看著，有些無奈，走回小烈身邊）我會打掃的。
泰勳　　（抓住正要離開的宣亞手臂，再打開對面的倉庫，讓宣亞看）

＊跳接－倉庫內》
堆滿雜亂無章的回收垃圾。

泰勳　　（無奈難過）既然要打掃，這裡也清一清。
宣亞　　（有些生氣難過，走向廚房，繼續餵小烈吃飯）
泰勳　　（走出倉庫，看著宣亞）你聞聞小烈的制服。
宣亞　　（心情低落，看向泰勳）？
泰勳　　（聞自己的衣服後，皺眉不悅，對宣亞說）你知道我跟小烈的衣服都有味道了嗎？你到底是怎麼洗衣服的……（講至一半停下來，走向玄關）
宣亞　　（委屈，想忍住氣，仍流露出不高興，語氣略微不悅，邊餵飯邊說）嫌有味道就自己洗啊，洗衣服跟打掃家裡，一定要我來做嗎？
泰勳　　（正要出門，感到萬般無奈與生氣，大聲說）你要我賺錢又要打掃家裡，難道還要幫你洗澡嗎？你照照鏡子，到底幾天沒洗頭了？都有味道了！拜託你去看醫生！你要這樣頹廢到什麼時候？憂鬱症是可以醫治的！拜託你按時吃藥，也去接受諮商！
小烈　　（想哭）爸爸……不要吵架……
泰勳　　（生氣，抱起小烈，提著包包，看著宣亞難受地低聲說）我們還有小孩……拜託你有點生存意志！（走出門）
宣亞　　（感到受傷，仍故作堅強地起身，從冰箱裡拿出小菜盒，將菜餚放回盒內，並將碗盤放進水槽後進房，之後房內的浴室傳來水聲，過了一陣子）

3. 宣亞的浴室內，開著燈，沒有對外窗。
宣亞穿著浴袍，以剛洗完澡的模樣擦拭乳液、護唇膏。
門鈴聲響起，宣亞沒聽見，不久後玄關門打開，傳來房門
開啟的聲音，浴室的門也被打開。

宣亞　　（看向門，一臉不解）你……沒去上班嗎？為什麼抱著小
　　　　烈？你沒送他去幼兒園嗎？

泰勳　　（抱著小烈，非常無奈，不想多說）什麼沒去上班……我都
　　　　下班了。

宣亞　　（瞪大雙眼）？！

泰勳　　（難受，放棄的語氣）幼兒園老師說你沒去接小烈，打了很
　　　　多通電話你都沒接，所以打給正在跟客戶開會的我，叫我去
　　　　接小烈……

宣亞　　（困惑，覺得明明還是早上，怎麼已經傍晚了？不安地走
　　　　出浴室望向窗外，天色已暗，又走至客廳，也是一片昏
　　　　暗，拉開窗簾後，已是夜色籠罩，月亮高掛空中，〔歌曲
　　　　〈Tennessee Whiskey〉響起〕還能看到閃爍的星光，街道
　　　　上是下班歸家的汽車車燈，宣亞無法理解自己為何會如此，
　　　　想大吼大叫也想哭，腦中一片混亂，想要釐清思緒）

泰勳　　（自房裡走出來，無奈地看著宣亞，冷淡地說）你沒煮飯
　　　　吧？我帶小烈出去吃飯再回來。（說完往外走）

　　　　宣亞身上再次滴下水滴，抓著陽台欄杆的手滴落水珠，髮
　　　　絲也全被浸濕（幻想）。窗外的光點一一熄滅，月亮也被
　　　　雲朵遮蔽，宣亞全身濕透地呆望外頭，景色與宣亞兩種鏡
　　　　頭交錯，背景音響增強F.I.。

字幕：英玉與定俊1

第2幕　　濟州夜店內，晚上。

英玉（穿著年輕漂亮，像個善於打扮的都市女人）與裴船
長（醉意重，穿著牛仔褲，刻意耍帥卻流露著俗氣）喝著
啤酒，開心地隨著音樂擺動。英玉稍醉（沒有很醉），玩
得很開心，比起跟裴船長跳舞，更沉浸於獨自享受氣氛
（時而看鏡子，時而與DJ互動，面對牆面跳舞，盡情地隨
著音樂搖擺）。裴船長跳著舞，似乎對英玉有好感，眼睛
直盯著她，然後靠近英玉身邊，想要伸手抱她，英玉輕輕
淺笑，委婉地抽身，在鏡子前面跳得很開心。

裴船長　　英玉，喂！我愛你。
英玉　　　（不在乎，跳著舞，隨意地應道）我知道……
裴船長　　你知道？你也喜歡我吧？
英玉　　　（專注跳舞）

第3幕　　夜店停車場，夜晚。

裴船長坐在夜店前的階梯，喝醉嘔吐著。
這時，英玉從夜店（裡面播放著〈So Annoying〉）走出
來，手上拿著啤酒罐，依然開心地踏著舞步，倚靠著裴
船長的車（高級轎車），身體輕微擺動，看著夜空上的星
星。

裴船長　　（醉意）英玉，我們……（抬頭望向遠處的旅館）去那裡睡一
　　　　　晚，好嗎？
英玉　　　（瞥了一眼旅館，不在意，隨著音樂打拍子，不看裴船長，
　　　　　喝著啤酒）……
裴船長　　我好醉，一步也走不動了。（指著旅館）去那裡睡一覺再走
　　　　　吧，好不好？

英玉	（喝酒，淺笑，點頭後看看周圍的人，再喝一口酒）好，走吧。
裴船長	（笑著拍打自己的臉）真的？
英玉	（淺笑看著裴船長，簡短應道）嗯。
裴船長	你知道我是真的很愛你吧？
英玉	（不太在乎，隨著音樂擺動）我知道。
裴船長	好，我們走。（走向車子，抓起英玉的手，但因為太醉了重心不穩，又蹲下嘔吐）
英玉	（不顧裴船長，將啤酒喝完丟進一旁的垃圾桶，看見停車場旁邊有代駕司機，舉起手）司機！

第4幕　　道路，行駛中的裴船長車內，晚上。

代駕司機開著車，英玉坐在副駕駛座，聽著廣播的音樂，將車窗搖下來，享受涼爽的風。裴船長坐在後方，爛醉，講話含糊。

裴船長	喂……你真的……讓我好傷心……不是說要跟我去旅館嗎？去旅館啦。
英玉	（看著窗外，臉上掛著笑，平淡地說）現在要去旅館啊。
裴船長	真的嗎？
英玉	（盯著窗外，平靜地說）真的。
裴船長	（爛醉，立起身子看向窗外）才怪……這明明……是往你家的路啊。（說完靠向英玉）我們去旅館吧。
英玉	（避開裴船長的臉，移動身子後將音樂轉得更大聲，心情很好，享受著音樂，還跟著哼唱）
裴船長	英玉！英玉！
英玉	（看著裴船長）哇，是風耶！很涼爽吧？我最喜歡濟州的風了！（說完將手伸出窗外迎風，在位子上坐著扭動身軀，舞著）

第5幕　駛進蔚藍村入口的道路＋定俊的公車，夜晚。

定俊開著貨車，正要駛進村子，後車突然逼近（代駕司機所駕駛的裴船長的車，音樂很大聲），直接切進定俊前方，定俊嚇得按喇叭。

定俊　（驚嚇，下意識地罵）啊，該死，搞什麼！（氣憤地將頭伸出車外，朝前車大吼）你瘋了嗎？

英玉　（自副駕駛座伸出頭，朝定俊開朗地打招呼）嗨，船長！（雀躍地揮手，車子開遠）

定俊　（目瞪口呆地看著英玉，臉色一沉，不明白為何英玉會坐在裴船長的車上，心情不佳，開至公車附近後停好車走下來，走進公車裡開燈。脫去工作服的外衣，擔憂英玉是否安全，看著大海，雙手扠腰，猶豫是否要去找英玉，片刻後下定決心，隨即穿起外衣，走出公車，跑向英玉家，滿臉擔憂）

第6幕　英玉家前的路＋英玉的家，夜晚。

定俊大步走向英玉家，看見代駕司機從旁經過。
留意地看向代駕司機後，再次走往英玉家的方向，見到裴船長的車停在一旁，認真地看著，聽見英玉與裴船長在家門口的爭執聲。

英玉　（輕鬆地笑，躲開裴船長迎面而來的嘴唇，委婉拒絕）唉唷？大哥，你在幹嘛？這樣不對吧。

裴船長　（尷尬地笑，想抱英玉）我不做其他的事，讓我抱你一下就好，你不是也說你愛我嗎？

英玉　（輕柔地移開身子，淺笑，和緩地說）我有嗎？

裴船長　我問你愛不愛我時，你不是說「嗯、嗯」嗎？

英玉　有嗎？我不記得了，回去吧，我們都住在同一個村子裡……

你這是在做什麼……讓人很尷尬耶……快走吧。（說完躲開裴船長伸出的手，轉身想回家）

裴船長 （大聲）英玉！（抓著英玉的手腕）喂，我們每天一起去玩，為什麼這樣對我？

英玉 （甩開手，輕聲說）出去玩跟這種事不一樣啊。

裴船長 （挽回）不要這樣啦！

英玉 （無奈地笑著安撫）你這樣會吵醒恩喜姐，她被吵醒你就死定了，裴船長。

裴船長 所以我們去旅館吧？（想要再度拉她的手）

定俊來到兩人面前，抓起裴船長的手，裴船長有些踉蹌，說：「喂！」定俊鬆開他的手，看向裴船長，比起生氣更多是無奈。

裴船長 （醉意，不可置信地看著定俊，心情差）你是怎樣？

定俊 （無奈，看著裴船長直言）她說鄰居間這樣會變得尷尬，一起玩跟肢體接觸……是不一樣的。（雙手將裴船長轉自街邊，語氣無奈，安撫著說）走吧，裴船長。

裴船長 （用力掙脫定俊的手，生氣，對英玉沒好氣地說）剛才我說要去旅館的時候，你不是答應我了嗎？你喝的比我少……你說啊，你說愛我，還答應跟我去旅館，這些你都不記得了？

定俊 （困惑地看了裴船長後，又瞄了一眼英玉，再看向街邊，等待英玉的回答，有些緊張）

英玉 （啞然地笑）好啦，我都記得，全都記得。

裴船長 那你為什麼說不記得？

英玉 （無語，真摯）因為你老是纏著我，我懶得多說，所以才敷衍你，我通常不跟喝醉的人說話，懂嗎？

定俊 （看著發愣的裴船長，雖受不了仍規勸）你聽到了吧？她說那只是敷衍你而已，她不想跟喝醉的人說話，所以才騙你的，懂了吧？我們走，已經很晚了。

裴船長 （對定俊發火，再看著英玉）這樣啊……你是那種女人啊？

說謊不眨眼的人？

英玉　　（平淡地說）對，我就是那種人，說謊不眨眼。（說完走回家）大哥，慢走。（進屋）

裴船長　（想要上前）

定俊　　（阻擋）大哥，她都請你走了。

裴船長　喂！你是怎樣？（撞向定俊）關你什麼事，臭小子？我有話要跟英玉說……（不斷用身體撞定俊，兩人往後退）你幹嘛插嘴？說啊？

英玉　　（拉開窗戶〔屋子亮燈〕，語氣輕鬆）有話明天天亮再說。（關門）

裴船長　（落寞，看著定俊）

定俊　　（一臉無奈，語氣不重，眼神堅定）你等天亮再過來。

裴船長　（煩躁，開口想說什麼又無話可說，直瞪著定俊，仍有醉意）

定俊　　（無奈地看著，有點生氣卻忍住）走吧，幹嘛一直盯著我看？

裴船長　煩死了。（說完打開車門，坐上駕駛座）

定俊　　（無奈）裴船長，喝酒不要開車。

裴船長　（看向定俊，帶著醉意大吼）別管我，臭小子！（說完開車離去）

定俊　　（看著裴船長離去的身影，隨即報警，鈴聲響起，語氣平和）喂？金巡警，辛苦了。（走進英玉家的院子，坐在院子裡的椅子上）車號49D5679，這輛車的車主酒駕，正從蔚藍五里開往安興三里……沒錯，是裴船長的車，對，麻煩攔檢他，他喝得很醉……我很擔心……好的，沒錯，安全第一！（說完掛斷電話，看著街道）

英玉　　（開窗，拿著裝水的水杯，啜了一口後看著定俊，笑著說）你在那裡幹嘛？

定俊　　（看向英玉後，再次看向外頭，平靜地說）我怕裴船長再回來。

英玉　　（淺笑，輕聲說）你是擔心我嗎？

定俊　　（看著街道，直白地說）對。

英玉	（開玩笑地說）天哪，好讓人心動喔。
定俊	（看著街道，平靜地說）你去睡吧，我待個二、三十分就走。
英玉	（輕鬆）船長，你該不會是喜歡我吧？
定俊	（故作鎮定，卻心頭一震，看著英玉）……
英玉	（半開玩笑）別喜歡我，你會受傷的，姐姐嚴正警告你喔！ （說完將窗戶關上）
定俊	（看著英玉關上窗後，再次看向街道）

第7幕　英玉家裡，夜晚。

英玉脫去外衣，走向洗手台，放下杯子。一旁的手機響起無數則訊息聲，英玉走近拿起手機，坐下盯著手機看。

＊跳接－插入》
無數則照片訊息。

＊跳接》
英玉皺起眉頭，心想又是什麼訊息，表情不過度凝重，只是心生厭煩，看向手機。

＊跳接，插入－照片》
建築物、乾淨整齊的房間、打掃完的浴室、院子的花朵（C.U）、美味的食物、觀賞電影中的照片。某人的手、走廊上堆疊的垃圾袋、放滿生活用品的層架、凌亂餐桌上雜亂的酒瓶，全是毫無關聯性的照片。

＊跳接》
英玉看著手機，覺得不可理喻，有些厭煩，但卻是常有的事，感到有些沉重，但不到影響心情，她拿著手機，打開窗看向定俊。

英玉	船長，要不要去散步？
定俊	（內心一震，冷靜片刻後，隱藏心動，起身）出來吧。（走著，嘴角不自覺地勾起，極力想忍住）

第8幕　村子一角或海邊，夜晚。

英玉與定俊（隱藏心意）一同走著。

英玉	（笑著）你剛才怎麼會來我家？
定俊	（心跳加速，尷尬地笑）沒為什麼……
英玉	（試探，臉上掛著笑）你有事要找恩喜姐嗎？
定俊	（逕自走著，羞澀地難以直說，掩飾心意，故作鎮定）
英玉	（走在定俊前方，面向他倒退著走，覺得定俊很可愛）你說說看，為什麼快半夜十二點了，還出現在我家門口？
定俊	（停下，看著英玉）……
英玉	（停下，看著定俊）
定俊	（轉身走到英玉前方，面向她倒退走，一臉輕鬆）
英玉	（覺得定俊很可愛，值得信任）好紳士喔。
定俊	（倒退走，語氣平靜且直接）我在路上看見你坐在裴船長的車上……有點擔心，所以過去看的。
英玉	（開心定俊的舉止）你為什麼要擔心我？
定俊	（看著她，一邊走）
英玉	（停下，看著定俊，笑著直說）你喜歡我吧？
定俊	……（盯著看，心裡有些小鹿亂撞，掩飾）
英玉	（看著定俊，等定俊停下後走上前，用手測量自己與定俊的身高差，笑著說）你……身高是185，不對，188公分對吧？
定俊	（倒退走，有些訝異，淺笑地看英玉）你怎麼知道？
英玉	（邊笑邊走）對吧？我說對了，一看就知道是188公分，因為我前男友也是188公分。

定俊	（繼續走，有些困惑，不太開心）？
英玉	（走至定俊前方，笑著說）他的名字叫崔成俊，天哪，你們的名字都有俊耶，成俊跟定俊。（仔細研究著定俊的五官，開心地說）哇，仔細一看，你跟他還長得有點像，怎麼回事，哈哈……
定俊	（走著，看著英玉的身影，心情受影響）
英玉	（語氣輕鬆）兩年前，在我來濟州之前，原本在清州的手工皮鞋廠上班，當時成俊是很優秀的製鞋師傅，而我是助理。（望著夜空走著）他很會唱歌，也很會彈吉他。（看向走著的定俊）你會彈吉他嗎？
定俊	（搖頭走著，心情不佳）
英玉	那會唱歌嗎？
定俊	（搖頭，無法理解為什麼要提起過去的情史）
英玉	（停下腳步，突然想到）啊，不對，很會唱歌、彈吉他的人是……哲雄才對。
定俊	（停下，感到有些荒唐）？
英玉	（看著，繼續走）哲雄是我22歲時交往過兩年的男人，完全就是個流氓，平時很正常，但一喝酒就變無賴，雖然不會打我或其他女人，但只要一喝酒，就會跟其他男人拳頭相向……是我甩了他的。他有天喝了酒，又跟路人起衝突，我就報警離開了江陵，接著我在清州遇見成俊。（問定俊）你只在濟州生活過嗎？
定俊	（邊走邊點頭，感到受傷，認為英玉不將自己視為男人，內心五味雜陳，但仍保持鎮定，聽英玉述說）對。
英玉	（用手指數著，又面向定俊）我住過首爾、仁川、江陵、清州、統營，然後是濟州，不對，統營之後是釜山，再來才是濟州翰林，接下來是這裡，西歸浦蔚藍。
定俊	（有些納悶，裝作不以為意）你為什麼……要到處搬家？
英玉	（笑著，自在地說）因為工作，或是跟著男人搬家，有時是因為跟男人分手。你有交過女朋友嗎？
定俊	（停下腳步看著英玉，認為既然談起情史就代表她不喜歡自

己，傷心貌）

英玉　　你說說看啊，我講了男朋友的事，你也要說你的吧。

定俊　　（不開心，覺得若英玉不喜歡他就不再糾纏，需要時間冷靜）
　　　　我們走吧。（說完往回走，心情複雜，有被甩的感覺，但不
　　　　想表現得太過難受）

英玉　　（俐落，無留戀）好，走吧，我明天還要捕撈……（用手機播
　　　　放音樂，經過定俊身邊，不看他，獨自走著，隨音樂哼唱，
　　　　看起來對定俊一點留戀都沒有，時而跳起舞來，還朝著定俊
　　　　像朋友般自在地跳舞玩耍）

定俊　　（看著英玉，些許悲傷）

第9幕　定俊的公車內，夜晚。

定俊回到公車內，呆望著玻璃窗（駕駛座正後方的塑膠隔
板），看上去心亂如麻，用水性筆在隔板上寫字。

＊跳接－隔板》
「她究竟交過幾個男朋友？」

＊跳接》

定俊　　（放下筆，呆看著眼前的字，再次提筆）

＊跳接－隔板》
「她的情史這麼豐富，我能真心愛她嗎？」

＊跳接》

定俊　　（看了一會兒字後又寫）

＊跳接－隔板》

「我接下來該怎麼做？別拖泥帶水，下決定吧。」

＊跳接》

定俊　　　（皺起眉頭看著隔板上的字）

第10幕　便利商店內＋外，黎明。

英玉穿著一般外出服，隨意地將泡麵、麵條、咖啡、暈船藥等物品裝進籃子，選購的模樣一幕幕交錯，坐在櫃台的阿姨對英玉說。

阿姨　　　（著急）我姪子在西歸浦可是出了名的會畫畫……好奇怪喔，你媽真的說我姪子實力不好嗎？

英玉　　　（專心採買，沒回話）……

阿姨　　　是因為只看到用手機翻拍的畫嗎……實際畫作更好看的……那她說要怎麼準備大學考試才好？

英玉　　　（將物品放上櫃台，遞出信用卡）照學校老師說的就行了。

阿姨　　　（失落，結帳）老師叫他去念濟州的大學耶。

英玉　　　（從口袋拿出袋子裝東西）照做就沒問題了。（收下阿姨交還的信用卡，走出店外，將物品放進後車廂）

阿姨　　　（走到店門口，看著英玉）讓他念首爾的名校是不是比較好？

英玉　　　（笑著）他的程度好像不夠。（坐上車）

阿姨　　　（看著英玉，惱羞成怒）不過你媽真的是畫家嗎？是的話就讓我看看她的畫啊！（話尚未說完，英玉已經揚長而去，阿姨的眼神充滿不悅，有客人走進商店，也跟著進去）

這時，恩喜開著貨車，與英玉的車交錯。恩喜接著看見英

珠，為了叫英珠而按喇叭並停車。

＊跳接－公車站》
阿顯與英珠間隔一點距離，站著候車，一旁還有幾位村民，阿顯與英珠看見恩喜。

恩喜	（看著公車站前的長輩）長輩們，你們好。
長輩們	（笑著打招呼）
阿顯	（看見恩喜，面無表情地點頭問候）
恩喜	（對阿顯點頭，直率地問）你們要去學校？
阿顯	對。
恩喜	有沒有好好讀書？（英珠呆看著恩喜，恩喜也不悅地看著她）幹嘛？
英珠	（不情願地敷衍點頭，望向別處）
恩喜	你有跟旁邊的長輩們打招呼嗎？
英珠	（看著〔對英珠笑得很和藹的長輩們〕，不情不願地點頭問候，再望向公車來的方向）
恩喜	（不悅地看著英珠，指責語氣）放下來。
英珠	（無表情〔不情願地〕看著恩喜，明白她指何物，放下捲起的裙子，不高興地看著恩喜）
恩喜	再放。
英珠	（不悅，再放）
恩喜	（緊盯）全部放下來。

英珠心煩地看著恩喜，將裙子放至最長的長度。
恩喜不悅地盯著英珠。

恩喜	我會盯著你的，臭丫頭，全校第一名有什麼用？要學會做人才行。（說完開車離開）
英珠	（不爽）又不是我媽……
阿顯	（擔心地看著恩喜對英珠的態度）她把你當成女兒了嗎？

英珠　　　（看著阿顯，無語地斜瞪著遠方）

公車抵達，英珠上車後，阿顯也跟著上車。

第11幕　公車內，早上。

長輩們彼此問候，坐在位置上，阿顯與英珠一同坐在後座。

英珠　　　（一臉擔憂，欲言又止，原本盯著前方，然後迅速在阿顯耳邊低語）我的生理期沒來。
阿顯　　　（看向英珠，困惑）？
英珠　　　（轉頭看前方，小聲說如腹語）看前面，大家都在看。
阿顯　　　（緊張地往前看，尚未理解狀況，片刻後想起懷孕的可能性，眼神轉為擔憂）
英珠　　　以防萬一，你先準備好錢。
阿顯　　　（擔心，眼眶稍微泛紅）……

第12幕　路邊＋英玉行駛中的車內，白天。

惠慈、春禧（呆愣地看著街道，想著英玉怎麼還不出現）與海女1、2坐著等待英玉。

海女1　　（單純，擔心的語氣，看著惠慈）她應該不會拿爸媽的事來騙我們吧？何必呢？
惠慈　　　（無奈生氣，大聲說）那她幹嘛跟港口便利商店的老闆說她爸媽是畫家，又跟我說他們在東大門做生意？
海女2　　（困惑）是喔？她跟我說她沒父母。
惠慈　　　（激動）居然有這麼荒唐的女人？你們看，英玉跟每個人說

	的都不一樣，現在被逮個正著了吧！這丫頭！（朝一旁的春禧說）大姐，英玉是怎麼跟你說的？
春禧	（直盯著車子開來的方向，不在乎）
惠慈	（對春禧說）春禧大姐，英玉實在太奇怪了！我們真的不能跟她往來。
海女1、2	（憂心）怎麼辦……
惠慈	（對著春禧，語氣憤怒）大姐，我們把英玉趕走吧，我無法跟那種騙子工作，她只要遇到男人就勾引人家，把我們村子搞得一團亂，我們船長也已經對她動心了，他本來答應要跟我女兒相親，結果因為英玉推掉。

這時，喇叭聲響起，英玉的車駛近。

英玉	（開朗）大姐們，抱歉，我來晚了！
惠慈	（打斷英玉，起身打開車門，讓春禧先上車，大吼道）你怎麼老是遲到！都說好幾次了要配合潮汐的時間！凌晨遲到也就算了，上午怎麼也會遲到？到底什麼時候才會準時？

春禧與其他海女皆上了車。

英玉	（對大家說）因為暈船藥沒了……我去買所以遲到。
惠慈	拿什麼暈船藥當藉口！
英玉	（迅速）對不起，對不起。（對春禧口氣溫柔）大姐，對不起。（說完開車）
春禧	（不說話，看上去滿不在乎）……

*跳接－英玉行駛的車內》
駕駛座前的手機不斷響起來電，螢幕僅顯示號碼，英玉不理會，繼續開車。

惠慈	（不耐煩）快接電話！

英玉	（看著前方，語氣輕鬆）不接也沒關係。
惠慈	（對英玉說）哪有不用接的電話！（對春禧耳語）她老是有電話，就算在捕撈，她浮球裡的手機也一直響。她一定在本島有老公，不然就是有小孩。
春禧	（厭倦惠慈在耳邊說話，將惠慈的頭移開，很無奈）不要噴口水。
惠慈	（看著春禧的臉色，擦口水）
春禧	（看向窗外）
英玉	（透過後視鏡看春禧，開朗地說）大姐，你睡得好嗎？

第13幕 海上，定俊的漁船內，白天。

春禧、英玉、小月、惠慈與其他海女喝著暈船藥。
定俊專心地開船，將其停在海中央。

基俊	（對海女們認真地說）記得準時回來！下水時間到下午兩點！下午兩點！

＊跳接》
春禧、英玉與眾人將手錶校準時間，放進塑膠袋內，再放進浮球，小月校準著防水手錶。

＊跳接》
定俊看著春禧、小月與其他海女跳入海中。當所有人都下海後，英玉獨自坐在船邊，看著定俊說：「嗨，船長。」

定俊	（看向英玉）？
英玉	（輕鬆）你生氣了嗎？以後不跟我說話了？
定俊	（呆愣地看著英玉，面無表情）……
英玉	（笑著）這樣喔。（說完跳下水）

基俊	（不明白英玉在說什麼，朝定俊問）英玉姐在說什麼？你們發生什麼事了嗎？
定俊	（轉動船舵，平靜無回應，看上去毫無惋惜）

第14幕　便利商店內＋便利商店前，白天。

英珠、阿顯假裝在便利商店隨意選購，其實是在找驗孕棒。阿顯找到，停下動作，直盯著驗孕棒看，這時英珠拍了一下阿顯，經過他身邊，開口說。

英珠	不要買，善美來了。（拿了其他商品）
阿顯	（迅速地隨便拿了商品就走去櫃台）
善美	（與朋友1、2走進來，對朋友1說）搞什麼……是你說要請客的！說只有這裡有賣好吃的麵包，所以我們才大老遠從學校跑來這裡耶！（看見阿顯）喂，副班長，那是什麼？（搶走阿顯手中的衛生棉）
阿顯	（驚嚇，盯著善美手中的衛生棉，覺得慘了）
英珠	（不知不覺走到他們身邊，搶走善美手中的衛生棉）是我叫他買的。（將自己拿的商品與衛生棉放到櫃台，用交通卡結帳）
善美	（對正在結帳的英珠說）班長了不起啊？你這樣也算霸凌，為什麼老是把副班長當成手下？（對阿顯說）你是班長的手下嗎？
阿顯	（不避諱）是的話又怎樣？午餐時間要結束了，快回去學校。
善美／朋友1、2	（拍手）哇哇哇！小跟班好帥啊！
英珠	（威脅口氣，作勢要打人）幹嘛大呼小叫的！你們要是上課遲到就死定了。（正要出去，在門口撞見某人，抬頭一看是印權，覺得怎麼會這麼巧，但表情並無太過驚訝）
印權	（進便利商店時與英珠相遇，不悅地盯著英珠）你要殺誰？（用下巴指向宣美）殺她？（再指朋友1、2，看著英珠）還是

	她們？（指向阿顯）該不會是他吧？
阿顯	（表情坐立難安，看著印權）
善美	（問候後向印權打小報告，理直氣壯）大概是指我們吧，她老是罵我們，還把阿顯當成自己的手下，她剛才還叫阿顯買衛生棉。（被朋友1、2搗住嘴巴）
印權	（生氣，怒瞪著阿顯）你這小子，（指向英珠）是她的手下嗎？
阿顯	（難受，離開）
英珠	（看著印權，再威脅善美）你死定了……（說完離去）
印權	（眼睛瞪大，覺得荒謬）什麼臭丫頭！（拉開門對離去的英珠大吼）你是流氓嗎？怎麼能威脅同學？沒教養的小孩！
浩息	（在印權說話時，開著車來送冰塊，停車後看見印權與走在前方的英珠和阿顯的身影，發現印權在罵自己的女兒）
印權	（沒注意到浩息，繼續罵英珠）你不要看我們阿顯好說話就使喚他，臭丫頭！否則我找你爸算帳！阿顯，你也不要乖乖聽她的話。臭小子，一個男孩子怎麼一點骨氣都沒有？
浩息	（下車，從貨車內搬出冰塊箱子）選個日子吧。
印權	（說完看向浩息，語氣不悅）什麼？
浩息	我叫你挑個日子，不是要找我算帳嗎？提醒你一下，星期四我沒空。（說完搬箱子進便利商店，交給店員）兩公斤的冰塊二十包。
店員	（寫收據）
善美／朋友1、2	（看著浩息）叔叔好！
浩息	我不好。（看著走進店裡的印權〔他也帶著不悅的眼神看著浩息〕）因為那個叔叔，我心情很差。
善美／朋友1、2	（看著手上的商品，對浩息說）叔叔，可以請我們吃這些嗎？
浩息	（四處張望，選了東西給善美）你們也喜歡吃這個吧？
善美／朋友1、2	（開心）喜歡！
浩息	叔叔沒錢。（看著浩息，一字一句地說）不過這位錢多又愛擺闊，副班長的爸爸，血腸叔叔會幫你們付錢，對不對？（說完拿取收據，走出去）

印權	（忍住怒氣）這傢伙……
善美	（再選了一包餅乾，對印權說）叔叔，還可以買這個嗎？
印權	（好不容易忍住氣，把餅乾搶走放上櫃台，心煩）全都拿去吃啦！哼！

第15幕　學校前，白天。

阿顯、英珠露出難受的模樣，一同快速走進學校。

阿顯	（直白地說）等我補習完再去遠一點的地方買……你就去上家教吧。（英珠在前方大步走著）

第16幕　海上，定俊的船內，白天。

基俊將捕撈時間已到的旗子升起，吹起提示哨音，定俊將春禧拉上船說：「大姊，今天辛苦了！」撈起裝滿漁獲的浮球，再一一拉惠慈與其他海女上船說：「辛苦了！」接著拉起小月，撈起浮球。

基俊	辛苦了。
小月	（開心）我今天收穫很多喔。
基俊	（擊掌）真厲害！（拉起浮球）
春禧	（疲憊，坐在一旁，解開鉛帶）
惠慈	（疲憊）大家都到了，走吧。
定俊	好！
小月	（張望）等等，英玉姐還沒回來！
定俊／基俊	（望向大海，英玉的浮球漂在遙遠的海上）
海女1	（擔心）怎麼沒看見她的浮球？
海女3、4、5	（望海）真的耶……

海女2	（生氣）會不會是石頭放得不夠重？
惠慈	（氣憤）怎麼可能是石頭的關係……她肯定是為了多撈點東西去了很遠的地方！跑到別區去了！這個臭女人！怎麼還不出現！我要冷死了！哈啾！
小月	（急忙起身，拿起一旁的保溫瓶與水杯，倒水給春禧與其他海女）
海女1	（擔心）浪變大了……再變得更大之前，我們得回去才行。
定俊	（擔心英玉，沒有過度慌張，肅穆地打開船隻的響鈴，開啟喇叭）結束捕撈！英玉姐！英玉姐！結束捕撈！

春禧、小月、海女們喝著水，擔憂地朝大海望去。
英玉遲遲不浮出海面，春禧、惠慈與其他海女討論著是否要下海找她。

定俊	英玉姐！英玉姐！
小月／基俊	（面露擔憂，對著大海呼喊）結束捕撈！結束捕撈！
定俊	（響鈴持續響著，冷靜沉著地用眼睛搜尋海平面）
基俊	要不要打給海巡？
定俊	（走至船後方，查看海面，心情沉重，回到船長室，認真看著海面，著急卻不慌亂）這裡是前進號，我們有一位海女下水後未回到船上，我們有一位海女下水後未回到船上，請鄰近船隻確認周圍是否有花色浮球，請鄰近船隻確認周圍是否有花色浮球！

第17幕　海女之家全景，白天。

星星將咖啡車停在一旁，眼眶泛紅地靠著牆，心情難受地看著海女之家，基俊不開心地坐在貨車上，等著接送春禧與其他海女。

惠慈　　　（火冒三丈，E）你到底在搞什麼？年長的大姐們全都準時回來了！

第18幕　海女之家內，白天。

一邊為暖炕房，另一邊為大型澡堂的建築構造。
春禧、惠慈與其他海女沖洗完畢，更衣後清洗完海女的潛水服，披掛在一旁。春禧換上乾爽的擋風衣，手臂上能見「一心」字樣的刺青，英玉（不悅，覺得遲到十分鐘又怎樣，一點也不覺得愧疚），小月（生氣，難過）穿著背心與短褲在洗衣。

惠慈　　　（更衣中，對英玉發火）你竟然為了多挖點鮑魚而遲到？不是一、兩分鐘而已，足足晚了十分鐘！我們難道沒有說過，結束捕撈的五分鐘前就要浮出水面等船隻嗎？你真的很不聽話！有眼睛就自己看看！這裡的大姐們都有年紀了！春禧大姐70幾歲了，自己一個人住，如果她感冒怎麼辦！你要替她下水挖鮑魚嗎？還是你要送她去醫院，或是到她家照顧她？

海女1　　（無奈）好了，別再罵了！

海女2　　（生氣）什麼別再罵了？惠慈說得又沒錯！

惠慈　　　（大聲地對海女1說）海女一定要集體行動，但她每次都我行我素！你想一個人挖光鮑魚賺大錢嗎？哈啾！哈啾！你看，我都等你等到感冒了！

小月　　　（洗衣服，推英玉）姐，你快點道歉。

英玉　　　（敷衍）對不起。

惠慈　　　你們看看她，連道歉也這副口氣！大姐，我們不能放任她繼續下去！她有一天會害死我們。讓她走吧！我們不能一直放任她，讓她為所欲為！

春禧　　　（拿起包包，平淡地說）別管她了。

惠慈　　　（大吼）怎麼可以不管她！她就是仗著你都不吭聲，才會一

點悔意都沒有！

春禧　　（無奈地看著惠慈）難道我說了她就會聽嗎？她看起來像是會聽話的人？（指著英玉）她啊！

小月　　（看著春禧，心想連春禧大姐也生氣了，擔心的眼神）？

英玉　　（看著春禧，有些懼怕擔憂）

春禧　　（看著惠慈，無奈，情緒不過重）這些從本島來的來路不明的人。

英玉　　（對此話有些傷心，低頭洗著衣服）

春禧　　是你們自己說要讓本島的人接觸海女的工作，還跟漁村村長協議設立海女學校，收了這種人進來，事情才會變成這樣。我是怎麼說的？我是不是一開始就說不能收本島的人？

惠慈　　（無奈，大聲說）我們也是怕海女這個行業會失傳，需要有人傳承，濟州道廳也這樣提倡。

春禧　　（無奈）海女後繼無人又怎樣？人總有一天都要死的。（指著英玉，視線只看著惠慈）你們從現在開始都別跟她說話。（說完走出去）她要是有羞恥心，會看臉色，自然就會離開。

海女2、3、4、5　　說得對。

惠慈　　（同意春禧所說，即使憤恨不平也不再辱罵，厭惡地看著英玉）

海女2、3、4　　（推著惠慈出去）走吧、走吧，聽大姐的話，別跟那種人白費口舌。

海女1　　（不好受，看著離去的海女，又看著英玉）你好好去跟春禧大姐道歉吧，否則你有一天會被趕走。

英玉　　（難受，裝作不在乎，看著海女們離去後更衣）瘋了嗎？我幹嘛道歉？我犯了什麼滔天大罪嗎？真是大驚小怪。

小月　　（更衣，生氣無奈，看著英玉）？

英玉　　（穿衣）我只是晚了十分鐘，又不是晚了半小時、一小時，十分鐘而已也這樣大呼小叫。

小月　　（聽不下去，打斷英玉，大聲說）如果你晚了一個小時沒回來，我們就不會聚在這裡，而是去參加你的告別式了！（拿起包包，難過但真摯地說）我們不是在陸地，而是在海裡，

對下海的人來說，十分鐘……不對，一、兩分鐘都可能是生死之差，有一次星星準時到碼頭接我，她沒看到船，還以為我出事就哭了！

英玉　　（厭煩）我是為了撿回浮球啊！

小月　　（難受，大喊）如果是這樣不小心跑出界的人，有可能帶著鮑魚滿載而歸嗎？你明明是故意的！

英玉　　（不悅但未回話，穿衣服）

小月　　大家都以為你出事了，惠慈大姐的感冒還能吃藥，但我們全都以為你死了！海女大姐們紛紛說要下海救你。

英玉　　（換衣服，大吼）但最後沒有任何一個人下水啊，連你也是！

小月　　（氣得大吼）那是因為船長打無線電問鄰近船隻，才知道你跑到很遠的地方挖鮑魚。

英玉　　（無話可說，穿衣服）

小月　　（無可奈何）我真的很喜歡你，但這樣真的不對，你別當海女了，海女是無論十名、二十名都要集體行動的生命共同體，必須團結一心，有向心力，這份工作不適合你！（離去）

英玉　　（看著離去的小月，穿上衣服，難過，喃喃自語）哪裡來的生命共同體？還不是計較誰挖的鮑魚、海膽、章魚比較多。向心力？她們聚集在一起排外，算什麼向心力？根本就是濟州人的小圈圈。

小月　　（開門直說）你去跟春禧大姐道歉，不然我不理你了。（關門）

英玉　　（不理睬，整理衣物）

第19幕　　漁會前，白天。

定俊在漁會員工前將海女們捕撈的漁獲箱子放到秤上，大多為海螺，鮑魚和海膽已經秤完。

員工	總共550個海螺，556公斤，鮑魚330個，海膽115個。
定俊	（確認秤子，點頭）
員工	（遞上收據，推走塑膠箱）
定俊	辛苦了。（將收據收進口袋，轉身）
裴船長	（使勁地用肩膀撞定俊）
定俊	（不悅）？
裴船長	（轉身面對他，氣憤上前，看著定俊）瞪什麼瞪？
定俊	（沉住氣，打算離開）
裴船長	（捲起袖子）我大老遠從西海跑來這裡討生活，雖然看不慣你，但也沒跟你計較，結果你竟然不把我放在眼裡。喂，是你報警的對吧？說我酒駕？害我的駕照被吊銷了！混帳！
定俊	（平淡地說）所以說為什麼要酒後開車呢？
裴船長	你到底跟我有什麼仇？
定俊	你在說什麼……我只是希望你遵守法律……不要酒駕……（想走回車上）
裴船長	英玉那女人也有勾引你嗎？
定俊	（停頓，慢慢轉身，忍住氣瞪著裴船長）
裴船長	（靠近定俊）你清醒一點。喂！我可是被她騙了幾百萬韓元的酒錢。英玉就是那種女人，對每個男人都嘻皮笑臉，藉此騙他們酒錢，你也會被騙，小心點。（說完準備離去）

定俊勾住裴船長的腿，使之跌倒。
裴船長跌倒後迅速起身，想要抓住定俊，定俊敏捷地避開。
裴船長惱羞成怒，脫去外衣丟到地上說：「你死定了！」衝上前。
定俊也忍不住滿心怒火，脫去外衣，走近裴船長。這時，浩息推著冰塊推車跑來，說：「喂！你們在幹嘛！」用推車隔開兩人。

浩息	（看著定俊，詫異）你是怎麼回事？

定俊	（大口呼著氣，瞪著裴船長）
裴船長	哥，你別攔他，我今天要跟這傢伙分出勝負！
浩息	（轉頭看著裴船長）裴船長，你跟他打會沒命的！你以為他只是會開船的小綿羊嗎？他只是平常不打架，他的拳頭根本是榔頭！被他揮到一定會出人命的，你知道嗎？我們那裡需要敲石頭，不用榔頭，他徒手就可以了，真的啦！（推開裴船長）走吧，走吧！別在他鄉讓自己骨折，去消消氣！
裴船長	（不得已被推著走，大吼道）我在西海也是出名的流氓！你別瞧不起我！
浩息	（邊走）對、對、對，好厲害，走吧，再見！
裴船長	（走遠，厭惡地看著定俊）你清醒一點，英玉沒有把你放在心上！不然你直接問她是不是真的打算跟你在一起。
定俊	（挑釁地說）好啊，我正有此意，怎樣！
浩息	（來回看著兩人，發現是因為女人而爭風吃醋）
裴船長	（邊走邊說）你最好真的有勇氣問，每天只敢在她身邊晃來晃去……
浩息	（看著離去的裴船長，轉頭看向定俊〔還在瞪裴船長〕）你是怎麼回事？臭小子，我是這樣教你的嗎？怎麼在大庭廣眾下打架？你又不像東昔那麼不懂事！而且英玉又是怎麼回事？你們是三角戀嗎？既然這樣，你一定要搶贏。
定俊	（無奈，忍住氣）哥，我先走了。（走向車子）
浩息	別在光天化日下打架了，你那麼善良，如果誤入歧途，哥會傷心的。
定俊	（雖心有芥蒂）好啦，哥，再見。
浩息	（推著推車，邊唱〈離去的船〉）……
定俊	（走向貨車，用手機翻找英玉姐的電話，撥打電話後坐上車，將手機放置於架上，發動車子，看似下定決心）

第20幕　春禧的家（老舊）前方，白天。

英玉的車停在春禧家外。

英玉看著春禧的家，電話響起，螢幕顯示為定俊，她又再次望向院子內，春禧和玉冬正在處理青蔥。春禧一邊處理農作物，一邊吃地瓜，雖知英玉在門口，卻裝作不知情。

英玉看著春禧，猶豫要不要上門道歉，也遲疑要不要接電話，思索片刻後接起電話。

英玉　　　（語帶輕鬆，卻不如以往開朗）嗨，船長，我以為你生氣不想跟我說話了，怎麼了？

第21幕　行駛中的定俊車內＋春禧家門前，白天。

定俊　　　（認真）晚上跟我見個面吧。

＊跳接－交錯》

英玉　　　要約在哪裡？

定俊　　　（下定決心要問英玉，似乎還有些生氣，語氣僵硬）你想約在哪裡？

英玉　　　（看著春禧）你的公車？你從沒讓我進去參觀過。

定俊　　　（看時間）你晚上十點過來，我工作結束回去大概十點左右。（說完掛斷電話，表情嚴肅地開車）

英玉　　　（掛斷電話，眼神不離開春禧，思索著）

＊跳接－春禧的院子內》

玉冬　　　（處理青蔥，看見英玉再看向春禧，直白地說）你要不就讓她進來說話……要不就讓她走……你要讓她站在那裡到什麼時候？

春禧　　　（低頭做事，平淡地說）處理你的蔥吧。（吃一口地瓜）

玉冬	（挑起春禧嘴角的地瓜往自己口中送，將泡菜遞給春禧）
春禧	（吃了一口後，看著玉冬遞上地瓜）
玉冬	（平和，搖頭）我的胃不舒服。
春禧	（不悅）又不舒服……

這時，英玉走進院子，向玉冬眼神示意後，看著春禧。

英玉	（尷尬，難以開口，還是對著春禧說）春禧大姐，對不起。
玉冬	（看著英玉與春禧，處理蔥）
春禧	（拿著處理好的蔥至水管邊清洗）
玉冬	（平淡地說）英玉……你走吧。（邊處理蔥）春禧大姐若是不想說話，直到她氣消前（輕輕揮手）都不會開口的……你回去吧，在這裡也只能乾著急。
英玉	（看著春禧，艱難、真心地說）春禧大姐，真的很抱歉，我不會再犯了，我會遵守捕撈的時間，也絕不會越界了。
春禧	（無視英玉，對玉冬說）把蔥拿來，沒看到我在洗蔥嗎？
玉冬	（將蔥拿給春禧，回到位置）
英玉	我明天早上再來接大姐。
春禧	（打斷她，看著英玉，無奈、堅決）不用來了！
英玉	？
春禧	（相當無奈，放下青蔥，看著英玉滿是不解）你為什麼要對大姐們說謊？到底哪個才是真正的你？（轉頭洗蔥，不悅的語氣，音量大到英玉能聽見）你說媽媽過世，又說她在賣衣服，又跟別人說她是畫家。又不是瘋了……怎麼會見人就撒謊？為什麼不去別的地方，要來這裡當海女，給大家添麻煩……
英玉	（傷心，看著春禧，有些生氣，轉身離開）
玉冬	（擦地板，看著開車離去的英玉，搖搖頭，專心擦地，平靜地說）我看她大概也做不久，別因為她動怒了，她膩了很快就會自己離開。（將抹布整齊地放在一旁，走出去）我先走了。

春禧　　　　（洗蔥，對玉冬說）路上小心！（繼續洗蔥）

第22幕　路邊，白天。

玉冬走著看見小花，停下來觀賞，繼續走後看見小狗，平靜地看著。

玉冬　　　　你要去哪裡？走吧，要去找朋友嗎？（看著小狗走遠的身影，露出淺笑，往回家的方向走，看到路上的垃圾也隨手撿起來，臉上沒有太多表情）

第23幕　定俊的公車＋定俊公車內，夜晚。

定俊的貨車駛近，他看著前方，能見公車，也能見英玉的店。他看見小月忙碌的模樣，還有幾名客人，心想英玉是否沒有依約出現，下車後準備打開公車門，躲在公車後面的英玉探出頭，朝定俊燦爛地笑，還眨了眨眼。定俊有些訝異，卻沒有笑，打開公車門。

英玉　　　　你從哪裡回來？
定俊　　　　我剛才去弄定置網。（打開公車的燈）
英玉　　　　每天只知道工作。（跟著走進公車，看著車內整齊的模樣覺得驚訝）天哪！
定俊　　　　（從冰箱拿出飲料）只有這個可以喝。
英玉　　　　（接過飲料，端詳著寢室、家具，又驚又喜）哇，你裝飾得好美。（從公車玻璃窗往外看）天哪，從車上望出去的海景好美……
定俊　　　　（喝飲料，不經意地問）你喜歡濟州嗎？
英玉　　　　（笑著）濟州很棒啊！

定俊	（看著，簡短卻真摯）有多喜歡？
英玉	（看了一眼定俊，再望向海洋，語氣輕鬆卻真心）也許比不上在這裡土生土長的你……但我想在這裡度過餘生。
定俊	（喝著，不開玩笑，直率）你喜歡裴船長嗎？
英玉	（看著定俊，覺得有趣，喝了一口飲料後，直盯著定俊，冷靜地說）為什麼要問這個？你是很八卦的人嗎？
定俊	（真摯但不嚴肅）為什麼要告訴我你交過很多男朋友？
英玉	（輕鬆）你覺得呢？
定俊	（看著，真心但冷靜）因為你不把我當成男人，想讓我知難而退？
英玉	（無奈，直視著定俊的雙眼，喝了一口飲料後，明白定俊的心意）不是，是因為……我覺得你喜歡我。
定俊	（喝飲料，凝視著英玉，眼神真心）
英玉	（看著定俊，溫柔沉穩地說）因為我想讓你知道我的過去……不是，是我有這些回憶跟經歷……如果你無法接受，最好現在就放棄。
定俊	（看著）那裴船長呢？
英玉	（看著定俊，自在地說）裴船長應該是……喜歡我吧？但我不怎麼喜歡他。他說喜歡去夜店，我就跟他去過幾次。如果真要說喜不喜歡，的確從昨天開始變得不喜歡了。
定俊	（點頭，心中的疑惑得到答案）……
英玉	（覺得有趣，笑著）現在換我問你了，（用頭瞥向隔板上的文字）那個姐姐是指我嗎？
定俊	（看向隔板，既然被發現了，索性大方承認，喝了一口飲料後看向別處，老實說）對。
英玉	（看著隔板朗讀）「她到底交過幾個男朋友？」（看定俊）你想知道嗎？
定俊	（快速搖頭）
英玉	（覺得定俊很可愛，淺笑）那這題跳過，下一題，（唸出）「她的情史這麼豐富，我可以真心愛她嗎？」（看定俊）這題你有答案了嗎？

定俊	（看英玉）有。
英玉	（看著定俊，想知道答案）所以是……
定俊	可以。
英玉	（覺得定俊很可愛、直率，為了讓定俊能好好看著自己，移動身子，再次朗讀隔板上的字）「我接下來該怎麼做？別拖泥帶水，下決定吧！」（看著定俊）
定俊	（打斷，看著英玉，真摯卻不嚴肅）我們交往吧。
英玉	（感受到定俊的真心，心裡有些悲傷，看著定俊，擠出笑容）但是……你會受傷。
定俊	（和緩）你可以盡量別讓我受傷啊，為什麼要以傷害我為出發點？
英玉	（直視著定俊）
定俊	（坐到英玉身邊，看著她，真摯但不嚴肅）你需要時間……好好考慮嗎？
英玉	（看著）不需要……

兩人對視，英玉喝了一口飲料，明白自己愛上了這個男人，受傷的不會是他，而是她。英玉莫名地感到鼻酸，費勁擠出笑容，放下手中的飲料罐，看著定俊，將身體前傾，吻上他，結束。

第五集　　　　　　　　　　　英珠與阿顯

愛情只是短暫的。
我們對彼此的感情會隨著時間消逝，
消失得無影無蹤……不留痕跡……

第1幕　序章。

1. 凌晨的大海，天未亮，船隻劃過海洋。
2. 玉冬家門＋廚房，凌晨。

玉冬穿戴整齊，坐在庭院，看似在等待某人，不斷望向家門外。

這時，印權的卡車駛進。

玉冬　　（望去）

印權　　（頂著一頭剛睡醒的亂髮，自卡車下來，對玉冬點頭示意）大姐，昨晚睡得好嗎？（將盛裝豬骨與高湯的鐵桶拿下來，走進玉冬的廚房）

玉冬　　（一看見印權，趕緊走回廚房，打開老舊瓦斯爐上正在熬煮的大鍋爐）

印權　　（將材料倒入鍋內）這雖然已經放了三、四天，但味道沒有變質，如果不是大姐，這些都要當廚餘了……（說完走出去）那我先走了！

玉冬　　（用湯勺攪拌鍋中）你會有好報的。

印權　　（笑著上車）哈哈，大姐你每天這樣替我祝福，（抬頭望天）要是沒有好報，我就發飆！

玉冬　　阿顯一定會出人頭地的。

印權	（爽朗地笑）哈哈哈哈，他一定不能像我一樣變成流氓，還只能賣血腸。（笑著）大姐，我先走了！（離去）
玉冬	（自廚房走出來，擔心地看著印權是否平安離去，隨後走進廚房，用湯勺攪拌鍋中物）

3. 玉冬的家，早晨。
玉冬在庭院用手撕下煮熟的肉。
這時，一隻貓或狗走近，玉冬將飼料放進碗內，看著貓狗吃飯的模樣，臉上浮現笑容。瞥見一隻不吃飯的小貓，抱起牠後將肉末放在手指上，讓小貓舔食，臉上露出笑容。

4. 公車站，白天。
玉冬坐著等候公車，拿著舊型手機，猶豫是否要撥打電話，最後看著手機長按1號鍵，靜靜聽著撥號聲。

5. 海島村莊，白天。
東昔的雜貨貨車出現，車內響起東昔錄音的叫賣聲。
這時，副駕駛座上落下的手機響起電話鈴聲，東昔卻因為叫賣聲沒有聽見。

錄音聲	（東昔的聲音，E）鯖魚、鯖魚，魷魚、魷魚，雞蛋、雞蛋，豆腐、豆腐，嫩豆腐、嫩豆腐，豆渣、豆渣，菠菜、菠菜，蕨菜、蕨菜，高麗菜、高麗菜，葡萄、葡萄，養樂多、養樂多，爆米餅、爆米餅，玉米、玉米，古早味米果、古早味米果，鋁鍋、鋁鍋，不鏽鋼鍋、不鏽鋼鍋，平底鍋、平底鍋，鉗子槌子螺絲起子、鉗子槌子螺絲起子，上衣下服、上衣下服……

6. 海島村莊中老人的家，庭院，白天。
東昔使用自己帶來的電鑽，頭上冒汗，替老人修理家門。
東昔口袋裡的電話響起，庭院內的爺爺奶奶們拿著向東昔

所買的物品，似乎在等他完成修繕。東昔修理完畢後，拿起手機，畫面顯示「……」。東昔有些無奈，不得已之下接起電話，大口喝下這家奶奶給的水。

東昔　　（冷淡，接起電話）怎麼了？

7. 醫院走廊，白天，與東昔交錯鏡頭。
玉冬欲言又止，難以啟齒。

東昔　　（抑制鬱悶，不太過發怒）怎麼了？有什麼事？（用電鑽修理門，以肩膀與頭部夾住手機）既然打過來就要說話啊。
玉冬　　（內心有些難受，平靜地問）……你吃飯了嗎？
東昔　　（無語，覺得奇怪，為什麼突然問這個）吃飯？吃飯？（放下手邊工作，拿起手機，粗魯地說）幹嘛突然問我吃飯了沒？你這輩子從來不在乎我有沒有吃飽……你癡呆了？還是……打錯電話？
玉冬　　……

這時，內科診療室的護理師走出來。

東昔　　媽……（搖頭，不願稱呼她為媽媽）阿姨，你是打算打給你最愛的兩個兒子，結果不小心打給我嗎？我是東昔，不是宗澈或宗雨。
護理師　姜玉冬奶奶！
玉冬　　（直接掛斷電話，走進診療室）

8. 海島村莊中老人的家，庭院，白天。

東昔　　（拿著手機，感到困惑）喂？喂？（聽到掛斷聲感到憤怒）搞什麼……煩死了！（將手機放進口袋）

這時，奶奶1拿出陳舊、已故障的飯鍋過來。

奶奶1　　（第2集時曾出現，向其他雜貨貨車買東西的奶奶）東昔，這
　　　　　個飯鍋……

東昔　　　（看著奶奶1感到不悅）你跟其他人買東西，然後拿它來找
　　　　　我，真是受不了……（邊忙邊說）大姐，你的事晚點再說！
　　　　　我先忙完，待會兒再說！

奶奶1　　（趕緊從飯鍋裡拿出年糕，當東昔講完話時塞進他嘴巴，尷
　　　　　尬地笑）是我不對，我不會再跟其他人買東西了。

老人們　　東昔，你就原諒我們吧。

東昔　　　（咬著年糕，以不過度兇惡的眼神看了一眼奶奶1，對老人們
　　　　　說）好像我才是壞人似的，給我水喝！

這家奶奶趕緊將水遞至東昔嘴邊，東昔沒有用手接過來
喝，認真地修理大門。

9. 醫院診療室，白天。

玉冬　　　（平靜地看著醫生）

醫生　　　（看著螢幕，無奈）奶奶，我不是說過，這次要帶兒子一起
　　　　　過來嗎……你怎麼還是自己過來？癌細胞又擴散了，已經從
　　　　　胃部擴散至肺臟跟肝臟了……

玉冬　　　（點頭，不說一句話，神色也沒有驚訝）

醫生　　　（難受地看著玉冬）即使不動手術，至少也進行化療吧，今
　　　　　天立即辦理住院，打個點滴……奶奶，再這樣拖下去，這
　　　　　一、兩個月會發生什麼突發狀況，我也無法保證，知道嗎？

玉冬　　　（表情依然不為所動，揚起輕微笑容）你還是開點胃藥給我
　　　　　就好。

字幕：英珠與阿顯

第2幕　蔚藍村莊＋港口防波堤，黎明。

英珠（穿跑步用短褲與擋風外套，綁高馬尾），耳機裡播放音樂（與英珠的表情不同，播放著快版音樂），大口喘氣，在鄉間小路奔跑，額頭有斗大汗珠。

＊跳接－防波堤》
英珠跑得像是要躍進大海般，拚命跑至防波堤的盡頭，最後驚險地停下來，腳下波濤洶湧，喘氣聲相當大，耳機裡輕快的音樂流瀉而出，與她難過的心情截然不同。

英珠　　（Ｎ）當我被濟州島的生活壓得喘不過氣時，就會跑來這裡。

只要英珠的腳再往前一步，就有可能直接落入海中。英珠處在危險的邊緣，上氣不接下氣。

英珠　　（Ｎ）因為這裡是濟州的盡頭。濟州四面環海，當我看到前方無路可走時，就知道自己只能停下來了。

英珠調整呼吸，閉上雙眼，張開雙臂，看似在享受大海。

英珠　　（瞬間皺起眉頭）該死，腥味好臭。（海鷗正好經過，滴下鳥屎）啊！鳥屎！該死的海鷗！（對著天空大吼）喂！（看向道路）

耳機裡吵鬧的音樂持續著，幾台掛著「首爾高中校外教學」橫幅的觀光遊覽車經過面前。

英珠　　（Ｎ）真搞不懂本島的人為什麼這麼愛這片海？怎麼看都一樣，首爾明明更好玩，這種無聊的鄉下到底哪裡好？無公害？無汙染？無聊透頂……（朝大海吐口水，難受地轉身）

真想污染這整座島。

＊跳接－走向五日市集》
英珠滿臉是汗，煩悶，快速地走著，用不情願的語調對
迎面而來的長輩們一一問好：「你好、你好、你好、你
好。」忙著向每個人問安。

＊跳接－變變五日市集入口》
忙碌的一天正在展開，來回奔波的商人比客人還多。
英珠從市場入口處就不情願地持續打招呼，有些煩躁，打
招呼的同時能聽見旁人的話語。

奶奶1　（整理商品，看著英珠經過的身影）那不是浩息的女兒嗎？
奶奶2　（奶奶1的隔壁攤位，看著英珠）她最近還是全校第一名嗎？
　　　　沒有媽媽也好用功讀書呢。
奶奶1　（忘了這回事）她沒有媽媽？
奶奶2　（講得很大聲）你不知道？她在英珠小時候就跑了。
英珠　　（邊走，耳裡聽得一清二楚，心情煩悶，對著其他攤位的長
　　　　輩打招呼，N）整個村莊的人都認識我……好想逃離這裡！
　　　　整天問好，脖子都要斷了，煩死人了。

＊跳接－奶奶們的攤位》
春禧將捕撈的海螺、鮑魚、海帶、海參放進色彩繽紛的籃
子內，排列整齊，蹲坐在地上處理海鞘。
玉冬在一旁將各種穀物與根莖類蔬菜放入籃內，小月端著
咖啡走過來說：「請用咖啡！」將咖啡遞給春禧、玉冬，
兩人接過後，玉冬打算給小月咖啡錢。

小月　　（揮手謝絕，開朗）以後多給我一點地瓜就好！（說完轉身回
　　　　去咖啡車，大聲叫賣）熱咖啡！冰咖啡！冷茶、麵茶！
玉冬　　（喝著咖啡，看著春禧，用頭部指向小月與星星）那孩子真

善良。

| 春禧 | （點頭）對呀。 |

這時，英珠上前。

英珠	（拿掉耳機）爸爸交代我一定要跟奶奶們買地瓜與海帶。
春禧	（拿起大把海帶往袋子裡裝）
玉冬	（溫暖笑著）什麼時候長這麼大了？
英珠	（看著玉冬，些許無奈）上次不是才在市場見過？剛過五天而已，我能長多大？
玉冬	（露出疼愛的笑容，將地瓜裝袋）當然能啊。
春禧	（往袋裡裝進食材）海帶、地瓜都給你，五千韓元就好。
奶奶3	（在春禧旁邊做生意，開心地看著英珠）這孩子在嬰孩時多愛哭啊，浩息忙碌時，我常幫忙照顧你喔，你都可以叫我媽了！
春禧	（將海帶裝進袋子，對奶奶3的話感到有些無奈）要是照顧她就算她父母，那麼全市場的人都是她的爸媽了。
英珠	（N）沒錯，（輕瞥奶奶3，N）這種話我都聽膩了。
春禧	（將袋子遞給英珠，對奶奶3說）你少炫耀了。
英珠	（數著千元鈔票給春禧）
玉冬	（將某個東西塞進英珠口袋）
英珠	（感到困惑，拿出來發現是一張千元紙鈔，看著玉冬〔整理商品〕，收到玉冬的心意，並非喜歡錢，而是感受到奶奶的疼愛）
玉冬	（對英珠揮揮手，要她別繼續待在這裡聽奶奶們的嘮叨，並望向別處客人的方向）
英珠	（N）只有這兩位奶奶是真心疼愛我的。

這時，恩喜推著水產乾貨的車經過，放在春禧面前時（春禧、玉冬將恩喜帶來的乾貨擺放到攤位上），瞪著英珠。

恩喜	都快看到屁股了，褲子拉低一點。
英珠	拉下來就會看到內褲。（頂嘴後離開）你還是趕快結婚吧，別每天像媽媽一樣管教我。
恩喜	（對著離去的英珠大吼）一個女孩子都幾歲了……還不把衣服穿好！別讓我親手修理你。

鏡頭拍攝恩喜，播放東昔的聲音。

東昔	（直盯玉冬，語氣差）你上次幹嘛打給我？
恩喜	（回頭）？
東昔	（光是盯著玉冬也覺得心情差，忍住怒氣）
春禧	（不明白，瞪著東昔，無語但不生氣）見到媽媽，應該先關心她過得好不好啊。
恩喜	（不悅地看著東昔，突然出聲接續春禧的話）你怎麼能這樣跟大姐說話，一開口就像要討債似的？
東昔	（盯著玉冬，直白但不過度強烈）我問你為什麼要打給我？
玉冬	沒什麼事。（眼神不看東昔，只看向外側有沒有客人上門）
東昔	（不悅地看著玉冬，想轉身回去，又再次回頭看向玉冬，有些怒氣，想忍住但語氣粗魯）沒什麼？沒什麼？我們是沒事會打電話問候的關係嗎？姜玉冬女士，我們之間沒什麼，用不著沒事打電話，好嗎？
做生意的奶奶	（看不下去）唉唷，你怎麼這樣對媽媽說話？
恩喜	（將東昔轉過身，忍住氣卻難受）喂，你這傢伙，你媽不過是打電話給你，有必要這樣咄咄逼人嗎？你還這樣瞪她，到底在搞什麼？
東昔	（不顧恩喜，繼續以強烈的語氣對玉冬說話）以後別再打給我了！知道嗎？既然對我無話可說，就別打電話，我們又不親！憑什麼通電話！阿姨你過世時……我會幫你辦後事，等到那時再打給我。
春禧	（無語，鬱悶，沒有太大聲）你媽過世後要怎麼打給你？
東昔	（毫不在乎，難受卻不表現出來，繼續說）你回答我，答應

	我你到死都不會打電話，不會再沒事打電話激怒我，說啊！
恩喜	（推著東昔的背，將他推離那裡）好啦，你別鬧了，快走！快點！（打東昔的背）快離開！
春禧	（不悅，傷心，處理海鞘，喃喃自語）真是狼心狗肺的傢伙。
玉冬	（心痛，卻表現不在乎的模樣，啜了一口咖啡，平淡地說）咖啡真甜。（將咖啡遞給春禧）
春禧	（喝口咖啡，點點頭，看著玉冬後心感無奈，溫暖地說）真的很甜。

＊跳接－東昔的貨車》
恩喜將東昔推往貨車，東昔生氣地說：「放手！」將衣服胡亂從貨車上拿出來，丟在鋪布的地板上。

恩喜	（無奈地看著東昔）你這傢伙到底有什麼問題？你媽都快80歲了，她到底哪裡對不起你？當初我爸過世後，我媽每天酗酒，把家裡搞得亂七八糟，最後酒精中毒，在田裡中暑過世，我也從來沒有埋怨過她。
東昔	（打斷她，將衣服丟在地上，看著恩喜大聲說）你真厲害！我就是個混帳，怎樣？我是個沒爹沒娘的不孝子，所以即使她沒做錯事，我還是……
恩喜	她是你媽！
東昔	（大吼）是阿姨！（直接）我沒事找她碴，可以了嗎？
恩喜	（無奈）臭小子，我的意思是……
東昔	（煩悶生氣，整理衣服，雙眼不看恩喜，嘟囔）她就算再缺男人也不該那樣，全天下男人那麼多，為什麼偏偏找上我最討厭的朋友的爸爸？甚至還是我爸的朋友，該死。

這時，一名客人靠近，拿起衣服。

東昔	（不情願，用三根手指比三千韓元）
客人1	（拿起其他衣服，問東昔）這件呢？

東昔	（用手指比出五，晃動兩次，繼續整理衣服）
恩喜	（看著東昔，不想繼續說，轉身嘀咕）我看這傢伙非得要到他媽媽過世才會振作。

＊跳接－印權的血腸湯飯小店前》

英珠在印權的湯飯店附近買雞蛋，印權切著血腸看向英珠。

印權	（突然）你最近還有抽菸嗎？
英珠	（轉身，厭煩地看著）？
印權	（朝旁邊的客人說）那是冰塊店浩息的女兒……她國中時在家門口被我抓到抽菸，她爸當時哭得呼天搶地……
英珠	（不悅，快速離開，撞到某人，一看是阿顯）
阿顯	（提著滿手的東西，看著英珠）
英珠	（直盯著阿顯，離開，N）在這種鄉下地方不讓我感到無趣的只有鄭顯，他土裡土氣，看起來呆呆笨笨，但跟我在一起的時候很不相同。他是這個一成不變的島上，唯一能帶給我刺激的人！只不過……這個刺激好像太過火了。

＊跳接－印權的血腸湯飯小店》

阿顯看著英珠離去後，走向印權的血腸湯飯店，看著正在切血腸的印權。

阿顯	（些許不安，平淡地說）生活費有點不夠，可以再給我五萬韓元嗎？
印權	（面無表情地切著血腸）你最近在偷藏生活費嗎？怎麼經常跟我要錢？你自己從錢罐裡拿。
阿顯	（有些愧歉、畏縮，若無其事地走去錢罐，看著滿滿的紙鈔陷入思考，背對印權將手伸進去，拿出一張、兩張、三張五萬韓元的鈔票放進口袋後離開。既緊張又害怕，但仍行動迅速）

印權	（盛湯給客人1，看著阿顯）喂！
阿顯	（身子一震，轉頭）？
印權	（指著前方的客人1）打個招呼，這位是前國會議員，秘書室長的爸爸的姪子。
客人1	（尷尬，打斷）不是姪子啦，是姪女婿……哥，別再說了，我會不好意思。
阿顯	（打招呼）
印權	（熟練地工作）這是我兒子，經常考全校第一名！
阿顯	（不自在，不喜歡父親這樣說）全校第一名大多是英珠，我都是第二、第三，或是第五名。
印權	（不開心地看著阿顯）這有什麼好說嘴的！（看著客人）他也很常第一名啦，只是比較謙虛，他可是準首爾大學醫學系的學生。
阿顯	（不自在）我可以離開了嗎？
印權	（不在乎，持續對客人說）其實我覺得法律系比較好，但他就是不聽我的話。
客人1	（拍手，感嘆）唉唷，哥，你一定很開心。
印權	開心什麼，如果要供他上大學，我就得再賣十年的血腸湯。（看著阿顯）你要喝碗血腸湯再走嗎？
阿顯	（無奈，煩悶，覺得父親使自己尷尬）這樣上學會遲到。
印權	現在才幾點，怎麼可能遲到？你是嫌臭不想吃嗎？我可是賣這個把你養大的，臭小子……竟然瞧不起我的工作……

這時，一名像流氓的客人2走進，對印權打招呼道：「大哥，最近過得如何？」並坐下。

印權	（瞪）你現在還留著流氓頭，當流氓啊？
阿顯	（正要對客人2打招呼）
印權	你別跟他打招呼，對流氓打什麼招呼？（辱罵客人2，同時也炫耀）他是我全校第一名的兒子。（對阿顯說）你回去吧。
阿顯	（問候，心情煩躁，對印權感到不悅）

| 客人2 | （背對著離去的阿顯）你兒子真優秀，難怪大哥要金盆洗手。 |
| 印權 | （虛張聲勢）臭流氓，不准你取笑我。 |

第3幕　浩息的家（20坪左右，樸素的公寓，堆疊了無法丟棄的雜物，有些凌亂），早晨。

浩息似乎有些熱，全身汗，調整著機身有點故障的電風扇，做著家事，洗米、放入鍋中、盛水、放到爐上，像專業廚師般切著南瓜，倒油加熱後下鍋爆炒。煮飯的場面用蒙太奇方式呈現。（看上去很熟練地做家事）浩息似乎熱得難受，走至窗邊，打開窗戶，看著遠方的大海喘氣。

＊跳接－遠方大海上的船隻》

＊跳接》

| 浩息 | （看著遠方大海）大海啊，你等等我，只要再一年，等英珠上大學後，我就自由了，到時我就能搭船去海釣……（突然真摯地唱起〈離去的船〉）在那湛藍的大海上……行駛於洶湧的海中！離去的船！我永遠也無法忘懷，那艘無情的船！ |

這時，英珠打開大門，看著浩息感到無奈，環顧四周，客廳掛滿曬乾的衣服，英珠的衣服有數十套，襪子全都又新又漂亮，而一旁浩息的衣服卻又髒又舊，只有三、四套，襪子也不多，與英珠的衣服呈現鮮明的對比。英珠看著浩息以及他腳上已經破洞的襪子，心生厭煩，浩息渾然不覺，繼續高歌。

| 英珠 | （看向浩息的襪子，不耐煩）拜託你，襪子破了就丟掉！ |
| 浩息 | （停止歌唱，轉頭若無其事地看著英珠）等你上大學，我就 |

會丟了，你有跟春禧、玉冬大姊買海帶嗎？（拿起英珠提著的塑膠袋，看著內容物）

英珠　　（鬱悶）有。

浩息　　（笑著）真棒。（笑著彈了一下英珠的臉頰，轉頭看她）爸爸可以親你的臉頰嗎？

英珠　　（無語地斜眼看浩息，走進洗手間）

浩息　　（落寞）我可愛的孩子，我漂亮的孩子，我的寶貝女兒……（將海帶拿出來，在洗手台上清洗，唱著歌）

第4幕　　浩息家的洗手間，早上。

英珠正要脫衣服，浩息敲門後隨即進入。

英珠　　（正要脫衣，非常生氣）你又來了！就叫你別敲門後馬上開門！

浩息　　（不在乎，拿著兩條魚）你要吃鯖魚還是馬鮫？快回答，煮完飯我就要去市場了。

英珠　　（生氣）都是魚，有什麼好問的。（將牙膏擠在電動牙刷上）

浩息　　（無奈，指責）你不要浪費牙膏。

英珠　　（氣呼呼，擠了更多牙膏，咬著牙刷後大力關門並鎖上）

英珠刷牙中，蓋上馬桶後踩上去，伸手到櫃子深處尋找某物，隨後拿出驗孕棒，為難地拆開包裝，脫下褲子後坐在馬桶上小便，映入眼簾的是浩息那如扇子般散開的牙刷與鬆垮的毛巾，英珠的眼神流露悲傷，刷完牙後，使用驗孕棒，並拿起確認。

英珠　　（厭煩，N）我真是受夠濟州了，原本打算20歲就離開這裡的……

＊跳接－插入》
驗孕棒出現兩條紅線。

＊跳接》

英珠　　　（語帶哽咽，N）現在感覺被拖住後腿了。

第5幕　　教室內＋走廊，白天。

　　　　　下課時間，英珠看著邊聽BTS的歌邊跳舞的善美與女同學
　　　　　1，開心地笑著。
　　　　　阿顯坐在自己的位置上（與英珠位置成對角線），以擔憂
　　　　　的眼神看著英珠。

英珠　　　（若無其事，開心笑著）太好笑了吧，崔善美。（用手指擦
　　　　　去眼淚）你真的好好笑，我要笑到哭了。好了啦！你們別鬧
　　　　　了！我會笑死！（邊笑邊走到置物櫃，拿出下一堂課的課本）
阿顯　　　（起身，走去英珠身旁，環顧身旁有沒有人注意後說）去別
　　　　　間，我們聊一下。
英珠　　　（瞬間收起笑臉）走開。（拿出書本後回到座位，從口袋拿出
　　　　　高爾夫球，放在地上來回踩著，專注於書本的內容）

　　　　　這時，善美來到英珠的隔壁座，一坐下就摸英珠胸部。

善美　　　你的胸部怎麼變這麼大？
英珠　　　（用書打善美的頭，生氣）別碰我！
善美　　　我的也給你摸不就好了？生什麼氣？你變胖了，對吧？
英珠　　　（煩悶，認真讀書）
善美　　　今天跟我們去銅板KTV吧。
英珠　　　（盯著書）你自己去，我要讀書。

女同學1	（坐在英珠前方，轉頭看著英珠）你這個不講義氣的女人。（對善美說）她每次都這樣，想玩就來找我們，想讀書就不把我們放眼裡，壞女人。
英珠	（專心讀書）
阿顯	（擔心地看著英珠，這時男同學1走進教室，抓著他走出教室外，直接問）你有帶錢嗎？
男同學1	（不猶豫，自信）有啊。
阿顯	我拿到零用錢就還你，先借我一點。
男同學1	（翻找口袋後，掏出一千韓元放進阿顯口袋，開玩笑地說）喂。（進去教室）
阿顯	（從口袋裡拿出千元紙鈔，表情失望）

上課鐘聲響起，阿顯走進教室，將千元紙鈔還給男同學1，邊回座位邊說：「大家安靜，上課鐘聲響了！」這時，腳邊滾來一顆高爾夫球，他拾起頭，英珠看著他，隨後又看向書。阿顯看著毫不在意的英珠，將高爾夫球收進口袋，回到座位上，老師也走進教室。

英珠	（起身）立正，向老師敬禮！
全體	（滿是不情願，在頭上比愛心）我們愛老師。

第6幕　　垃圾焚化廠，白天。

英珠獨自倒垃圾，阿顯靠近，將口袋內的高爾夫球還給英珠。

阿顯	這顆高爾夫球是幹嘛的？
英珠	（收下高爾夫球，放進口袋，將垃圾桶內的垃圾倒乾淨）不關你的事。（說完正要離開）
阿顯	（抓住手臂）你在躲我嗎？

英珠	對。（想離開）
阿顯	（抓住手臂，不想讓她離開，苦惱）別再躲避了，我們談談吧！
英珠	（突然覺得不悅）到底要談什麼？要說你上個禮拜買給我的驗孕棒，驗三次都是兩條線嗎？還是說因為我懷孕，整個人生都完了？還是要叫我去醫院墮胎？（從口袋拿出驗孕棒，丟進焚燒垃圾的桶子內）
阿顯	（看著英珠，面露心疼，難受）
英珠	（哽咽）我很不甘心。（看著阿顯）我們明明只做了兩次……甚至還有避孕。
阿顯	（眼眶泛紅，低頭）抱歉。
英珠	（難過卻語氣一轉）你有帶錢來嗎？
阿顯	（從錢包拿出錢〔從五萬元紙鈔到千元紙鈔都有〕遞給英珠）我這裡有五十三萬韓元，（從口袋裡拿出兩個一錢重的週歲戒指）還有這是我爸媽離婚時，媽媽留給我的週歲戒指，我爸不知道。
英珠	（將戒指放進口袋，數著錢，有些難受、不安、無奈，裝作不在乎）聽說墮胎合法化還沒定案，所以保險不給付，費用會隨醫院開。
阿顯	（難過，心疼地看著英珠）英珠，我們再考慮一下吧。
英珠	（難過，眼眶也泛紅，但仍態度差勁地說）閉嘴！要怎麼決定是我的事，這是我的身體。（將錢放進口袋，正要離開）
阿顯	（擋住她，內心煎熬，真心地說）如果你想拿掉，我會幫你找最安全的方法，如果你想生……
英珠	（煩躁大吼，打斷他）怎麼可能生下來？講白一點，我們有那麼相愛嗎？
阿顯	（相當難受地看著英珠）
英珠	（語帶哽咽）生了要怎麼考大學？我要怎麼去首爾？我們的愛有偉大到值得放棄你我的人生去生孩子嗎？有嗎？（難過地轉頭，又再次回頭看著阿顯，眼眶已經濕潤）要是大人們知道我懷了你的孩子，你那當過流氓的爸爸會殺了你，而我

爸會因為太愛我，下不了手，最後自己去尋死。如果你不想
看到那種事就閉嘴。（說完離開，用袖子擦去淚水）

阿顯　　　（眼眶濕潤，神情悲傷）

第7幕　　銀樓內，白天。

銀樓老闆拿著戒指，仔細端詳，秤重。

老闆　　　（數錢）你有經過父母的允許吧？你在這裡寫下父母的電
　　　　　話，不寫的話一錢二十萬韓元，兩錢四十萬韓元。
英珠　　　（愣住）你剛才說一錢二十二萬韓元。
老闆　　　（固執）不滿意我就不收了。（拿起一旁的水喝）
英珠　　　（毫不猶豫地拿起戒指轉身就走，卻又折回來，將戒指放在
　　　　　老闆面前，生氣但不反抗）兩錢四十二萬韓元，不能再低
　　　　　了。

第8幕　　公園，白天。

30歲左右的女性在阿顯面前數錢，將紙鈔放進口袋。阿顯
在女子離開後將口袋內的藥袋拿出來確認，這時英珠來到
公園，看了一眼離去的女子，朝阿顯走去，兩人坐在涼椅
上。

阿顯　　　（坐在英珠身旁）你賣了嗎？賣多少錢？
英珠　　　兩錢四十一萬韓元。
阿顯　　　（真摯地問）你真的下定決心要墮胎？
英珠　　　（冷淡）對。
阿顯　　　（拿出信封，雖然心痛）聽說懷孕十二週內吃這個百分百有
　　　　　效。

英珠	（收下信封，放進包包，對這個情況感到鬱悶）
阿顯	（心疼英珠）你今天不要去補習班，跟我待在一起吧。
英珠	（不在乎，起身，看著阿顯）我是要中止懷孕，又不是要中止人生。（走出公園，覺得非常難受，再次回來用書包打阿顯）你是不是用了便宜的保險套，對吧？對不對？要是我明天去檢查確定有懷孕，你就死定了！（邊走邊哭，轉頭望著阿顯）你不去補習班嗎？
阿顯	（心疼，直白地說）我去不了……我把補習費給了你。
英珠	（心痛地看著阿顯，轉身就走，眼角帶淚）
阿顯	（難過，看著英珠離去的身影，獨自坐在涼椅上，擦淚）

第9幕　去補習班的路上，白天。

英珠邊打電話邊走路。

護理師1	（E）我們醫院只接受懷孕七週內的產婦動手術，你確定懷孕月數是三個月嗎？
英珠	（不自在）其實我不太確定。

*跳接－－一段時間後，場景切換至補習班前》
英珠抬頭望著補習班，正在講電話，畏縮身子躲避同學的視線。

英珠	（小聲）我想再請問一件事……我從網路上……買了藥。
護理師1	（打斷）在網路上買的藥百分百是假藥，吃了會出事的。（掛斷電話）
英珠	喂、喂？（將手機放下，走進補習班）

第10幕　補習班教室，晚上。

數學課時間，英珠想集中精神卻無法，腳底不斷踩著高爾夫球，在考卷一角胡亂塗鴉。

＊跳接－塗鴉》
一團亂。

＊跳接》

英珠　　（不自覺地將髒話說出口）媽的。

老師與學生們全被突如其來的髒話嚇到，一致看向英珠，剎那間肚子傳來痛楚，使英珠緊閉雙眼。

第11幕　　體育課，學生們進行跳馬，阿顯對同學說：「我跟你換位置。」然後站到英珠身旁（英珠滿頭汗，臉色很差，害喜的徵兆）。

阿顯　　（直視前方，低聲問）你有……吃藥嗎？
英珠　　（看著前方，身體難受，有些煩躁，直白地說）醫院說網路上買的藥百分百是假藥，吃了會死人。

　　＊跳接》
英珠在大太陽底下感到暈頭轉向，等待著跳馬的順序，當前面的同學一躍上跳板時，她的心臟就大力跳動。她覺得口乾舌燥，有一名同學偷偷握緊英珠的手，驚嚇感使她的肚子感到一陣刺痛，英珠「啊！」的一聲蹲下身。只要前面的同學大力躍上跳板，那股震盪與聲音就會使她的肚子感到刺痛，她不得不抱住肚子。

阿顯　　（擔心低頭，看著英珠）你怎麼了？

英珠	（艱難地起身，忍住苦楚）
老師	（30歲左右的女性，懷孕中，吹起哨子，大聲說）房英珠，快跳！

英珠打算奮力跳起，但一踩上跳板的瞬間，肚子又傳來刺痛。英珠痛得抱緊肚子蹲坐在地，阿顯神色擔憂地看著英珠。

老師	（走向英珠，扶起她）喂，房英珠，你怎麼了？
英珠	（肚子痛）……
老師	（摸英珠的額頭）天哪，你流了好多汗，哪裡不舒服嗎？
英珠	老師，我好像該回家休息，感覺像是得了腸胃炎。
老師	好，你回去休息吧，你流太多汗了。
英珠	（離開）
同學	（開玩笑地說）班長，不舒服真好！

阿顯擔心地看著英珠。

老師	（吹哨子）安靜！鄭顯！換你！
阿顯	（以擔心的眼神直盯著英珠）
同學	（站在阿顯後方）副班長在幹嘛？趕快跳啊！
阿顯	（按捺想哭的心情，拚命奔跑後，帥氣地越過跳箱）
同學	哇！
阿顯	（不顧同學的起鬨，在同學們繼續上體育課時衝向英珠）

第12幕　教室＋走廊，白天。

英珠在運動服外套上制服，急忙收拾包包，慌亂之中筆記本掉落在地，筆記本的封面寫著「in首爾」的大字，甚至所有筆記本都寫了相同的字樣。英珠將所有課本收進書

包，走向置物櫃，拿出便服與帽子，全部塞進書包中。這時，阿顯跑過來，對英珠說。

阿顯	（慌張地問）你不舒服嗎？
英珠	（咬牙）我在網路上看過，如果孩子用腳踢肚子就會那麼痛，我現在要去醫院，下午三點前到的話，說不定今天就能動手術。
阿顯	我跟你一起去，我去跟老師請假。
英珠	（受不了，步出走廊後走下樓梯）你瘋了嗎？一起去醫院被別人發現怎麼辦？
阿顯	（擔心，跟在身後）可是我覺得這樣不太好，英珠，我聽說那種手術很痛。
英珠	（生氣，情急）難道痛就不動手術了嗎？就連現在也是浪費時間！再拖下去，肚子裡的孩子就會越來越大，懷孕週數越長，我跟孩子只會越危險。
阿顯	（擋住英珠，心痛）我們慢慢找間好醫院吧，別隨便找間醫院就動手術，好嗎？
英珠	（難受，打斷）如果你真的替我著想，就讓開。

這時，下課的學生們蹦蹦跳跳走上樓梯，相當喧鬧。

善美	（轉身）你們在交往嗎？怎麼老是黏在一起？
英珠	（沉默離開）
阿顯	（跟上）
善美	喂，副班長，你怎麼上課上到一半消失！班導叫你馬上去教務處。
阿顯	（停下）

這時，男同學2看見英珠，一邊走上樓。

男同學2	喂，房英珠，你生理痛嗎？

英珠	（怒氣沖沖）神經病，你這個變態！（說完走人）
男同學2	（生氣，跟上英珠）搞什麼，你死定了。
阿顯	（瞬間抓起男同學2的衣領，憤而揮拳過去）

所有在場學生嚇得愣在原地。

第13幕　行駛的公車內，白天。

英珠（穿便服，戴帽子）在車上用地圖軟體尋找婦產科的
位置。

第14幕　婦產科所在的大樓，白天。

電梯門開啟，英珠戴著帽子走出來，有人拿下她的帽子。

英珠	（驚嚇，看向前方，愣住）？
恩喜	（直言）你不用上課嗎？
英珠	（受驚但裝作不在乎，將帽子拿回來戴上，說謊）今天只有早上有課，阿姨你怎麼會在這裡？
恩喜	我來附近拜訪客人……（低頭在英珠耳邊說）醫生說我停經了，（起身）你呢？
英珠	（若無其事）月經失調。
恩喜	（擔心英珠，直言）你要好好吃飯啊，你就是為了減肥不吃飯，才會月經失調。（說完正要離開，又看向英珠）要我陪你一起去嗎？你應該是覺得害羞才刻意來市區的吧？
英珠	（打斷）不用了。（離去，覺得白費心力跑來這裡，內心煎熬，進去婦產科）
恩喜	（走進電梯，按下按鍵，用擔心的眼神看著英珠）

第15幕　婦產科診療室，白天。

英珠進入診間，坐在醫生對面的椅子上，診療室（孩童的圖畫、人體照片等等）的氛圍很尷尬，醫生為中年男子，表情冷漠，直盯著電腦螢幕。

醫生　（直盯螢幕，無奈，使用半語）最後一次性行為是什麼時候？
英珠　（盯著）連這個也要說嗎？
醫生　（態度不佳）對。

＊跳接》
英珠不自在地躺在床上，護理師掀起英珠的衣服，腹部已經明顯可見突起，英珠難以承受這一切。

英珠　（躺著，面露難受，想哭）一定要照超音波嗎？
醫生　（在腹部擠上凝膠）一定要，你三個月前的生理期可能是著床的出血。
英珠　（聽不懂）……
醫生　（看螢幕，煩躁）你看看，學生們都這樣，已經二十二週……你已經懷孕六個月了。
英珠　（驚嚇，覺得傷心，咬著牙努力忍耐心情）

醫生關掉螢幕，護理師用毛巾擦拭英珠腹部，英珠慌慌張張地穿上衣服，傳來醫生的聲音。

醫生　六個月的話需要進行引產，不過也有部分性前置胎盤的狀況……
英珠　（擔心害怕）前置胎盤……是什麼？
醫生　（不耐煩）你自己上網查，然後帶父母的同意書過來。
英珠　（難受也不退縮）墮胎罪已經廢除了，法律上不是不需要父

母同意嗎？

醫生 （在便條紙上寫電話號碼，無奈，不悅）如果你沒辦法拿同意書過來，就去找別間醫院，要是真的很急，就打這支緊急諮詢電話，我已經善盡告訴你電話號碼的義務了。

英珠眼眶泛淚，生氣地將便條紙放進口袋，正要走出診療室時回頭看向醫生。

英珠 （難過，眼眶滿是淚水）醫生為什麼不對我說敬語？對青少年就可以不用敬語嗎？

醫生 （指責）所以你當初就該好好避孕啊！

英珠 （難過，正要開門離開，又再度關上門，請求的語氣）醫生……你真的不能直接幫我動手術嗎？

第16幕　蔚藍港口，白天。

阿顯站在海邊，表情有些為難，一旁響起英珠的聲音。阿顯處於現在時間，英珠的畫面則是回想。

英珠 （E，開朗）鄭顯，你為什麼喜歡大海？

阿顯 （轉頭，旁邊站著英珠）

英珠 （笑得燦爛）我真的好討厭、好討厭濟州的大海。（笑）等我20歲就要離開這裡。

阿顯 （靜靜地看著英珠）

鏡頭拉遠，阿顯身邊沒有英珠，阿顯再次望向大海，鏡頭拍攝阿顯的表情，英珠的聲音再次響起。

英珠 所以你也要好好讀書，第五名是怎樣？你從來沒有考過這麼低，你怎麼了？

阿顯	（再次轉頭，看著英珠，冷靜地說）因為當我坐下讀書時就會想到你。
英珠	（淺笑）你清醒一點，我們的感情只是一時的。
阿顯	（真摯，冷靜）你不愛我嗎？
英珠	（語氣輕鬆）你看到你爸媽鬧成那樣，還相信愛情嗎？我從我父母身上學到一件事，愛是不存在的，他們說他們曾經真心相愛，但最後我媽還是拋棄了我和我爸，你媽也拋棄了你。
阿顯	（打斷）是我讓她離開的。
英珠	總之，（望向大海）愛情都只是暫時的，我們的感情也會隨著時間流逝而消失……消失得無影無蹤……
阿顯	我們……說不定會不一樣。
英珠	（轉頭看著阿顯，喜歡這樣的他）……我就喜歡這樣單純的你。
阿顯	（用雙手捧起英珠的臉，親吻她）

＊跳接》

鏡頭拉遠，畫面只有阿顯一人。他拿起手機，轉身離開。

第17幕　行駛中的公車內，白天。

英珠紅著眼眶看手機，心情難受。

阿顯	（E）英珠，你在哪裡？怎麼不回訊息，告訴我你在哪裡，好嗎？
英珠	（將手機放入口袋）

第18幕　西歸浦每日市集，白天。

出現市場吵鬧的畫面後，浩息在推車上疊上三袋冰塊，有力地喊著：「借過，小心喔！」對迎面而來的人皆親切問候：「你的氣色不錯喔！」看得出待人和善的氛圍，然後在恩喜的店前面停下推車。

恩喜　　（冷淡）喂，我看到英珠了。
浩息　　（狐疑）英珠？現在是上課時間，你在哪裡遇到她？
恩喜　　（不經意地說）在婦產科。
浩息　　（不明白，瞬間心頭一震）？！

第19幕　英珠的房間，晚上。

英珠的房間與客廳不同，相當整潔乾淨，室內比浩息的還要寬敞。英珠打算讀書，打開書本時，感受到腹中胎兒的胎動後，「啊」的一聲抱住肚子，然後從書包裡拿出束腹，捲起上衣在鏡子前用束腹纏繞腹部。

醫生　　（E）所以你當初就該好好避孕啊！
英珠　　（難受，書桌上的手機傳來通知聲，拿起手機查看）
阿顯　　（E，心痛）英珠，你真的沒事嗎？我很擔心你，你還好吧？
英珠　　（難過，看著手機，語氣直接，E）我沒動手術，醫生說六個月了。

第20幕　嬰幼兒服飾店前，晚上。

阿顯站在店門前，看著手機。

英珠　　（E）醫生說沒有父母的同意書就不幫我動手術，我該怎麼辦？

阿顯　　　（輸入訊息，傷心，E）我們再考慮一下吧。

英珠　　　（E）還要考慮什麼，我要拿掉孩子。

阿顯　　　（打電話給英珠，心疼，英珠接起電話）那個寶寶……（哽咽，艱難地開口）也是我的寶寶啊。

第21幕　　英珠的房間，晚上。

英珠　　　（難受，與阿顯通話）別用寶寶這個詞。（想哭，咬牙忍耐，不大聲地威脅）不要只讓我變成狠毒的女人，不要讓我有罪惡感。（掛斷）

　　　　　同一時間，敲門聲響起，下一秒房門立即被打開。

英珠　　　（嚇到看向門邊，然後看著自己的腹部）

浩息　　　嗯？你肚子上那是什麼？

第22幕　　嬰幼兒服飾店前，晚上。

　　　　　阿顯表情傷心，直盯著店內嬰兒的襪子與鞋子。

第23幕　　英珠的房間＋客廳＋廚房，晚上。

浩息　　　（無奈，大聲說）喂，你已經很瘦了，幹嘛穿束腹？你已經很漂亮了！

英珠　　　（坐在書桌前看書，受不了地瞪著浩息，大聲說）你別管我！

浩息　　　（擔心）醫生怎麼說？

英珠　　　？

浩息	恩喜大姐說你月經失調啊，醫生沒有說原因嗎？
英珠	（心跳加速，原本看著浩息後轉頭看書，煩躁大吼）不關你的事！這沒什麼，是女生常見的病！（看浩息）我真的很不想跟你討論月經失調的事！
浩息	（傷心）不然能怎麼辦，你又沒有媽媽！
英珠	（生氣大吼）好了啦，我要讀書了！
浩息	好啦、好啦，你用功讀書，爸爸（拿起塑膠袋）買了你喜歡吃的牛肉，恩喜大姐說月經不順要吃補一點，在我煎好前，你好好讀書。（關上英珠的房門，走向廚房，準備煎肉，神色擔憂）到底為什麼會月經失調啊⋯⋯真令人放不下心⋯⋯（煎肉）⋯⋯

第24幕　阿顯的房間，夜晚。

阿顯坐在電腦前，搜尋引產手術的資料，看著照片感到憂心，內心煎熬，眼眶泛紅。

＊跳接》

阿顯在網站張貼文章，表情痛苦，房間沒開燈，只有螢幕的燈光映照出阿顯悲傷的神情。

阿顯	（E）這種時候該怎麼辦呢？我是一名高中生，我女朋友懷孕了，而我沒有信心讓這個孩子誕生，甚至扶養他。（擦去眼淚）我女朋友想把孩子拿掉。

第25幕　浩息的家，洗手間內，晚上。

英珠摀嘴進入洗手間，痛苦地抱著馬桶嘔吐，為了不發出聲音而按下沖水把手。

浩息	（E，疲憊）英珠，別一直沖水！很浪費水！
英珠	（繼續沖水並嘔吐）
阿顯	（E）我最擔心的是她的身體，引產手術後身體會很不舒服嗎？把孩子拿掉後，心情……就會比較輕鬆了嗎？拿掉孩子後，一切就會像什麼都沒有發生過嗎？我們兩個能像從前那般相處嗎？（輸入完後送出，難受地望向窗外）

不久後，傳來收到回覆的通知聲，阿顯趕緊衝到電腦前確認。

商人	（女子，E）你的文章很令我感動，你真的很愛你女朋友，請陪伴在她的身邊。若是不忍心讓她動手術，送她口服的墮胎藥如何呢？保證有效喔。
阿顯	（受不了，E）該死的商人。（將電腦電源關掉）

第26幕　英珠的房間內＋阿顯的房間（交錯），晚上。

英珠躺在床上，兩腳放在牆上，腳底踩高爾夫球，與阿顯通話。

阿顯	（躺在床上，擔心但語氣溫柔）你在幹嘛？
英珠	（難受，看著天花板，茫然）我剛才吐了，現在在抬腿，消水腫，然後用高爾夫球按摩腳底。（無助）我在網路上看過……人家說刺激腳底能讓子宮收縮，可能會流產，我想讓寶寶……神不知鬼不覺地消失……
阿顯	（太過心痛，閉上雙眼）
英珠	（忍住心痛，平靜地說）我問了一個學姐，她說濟州宇盛醫院能幫懷孕二十週以上的產婦動手術。
阿顯	（心疼，冷靜地說）英珠，你很難受吧？
英珠	（紅了眼眶，坦承）嗯，我很難受。

阿顯	（哽咽）你很傷心嗎？
英珠	（眼淚積累在眼角，平靜）嗯，我很傷心。（忍住）不過我明天一早還是要去醫院，那邊星期六也有看診，我要自己去，你來了我就狠不下心，你睡吧。（掛斷電話，閉眼）

第27幕　阿顯的房間＋客廳，從晚上至白天。

阿顯躺在床上，像英珠將雙腳抬起放在牆上，心痛地想像。

＊跳接－想像》
英珠穿著手術服，躺在病床上，害怕地抬起雙腿，護理師拿起手術用具，遞給醫生。

醫生	要開始了，你準備好了嗎？
英珠	（流淚，緊閉雙眼）
醫生	很快就會結束了，一切就會像什麼都沒發生過一樣，你現在的苦痛也會消失，不留痕跡……
英珠	（不停流淚，咬緊牙根）

＊跳接－現實》
阿顯想像著英珠會遇到的情景，也一同咬著牙，流淚。

印權	（刷牙，突然開門，看向阿顯）你腳開開躺在那裡幹嘛？你不煮飯嗎？
阿顯	（帶著眼淚睜開雙眼，彷彿下定決心，起身穿衣服）
印權	我叫你煮飯，幹嘛換衣服？
阿顯	（二話不說越過廚房，衝至玄關）
印權	（看著阿顯）臭小子！你爸在跟你說話，怎麼一句話都不說就跑走！（走至客廳的窗邊，將頭伸出窗外）阿顯！阿顯！

第28幕　家門外的巷弄間，早上。

阿顯紅著眼眶，一邊奔跑，一邊打給英珠。

阿顯　　　（待英珠接起後，有力地問）英珠，你在哪裡？

第29幕　冷清的公車站＋公車內，早上（交錯）。

英珠　　　我在公車站。

阿顯　　　（跑到一半，停下環顧，確認公車站）哪個公車站？

英珠　　　（從容不迫）正治十字路口。（看見公車駛近）一切就快結束
　　　　　了，當我搭著這班公車回來時，這些都會結束。（等公車接
　　　　　近後上車，掛斷電話）

阿顯　　　英珠！別走！我跟你一起去！

英珠　　　（搭車，嗶卡「青少年票」的聲音傳出，坐在窗邊，看著窗
　　　　　外，心痛但平靜）

阿顯　　　（眼眶泛淚，撥打電話，英珠沒接，持續撥打，跑上大馬路）

　　　　　＊跳接－交錯，奔跑的阿顯與過去閃回》
　　　　　1.　街邊，阿顯與英珠開心地談天說笑。
　　　　　2.　在銅板KTV，兩人快樂唱著歌。
　　　　　3.　海邊，第16幕。

英珠　　　（看著大海）愛情都只是暫時的，我們的感情也會隨著時間
　　　　　流逝而消失……毫無痕跡……（阿顯奔跑的模樣與聲音反覆
　　　　　出現）

　　　　　＊跳接－現在》
　　　　　阿顯抵達公車站，不見英珠的身影，看見計程車經過，奮
　　　　　力跑上前大吼：「計程車！」

第30幕　無人的田野道路＋行駛中的計程車，白天。

　　阿顯瞥了一眼計程車的跳表，金額已經超過兩萬六千七百韓元，他打開錢包，裡頭只有兩萬七千韓元。

阿顯　　（難受仍有力地說）司機先生，不好意思，麻煩在這裡停車。
司機　　（詫異，停車，透過後視鏡看阿顯）在這裡嗎？
阿顯　　對。（下車後打電話給英珠，極力奔跑）

第31幕　宇盛醫院電梯外＋內，白天。

　　英珠搭乘電梯，悲傷又迷惘，仍下定決心。

第32幕　濟州市內，白天。

　　阿顯不斷奔跑，經過斑馬線。

第33幕　醫院等待室，白天。

　　英珠恐懼萬分，額頭冒著汗，嘴唇乾裂，小心翼翼地調整呼吸。這時，護理師叫道：「房英珠小姊，請進。」英珠起身正要走進診療室，阿顯的聲音傳來。

阿顯　　一起進去！
英珠　　（轉頭，眼眶泛紅，想哭）？
護理師　（望向）？
阿顯　　（滿頭是汗看著護理師，冷靜地說）我是她的家屬。

第34幕　診療室內，白天。

英珠躺在診療室的床上，身上的短袖上衣被掀起，露出腹部，緊閉雙眼，阿顯渾身是汗站在一旁，擔心英珠，但沒有驚慌失色，專心看著螢幕，一名年輕的女醫生在英珠的腹部擠上凝膠。

醫生	（溫柔的語氣）爸爸也站在一旁，一起看超音波吧。
阿顯	（靠近英珠身邊，握住英珠的手，認真看著螢幕）
醫生	（看著螢幕，溫柔說明）這裡是寶寶的頭、手臂跟腿部，器官都發展得很健康，胎動也很活躍。（惋惜）唉唷，寶寶很健康。
英珠	（仍閉著眼睛，緊握阿顯的手）
醫生	要不要聽看看寶寶的心跳聲？

醫生隨即將超音波移至寶寶的心臟附近，按下按鈕，使心跳聲傳出。

英珠	（閉著眼，激動哭出）醫生，請不要這樣！我不想聽寶寶的心跳聲！我好害怕！
醫生	（將超音波移走，心疼）
阿顯	（看著英珠覺得心如刀割，流淚）
英珠	（閉眼哭著）阿顯，我好害怕！我不想聽寶寶的心跳聲！醫生，拜託你，我不想聽！我不想聽寶寶的心跳聲！
阿顯	（緊摟著英珠，感到心痛，表現出成熟的模樣）

以兩人的畫面結尾。

第六集

東昔與宣亞1

老實說，你不也是不討厭我，挺喜歡我……
才會跟我一起來看海嗎？

第1幕　　序章（接續第5集結尾）。

　　1. 醫院後門，白天。
英珠蹲坐在下水溝前嘔吐，阿顯很心疼，只能輕拍她的
背，看上去非常成熟理智。英珠孕吐幾次後起身，難受，
用衣袖擦淨嘴角後，意志堅決地離開，阿顯看向想離去的
英珠說。

阿顯　　　（下定決心，溫和地說）英珠，我們把孩子生下來吧。
英珠　　　（走到一半，轉身，無語）你有信心養小孩嗎？
阿顯　　　（真摯誠實）沒有，但我更沒有信心……拿掉孩子，寶寶的
　　　　　心跳聲總是在我耳邊響起。
英珠　　　（難受卻堅決）忘掉就好了。（離去）
阿顯　　　（跑上前，走在英珠身旁，堅強如大人般）生下來吧，說不
　　　　　定我們能好好扶養他啊。
英珠　　　（停下來，直視阿顯，難受）你在說什麼鬼話！神經病……
　　　　　因為你我的人生都毀了！（話尚未說完，又跑到無人的路邊
　　　　　嘔吐）
阿顯　　　（急忙跟上前，輕拍她背部）

　　2. 公車站＋公車內，白天。

英珠與阿顯坐在候車椅上，兩人皆眼眶泛紅，阿顯將寶寶的超音波照片遞給英珠，英珠不看一眼，直接放進口袋。

英珠　　我要搭200號公車再回來這裡，拿掉孩子，還有去首爾之後，我不會再與你來往。

這時，公車駛近，英珠與阿顯上車，善美坐在一側的座位上，似乎在遊玩後歸家的路上，穿著便服打瞌睡。英珠與阿顯沒有看見善美，坐在另一側。
公車發動後，英珠望向窗邊，心情不悅，拿出口袋的超音波照片盯著看，感到不知所措，傷心難受。
這時，英珠「啊」的一聲，感受到腹中胎兒的胎動，更回想起孩子的心跳聲，感到心痛，忍痛將照片收進口袋，之後又再次感受到胎動與心跳聲，表情相當難受。

阿顯　　（擔憂地看著英珠）英珠，你還好嗎？

瞬間，公車突然一陣劇烈晃動，傳來一聲哐噹聲響，伴隨著刺耳的聲音（滅火器打開插銷的尖銳漏氣聲）與濃厚煙霧，公車內瞬間煙霧瀰漫，乘客們開始露出驚慌的神色，「什麼？怎麼回事？司機，發生什麼事了？」乘客們因為煙霧接二連三地咳嗽起來，阿顯驚慌地保護英珠，鏡頭照著兩人的畫面，傳來公車司機的聲音。

司機　　（來回確認儀表板，慌張）沒有任何異常啊⋯⋯
英珠　　（想吐，無法呼吸，開始咳嗽，一直想起寶寶的心跳聲，表情難受）
阿顯　　（心疼地看著英珠）英珠、英珠？（急忙）司機先生，麻煩停車！
乘客　　（驚嚇）司機，停車！
司機　　（確認車況，左顧右盼想停車，後方車輛按喇叭，難以立即

	停車的狀況，語氣著急）現在車子太多了！請等一下！
英珠	（呼吸困難，寶寶的心跳聲漸大）請停車，我是孕婦。
阿顯	（難受，提高音量）請停車！
英珠	（相當難受，大吼）我是孕婦！（嘔吐）
善美	（睜開雙眼，看見英珠）？
阿顯	（想哭難受）這裡有孕婦！我是孩子的爸爸！請停車！
乘客	（看著兩人）
司機	（對阿顯驚慌地說）好的！請等一下！是滅火器破了才會這樣，請不要慌張，這不嚴重！
阿顯	（看著英珠孕吐，沒聽見司機的話，高聲大喊）請停車！

司機急忙將車子停在路肩。

＊跳接》

公車車門開啟，英珠和阿顯跑下車，英珠在路邊嘔吐，阿顯拍著英珠的背。

司機	（看著兩人）唉……真是……（離去）
善美	（在車內看見兩人，表情訝異）天哪！

3. 海邊道路，白天。
英珠與阿顯慢慢走在海邊道路，天空似乎即將下起大雨。

英珠	（邊走，看著天空，嘆氣）我們要怎麼跟爸爸他們說？（邊走，看著阿顯）你爸很會打人吧？
阿顯	應該吧。
英珠	你不要被他打死。
阿顯	（木訥）好。
英珠	（看前方，直白地說）我那個學姐，墮胎後也活得很好。
阿顯	（停下，開心地笑）你生下孩子後也能過得很好，你那個學姐應該沒有像我這樣的男朋友吧。

英珠	（看著阿顯，有點感動）
阿顯	（害羞但燦笑著）你有我啊。
英珠	（稍微斜瞪，開心地笑）你別變心，我真的要相信你，勇往直前了喔。

這時雨滴落下，兩人低頭發現阿顯的鞋子穿反了。

英珠	（噗哧一聲大笑起來）喂，你怎麼把鞋子穿反了？
阿顯	（看著鞋子笑，將鞋子穿好）

雨勢漸大，英珠抬頭望著天空，再看向腹部，腹部上的衣服濕透，她終於能開懷露出笑容，拱起手掌作為小傘替腹部遮雨。看著她的阿顯用手擋在英珠頭上，兩人親吻。同一時間，恩喜開著卡車經過路邊，看見兩人後瞪大雙眼：「什麼？」還用後視鏡不斷確認。

| 恩喜 | （詫異）天哪！他們居然在大馬路上接吻，這是怎麼回事！天哪……要是被他們爸爸知道就慘了……（瞬間閃過）……婦產科……（想到懷孕的可能性後，頓時張大嘴巴，奮力搖頭，透過後視鏡看著英珠與阿顯，表情嚴肅）不會吧……那兩個孩子……天哪…… |

＊跳接－後視鏡》
阿顯脫下外衣替英珠擋雨，英珠與阿顯兩人牽著手，露出笑容，一同走在馬路邊，F.I。

字幕：東昔與宣亞1

第2幕　街道＋宣亞行駛中的車＋幼兒園前，白天。

宣亞（穿得乾淨整齊，妝髮得宜，心情愉悅地駕駛）將車子停在幼兒園前，自包包中拿出唇膏補妝後下車。幼兒園的孩子們準備上車，一邊的媽媽們等著孩子下課，宣亞下車後躲到牆後，小烈走出幼兒園時，宣亞用開心的神情從身後抱住小烈。

小烈　　　（看見宣亞後開心大喊）媽媽！

＊跳接－宣亞行駛中的車內，白天》
小烈（後座，坐在安全座椅上）與宣亞開心地唱著兒歌〈香蕉恰恰〉，當唱到「愛你，我愛你」時，宣亞與小烈透過後視鏡看著彼此，並對對方用手指比出愛心的手勢，宣亞開著車極力逗小烈開心，但仍能看見她頸上滲著汗水，身體有些不適（略為精神恐慌）。小烈開心笑著看向宣亞，剎那間，宣亞望向前方，一台車突然衝進視線，宣亞受到驚嚇，下意識看向小烈，緊急將車子轉向，卻仍與前車相撞，宣亞的頭撞上方向盤。

第3幕　　宣亞的家，隔了一段時間後，白天。

宣亞（能見額頭上的傷痕）穿著日常衣著，著急地洗碗，沒有憂鬱的神色，反倒有些匆忙，快速洗碗的姿勢能感受出內心焦急，不時深呼吸，不斷望向時鐘。

＊跳接－一段時間後》
宣亞打開窗戶，用吸塵器清掃家裡。

＊跳接－一段時間後》
用抹布擦拭家中物品，開門進入小烈乾淨整齊的房間內，拿出一箱玩具放在客廳。

第4幕　梳妝檯前，白天。

宣亞梳洗完畢，換穿素雅的日常衣著，塗抹唇膏，這時門鈴聲響起，宣亞起身拿起一旁的毛巾，擦去汗水，刻意表現出從容不迫。

宣亞　　　來了！（再度確認鏡中模樣後，出去房間）

第5幕　小烈的房間，白天。

宣亞有些尷尬，極力掩飾，開啟房門。

宣亞　　　這裡是小烈的房間。
家事調查官（女，50歲左右，沉著、溫暖，穿正式服裝，態度不刁難，
　　　　　卻仔細看過各個角落）真漂亮……你將孩子的房間布置得真
　　　　　漂亮。（邊說話，看見泰勳與孩子的照片）
宣亞　　　為了不讓他忘記爸爸，所以我將爸爸的照片放在房裡。
調查官　　（平穩地說）你們的離婚協議似乎進行得挺順利。
宣亞　　　對。
調查官　　（看著床鋪、書桌〔桌上為翻開的書〕）你們離婚多久了？
宣亞　　　大約六個月，發生車禍後，孩子去爸爸那裡已經兩個多月
　　　　　了。
調查官　　是喔……不過這個房間就像孩子還住在這裡一樣，仍舊溫馨
　　　　　又整潔。（拿出手機）讓我拍張照……（拍攝房內）
宣亞　　　（尷尬地笑，表現出自然的模樣）因為小烈隨時都有可能回
　　　　　來。
調查官　　（拍照）你原本以為出院後孩子就會回家……突然出現監護
　　　　　權的官司，你肯定不知所措吧？
宣亞　　　（趁調查官不注意時，焦急地咬指甲，當調查官一問，又馬
　　　　　上將手收到身後，對調查官燦爛地笑說）調查官，請問要喝

點茶嗎？

第6幕　宣亞的廚房，餐桌，白天。

宣亞沖泡茶葉，調查官坐在餐桌前，仔細觀察環境，看向一旁的花束。

宣亞　　　（泡茶，裝作冷靜，沒有看向調查官）請問你有見過小烈和他爸爸了嗎？

調查官　　（看花，再看向宣亞）拜訪過了。

　　　　　＊跳接－回想片段以閃回方式呈現，泰勳的家，門前有院子，看起來非常溫馨》

泰勳與調查官在客廳內，看著朝向院子的窗戶，小烈在院子裡玩沙，用玩具推土機鏟起沙土，玩得不亦樂乎，爺爺、奶奶在一旁與他玩樂，整幅畫面看起來和樂融融，小烈看向泰勳開心地笑，泰勳也笑著朝小烈揮手。

　　　　　＊跳接－宣亞的客廳》

宣亞　　　（端茶，將茶杯放在看著花的調查官面前，平靜地說）小烈喜歡花。

調查官　　（回頭看向宣亞，溫暖笑著，自包中拿出筆記本，啜飲一口茶）我身為家事調查官的職責，是在法官對於監護權訴訟案做出判決前，負責使兩位達成協議。

宣亞　　　（極力表現鎮定，但放在膝上的手卻顯得相當緊張，或許因為手汗，不時在膝蓋上來回擦拭，打斷調查官）我知道法官做出判決時，你的意見很重要。

調查官　　閔宣亞小姐，我身為家事調查官，需要問你幾個敏感的問題，希望你能諒解。我知道你想要回監護權，那麼請問當初

離婚的原因是什麼？

宣亞　　　個性不合。

調查官　　（溫柔，面露擔憂）這跟孩子父親的說法不同了。

＊跳接－泰勳的家與宣亞的交錯鏡頭》
泰勳與調查官坐在廚房附近的餐桌上談話。

泰勳　　　（為難卻直率地說）比起前妻的憂鬱症，我更無法接受她沒
　　　　　有想要克服憂鬱症的態度，婚後七年，她一直因為憂鬱症，
　　　　　對小孩棄之不顧。

宣亞　　　（看著調查官，難受仍堅強地說）我的前夫……是不會知道
　　　　　我有沒有意願要克服憂鬱症的，我和所有憂鬱症患者一樣，
　　　　　都想治好這個病，負責離婚訴訟的法官也是基於這點，才會
　　　　　將監護權判給我。現在我反而想問他，若是他覺得我對孩子
　　　　　棄之不顧，那為什麼當初離婚時，他不爭取監護權？

調查官　　（在筆記本上抄寫，抬頭望向泰勳）

泰勳　　　那是我的疏失，當時我認為孩子跟著母親比較好，但我沒想
　　　　　過會發生車禍，雖然她說有心想治好憂鬱症，但我不那麼認
　　　　　為，我想車禍那天她也沒有服藥。

宣亞　　　（傷心，眼眶些許泛紅，極力鎮定）我那天是吃了藥才會那
　　　　　樣的，我在醫院領了新藥，因為還沒適應才會發生意外，我
　　　　　可以證明，醫院也有紀錄。

泰勳　　　如果她吃了新藥才那樣，那更不應該開車。

宣亞　　　（心痛，無話可說，眼角泛淚，輕咬嘴唇內側）……

調查官　　（從包包裡拿出平板，點開一個影片給宣亞看）這是你前夫
　　　　　提供的監視器影片，你可以說明影片中小烈為何獨處嗎？

宣亞　　　（痛心，仍看著影片）

＊跳接，插入－監視器影像》
小烈看著兒童節目，哼唱歌曲，一邊玩耍，一邊去房裡呼
喊：「媽媽！」（宣亞在房裡睡覺）又再次走出房間，打

開冰箱拿出牛奶喝。晚上，客廳的燈亮著，小烈獨自在凌亂的客廳裡睡著。

調查官	你前夫說當時你在房裡睡覺，而且時常有這種情況發生。
宣亞	（心痛，放下平板，有自信地說）一個月大約一、兩次，只有在症狀比較嚴重時才會這樣……其他時間我都會和他一起玩耍、吃飯，晚上一起睡覺……我也有錄下這些影像，會提交給法院。
調查官	（看著宣亞）小烈有特別喜歡的東西嗎？
宣亞	（雙手環抱於胸前〔撫摸手臂的手指略顯不安〕看著調查官，直白地說）有。
調查官	是什麼呢？
泰勳	（隨即回答）拖拉機玩具。
宣亞	（思考）……雖然他也喜歡拖拉機，不過他好像更喜歡當我在他很小的時候，送給他的黃色彩虹小馬杯（杯子上有著黃色小馬）。他去幼兒園上課時都會帶著，車禍那天，他也放在包包裡……他當時是從醫院直接去我前夫家的，所以杯子在他那裡。
調查官	（平靜地說）我剛才問過小烈……他說最喜歡的東西……（望向廚房的杯子）是那個黃色的杯子。
泰勳	（轉頭，看著兒童用、已經使用多時的黃色杯子）
調查官	那麼孩子最討厭什麼呢？
宣亞	晚上在黑暗的地方關燈睡覺。
泰勳	關燈睡覺。
調查官	（溫柔地說）那我就直接進入正題了，為什麼要由父親撫養小孩呢？
泰勳	媽媽在情緒不穩定的狀況下撫養小孩，無疑是將小孩曝露於危險之中，這會讓我無法安心在外頭工作。
調查官	（打斷，冷靜卻直切重點地說）這句話會讓人覺得，比起孩子的安全，你更重視自己的工作……這些內容可能會影響判決，我直接抄寫下來也沒關係嗎？

泰勳	（為難但直說）我的前妻沒有經濟能力。
宣亞	我會去找工作。
泰勳	她七年來都沒有工作，現在要重新投入職場很不容易。
調查官	（抄寫，對宣亞說）如果你把孩子帶回來，又去找工作，誰來照顧孩子？
宣亞	（難受、不安，忍耐）白天我會送他去幼兒園，（環顧家中）然後換一間比較小的房子……我打算找計時的工作……這樣能有更多時間陪伴兒子。
泰勳	雖然我前妻的母親還在，但她再婚了，再婚對象身體不好，因此無法幫忙照顧小孩，可是我的父母都還健在。
調查官	因此養育孩子不是由爸爸，而是由祖父母負責的意思嗎？
泰勳	（喝水，不好受仍堅決）這是對小烈最好的環境。
調查官	（心疼地看著宣亞）最後一個問題，為什麼要由你撫養小烈呢？
宣亞	（泛淚，咬著嘴唇，忍住悲傷說）我沒有小烈……就活不下去，小烈在我身邊……我才活得下去。
調查官	（擔心地看著，冷靜真摯地說）我再問你一次，我充分理解孩子對你來說很重要……（強調）不過孩子……在爸爸與媽媽之間，跟誰一起生活會是最好的呢？
泰勳	（確信、直白）跟我。
宣亞	（難以開口，流下眼淚，直視調查官）……跟我。
調查官	（再次打開平板，真摯冷靜地說）我問過小烈對於兩位的看法……你想聽聽看嗎？（將平板遞給宣亞，宣亞有些難受仍故作鎮定）
宣亞	（拿著平板，一看見影片裡小烈的身影差點哭出來，但仍忍住淚水，注視著影片）

＊跳接－影片畫面》
小烈和調查員坐在沙箱前邊玩邊聊天。

調查官	（溫柔地問）小烈，你想到爸爸，心情會怎麼樣？

小烈	（笑著）開心！
調查官	爸爸對小烈來說是什麼呢？
小烈	（興奮）朋友！
調查官	這樣啊⋯⋯爸爸是朋友⋯⋯那媽媽呢？
小烈	（笑得很開心）媽媽是⋯⋯（影像畫面停止）⋯⋯

第7幕　高速公路，同一天，晚上。

宣亞開著車，心痛大哭，車速略快。
車內播放著兒歌〈香蕉恰恰〉。

第8幕　木浦市場一角，天未亮的凌晨。

攤商正開始忙碌的時間，未見客人。
東昔站著，從在推車上販賣豆腐鍋的商人手中接過滾燙的
食物，大口吹氣後呼嚕食用，附近也有其他攤商的人吃著
豆腐鍋。

＊跳接－打鐵鋪》
東昔在打鐵鋪拿起各項物品，訂購商品，老闆整理貨物
中。

老闆	市場都還沒開，你真勤勞。
東昔	（認真，頭髮凌亂）20把鋤頭，20把鐮刀，斧頭5把。（拿起榔頭）我沒看過這個耶⋯⋯
老闆	那個很貴，對島上的爺爺奶奶們來說太貴了。（拿起別樣物品）你買這個吧。
東昔	（無語）島上的長輩們⋯⋯就不能用好的榔頭嗎？這個多少錢？

第9幕　木浦渡輪碼頭＋船內的停車場，凌晨。

東昔將車子駛進渡輪，與船員問候。

船員　（開心）來買東西嗎？

東昔　東西都太貴了！利潤少到我要餓死了。（將車子停好後下車，沒看見身後宣亞的車子，走上船頭）

＊跳接》
宣亞（沒看見走向船頭的東昔）將車子停在渡輪停車場。

第10幕　渡輪內停車場＋宣亞的車內＋船頭欄杆＋船艙內商家，凌晨。

宣亞停好車後，思索著往後該怎麼辦，坐在位置上，看來心情複雜，面露疲憊。

＊跳接－插入，平板畫面，停在小烈開心的表情上》

＊跳接－回想》

宣亞　（看著平板哭泣，用手帕拭淚，將平板遞給調查員，極力冷靜）孩子這麼說……會影響……判決的結果嗎？

調查員　（接過平板，放進包包，沉著地看著宣亞）應該會……法官判決時，最優先考量的就是孩子與父母的感情。

宣亞　……（仍直視調查員，眼眶泛紅，即使畏懼也直接地說）現在的情況，對我來說很不利吧？

調查官　（心疼，卻維持中立態度）待判決日期決定好之後，我會再跟你聯絡。（收拾包包）

在此畫面，響起船員拍打車窗的聲音。

＊跳接－宣亞的車內，現在》
宣亞坐在駕駛座上。

船員	小姐，請下車，不能待在車子裡面喔！
宣亞	（回神，收拾包包下車，走向船頭，站在與東昔有些距離處）
東昔	（倚靠著欄杆，背對大海，用手機整理貨品清單，自言自語）槌頭20把，螺絲起子10個，水泥釘2箱，木工釘2箱……各種大小的電池各10箱……（思考還買了什麼，從口袋拿出收據時，無意間看向旁邊）
宣亞	（心事重重，站在欄杆邊看著大海）
東昔	（愣在原地，以為自己因為疲倦而產生錯覺，用力眨眼，仔細盯著宣亞）
宣亞	（未發現東昔，看著大海，思考下一步）
東昔	（覺得莫名其妙，不明白宣亞為何出現在這裡，有些怒氣，深吸口氣，裝作不認識，一股腦兒將收據與手機塞進口袋，進去渡輪內的商家，把錢遞給店員）一罐豆漿。
店員	（遞上豆漿）
東昔	（走進室內的暖炕房，躺下後望著天花板，喝起豆漿，再次拿出手機，記錄貨品內容）彈性褲100件……還有……（再次確認收據，想集中精神卻不斷想起宣亞，心情煩雜）

第11幕　渡輪內，白天。

| 船長 | （E）本船已抵達最終目的地濟州港，本船已抵達最終目的地濟州港，請所有乘客下船時記得攜帶隨身物品，祝您有個愉快的旅程，謝謝。 |

宣亞坐在駕駛座上，正要駛離。

同一時間，東昔從船艙走出來，經過宣亞的車（不知是宣亞的車），走到自己車上正要發動時，透過後視鏡看見宣亞開車，越過他的車。

東昔覺得不悅，下定決心裝作不認識，開車駛離渡輪。

第12幕　濟州港，白天。

東昔將車駛上道路，已看不見宣亞的車。

第13幕　無人道路，白天。

東昔行駛一陣子後，看見遠方停靠著宣亞的車，不知是否因為故障，宣亞站在一旁，臉上滿是無奈與為難，似乎在等候來車，四處張望。

＊跳接－東昔的車內》
東昔毫無表情，雖然看見宣亞，仍按下喇叭示意她別擋路，宣亞不知車主是東昔，對著車子大喊。

宣亞　　　請幫幫我！

＊跳接》
東昔的車快速駛過，在宣亞的視線中漸漸遠去。

＊跳接》
宣亞看著東昔遠去的車輛（尚不知是東昔）覺得難受，再望向道路兩側，空無一人，靠在車旁搜尋汽車保險處理的電話，並撥打電話。

語音答錄　（E）您好，這裡是永源汽車保險公司，您撥的電話忙線中，請稍後再撥。

這時，手機的電源耗盡自動關機，無論宣亞再怎麼按下電源鍵，手機仍不聽使喚，她不知該如何是好，抓了抓頭，在原地不知所措。突然傳來一陣汽車聲響，東昔的車子快速從反方向駛近，東昔沒有打開車門，也沒有下車，只是盯著宣亞看，表情似乎有些生氣，難以一眼看出情緒（怎樣也放不下宣亞，獨自離去）。

＊跳接》
宣亞發現是東昔的車，站在馬路間確認來車，走向東昔的車。

＊跳接》
東昔原本只盯著前方，幾經思考後開門下車。
宣亞也剛好靠近車子前方，一見下車的東昔後整個人愣在原地。

東昔　　（瞪著宣亞，面無表情）
宣亞　　（直視著東昔，心頭一沉，覺得為難、不好受）

這時，一台車快速駛向兩人。
東昔一把抓住宣亞，將她拉向自己，確保她的安全，然後粗魯地將她拉往路邊後放開，眼神仍兇惡。

東昔　　（直率地說）你怎麼呆站在馬路上？（不顧宣亞，逕自走到她的車邊，打開車門後環顧，看見電瓶沒電，儀錶板沒亮，鑰匙插著的狀態，試著發動卻不成功）
宣亞　　（緩緩走到東昔身邊，尷尬卻冷靜）好像是電瓶沒電了……
東昔　　（關上宣亞的車門，看了一眼宣亞，想到她連聲招呼也不願

意打，心情不悅，直接回去自己車上）……

宣亞　　（看著東昔離去的背影）幫幫我……拜託你……

東昔　　（走著，回頭，不開心但毫無表情）……不要。（坐上自己的車）

宣亞　　（看著東昔，艱難地拜託）還是……你能借我打個電話嗎？我的手機沒電了。

東昔　　（坐在車上，搖下車窗，直盯著宣亞）你不記得我了嗎？

宣亞　　（為難，盯著）……記得。

東昔　　（無語，直說）認得……？那為什麼不打招呼，問我過得好不好，到底有沒有禮貌？（驅車離開）

宣亞　　（為難，仍看著東昔的車，等東昔的車完全離開後，回到自己的車邊，靠著車身一側，等待來車，內心複雜）

下一刻，東昔的車再度出現，經過宣亞面前，宣亞的視線停留在車上，直到消失。幾秒鐘後，東昔再度回來，停在前方，他打開兩台車的引擎蓋，拿出電源線替宣亞的車充電，並且拿出一瓶水，扭開後大口飲下，宣亞雖然覺得尷尬，仍努力平靜（？）地不看東昔，只盯著電瓶看，東昔再次喝口水，將水瓶丟進貨車。

東昔　　（冷淡地說）你去發動車子。

宣亞　　（照著東昔的話，發動車子）

東昔　　（將電源線拔起，整理後走向駕駛座的宣亞，語氣略為無奈）你知道充電後，車子絕對不能中途停下來吧？

宣亞　　（內疚，尷尬）知道……

東昔　　（冷淡地說）往前開兩、三公里後有間加油站，去那裡充電吧。（走回車上）

宣亞　　謝謝你。

東昔　　（不在乎，一股兒腦坐上車後，發動車子駛離）

宣亞　　（看著東昔離去後也將車駛離，再次遇見東昔很尷尬，卻不討厭）

東昔開車離去，心生怒氣，緊閉雙唇。

東昔　　（Ｅ）小姐……你好像喝了很多酒。

第14幕　七年前的回想片段。

東昔透過後視鏡瞥向宣亞，故作鎮定地駕駛，看得出來是代理駕駛，他開著宣亞的車，宣亞喝醉酒，坐在後座望向窗外。

東昔　　（已經認出宣亞，卻裝作不認識，內心情緒複雜）以後如果需要代駕，請打這支電話。（從口袋拿出名片〔寫著李東昔〕放在駕駛座旁）如果你打來公司找我，我可以算你便宜一點……（自後視鏡看向宣亞，裝作平靜）我叫李東昔。

宣亞　　（看著後視鏡，有些醉意，表情冷淡）好。（再度望向窗外，電話響起，拿起手機，畫面顯示是泰勳，看了一眼後收進口袋）

東昔　　（透過後視鏡看著宣亞，認為她認不出自己，有些失望，直盯著前方，裝作若無其事）你的公司……應該在江南站附近吧？不好意思……請問你是做什麼的？

宣亞　　（轉頭看著後視鏡中的東昔）……

東昔　　（開車）你的目的地是合井洞，是你家嗎？結婚了嗎……？你看起來是適婚年紀了……（看著帶有醉意，直盯著自己的宣亞，想喚醒她的記憶）我的故鄉……是濟州……高三時……

＊跳接－廢屋外＋內，回想中的回想》
宣亞（國三）扣著上衣鈕釦。（看似脫完衣服後再穿上〔？〕，表情悲傷、無奈、呆滯）

| 東昔 | （E）因為個人原因，所以搬來首爾。 |

*跳接－宣亞的車內，七年前的回想》

東昔	你……有去過濟州嗎？
宣亞	（透過後視鏡看著東昔）……
東昔	你沒有……去過濟州嗎？
宣亞	（盯著〔已經認出來，但沒有表現出來〕溫暖地笑著） 哥……好久不見。
東昔	（看著宣亞，緩緩溢起笑容）原來……你記得我。

第15幕　道路，其他道路，現在。

東昔駕駛中，透過後視鏡看著宣亞的車開進加油站。
即使極力忍住氣，還是能看出心中怒火。
鏡頭接續東昔的回想（接續第2集序章）。

第16幕　七年前的回想，KTV內，以及過往的某天，夜晚。

東昔與宣亞開心歡唱、跳舞，站在椅子上熱舞，相當開心，東昔搖著鈴鼓。

第17幕　七年前的回想，街道（與第16幕不同天），晚上。

宣亞（裙裝）與東昔邊笑邊討論電影內容。「拜託，最棒的香港演員絕對是周星馳，李小龍之後就是周星馳！你看過《少林足球》吧？他在電影裡這樣踢球（模仿表情與動作）。」東昔興奮地對宣亞說，宣亞笑得很開心，笑得蹲

坐在地，捧腹笑道：「唉唷，我的肚子笑得好痛。」

東昔笑著對宣亞說：「你幹嘛？有好笑到站不直了嗎……」將她拉起，這時幾名不良男子經過，對宣亞吹口哨，並說：「小姊，我看到你的內褲了！」

正當東昔拉宣亞起身時，聽到男子們的挑釁，生氣衝上前，揮起拳頭，宣亞嚇得趕緊上前阻止，東昔奮不顧身地與男子們起衝突。

第18幕　七年前的回想，宣亞結婚前的家＋走廊，夜晚。

東昔下巴帶著傷，環顧宣亞的家，家裡精緻溫馨，他走至乾淨整齊的廚房，看著漂亮的餐具，然後看到餐桌邊宣亞與泰勳的甜蜜合照，好奇地拿起照片。宣亞穿著日常便服從房間走出來，打開冰箱。

宣亞	（自然）你要喝啤酒嗎？
東昔	（將照片放回原位）燒酒。
宣亞	不行，一人一罐啤酒。（從冰箱拿出兩罐啤酒，一瓶遞給東昔，一瓶放在餐桌上，並將藥箱放在餐桌上）過來坐著。
東昔	（打開啤酒，坐下）
宣亞	（抬起下巴）下巴抬高。
東昔	（抬下巴）
宣亞	（擦藥）
東昔	（無意地問）你有男朋友啊？
宣亞	（不在意）沒有。
東昔	（不經意地看著餐桌旁的照片）那那張合照是什麼？
宣亞	（貼上OK繃，不在意）前男友。
東昔	既然分手了，幹嘛留著照片？丟掉啊。
宣亞	（輕鬆地說）可能會復合啊。
東昔	分就分了吧。（用手將合照蓋上）

宣亞	（笑著，打開啤酒，神情自在）
東昔	（回到心情好的表情）我今天留下來過夜怎麼樣？
宣亞	（喝啤酒）不行，我只有一個房間。
東昔	還是我睡客廳？
宣亞	（喝啤酒，望著窗外）好想念濟州的海喔。
東昔	（正打算喝時停下來，直率地說）現在出發啊。
宣亞	（無奈地笑）怎麼可能現在去濟州？我明天還要上班。
東昔	又不是只有濟州有海，要不要去江陵看海？
宣亞	（看著東昔，再次望向窗邊，喝了一口酒）我的車正在送修，你也沒有車不是嗎？
東昔	（微微試探）如果我借得到車，你要去嗎？
宣亞	（盯著東昔，看了一眼手錶後搖頭，堅決）不行，回來如果塞車，害我上班遲到怎麼辦……（喝了一口啤酒，再次看著東昔思考）還是平日比較沒問題？
東昔	（看著宣亞）平日比較不會塞車，應該沒問題。
宣亞	（猶豫）真的嗎？
東昔	（趕緊拿起手機打電話，待撥號音響起時，一把抓起身旁的衣服往玄關衝去，急忙穿上鞋子出門）喂？奎泰，你等等。（對宣亞說）你先去準備！（關上大門離開）
宣亞	（面露擔憂，跑向玄關，開門後朝急忙離去的東昔說）哥，我們真的要去嗎？

第19幕　七年前的回想，宣亞住家附近，街道，夜晚。

　　　　東昔一邊講電話，一邊奔跑。

東昔	臭小子，你的車哪裡爛？你只是不想借我吧……沒關係，可以開就好。好啦，下次再請你喝酒，好，我馬上到。（望向馬路，奔跑）計程車！

第20幕　蔚藍村莊，恩喜的倉庫前＋倉庫內，現在。

東昔的貨車停在恩喜的倉庫前。
恩喜、玉冬、春禧、惠慈等人在倉庫前處理準備醃漬的漁獲，她們看了一眼東昔後繼續工作，春禧和惠慈來回觀察玉冬和東昔的臉色。

恩喜　　　（在意玉冬的臉色，對東昔說）你來了啊。

東昔　　　（不在乎，自貨車搬下貨物後走進倉庫，因為宣亞的事太過生氣，什麼都聽不見）

恩喜　　　（不悅地看著東昔，心疼玉冬，繼續工作）

惠慈　　　真是良心被狗咬的傢伙，連看到媽媽也不會打招呼……

春禧　　　（無奈，專心工作，用手臂暗示惠慈後繼續工作）

玉冬　　　（不發一語，專心做事）

東昔　　　（搬運貨物）

第21幕　七年前的回想，車輛行駛於東海岸的海邊，晚上。

宣亞開心地享受著，將身子伸出跑車外，沉浸於音樂之中，相當開心，不時喊著：「海耶，是大海！」盡情享受此時此刻的音樂與海風。東昔（下巴貼著OK繃）熟練地駕駛車輛在海邊打轉。

＊跳接，交錯－回想中的回想（未出現過的回想）》
東昔的家（玉冬改嫁後的新家，東昔的小房間），晚上。
宣亞（國三）頭髮被雨淋濕，全身包裹棉被躺著，東昔（高三，臉上滿是傷痕）穿運動長褲，無袖上衣，閉著雙眼從背後抱著宣亞。

＊跳接－七年前的回想》

東昔	（停下車，起身坐在椅背上）
宣亞	（呼著氣，興奮地發出歡呼聲，也坐在副駕駛的椅背上，以感激的眼神看向東昔）真是太棒了。
東昔	（想起從前的時光，凝視著宣亞後吻上她）
宣亞	？！（吃驚、無語，三秒鐘反應過來後，將身體往後縮）
東昔	……
宣亞	（拿出手機打電話）……

第22幕　七年前的回想，無人的國道＋行駛中的東昔車輛，晚上。

東昔的車在無人的國道上行駛。

東昔	（受不了，忍不住怒火）別開口閉口叫我哥！我們又沒有血緣關係，我怎麼會是你哥？我是男人！你是女人！你不也對我有好感嗎？我們每天去夜店玩，你還跟我到這麼遠的海邊來，不是嗎？
宣亞	（無語，盯著後視鏡中的東昔）我？
東昔	（看著後視鏡中的宣亞，有些無法置信）？
宣亞	對你……
東昔	？
宣亞	喜歡……？
東昔	（認為這句話帶有「我怎麼可能喜歡你」的質疑，停下車，深深嘆了口氣，覺得荒唐想笑，透過後視鏡看著宣亞，壓抑內心的哀戚，眼眶泛紅，繼續追問）怎樣？我這種人……不值得你喜歡嗎？是嗎？
宣亞	（不想多說話，別過頭，四處張望，看見道路標誌後撥電話，傳來電話鈴聲）喂，叫車中心，我在往首爾方向的國道78號出口處，我需要一輛計程車……（邊講邊下車，走至路牌附近站著）對，經過交叉路口加油站大約一公里的地方，

是的……

東昔　　（難為情地笑出聲）啊，好啦……（覺得鬱悶，將頭伸出車窗外，雖然受不了，仍以不過度譴責的口氣對宣亞說）好啦、好啦，你上車……上車，我不會再煩你！

宣亞　　（不想理會，等待計程車，盯著道路，平靜地說）我不要，你走吧。

東昔　　（感到受傷，不想繼續）好，隨便你！（開車離開，前進一陣子後，車子停下，引擎冒出煙霧，表情難受，下車掀開引擎蓋後冒出更多煙霧，伸手處理時，被高溫燙傷手指，皺起臉部甩動手部，覺得倒楣，拿出車裡的水瓶，一臉無奈地往引擎裡倒）

　　　　這時，計程車來到宣亞所站之處，她搭上車，經過東昔，東昔關上引擎蓋，走向駕駛座，嘗試發動卻不成功，生氣地用手敲打方向盤，然後走出車外，想抽根菸，卻因為將菸拿反，差點燒到自己，情急之下將菸丟到地上，靠在車身邊，朝宣亞的方向看去。

東昔　　（想哭，悽慘，忍住）可惡……又被她耍了……

第23幕　　恩喜的倉庫內，現在，白天。

　　　　東昔以憤怒的表情在倉庫整理貨物。
　　　　另一邊的貨物突然倒下，東昔生氣地將所有貨物踢亂在地。

第24幕　　蔚藍村莊一角，白天。

　　　　東昔為了消氣，直接開往大路。

恩喜　　　（看著東昔，繼續工作）

東昔走在路上，宣亞的車從旁邊經過，轉進蔚藍里，停在恩喜的倉庫附近，下車在周邊查看，找到附近兩層樓的民宿，從車內拿出簡單的行李，走向民宿。玉冬、春禧、恩喜、惠慈看著宣亞，東昔與宣亞兩人沉浸在自己的思考中，沒有看到彼此。

惠慈　　　她是自己一個女生來玩嗎？
玉冬／春禧／恩喜　　（一邊看著宣亞，一邊工作）

這時，傳來吵鬧的聲響。

印權　　　（E，生氣煩躁）臭小子，還不趕快把車移開！

玉冬、春禧、恩喜、惠慈望向聲音來處，馬路上能見印權與浩息的車子，兩人叫囂著要彼此讓路。

浩息　　　（生氣）臭小子，你移車比較快吧，幹嘛叫我移。
印權　　　（想忍住氣）該死的傢伙……
春禧　　　（無奈地看著兩人）無論是誰，趕快移車就好啦！
印權　　　（輕鬆回答）好的，大姐！（對浩息說）在我好好說話時，趕緊移車。
春禧　　　（難受）這裡都是長輩們，你們在搞什麼？
玉冬　　　（推春禧，朝恩喜揮手，要她過去處理）
恩喜　　　（無奈，清洗手部，快步走向兩人）
印權　　　你欠揍嗎？
浩息　　　（挑釁）你要揍就來啊，怕你嗎？
恩喜　　　（煩躁）媽的，你們別吵了！
印權　　　（看著恩喜）沒事罵什麼髒話！
恩喜　　　（看浩息，指示方向）你往那邊開。（對印權說）你開過去！

浩息／印權	（同時）喂，他移開就好了，為什麼要我移車？
恩喜	（大吼）大姊們都在這裡……你們給我同時移車！不然都把錢還來！
浩息／印權	真是的……（兩人同時移車）
恩喜	（看著離去的兩人，難受）這兩個傢伙見面就吵成這樣，英珠跟阿顯該怎麼辦……我不管了……不關我的事。（回到位置）
惠慈	（對恩喜說）他們兩個人年輕時是好哥們，連婚後也住上下樓層，怎麼現在吵成這樣？
恩喜	（處理漁獲）我也不太清楚，浩息說過有些隱情……但他不說出來，誰會知道……
春禧／玉冬	（看著恩喜，擔心浩息與印權）？

第25幕　英珠與阿顯的學校，走廊角落＋走廊，白天。

善美面無表情地盯著英珠看，英珠也看著她。

英珠	（覺得可笑）神經病……我怎麼可能懷孕……那天我只是……因為快吐了，司機又不停車，你還是專心讀書吧，別這麼八卦。（說完離開）
善美	（直盯英珠，伸手摸她肚子）你穿了束腹。（收手，若無其事，在她耳邊說）即使穿了還是很明顯。
英珠	（停住，看著善美離去的身影，覺得被發現，想哭）

這時，阿顯剛好與善美擦身而過，看著英珠。

阿顯	（來到英珠面前，擔心的神情）怎麼了？
英珠	（直盯著善美，覺得為難，但沒有喪氣）善美發現了，大家很快就會知道了。
阿顯	（害怕卻不動搖）……我會告訴我爸，一起去上課吧。

這時，男學生2和幾名男學生經過。

男學生2　（看著阿顯與英珠）你們最近怎麼老是黏在一起？

阿顯　　　（看著男學生2）對啊，怎樣？

男學生們　（嘻笑）天哪，他們真的在交往耶，哈哈哈……（跑進教室）喂，英珠跟阿顯在交往！

教室裡的同學們聽見男學生2的話，直說：「什麼，真的假的？」拍著桌子說：「哇，好不適合！」同學們大肆嘻笑、嬉鬧。

英珠　　　（看著阿顯，無奈）你幹嘛這樣？

阿顯　　　（握住英珠的手，邊走）反正大家總有一天會知道。

英珠　　　（緊抿嘴唇，即便害怕也堅決，緊緊回握阿顯的手，喃喃自語）好，我們要勇敢面對。

第26幕　民宿的房內（有張簡陋的床），白天。

宣亞站在敞開的窗邊，望向大海，從包包裡拿出衣服，在房間一側整理。

＊跳接，閃回－平板上的影像》

小烈　　　爸爸是朋友，媽媽……

＊跳接－現在》
宣亞面露心疼，緊閉雙眼，將整理完的衣服放下，拿起外衣離去。

第27幕　濟州島上無人的道路一角，傍晚左右。

宣亞感到心痛，不知該如何是好，想要忘卻煩悶的窘境，用力走著。

第28幕　濟州島上無人的道路一角（與宣亞不同地方），傍晚左右。

東昔為了消氣，用力走著。

第29幕　英玉的店內，晚上。

英玉在廚房整理小菜，定俊坐在一旁的桌子，處理曬乾的鰻魚內臟。英玉覺得定俊很可愛，眼神流露喜愛，嘴角掩飾不住笑意。

英玉　　告訴我你的情史吧，你交過幾個女朋友？是什麼人？為什麼分手？
定俊　　（笑著看英玉）我不想聊過去的事……
英玉　　（忙著手邊工作，笑著說）但我想聽……
定俊　　（思索）就……她去了首爾……說分手了……那個女生……
英玉　　（盯著定俊，笑著）那個女生很善良，我自認配不上那麼好的女孩，就含淚讓她去了首爾。你別想用這種陳腔濫調敷衍我。
定俊　　（覺得英玉可愛又有趣，小聲說）哈哈……（笑著）
英玉　　（想起往事，激動）男生都是去哪裡學這種話的？我最討厭說這種爛藉口的人，既然她很善良，幹嘛分手？既然為了她好，那打從一開始就不要交往啊，不然之後跟我在一起，難道是因為我不善良嗎？真是神經病。

定俊	（看著英玉，說不出話）？！
英玉	（看著定俊）不是你，我是說前男友哲雄。
定俊	（笑著）嚇我一跳。
英玉	（再次笑著，語氣輕鬆）所以你的初戀是什麼時候？為什麼分手？順便告訴你，我最討厭當別人的初戀，我已經不喜歡姐弟戀了，更不喜歡當人家的初戀。
定俊	（笑著，進行手邊的工作）高中時期我交往過一個女生，原本說好我在濟州念工學院，她念教育學院，結果我分數太低，放棄上大學，她分數很高，就去首爾上大學。某天她傳來訊息，說自己不喜歡濟州，抱歉，再見，然後就失去音訊。（難為情地笑）當時我很受傷……可現在我已經走出來了。不喜歡濟州的人，我也不會喜歡她。
英玉	（來到定俊的身邊，看著他，一起處理鯤魚，以關愛的眼神看著定俊）我喜歡濟州。
定俊	（眼神流露情意，極力掩飾笑容卻無法不笑）
英玉	然後呢？
定俊	我跟初戀分手後，還沒走出情傷時，跟一個追了我很多年的女生在一起……
英玉	（開玩笑的語氣）喔……你在炫耀嗎？
定俊	（微笑）我只是在陳述事實。總之，我當時是一股衝動跟她交往，但我們的個性真的不和，她希望每天黏在一起，但我有朋友，也要工作，所以就提了分手，結果她……（用鯤魚在手上劃過，暗示自殘）
英玉	（一驚）天哪！
定俊	（自然地說）那時鬧得村裡人盡皆知，不過現在她在濟州市，開了服飾店，婚後生了一對雙胞胎。這件事讓我學到一個教訓，絕對不衝動談戀愛，然後不能選喜歡我的人，要選我喜歡的人。
英玉	（嫣然地笑）所以你選了我。
定俊	（淺笑）

這時，恩喜走進來。

恩喜	你在勾引定俊嗎？怎麼用這麼充滿愛意的眼神看他？
英玉	（若無其事，笑著看恩喜）你要吃泡麵嗎？
恩喜	（處理漁獲）好，還要一碗白飯。
英玉	（起身走向廚房）
定俊	（起身，將曬乾的鰻魚拿去廚房，裝袋）
英玉	（在鍋裡盛水開火，偷偷對定俊說）你是什麼時候喜歡上我的？
定俊	（偷看恩喜，在英玉耳邊說）第一眼見到你的時候。
英玉	（瞪大眼）哇……
定俊	（笑）……

這時，宣亞走進來。

宣亞	請問還有營業嗎？
英玉	有的，請坐。

恩喜與定俊好奇宣亞的到訪。

宣亞	請給我一瓶啤酒……
恩喜	我來。（從冰箱拿出啤酒，打開後，拿起酒杯一同遞給宣亞）請問你是從民宿過來的嗎？
宣亞	（尷尬）對……
英玉	請問需要什麼小菜？
宣亞	都可以。

這時，東昔無意間走進來，一見到宣亞就氣呼呼的。

東昔	搞什麼……（氣得離去）
宣亞	（看著東昔）

恩喜	（不解地看著東昔）他是怎麼回事？
英玉／定俊	（看著東昔與宣亞）

東昔再次走進來，從冰箱裡拿出燒酒，認為不該是自己離去。

宣亞	（看著東昔，拿出啤酒的錢，對東昔說）你慢慢喝，我走了。（離去）
恩喜／英玉／定俊	（困惑地看著宣亞）
東昔	（不看宣亞，打開酒後逕自走到廚房，拿出酒杯，在窗邊的座位坐下，獨自飲酒，看著窗外，看著宣亞走向防波堤，不想理會，繼續喝酒）

這時，響起客人進店的聲音。

第30幕　通往防波堤的路，夜晚。

宣亞邊走邊聽到〈香蕉恰恰〉，快速走著。

第31幕　道路一角＋英玉的家＋行駛的車內，天未亮的凌晨。

英玉開車駛近，卻望見小月開車讓春禧與惠慈等海女上車。英玉不敢置信，小月看見英玉，臉色難受。

惠慈	（看見英玉的車）你以為沒有你，我們就沒車坐了嗎？
英玉	（不開心，快速將車子迴轉）
惠慈	（厭惡地說）看看她那副臭脾氣……
春禧	（不發言，看著窗外）

第32幕　港口＋東昔的車內＋定俊的船，早上。

東昔在車上睡覺，睡醒後睡眼惺忪地從前方置物櫃中拿出牙刷，在一旁的水桶接水、刷牙，無神地看著大海。漱過一次口後抬頭，看見防波堤上的人影，認真一看發現是宣亞，心生厭煩，不願多看一眼，下車後走至水龍頭旁刷牙。

＊跳接》
定俊接海女們上船。
星星對小月比手語。

星星	（手語，字幕）小心點，記得別貪心，要平安回來。
小月	（開玩笑）知道了！不要囉嗦了！（上船，走在英玉面前，在英玉耳邊說）惠慈大姐一大清早就打電話，要我去接她們，抱歉……
英玉	（在小月耳邊說）你不用道歉……（從浮球裡拿出暈船藥，正想遞給春禧）
惠慈	（已將暈船藥遞給春禧）
春禧	（安靜喝著）
英玉	（看其他海女）
海女	（各自喝起暈船藥）
英玉	（喝暈船藥，小聲說）隨便你們怎麼做，我是不會走人的……
惠慈	（從浮球中拿出其他飲料，遞給基俊與定俊）喝吧。
定俊	謝謝。（接過，喝下）
惠慈	船長，你知道英玉滿口謊言嗎？
定俊	？
惠慈	不知道就記著，我們打算把她逼走，她一定有男人，因為每天都有人打給她。（看向其他海女前來的模樣）你怎麼這麼慢！

定俊	（喝飲料，不明所以，整頓心情）大姐好！（握緊船鑰匙，隱約看見防波堤上的宣亞，有些困惑）
惠慈	剩金子還沒來！
定俊	（看著惠慈）
惠慈／海女們	（看著奔跑的金子）你怎麼這麼慢！

第33幕　防波堤，早上。

宣亞似乎站了一整晚，滿頭思緒的模樣，耳邊不斷聽見兒歌〈香蕉恰恰〉，越想擺脫，眉頭就越深鎖，全身像是被雨淋濕般（幻覺）。

＊跳接－回想》
宣亞與小烈在床邊、在浴室玩耍、拍照、吃飯等畫面，如照片般快速閃過。

＊跳接－現在》
宣亞似乎很冷，雙手環抱身體，水自身體滴下，越想自幻覺中清醒，表情就越難受。

| 調查官 | （拍攝影片，溫柔地問小烈，E）爸爸對你來說是什麼？ |

＊跳接－回想》

小烈	（燦爛）朋友！
調查官	（E，溫柔）喔……這樣啊……爸爸是朋友，那媽媽呢？
小烈	（開朗地笑）媽媽……（自然）媽媽生病了，所以不能跟我玩。（繼續玩沙）

＊跳接－現在》

宣亞難以站立，那句「媽媽生病了」不停在腦海縈繞，看著大海，回頭時，周遭一切像停電般陷入漆黑，宣亞覺得困惑。

英玉／其他海女　　（看見宣亞掉進大海，在船上大叫，E）啊！！！！

第34幕　定俊行駛中的船，早上。

定俊被聲音嚇到，急忙望向海女們。
海女們大聲尖叫：「有人掉進海裡了！船長，快停船！有人落海了！」

＊跳接－東昔的車》
東昔刷完牙，喝水，呆望大海，人們喧嘩。

＊跳接－定俊的船》
定俊看向防波堤，想起不久前看見宣亞的身影，面露驚訝後將船停下。基俊拉起警報鈴，向海巡通報：「呼叫海巡附近的船隻！緯度10度，經度20度，蔚藍沿岸的防波堤有人落水！（重複）」定俊的船隻緊急掉頭開往宣亞落水的方向。

＊跳接》
英玉與小月以及其他海女雖然心急，仍冷靜地跳進大海，春禧也想跟上，卻被基俊阻止：「大姐，你別下去！」

春禧　　（擔心其他海女）你們要小心一點！
基俊　　（對著大海喊）大家要小心一點！小月小心點！

＊跳接》

星星與在港口的船員們交頭接耳，看著大海，原本正在刷牙的東昔聽見警報聲，也望向防波堤一側，結束。

第七集　　　　　　　　　　印權與浩息1

聽說今天的颱風……只是擦邊過境而已……

不，是所有的颱風都會過去……

就像這個颱風一樣，所有事情都會隨風而去。

第1幕　　序章。

1. 大海裡，早上。
宣亞落海，往海底沉去，雖睜著雙眼卻沒有力氣，不斷下沉，插入第6集前段的台詞（剪輯）。

泰勳　　（E）比起前妻的憂鬱症，我更無法接受她沒有想要克服憂鬱症的態度，婚後七年，她一直因為憂鬱症，對小孩棄之不顧。

宣亞　　（E）我和所有憂鬱症患者一樣，都想治好這個病。

＊跳接，插入－影像（剪輯版本）》
小烈看著兒童節目，哼唱歌曲，一邊玩耍，一邊去房裡呼喊：「媽媽！」（宣亞在房裡睡覺）又再次走出房間，打開冰箱拿出牛奶喝。晚上，客廳的燈亮著，小烈獨自在凌亂的客廳中睡著。

＊跳接－大海，現在》
宣亞沉入海中。

調查官　（E）小烈有特別喜歡的東西嗎？
宣亞　　（E）我在他小時候買的黃色杯子。

＊跳接－回想》

宣亞笑著拿起黃色杯子，倒入牛奶後遞給小烈，小烈喝牛奶，看上去很開心，手舞足蹈，宣亞覺得小烈開心的模樣很可愛，與他親嘴。

＊跳接－大海，現在》

調查官　（E）最後一個問題，為什麼要由你撫養小烈呢？

宣亞　　（E）我沒有小烈……就活不下去，小烈在我身邊……我才活得下去。

調查官　（E）我問過小烈對於兩位的看法……你想聽聽看嗎？

＊跳接－回想（泰勳的家，正在院子裡玩的小烈)》

調查官　（拍攝影片，溫柔地問小烈，E）小烈，你想到爸爸，心情會怎麼樣？

小烈　　（笑著）朋友！

調查官　這樣啊……爸爸是朋友……那媽媽呢？

小烈　　（笑得很開心）媽媽是……（自然）媽媽生病了，所以不能跟我玩。（繼續玩沙）

＊跳接－大海，現在》

宣亞全身無力，眼神極度悲傷，緩緩下沉，小烈的聲音說著「媽媽生病了」不斷在耳邊響起。

警笛E　　（基俊船上的警笛聲）

2. 港口，早上。

所有人驚慌失措，全都聚集在港邊議論紛紛，「天哪、天哪，好像有人落海了，一大清早的，怎麼會這樣……」每個人都露出擔心的神色，星星擔心小月的安全，也在岸邊

投以擔憂的眼神。東昔探頭看發生了什麼事，拿起牙刷走上礁石，看著海邊的防波堤，未見宣亞的身影，心想落海的人就是宣亞，心頭一震，表情一沉，感到憤怒，緊抿雙唇，從口袋裡拿出手機報案。

接線員　（E）您好，這裡是119。

東昔　（冷淡，莫名生氣，忍著氣冷靜描述，邊講邊走至車旁）蔚藍近海有人落水，在防波堤這邊。（換氣）30幾歲的女性……（掛斷電話，開門，打開廣播，音樂聲響起。調高音量，動作粗魯，用抹布擦拭著自己睡覺的位置）

音量相當大聲，盯著大海的人都看向東昔，但他不以為意，使勁全力地打掃，布滿紅色血絲的雙眼流露擔心與憤怒。

基俊　（E）呼叫海巡附近的船隻！緯度10度，經度20度，蔚藍沿岸的防波堤有人落水！（重複）

3.　船上，早晨。
英玉、小月、海女們跳進海中。
春禧在船上對海女們喊著。

春禧　（擔心地看著大海，E）你們小心點，避開海草！

＊跳接－定俊的船上》
春禧坐立難安。

春禧　這該怎麼辦……

定俊　（站在船上，神情擔憂，嘆氣）

基俊　（擔心，朝定俊說）還是我們也下海找人？

定俊　（看著大海，即使擔心也堅定）如果我們都下去，到時候誰

負責拉人上船？再等等吧。

4. 海裡，早上。
英玉在海底左顧右盼，沒有看到人影，著急地往更深的地方找尋落海者（宣亞）。

＊跳接》
惠慈與海女們急於尋找宣亞，卻沒有看到人影。
小月獨自往海底深處游去。

＊跳接－海面》
英玉浮出海面高喊：「找到了！找到人了！」然後再次沉入海中，小月與幾名海女浮出海面換氣，再次下潛。

＊跳接》
定俊、基俊、春禧看見英玉。
定俊、基俊看著海面，為了傳達給其他海女知道，也不停高喊：「找到了！找到人了！找到人了！」

春禧　　（朝著定俊，擔心卻鎮定地說）先找件毯子。
基俊　　找到人了！（重複喊著，走進船長室找尋毯子）
定俊　　（擔心，保持警戒）找到人了！（反覆）

＊跳接》
119救護車響著鳴笛，駛近蔚藍里。

＊跳接》
東昔坐在駕駛座，神色緊張、僵硬，生氣。

＊跳接》
英玉潛入更深的海中，宣亞像失去呼吸般緊閉雙眼，漂浮

在海中，英玉望向一側，小月與其他海女靠近，英玉和小月抬起宣亞的雙臂，海女們則抱住宣亞的腿部，一同往水面而去。

＊跳接－定俊的船內，閃切》
英玉對宣亞進行心肺復甦術，宣亞未醒。
春禧一臉擔憂地看著宣亞。

＊跳接》
定俊表情僵硬，開著警笛駛向岸邊。

5. 濟州島道路，白天。
119救護車響著警笛離去。
東昔面無表情地開車跟在後頭。

字幕：印權與浩息1

第2幕　　學校走廊，午餐時間。

英珠、阿顯牽著手走過走廊，同學們紛紛說：「你們是怎樣？也太公開了吧！這裡是學校耶！好羨慕喔！」英珠與阿顯毫不在乎大家的戲弄。

英珠　　（平靜）首先，我猜我爸一定會哭得很慘，他捨不得打我，可能會瘋狂打自己出氣，你爸呢？
阿顯　　（直白）他知道後一定會先痛揍我，然後大罵一頓。
英珠　　（看一眼阿顯，再往前看，直白）是啊，你就挨個幾拳，如果我是你爸，一定也會揍你。

＊跳接－操場》

善美與幾名男同學、女同學踢著足球。
英珠與阿顯牽著手經過操場，走至校園後方的建築物。

英珠	我替我們的未來想好計畫了。計畫A，這個禮拜就詳細地將我們的現況告訴爸爸們，請求他們幫我們準備住處並照顧孩子，讓我可以繼續上學，寶寶會在寒假出生，這樣我沒有缺席跟成績的問題。（看著阿顯）而你……
阿顯	（認真，目光鎖定前方）我會休學。（看向英珠）
英珠	（瞪大雙眼）……
阿顯	（淺笑，緊緊握住英玉的手，走至後牆）
英珠	（有些傷心，甩開阿顯的手，獨自大步走至後牆）

＊跳接－後牆》
英珠走至後牆，坐在一側的涼椅上，阿顯也走過來坐下。

英珠	（看著阿顯，有些無奈、生氣）你為什麼總是想要休學？你可以跟我一起上學……
阿顯	（打斷，認真）住處已經要拜託爸爸們幫忙了……我不想連孩子的奶粉錢、尿布錢都跟他們要，我的自尊心不允許，反正我沒有很想讀醫學系。（淺笑）我是認真的。
英珠	萬一你以後後悔怎麼辦？如果又想讀書了。
阿顯	（輕鬆）那等你從醫學系畢業後，我再回去讀書也才25歲。（笑）還很年輕。
英珠	（難過卻認同，感謝可靠的阿顯，親吻他的臉頰，笑得很開心）你真可靠，好吧，反正你還年輕，就這樣吧。另外，為了以防爸爸們不同意，我準備了B計畫，不管他們怎麼反對，我們都會將孩子生下來，我會到濟洲市的未婚媽媽之家，解決食宿問題，不過問題是我們無法一起住在那裡……
阿顯	而且那裡離學校太遠，你得轉學，這樣就不適用繁星推薦，很難考到首爾的大學。
英珠	（鬱悶）先別想那麼多吧，頭真痛，而且我了解我爸，他一

	開始可能會氣到發瘋，但最後還是會一如往常地敗給我，因為他是最支持我的人。
阿顯	如果是最壞的情況，爸爸們要求你墮胎，還要我們分手的話……
英珠	那我們就逃到首爾。我可以選比首爾大學差一點的學校，畢竟對我來說，比起首爾大學，更重要的是醫學系，我查過資料，有些學校只要成績達標就有獎學金，還能補助住宿費與生活費。
阿顯	我查過了，首爾有一些便宜的考試院，不需要支付保證金，只要三、四十萬韓元左右就可以租到房間。假設我的時薪是八千七百二十韓元，一天工作10個小時，一年工作300天，這樣一年就可以賺兩千六百一十六萬韓元。（驕傲）是不是很不錯？
英珠	（訝異）哇！
阿顯	只要你跟孩子在我身邊，我什麼都做得到。
英珠	沒錯，我們可以的，政府也會補助育兒津貼。
阿顯	（開心地看著英珠，握緊拳頭，略為調皮）無論發生什麼事，都要積極面對！

這時，善美吃著棒棒糖走來。

善美	（若無其事）你們怎麼這麼甜蜜？
阿顯	（直率看著她）因為我們在談戀愛。
善美	（看著英珠的肚子，英珠瞪著善美）大家都在討論你的肚子，覺得很奇怪。（強調）他們懷疑為什麼你只有肚子變胖，順便提醒你，我什麼話都沒說。
英珠	（心頭一震，比起訝異更是緊張）？！
善美	（直勾勾地看著英珠）我早就說過了，你的肚子很明顯，你打算怎麼辦？（離開）
英珠	（看著善美離去的背影，難受不安）
阿顯	你先去上課吧。（起身）
英珠	你呢？

阿顯	既然善美已經看出來了，那代表同學跟老師們很快就會知道……我覺得最好盡快告訴爸爸們，如果老師問我去哪裡，你就隨便幫我找個藉口。（離開）
英珠	（不好受，仍語氣堅定）阿顯，無論你爸爸有多生氣，你都不能說是你錯了或是不小心的！
阿顯	（回頭，眼眶泛紅，堅定）我不會的，若是那樣說，我們的愛就會變成罪過，我們的孩子也會變成錯誤，我絕不會那樣說，你也是。
英珠	我一定不會那樣說，我們要活著相見！
阿顯	（眼神可靠，淺笑）好。（再次轉身，邊走，感受到內心的恐懼與悲壯）
英珠	（邊走，手機響起，畫面顯示是恩喜大姐，有些無奈，語氣不佳）幹嘛？

第3幕　　恩喜的每日市集，水產店內，白天。

店員1、2忙碌於處理漁獲、叫賣。
恩喜吃著飯，總是想起英珠的事，因此撥打電話，滿臉無奈。

恩喜	……

＊跳接－交錯》

英珠	（邊走邊講電話）你怎麼會打給我？
恩喜	（無奈，搔搔頭，真摯、擔心，下定決心要問清楚）英珠，你也知道我書讀得不怎樣，很愛多管閒事，又不太會看人家臉色吧。
英珠	……
恩喜	所以我就開門見山地問了，你……是不是懷孕了？

英珠	（停下來，瞬間眼眶泛紅，忍住淚水，不想再逃避）……
恩喜	怎麼不回答？（害怕仍直接）我……猜對了嗎？
英珠	（下定決心，真摯，心痛）沒錯，我懷孕了，是阿顯的孩子。
恩喜	（愣住）？！
英珠	我今天就會告訴我爸，請你什麼也別說。（講完掛斷電話，眼角泛淚，恐懼卻不退縮）

*跳接》

浩息推著推車大喊：「冰塊來了！」在民君前面放下冰塊，恩喜拿著手機，萬般無奈，出神地看著浩息，電話被掛斷。

浩息	（親吻巨大冰塊後遞給店員）今天的冰塊是不是很漂亮，閃閃發光的？
民君	（笑）再怎麼漂亮，不就是塊冰嗎？
浩息	（驕傲）你這傢伙……這麼優質的冰塊，別的地方找不到的……（走向正在吃飯的恩喜）給我點飯吃吧，我忙得要死，早餐都沒吃。
恩喜	（裝作不知情，從旁邊的飯桶盛飯）
浩息	（接過飯碗，大口吃著，覺得有異樣）？
恩喜	（直盯著浩息，想起英珠的事，失神）
浩息	我臉上有東西嗎？幹嘛這樣盯著我看，我會心動。
恩喜	（直視，不知該如何是好）
浩息	嗯？怎麼回事？
恩喜	（無奈地問）你為什麼那麼討厭印權？
浩息	（起身）唉唷，你害我胃口都沒了。（離開）
恩喜	好啦，我不提他，你坐下！
浩息、	（繼續吃飯）
恩喜	（將飯塞滿嘴，邊吃邊覺得難受）
浩息	（邊吃邊笑）哈哈，你的吃相真有福氣，我應該跟你結婚才對，這樣你的福氣就會變成我的，哈哈哈，等英珠去念首爾

恩喜	大學，（半開玩笑）你要不要跟我重新……在一起？
恩喜	（難受大吼，米粒噴出）在一起個鬼！你現在的處境……
浩息	（莫名其妙）臭傢伙，我的處境怎樣了？我把女兒養得這麼好，（真摯）我已經不是以前的浩息了，我也賺了不少錢！（擠眉弄眼，湊上前，真心）恩喜，如何？等英珠上了首爾大學後，我們就搭船出去海釣，過著甜甜蜜蜜的日子。
恩喜	（用湯匙挖起一勺飯，硬塞進浩息的嘴）甜甜蜜蜜個頭，吃你的飯！（難過，大吼，米粒又噴出）看什麼看，吃你的飯啦！
浩息	（吃著噴在臉上的飯）啊……你真的很髒……

第4幕　醫院櫃台，白天。

東昔遞出信用卡結帳。
警察1、2對醫院職員說話。

警察1	我們要找在蔚藍近海落海的人。
職員	（將卡片遞給東昔）這位是她的醫療委任代理人。
警察1	（向東昔點頭）
東昔	（面無表情，點頭）
警察1	兩位是什麼關係？
東昔	不認識。
職員／警察1、2	？
東昔	（直率）我不認識她，只是看她好像沒親友……他們說要付急診費用才能治療……我就想說幫忙一下。
警察2	你知道她為什麼會落海嗎？
東昔	（粗魯地說）不知道，你們自己去問她。（逕自走向停車場）
警察1、2	那位的病床在哪裡？

第5幕　　急診室前，停車場，全景，白天。

　　　　　　東昔坐在貨車內。
　　　　　　定俊的貨車駛近，看見東昔後停車。
　　　　　　東昔按喇叭。
　　　　　　警察1、2從急診室走出來後看向東昔。
　　　　　　定俊下車，聽見三人的對話。

東昔　　　（對警察1說）你們問過她為什麼會落海了嗎？
警察1　　她說是失足落海。
警察2　　她表示自己不是要自殺。
東昔　　　……（冷淡，點頭）所以警方的調查結束了嗎？
警察1　　既然是失足，就可以結案了。（點頭示意）
東昔　　　（看著警察離去，大聲問）她什麼時候可以出院？

　　　　　　定俊坐上東昔的車。

警察1　　她雖然恢復意識了，但身體狀況好像很差……我看護理師又
　　　　　　幫她換了新的點滴……應該需要再等幾個鐘頭。（離去）
東昔　　　（望向急診室，朝定俊說）你不去工作，來這裡幹嘛？
定俊　　　（看著急診室）我工作結束了啊，我把漁獲送到水協後才過
　　　　　　來的，海女們很關心那個從海裡撈上岸的女生是生是死。
　　　　　　（看東昔）哥，你認識那個女生嗎？上次在英玉姐的店裡，
　　　　　　我看你們的互動好像認識的樣子……
東昔　　　（看著急診室，淡然）算認識吧……
定俊　　　她是誰？
東昔　　　（雙眼盯著急診室）……
定俊　　　（看了一陣子，回去自己的車，拿下宣亞的行李，放到東昔
　　　　　　的副駕駛座上）那個女生住的民宿的老闆，叫她把東西拿
　　　　　　走……說不願意接想要尋短的客人……整個人大發雷霆，
　　　　　　把她的行李丟在路邊。哥，我先走了喔。

東昔	（平淡）好。
定俊	（離去）
東昔	（看著離去的定俊與包包，播放音樂，打開包包，裡頭有幾件衣服，還有宣亞和小烈的合照。東昔看著小烈，心想宣亞已經結婚）

第6幕　　非蠻蠻市場，其他市場（風很強）＋市場內，印權的血腸湯飯店，白天。

攤商們正在收拾攤位，只有水果、古早味餅乾、糖餅等幾間店還在做生意，大部分的攤商都將貨物搬回車上。
印權無奈地收拾著，阿顯看著他，同時看向手機。

英珠	（E）我現在要回家告訴我爸了，恩喜大姐已經知道我懷孕的事，我們不能再瞞下去，你告訴你爸了嗎？
阿顯	（打字，無奈，E）現在準備告訴他，我之後打給你。（將手機放入口袋，喝水）
印權	（將裝有一半血腸的鐵鍋蓋上塑膠袋）可惡，還剩一大鍋湯，白天大家嫌熱都不喝……（對其他攤商說）大家怎麼都這麼早收攤？我們蠻蠻市場跟其他五日市集在這個時間點，生意都很好耶。
攤販1	（整理）因為明天有颱風要來！
印權	颱風頂多掃過一下，幹嘛小題大作……（喃喃自語）真是的，下次不來這裡了，生意有夠難做。（對洗碗的阿姨們無奈地說）阿姨，你們先回去，剩下的我來就好。

聽到印權的話語，阿姨們說：「沒關係，我們把碗洗一洗。」繼續洗碗，阿顯將水杯放進水槽，印權整頓著塑膠布，阿顯趕緊上前幫忙。

阿姨2	（對幫忙的阿顯說）無論怎麼看，都覺得你跟你爸是天壤之別，你長得真好。
阿姨1	（忙碌）還知道要幫爸爸的忙，乖巧又會讀書，聽說你要讀首爾大學？你都不知道你爸有多以你為傲。
印權	（故意喝斥）阿姨們話還真多，趕快整理完回去。

阿姨們說：「我們走了，辛苦了！明天彎彎市集見。」說完離去。

印權	（直率）這麼早就放學？
阿顯	（將椅子收在桌上，平淡，說謊）對。
印權	（整理廚房，沒看阿顯）我又沒有叫你幫忙，幹嘛？要拿錢嗎？
阿顯	（整理椅子，看著周邊，四下無人，下定決心）不是。
印權	（從冰箱拿出汽水，用湯匙打開兩瓶汽水，將一瓶遞給阿顯，一邊拿起汽水大口灌下）不是要錢的話，你來幹嘛？
阿顯	（拿起一張椅子坐下，像喝酒般大口灌汽水）
印權	（呆看著阿顯，不明白）？
阿顯	（喝完，緊張卻不動搖）英珠……
印權	（直盯）英珠？房家的女兒？她怎麼了？
阿顯	（難以啟齒，直視印權）英珠……懷孕了。
印權	（呆滯，不敢置信，再次大口喝汽水，無奈，嗤笑，呢喃）天哪……（看向阿顯）真的？
阿顯	（直視印權，真摯）真的。
印權	（無語無奈）人家的家裡事……也不好說什麼……唉唷（無語，輕微唾棄）……那丫頭也真是的，（鬱悶）考第一名有什麼用？真不知道她爸是怎麼教的……怎麼不愛惜自己的身體，嘖！（無意地看著阿顯）既然這樣，下一次考試的第一名就是你了。
阿顯	（緊張，害怕）……
印權	（平淡）他們家愁雲慘霧，我們家可是喜事臨門，還有什麼

	事？（直說）除了英珠懷孕，你還有什麼事想跟我說？
阿顯	（緊張，口乾舌燥，害怕但堅強）我……
印權	你怎樣？
阿顯	（懼怕但果斷）是英珠。
印權	（不明白，漫不經心）英珠？
阿顯	（懼怕，清楚地說）我是……孩子的爸爸。

強風將疊好的鐵鍋吹落，發出巨大聲響。

印權	（呆滯，認真地看著阿顯，不明所以）……
阿顯	幫幫我吧，讓我和英珠能把孩子生下來。
印權	（呆望，起身，再次拿起一瓶汽水，打開後一口氣灌完）你……（冷靜，不可置信）你給我過來，來我面前站好。
阿顯	（害怕，但聽話地站到父親面前，緊抿嘴唇，努力面對，將汽水瓶放至身後，以稍息姿勢站立）
印權	（氣得要失去理智，想保持冷靜卻無法，目露兇光，狠瞪著阿顯，深吸一口氣後，再次看著阿顯，極力穩住顫抖的聲音）你說什麼？你說英珠懷孕……孩子的爸爸是誰？
阿顯	（低頭，直率）是我。
印權	（失去理智，雙眼瞪著阿顯）將汽水瓶放著。
阿顯	（將汽水瓶放下，以稍息的姿勢站在印權面前，害怕卻冷靜地說）爸，真的很對不起，但我是真心愛英珠的，請幫幫我們。
印權	（抓著後頸，每當阿顯講完幾個字就拍打一次）愛？王八蛋，愛？我送你去學校讀書，你竟然搞大女生的肚子？你這個混帳……該死的！
阿顯	（被打得跌至鍋碗瓢盆處，發出巨大聲響）
印權	（氣呼呼，停下動作，咬牙切齒，深呼吸）你給我過來！我要回家修理你，你今天死定了！（發怒）
阿顯	（冷靜地整理鍋子）
印權	（再次回來，抓住阿顯的領子）現在是整理鍋子的時候嗎？

你給我過來！

阿顯　　　（緊抿雙唇，被拖走）

第7幕　　浩息的洗手間內，晚上。

英珠洗完臉，用毛巾擦拭臉頰，以悲壯的表情直視鏡中的
自己。

第8幕　　浩息的家，客廳，晚上。

浩息看著電視劇，一邊吃泡麵，喃喃自語。

浩息　　　（沉浸在電視劇內）看吧，我就知道！真是狗血，這個女人
　　　　　好可怕，竟然為了繼承家產假裝懷孕？她的心是被狗啃了
　　　　　嗎？

英珠從洗手間走出來，看著浩息。

英珠　　　爸，我們聊聊。
浩息　　　（沒聽見，雙眼盯著電視）哇……太可怕了……她一定會遭
　　　　　天譴……簡直是狡猾的九尾狐。

英珠看了一眼浩息後，拿起遙控器將電視關掉。
浩息這才看向英珠。

浩息　　　（慌張、惋惜）你幹嘛關電視？現在正是重頭戲耶。
英珠　　　（坐到浩息身旁，恐懼卻冷靜、堅定）懷孕了。
浩息　　　（不理解，將垂下的電風扇往上提）你在說什麼？電視裡那
　　　　　個女人？她沒有懷孕。（用下巴指電視）她是為了搶她公公

的財產才騙人的，那個女的很可怕，（全身戰慄）讓人起雞
皮疙瘩。

英珠　　（害怕，鼓起勇氣，平靜地說）不是電視劇裡的人，是
　　　　我……懷孕了。

浩息　　（吃著泡麵，咬著麵條，看著英珠不明所以）？！

英珠　　（覺得抱歉，眼眶泛紅，果斷地說）你的女兒房英珠……（強
　　　　調）懷、孕、了。

浩息整個人呆滯，這才直視英珠雙眼（眼眶泛淚），明白
英珠說的是事實，心頭一沉。

英珠　　（心痛卻冷靜）孩子的父親……是印權叔叔的兒子，阿顯。

浩息　　（呆滯，無法冷靜，將泡麵吐回鍋中，又將電風扇的頭部抬
　　　　起，視線回到英珠身上，悲傷，不安）……

英珠　　（無法看浩息，只能盯著地板，冷靜地說）阿顯跟我，決定
　　　　將孩子生下來。

這時，電風扇發出「嘰咿」的聲響後垂下。

浩息　　（發火，心痛，用力打電風扇）這是怎麼回事？為什麼垂下
　　　　來，氣死我了！（洩憤，用腳踢電風扇，想哭，難受）我早
　　　　該丟掉這個爛東西，媽的！

英珠　　（眼眶泛紅，一動不動）……

浩息　　（再次看著英珠，心痛，極力掩飾不安，表現冷靜）你去換
　　　　套衣服。（搖頭，不可置信）什麼都不用說，我們去醫院！

英珠　　（心痛）

浩息　　（心痛，想要確認，忍住氣卻不由自主地悲傷，大聲說）你
　　　　有可能搞錯了啊！你們年紀這麼小，真的知道怎麼上床
　　　　嗎……（不相信）我不信，（大吼）你、你以為懷孕這麼簡
　　　　單？爸爸帶你去醫院！去換衣服！

英珠　　（坦承）我真的懷孕了，我也去過婦產科了。

浩息	（難受，氣得想哭）我要帶你去好一點的醫院！不要隨便找個庸醫，我們去大醫院！（起身）
英珠	（從口袋裡拿出超音波照片給浩息）
浩息	（親眼看到還是無法相信，丟到一旁）我不要看這個，我們去醫院，我要直接跟醫生說。（正要起身）
英珠	（心疼，堅決，拉起衣服，解開束腹，將突起的腹部給浩息看）

＊跳接－插入》
英珠鼓起的腹部。

＊跳接》

英珠	（低著頭，心痛但堅定）我說減肥……是騙人的。
浩息	（看著英珠鼓起的腹部後腳軟，跌坐在地，眼淚不自覺地落下，相當難受，身體輕微顫抖）
英珠	（落淚，用袖子擦去，不想表現出哭泣的模樣）我已經懷孕超過六個月，去醫院也不能墮胎了，請幫幫我。
浩息	（拭淚，心痛，想整理思緒，緊咬嘴唇，看著英珠，忍住怒氣，低沉地說）是阿顯那傢伙……看你單純可愛……就欺負你嗎？

＊跳接－印權公寓前》
印權停車，看著副駕駛座的阿顯。

印權	（O.L）是英珠勾引你的嗎？她看你傻傻的，所以誘惑你？
阿顯	（直視前方，坦然）是我先喜歡她，親近她的。
印權	（氣得大吼）真厲害，該死！（突然想起）你之前生日，我不是有買保險套給你，要你隨身攜帶以防萬一嗎？你難道沒用嗎？是傻瓜嗎？
阿顯	（直挺挺地看著）我用了……但不知道出了什麼問題……事

情就變成這樣了。

| 印權 | （憤怒，用拳頭捶）你這傢伙！（下車，打開副駕駛座的門，抓起阿顯的領子，將他拉回家，嘴裡嘟嚷）你給我下車！你死定了，你真的找死…… |
| 浩息 | （E，憤怒）你為什麼不說阿顯是個混帳東西！ |

＊跳接－浩息的家，客廳》

浩息	（捶打胸膛）一定是阿顯那傢伙強迫你的，你是班長，又是模範生，還是學生會會長，怎麼會這樣隨便就……不可能！我不相信！
英珠	（難過，眼眶泛淚，堂堂正正地看著浩息）我從不隨便對待自己的身體，阿顯跟我彼此相愛，所以才會有了孩子。
浩息	（大吼）把孩子拿掉！（呼氣）我不能讓你因為一次的好奇心造成失誤就毀了你的人生，我們馬上去醫院！
英珠	（字字清晰，將一切攤牌讓浩息明瞭）不是一次，是兩次，我們不是失誤，沒有人強迫我，我們是真心相愛。
浩息	（氣得想哭，憤而站起，走到陽台打開釀造酒，大口喝下）

＊跳接－印權的家》

印權	（打開門，將阿顯推倒在地，脫去外衣，打開冰箱拿出燒酒，大口灌入，眼神兇狠地瞪著阿顯）
阿顯	（將鞋子脫下後放到一旁，嚴肅地跪在地上）
印權	（喝完一瓶酒，再拿出一瓶，坐在阿顯面前，想要冷靜）什麼都不用說，叫英珠拿掉孩子，你們兩個分手。
阿顯	（拿出手機找尋超音波的照片，將手機放在地上讓印權看）這是英珠肚子裡的孩子，請你看看。
印權	（生氣，一把拿起手機往一旁丟）你希望我看了有什麼反應？你這個死兔崽子！
阿顯	（拿回被扔出的手機，坐回印權面前，很不開心印權如此對

待孩子的照片，生氣、強硬地說）開口閉口就是兔崽子，不說髒話你就說不了話嗎？

印權　　（抓起阿顯的領子，舉起拳頭，想揍卻不忍心）該死！氣死我了！（放開領子，直瞪阿顯）你就是我的崽子啊，不然你是什麼？是我的兒子！我為了養你，整天不休息地工作，聞著豬的血腥味！而你這個腸胃弱的傢伙連血腸都不敢吃，憑什麼生孩子？你養孩子做什麼？而且你哪來的錢養小孩？用你的零用錢嗎？（大吼大叫）你這個臭傢伙！

阿顯　　（堅決，不服輸）你只要幫我和英珠準備房子，剩下的我會休學去賺……

印權　　（難過，呼巴掌）

＊跳接－浩息的家，客廳》

浩息　　（放下酒瓶，坐在英珠面前，低聲有力地說）拿掉孩子。

英珠　　（眼眶泛紅，雖抱歉仍有話直說，看著浩息）不要，我要生下孩子，並且去讀首爾大學，你不是知道我很惡毒嗎？只是身體會比較累而已，讓我跟阿顯一起生活吧，幫助我生養這個孩子。

浩息　　（惱怒，大吼，呼自己巴掌）辦不到！辦不到！我辦不到！

英珠　　（心疼，抓住浩息的手，忍住淚水）爸，你別這樣。

浩息　　（反握英珠的手，面向她跪下，眼眶泛淚，看著英珠，堅決）爸爸……求你了……我不希望你的身體受苦，也不想要你生孩子！

英珠　　（傷心，跪著）這是我的身體，即使會受苦，痛的人也是我，我要把孩子生下來。

浩息　　（難過哭泣，癱坐，心痛）你為什麼要這樣？為什麼？只要一年，我們只要再撐一年就可以了……你就能去讀首爾大學，我開船出去釣魚，你做你的事，我做我的事。（大吼）我們都會自由！你為什麼要這樣！

英珠　　（難受哭泣，情緒逐漸激動）不會有任何改變的！我生下孩

子後依然會照計畫去讀首爾大學，爸爸還是可以開船去釣魚！這不是一樣嘛！（用袖子擦眼淚）

*跳接－印權的家，餐桌》

印權　　（盛怒）你瘋了嗎？竟然為了一個丫頭瞪爸爸！還要休學，你腦子有問題嗎？（大吼）你為什麼不求饒？求我不打你？說自己錯了？快點啊！

阿顯　　（心痛也不退縮）我沒有做錯事，那不是一時的失誤，英珠跟孩子⋯⋯都是我的選擇。（說完進房）

印權　　（看著阿顯的房間，說不出話，怒氣衝天，脫去上衣，翻倒家中物品，推倒餐桌）腳踏實地生活有什麼用，把小孩養成這副德性！我下定決心金盆洗手，拚命切血腸有什麼用！該死！一點用都沒有！全都沒用！

*跳接－印權的家全景＋公寓階梯＋印權家裡＋洗手間，交錯》
鄰居們議論紛紛「怎麼回事？」，全都開燈探頭張望，女鄰居1開門走出來，朝印權家門口喊道。

鄰居1　阿顯爸爸，發生什麼事了？

印權　　（砸爛物品，停下來）什麼事都沒有。（衝去洗手間，打開蓮蓬頭，沒有脫去衣服，用水澆淋全身，想藉此消氣）

*跳接－浩息的客廳，關燈的狀態，一片漆黑，電風扇倒下》
浩息眼眶濕潤，呆坐在客廳一角，手機播著〈離去的船〉，窗簾因颱風的風勢不停被吹動。

*跳接－英珠與阿顯的房間，窗戶皆打開，窗簾飄動，風聲簌簌，交錯》
英珠聽著浩息手機傳來的音樂，蜷曲在床的一角用手機打字，攝影機自窗戶拉遠，看到下層樓阿顯的房間，阿顯躺

在床上。

英珠　　（打字，難過卻冷靜，E）你爸爸還好嗎？我爸現在陷入絕
　　　　望。

阿顥　　（E）我爸爸……正在大發雷霆。

英珠　　（眼眶泛紅，E）看到我爸那樣，我好心疼，但是……我沒
　　　　有說是我的錯，也沒說這是個失誤，我自私地說了我想說的
　　　　話，不然我怕我會心軟，就照他說的去做。我爸爸……一定
　　　　覺得自己被狠狠背叛了。

阿顥　　（心疼，打字，E）聽說今天的颱風只是擦邊過去而已，不
　　　　對，是所有的颱風都會過去，就像這個颱風一樣，所有事情
　　　　都會過去的，英珠，晚安，我愛你。

英珠　　（文字訊息）我現在好像也很愛你。（關上手機閉上眼，眼角
　　　　流下淚水）

阿顥　　（看著手機，打開打工網站，輸入年紀，找尋工作，悲傷卻
　　　　平靜）……

第9幕　　急診室前，颱強風，夜晚。

　　　　東昔的車內放著音樂，注意到宣亞出現在前方（額頭有傷
　　　　口，兩個月前車禍的傷疤，臉色差）。宣亞走出急診室，
　　　　雙手環抱身體，似乎很冷，沒看見東昔。東昔輕輕按下喇
　　　　叭，宣亞轉過頭看見車子，東昔從副駕駛座拿起包包讓宣
　　　　亞看見。

東昔　　那間民宿不收企圖自殺的客人……你有地方去嗎？

宣亞　　（身心難受，直視東昔）要找找看。

東昔　　（下車，將宣亞的行李放進貨車內，打開副駕駛座的門，看
　　　　著宣亞）沒有就上車吧，我幫你找住的地方。

宣亞　　（茫然看著）……

東昔	上車吧，外頭風很大，你會感冒的！我不會吃掉你啦！
宣亞	（盯著，坐上車）
東昔	（關車門，坐上駕駛座，將毛毯遞給宣亞，蓋至脖子，雖然動作粗魯，但能感受其心意，發動車子離去）

第10幕　旅館前，晚上。

宣亞坐在車內，東昔將宣亞的車（自上一間民宿）開過來，走到貨車旁拿起宣亞的行李，對宣亞說：「下車。」逕自走進旅館，宣亞也跟著下車。

第11幕　旅館走廊＋旅館房內（約兩層樓），夜晚。

東昔與宣亞在走廊上，東昔打開房門，用頭部示意宣亞進房。
宣亞進入旅館房間。
東昔進房後拉開窗簾，外頭有安全窗。

東昔	（直率地說）我怕你會跳樓，所以帶你來有安全窗的地方，即使受不了也要待在這裡。
宣亞	（平靜地說）我是不小心跌下去的，那個瞬間突然頭很暈……
東昔	（生氣）自己走到那種危險的地方，還有什麼好狡辯的？（打開門，正要離開，轉頭看向宣亞，生氣難受，眼眶些許淚水）你怎麼會變成這個樣子？
宣亞	（不看東昔，走到窗邊，打開窗戶吹風）
東昔	（想忍住氣卻無法）你到底過著什麼樣的鬼生活才會變成這樣？說啊！
宣亞	（直盯著窗外，難過卻極力鎮定）我只是……平凡地過生

活，結了婚，生了孩子，離了婚，孩子（想哭卻坦率）去了
爸爸那裡……而我現在在這裡。

東昔　　　（看著，傷心地大力關門走出去）

宣亞　　　（看了一眼門，再次無奈地透過窗戶望向大海）

第12幕　道路，東昔的車內，夜晚。

東昔忍住悲傷開車，用手機搜尋宣亞的電話後撥號。

第13幕　旅館房內，夜晚。

宣亞坐在床邊，手機響起，畫面顯示「東昔哥」，接起電
話。

宣亞　　　你的號碼還是這支啊……

第14幕　行駛中的東昔車輛，夜晚。

東昔　　　我只是想確認你是不是還用這支號碼，別想不開，不要讓我
擔心。（掛斷後繼續駕駛）

第15幕　印權的家，客廳，凌晨。

阿顯穿著制服，打掃凌亂的家裡，片段畫面。
這時，印權滿臉倦意，尚未洗臉，邊穿衣服邊走出來。

印權　　　（生氣嘲諷）你不是說不去上學，幹嘛穿制服？

阿顯	（清掃，平淡地說）今天要去跟老師說我打算休學……
印權	（打斷）你想死的話就去，如果你想死，就給我休學。（說完走出去）
阿顯	（無奈，走到窗邊看向大海，收到訊息）
英珠	（E）阿顯，你說對了。

第16幕　英珠的房間，凌晨。

英珠看著窗外的大海，正在穿制服。

英珠	（E）颱風真的過境了，我們今天也要加油。（在制服底下穿上束腹後走出去）

第17幕　浩息的廚房，凌晨。

餐桌上有飯菜與湯品，一側有紙條。

浩息	（E）今天是開市的日子，我先去工作了，放學後打電話給我……我帶你去醫院。
英珠	（將便條紙放在桌上，表情難受，下定決心，解開束腹放在桌上）

第18幕　浩息的冰塊店前＋印權的血腸工廠前＋印權、浩息行駛中的車＋道路，早上。

浩息帶著護目鏡，用電鋸切割要帶去市場的冰塊。

＊跳接－回想，似乎是以前學校的後方》

全體穿著制服，配戴名牌。

印權以一比五跟同學打架，自己也挨拳。

浩息急忙跑來，手上提著裝了滾燙熱水的鐵桶。

浩息	印權哥！讓開！
印權	（打架中，看見浩息，立即蹲下用書包擋起）
浩息	（向前跑，潑水）
學生	啊，好燙！（混亂）
印權	浩息，快跑！（逃跑）
浩息	（害怕，提著桶子跟印權拔腿就跑）
印權	（邊跑）小子，你把鐵桶丟掉啊！
浩息	（一驚，丟棄鐵桶，奮力逃跑）
學生	（緊追不捨）
印權／浩息	（邊跑，臉上掛著笑容，慢動作）

＊跳接－現在，印權的血腸小店前》

印權滿頭是汗，將鍋中煮好的血腸與豬頭皮裝進大塑膠袋。

＊跳接－回想，城市小巷，夜晚》

印權（30歲左右，穿西裝，滿臉是傷）在巷弄間奔跑，往後看，空無一人。

印權	（氣喘吁吁，害怕浩息是否被抓）浩息……（再次跑回原路）浩息！（轉彎後停下）

＊跳接》

一個黑道男子（穿牛仔褲、短袖上衣，不像流氓，臉上有傷）掐著浩息的脖子，其他人替他把風，印權嚇得後退，身後還有其他黑道。

印權心跳加速，老實地舉起雙手，跪下求饒。

印權	他不是黑道，只是賭徒，他剛好來找我，所以被捲進來。
黑道1	（鬆手，用力揍向印權）
黑道們	（不管浩息，毆打印權）
浩息	（趕緊起身逃跑，自黑道手中逃出，從口袋裡拿出哨子吹響）失火了！失火了！（看到正在巡邏的警車，隨即上前）失火了啊！
警察	（急忙下車）
浩息	（跑向印權，吹著哨子）失火了啦！（用手示意警察過去）

村民紛紛開燈，有人說：「發生什麼事了？」
警察們跟在浩息身後。

＊跳接－現在，浩息的冰塊店前》
浩息認真地開車至市集。

＊跳接－現在，印權的血腸小店前》
印權將物品全放上貨車，滿身汗，專注地出發。

＊跳接－回想，巷弄》
黑道們殘忍地毆打印權，浩息吹著口哨吶喊：「失火了！」帶著警察過來，黑道們看到警察落荒而逃，警察追趕起黑道。
浩息揹起虛弱的印權拔腿狂奔。

＊跳接－回想，其他巷弄》
浩息揹著印權奔跑。

浩息	（吃力）……
印權	（即使吃力仍笑著）以後……等英珠長大……我們當親家吧……
浩息	（跑著，想哭）她才剛滿週歲，要等到何時才會長大？

印權　　　（虛弱）臭小子……總有一天會長大啊……

浩息　　　（邊跑邊哭）好的！哥，我們當親家！你不能死啊！媽的！

＊跳接－現在，道路》

浩息想起以前的事，表情僵硬地開車，因號誌而停下後看
向一旁。

印權開著貨車，怒瞪著浩息。

兩人互瞪許久。

號誌變換後，後方車輛鳴喇叭。

印權兇狠地看著浩息，吐口水後駛離。

浩息按喇叭後切進印權前方。

浩息　　　（咬牙切齒）這對父子倆一起妨礙我的人生……混帳東西。

印權　　　（咬牙切齒）這對父女，一樣沒教養……

第19幕　學校，教務處外走廊，白天。

英珠與阿顯以平靜冷淡的神情站在走廊。

男學生1經過看著兩人。

男學生1　（恥笑）你們還真厲害，聽說你生完小孩還要繼續上學。（推
　　　　　阿顯）要當爸爸了，哈哈哈。（離開）

阿顯　　　（怒瞪）

女學生1　（經過兩人，對他們溫暖地說）我支持你們，加油。（離去）

英珠／阿顯（真摯，小聲說）謝謝。

男學生2、3／女學生2、3　（戲弄，揮手喊口號）房英珠！房英珠！房
　　　　　英珠！鄭顯！鄭顯！鄭顯！

善美　　　（手上拿張紙朝他們走來，對嘲諷的同學們大喊）找死嗎？
　　　　　你們在興奮什麼？在看好戲嗎？給我安靜！

學生們　　（離去）房英珠，鄭顯！房英珠，鄭顯！

善美	（瞪起鬨的人，再看向英珠與阿顯，直白地說）我問過班上同學贊不贊成班長生完小孩後繼續上課，90% 贊成，我也投贊成，我只是來告訴你一聲，（看向英珠）我的死黨。（離去）
英珠	（感激地看著離去的善美）

老師1、2下課後正要走進教務處，看著英珠與阿顯說。

老師1	（男性，40歲左右，覺得不可理喻，看著英珠）還在讀書就生小孩？真是誇張……（離去）
老師2	（女性，50歲左右）你們這種模範生就愛闖禍。（邊走，看著英珠）真是不知羞恥。（離去）
阿顯	（覺得被羞辱，怒瞪）
英珠	（忍住淚水）愛人難道有錯嗎？
老師2	（轉頭，無言）臭丫頭，你們都不怕其他同學學壞嗎？你們還是學生會長跟副會長！居然這麼不知羞恥！難道只有我覺得丟臉嗎？（離開）真怕我的小孩會跟你們一樣。

班導從教務處走出來，瞪著老師2，對英珠、阿顯說：「跟我來。」兩人上前。

第20幕　學校諮商室，白天。

班導、英珠、阿顯坐在教室裡。班導表情難過，英珠覺得不捨，阿顯看著同意書，面露無奈。

英珠	（O.L委屈含淚）智禮老師也在懷孕中，上次歷史老師也是在生產前都有來教課，甚至生完後也馬上回來學校，現在老師你也懷孕，也是每天來學校教課……我為什麼不行？
班導	（放下同意書，心疼地看著英珠）你爸爸同意了嗎？

英珠	（痛心）還沒。
阿顯	（心痛卻直白地說）就算他們不同意，我們也決定要生下來了，老師，真的很抱歉。
英珠	（難受，堅定）即使我生了孩子，成績也不會退步，請讓我繼續上學，如果能讓我申請繁星推薦，我一定能考上首爾大學。
班導	我跟校長和副校長討論過了，兩位都希望你們轉學。
阿顯	我從今天起不會來上學了，老師，可是英珠沒有理由轉學或休學。（看著班導）「學生有權不因懷孕生子等理由，受到差別待遇」，這是《學生人權條例》中的內容。
英珠	（難受，直言）老師，請幫幫我，我真的會很努力讀書，老師你不也了解我嗎？
班導	（無奈，無法說服兩人，難受）唉……（扶額）首先……先請你們的爸爸過來。（正要出去，難受地看著英珠）你身體不累嗎？
英珠	（眼眶紅）很累。
班導	（對阿顯說）你要對英珠好一點。
阿顯	好的。
班導	（離去）

這時，手機響起。

英珠	（拿起手機，是浩息的來電，接起）
阿顯	（握住英珠沒拿手機的那隻手）

第21幕　變變五日市集＋學校走廊，交錯，白天。

浩息頂著汗，用藍芽通話，將冰塊放在背上，邊通話邊走。

浩息	什麼時候放學？

＊跳接－學校走廊》
英珠與阿顯手牽著手走出諮商室。

英珠	放學了。
浩息	（吃力）怎麼不打給我？我都說要帶你去醫院了。
英珠	我不要去醫院，今天要補習，還有老師叫你來學校。
浩息	（將冰塊放在恩喜的店前，忍住怒氣）老師為什麼要找我？
英珠	我跟老師說生完小孩後還要繼續上課。告訴我你什麼時候有空，我跟老師約時間。（說完掛斷電話，難受卻堅定）
浩息	（生氣大吼）喂，房英珠，你瘋了嗎！（對著耳機大吼大叫）英珠！英珠！房英珠！（盛怒）媽的！

浩息的怒吼使得恩喜、英玉、定俊、基俊、小月，還有忙著沖泡咖啡的星星、春禧、玉冬，以及附近商人全都盯著浩息看，好奇發生了什麼事。印權拿著兩碗湯飯，遞給玉冬和春禧，看見浩息的模樣嘟噥著：「瘋子。」

恩喜	（難受，對浩息說）喂、喂，你怎麼口無遮攔！長輩們都在這裡！
浩息	（再次撥打電話，但英珠不接，氣得大吼大叫）啊！（越過看著自己的玉冬、春禧，朝公廁走去）
恩喜	（擔心地看著浩息）浩息、浩息！（客人靠近）你要什麼？白帶魚？（處理漁獲）真是的，真是一團糟，看來他知道英珠的事了。
定俊／英玉	（看著恩喜，不明白，招呼客人）？
小月	（忙碌，擔心地問恩喜）英珠怎麼了嗎？
基俊	（替小月工作，低聲說）你休息一下，會累的。
小月	（無奈地看著基俊）
星星	（在遠方賣著茶品，不悅地看著小月和基俊的互動）

＊跳接》

印權	（將血腸湯遞給春禧和玉冬）血腸湯裡加了麵線，請用，兩位都還沒吃午餐。
春禧	（擔心，看著印權）發生什麼事了嗎？浩息……那個溫和的浩息竟然會罵髒話……
印權	我也不曉得（走向公廁）
玉冬	（直白地對印權說，語帶擔心）他是不是和英珠吵架了？
春禧	（直言）他那麼愛他女兒，應該不至於吧？
玉冬	（鬱悶）就是因為愛她才會吵架，討厭的話怎麼會吵架。
春禧	（看著東昔的位置）東昔今天沒來耶……
玉冬	（裝作沒聽見，看著客人……）
春禧	（無心地說）東昔好像認識昨天落海的女生……聽說他追了過去。
玉冬	（看著客人）新鮮的蔬菜喔。

第22幕　公廁入口＋公廁內，白天。

印權走進廁所，收到訊息。

老師	（E，為難）阿顯爸爸，阿顯沒有事先告知就一直沒來補習，也不接電話，請問發生什麼事了嗎……很讓人擔心……
印權	（生氣，掛電話，走進廁所，拉下拉鍊小便，無語）竟然沒去補習……這個膽大包天的傢伙……

這時，浩息從廁所走出來，表情難受，越過印權到洗手台洗手。

| 印權 | （小便，消氣中，直說）你要拿英珠怎麼辦？該不會要讓她生下來？ |

浩息	（洗手，透過鏡子看浩息）我瘋了嗎？我怎麼可能讓她生下你的種？
印權	（生氣，拉上拉鍊，站在浩息面前）我的種？
浩息	（洗手，瞪印權）對，你的種。
印權	（瞪著，忍住怒氣，掏出大把鈔票，數錢，放在洗手台）帶英珠去好一點的醫院，別拖延時間。（離去）
浩息	（洗手到一半，看了一眼離去的印權，再看那筆錢，呆愣一下，憤怒衝上心頭，悲憤交加，繼續洗手）……

＊跳接－回想（印權、浩息30歲左右），破舊的貨櫃箱外》

男人們	（E）豬、豬、豬、豬！（聲音持續）

＊跳接－回想，貨櫃內》
香菸煙霧瀰漫，浩息與七名男子站在一起，玩擲柶遊戲，另一旁有著數百萬韓元的賭金，以萬元為單位捆起。
浩息在碗裡放入小型的柶，拿起搖晃，滿頭汗，表情緊張，一旁的三名男子也滿身汗，屏氣凝神，對面的四名男子也神情緊張，持續喊著「豬、豬、豬、豬」，浩息冒著汗甩著柶（O.L），最後出現豬。

浩息	（難受，想哭）
浩息的隊友	（失望，生氣大吼）啊，媽的！
敵友	（開心）是豬！豬！
敵友1	換我！（隨即上場）哇！是牛！（將錢全都收進包包）
浩息的隊友	（生氣，阻止對方裝錢）再來一次，一次就好！
浩息	（失魂落魄，走出貨櫃，走著漆黑小路回家，想哭）

＊跳接－現在》
浩息抱著淒涼的心情，拿起洗手台上的錢走出去。
玉冬、春禧正在做生意，看著神情恍惚的浩息。

春禧　　　（拿起湯飯給浩息，擔心的口吻）浩息，吃飯吧。

玉冬　　　（安慰）浩息……過來跟我聊聊……

浩息　　　（呆滯，拿著錢繼續走著）

＊跳接－回想，浩息以前的家》

浩息打開門進屋，幼小的英珠（5歲）臉頰骯髒，失神地看著電視，一旁有空蕩蕩的飯鍋與泡菜。覺得詫異，走進房間後看到衣櫃裡已經沒有妻子的衣物，整個家凌亂不堪，回到客廳看著幼小的英珠和空飯鍋。

幼小英珠　（呆望著浩息）肚子餓……（再次看電視）

浩息　　　（呆滯，看著一旁相片裡妻子的笑臉）

＊跳接－現在》

浩息經過恩喜的店前。

定俊　　　（剁魚，擔心地看著浩息）浩息哥……

基俊　　　（看著浩息，邊工作）他整個人失魂落魄的。

浩息自顧自地走著。

恩喜大喊：「浩息！跟我談談！喂！」

浩息絲毫聽不進去。

＊跳接－印權的血腸小店》

印權認真地切血腸，浩息來到他面前，呆望著印權，用冰冷、無情、呆滯的眼神看著印權，印權也回瞪浩息，手邊持續切著血腸。

＊跳接－回想，夜店外階梯》

印權與黑道們自夜店走出來，看著外頭的浩息說話。

印權	瘋子⋯⋯你又來了？（不顧浩息，走向黑色車輛）
浩息	（抓住印權的手，覺得恥辱，眼眶泛紅）哥，拜託幫我最後一次就好。
印權	（剎那間發火，抓起浩息的衣領，舉起拳頭）媽的，上次你也說是最後一次，我都叫你不要再賭了，你是不是找死？（與黑道們走近車邊）
浩息	（覺得抱歉，悽慘，誠實地說）英珠的媽媽跑了。
印權	（冷酷看著）
浩息	（示意一旁）
幼小英珠	（站在麵包店前發呆，看著麵包）
浩息	英珠⋯⋯沒有飯吃。
印權	（瞪浩息，決定心一狠，朝幼小的英珠走去）英珠，你說：「叔叔，請給我錢。」（做出乞討的手勢）
幼小英珠	（模仿印權伸出手）叔叔，請給我錢。
印權	（從錢包拿出厚實的萬元紙鈔，放在英珠手上，走向浩息，語氣冷酷）靠女兒討錢，你很開心嗎？你這個臭乞丐。（黑道打開車門，印權坐上車）
浩息	（呆看）

這時，英珠拿錢過來，笑著遞給浩息。

幼小英珠	爸爸，有錢了。
浩息	（看著英珠，流下淚水，拿起英珠手上的錢，丟在地上，抱起英珠走，眼淚不停流下，表情無奈、淒涼）

＊跳接－現在，印權的血腸湯小店前》

浩息	（將錢丟在印權臉上）
印權	（被錢砸，愣住）？！
眾人	你們兩個怎麼了？
浩息	你這個王八蛋給我出來。

印權	（生氣，將刀子插在豬頭上，脫去衣服丟在地上，站在浩息 面前，大吼）我出來了，你想怎樣！
浩息	（打斷印權，抓起印權的領子，朝他揮拳）
印權	（也抓起浩息的衣領，揮拳過去）

結束在兩人的畫面。

第八集 印權與浩息 2

人生在世，不可能事事如你所願。
這就是人生。

第1幕　　印權的血腸湯飯小店前，白天（接續第7集）。

印權將刀子插在豬頭皮上說：「我出來了，你想怎樣？」
浩息與印權兩人互相揮拳，印權即使被打也無動於衷，浩
息則流出鼻血。盛怒的印權用腳絆倒浩息，使他重心不
穩，摔在湯飯店的客人之間，導致湯碗翻倒，客人們紛紛
發出驚呼，一片混亂。浩息起身後，拿起插在豬頭皮上的
刀，阿姨們眼見此狀，無不驚慌失措，大聲喊：「天哪，
你在幹嘛！」想要阻止他拿刀。印權見浩息拿刀，覺得不
可理喻，更加氣憤，揮拳過去。浩息倒下，印權坐到浩息
身上，使勁往他臉上揮拳，一旁的攤販、阿姨、客人們不
斷喊著：「天哪，這是怎麼回事！誰來阻止他們！打人了
啊！會死人的！天哪，這該怎麼辦？」場面一團混亂。

＊跳接》
恩喜正在處理漁獲，聽到遠處傳來騷動聲，覺得情況不
對，喊著：「發生什麼事了！」上前查看，定俊原本在倉
庫整理貨品，一聽見聲音，比恩喜快一步跑過去。
英玉正在處理漁獲，基俊、小月忙著包裝貨品，無法抽
身，表情焦急。

英玉	（擔心，大聲說）船長，小心點！
基俊	（不悅地看英玉）……

＊跳接－市場一角》
春禧起身，滿臉擔憂，不停望向印權的湯飯小店。

春禧	怎麼了……怎麼鬧哄哄的？
玉冬	（艱難地起身，表情擔憂）幸好定俊過去了……

＊跳接－印權的湯飯小店》
印權毆打浩息，兩名年紀稍長的男子抓住印權的手臂說：
「他會被你打死的，不要這樣！」但印權力氣甚大，連兩
名男子也被他甩開。

印權	（揮拳）你今天死定了！

＊跳接－印權、浩息，交錯鏡頭》
定俊跑進人群中說：「讓開！讓開！」將印權從身後抱
住，控制住他的雙臂，使勁拉走印權。

定俊	（擔憂）哥、哥，你先忍忍！
印權	（被定俊拉走，高喊）放手！給我放手！（朝定俊說）去死！臭小子，放開我！
定俊	（將印權拖去無人之處）哥，你先冷靜一下……
印權	（被拖行，大喊）我今天要殺了他再去坐牢，放手！（對浩息說）臭小子！你女兒不管好自己的身體，毀了我兒子的人生，現在為了我們的孩子好，拿掉小孩有什麼問題！不然要把小孩生下來嗎！混蛋！
恩喜	（看著印權，難受高喊）你別再說了！（看見浩息被打得滿臉是血，氣憤難過，拉起浩息）你看看你被打成這樣，你也趕快站起來！

浩息	（傷痕累累，坐起身，對印權高喊）再打啊，你這個流氓！
印權	（被定俊拉走，大喊）我是賣血腸的，哪是流氓？混帳！
浩息	（不在乎）沒管好孩子的人是你！我家英珠那麼優秀！我把她教養得那麼好！（委屈難受）我的寶貝女兒……因為你那個沒用的兒子，人生全毀了！你這個臭流氓！
印權	（被定俊拉走，心疼難受，發飆）別再叫我流氓！你這個傢伙，竟然拿刀！好啊，有種你就砍我，你砍過人嗎？你知道怎麼砍人嗎？
浩息	（看著印權，傷心難受，大吼）我不知道！這個混帳！你說叫我帶她去好醫院拿掉孩子，那是人話嗎！你以為我沒錢，需要用你的錢帶她去醫院嗎！
印權	（邊拖邊吼）如果你是個真正的好爸爸和好男人，就算雙手沾滿鮮血，該盡的本分還是要做，臭小子，你一定要讓她拿掉孩子，知道嗎？不然我就親自動手！
恩喜	（朝印權大喊）閉嘴！瘋子！（對浩息說）你起來，你也閉嘴，大家都在聽！
浩息	（起身，心痛大吼）就讓他們聽啊！反正我房浩息的人生已經夠慘了！（流淚離去）
恩喜	（攙扶浩息，往與印權的反方向走去，帶他到沒有人的地方）走吧，不要妨礙大家做生意，快走！
浩息	（大聲說讓印權聽到）要是你敢動我家英珠一根汗毛，我真的會殺了你！

畫面呈現浩息的背影，眾人的討論聲響。

成人1	（小聲，E）什麼？英珠懷孕了？
成人2	（八卦，E）是阿顯讓她懷孕的？
成人3	（E）不過他們倆怎麼會鬧翻？以前交情不是很好嗎？
阿姨1	（難受，E）唉唷……怎麼會發生這種事……

第2幕　市場後方，白天。

定俊拖著印權。
印權掙脫定俊的手臂。

印權　　放手！（難受，嘆氣）
定俊　　（無奈）哥……我送你回家，搭我的車吧。
印權　　（吐口水）不用了，幫我收拾一下店裡的東西，也幫我向阿
　　　　姨們道個歉。（走上市場的反方向，生氣難受，身影淒涼）

第3幕　路邊，白天。

浩息滿臉是血，跟蹌走著。
恩喜表情難受地看著浩息，不知該如何是好。

恩喜　　下次一起喝一杯吧！你知道我明白你的心情吧！（看著一陣
　　　　子後，轉身）
浩息　　（逕自走著）

＊跳接》
印權、浩息的背景交錯，F.I。

字幕：印權與浩息2

第4幕　市內餐廳全景＋內部，晚上。

阿顯努力洗碗。
餐廳店員包裝食物，看著阿顯。

店員1	有外送。
阿顯	（擦乾手）好的。（將食物放進外送箱）

第5幕　街道，夜晚。

阿顯騎摩托車外送，臉上帶著汗水。

第6幕　浩息坐在關燈的客廳，夜晚。

浩息靠牆而坐，抱著雙腿，眼神堅定，彷彿下定決心，一側有兩個信封。
這時，英珠自補習班下課返家。

英珠	（無意地說）你怎麼不開燈？（開燈看向浩息，看到滿臉傷痕感到訝異）你的臉怎麼回事？
浩息	（堅定，直接）沒什麼⋯⋯我喝醉跌倒了，你坐下。
英珠	（盤腿坐在浩息面前）
浩息	（將兩個信封丟到英珠面前）其中一本存摺是我用你的名義存的錢，那是給你以後去首爾的學費與房租，已經存了七千萬韓元了。另一本是等你去首爾後，我打算收掉冰塊店，用來買釣漁船所存的積蓄，預計存七千萬，現在已經存了一半。
英珠	（看著存摺，困惑，有些悲傷地看著浩息）？
浩息	（看著英珠，些微茫然）這是你爸爸這些年省吃儉用存下的全部財產，我欠恩喜大姐的債，下個月就會還清，這間房子（看向英珠手上的信封）還有這些錢，你全都拿去。
英珠	（不好的預感，低聲問）⋯⋯拿這些錢要？
浩息	（悲傷，堅定）去醫院墮胎，然後去首爾生活。（直白）你也許不知道，就算拿掉孩子，也可以過得很好。

英珠	（眼神悲傷）生下孩子，也可以過得很好。
浩息	（生氣，並非請求語氣，咬牙切齒）你沒了孩子，就可以隨心所欲，無論是想當教授、醫院院長都能達成，什麼都不會受限，要是你生了孩子留在這裡……
英珠	（打斷，傷心大吼）我為什麼要留在這裡？我生下孩子後，還是會去讀首爾大學！
浩息	（眼眶泛紅，大聲說）你以為養孩子很容易嗎！我為了養你，吃了一卡車的頭痛藥，我在你背後所流的眼淚，跟那片大海一樣多！不用多說什麼了，把那顆瘤拿掉。
英珠	（心痛，忍著淚水，傷心）什麼……瘤？
浩息	（緊抿嘴唇，心痛地看著英珠，大聲說）沒錯，就是瘤！
英珠	（難過，傷心，哭泣）……如果我的孩子是瘤，那我也是爸爸的瘤嗎？
後錫	（裝作不心痛，強烈地說）當然是瘤啊！養你的這段期間，我的頭痛從沒減緩過，我不能讓你當孩子的媽媽，我這麼做都是為了你好……
英珠	（打斷，擦去眼淚，直白）為我好？才不是，你是為了自己，要是沒有我這顆瘤，你就能開心出海釣魚，享受人生，對吧？
浩息	（打斷，想哭但忍著，冷酷地說）對！就是這樣！我就不能舒服點過日子嗎？為什麼要這樣榨乾我？你滿意了嗎？（氣憤）廢話少說，趕緊做決定，你要選我，還是選那顆瘤？如果選那顆瘤，就離開這裡！
英珠	（盯著，悲傷，下決心）好……我走。（起身回房）
浩息	（氣憤，眼淚迸出，狠瞪英珠，不想輸給她）……

第7幕　英珠房內＋客廳，夜晚。

英珠忍著淚水，將衣物與書本分別收拾進兩個背包，打開抽屜，拿出幾張萬元鈔票與存摺放進包包，走出房間。

浩息原地不動地坐在客廳，看著離去的英珠。

浩息　　（忍住悲痛，大聲說）好，你走，你走啊！不過如果你現在
　　　　踏出家門，我們就會永遠斷絕關係，我先說清楚了。
英珠　　（轉頭看向浩息，眼淚溢出，直言）你一定很開心吧，你最
　　　　想拿掉的瘤自己離開了，保重身體。（說完走出家門）
浩息　　（聽見大門關上的聲音，流下淚水，忍住悲傷走向廚房，一
　　　　口灌下釀造酒，眼淚不停流下）

第8幕　　便利商店內，夜晚。

　　　　阿顯急忙跑進商店，自貨架上拿起杯裝水果、三角飯糰、
　　　　牛奶。

第9幕　　路邊，夜晚。

　　　　宣亞正在散步，收到文字訊息，拿起來查看是東昔傳來
　　　　的。

　　　　＊跳接－插入，文字訊息》
　　　　你還活著嗎？

東昔　　（E）你還活著嗎？
宣亞　　（看著訊息後回傳，E）活著。

　　　　東昔的文字訊息再次傳來。

東昔　　（E）那就好。
宣亞　　（看完訊息後將手機放回口袋，繼續走）

第10幕 路邊＋斑馬線前，夜晚。

宣亞站在斑馬線前，號誌變換後過馬路。阿顯提著塑膠袋，倉皇地跑進宣亞住的旅館，宣亞的視線落在阿顯身上。

老闆 （E，無奈）你這丫頭跟爸爸吵架就收拾行李，離家出走……這像話嗎？

第11幕 旅館內＋走廊，夜晚。

英珠（頸肩汗水淋漓，臉色不佳）坐在房內，看著旅館老闆。

英珠 （看著老闆，語氣傷心）因為我爸沒有挽留我……
老闆 （無奈）唉！今天已經很晚了，你就睡這裡，明天再離開。讓未成年人進出這裡，我會完蛋的。（正要離去，看見走廊上的阿顯）阿顯？你怎麼會來這裡？
阿顯 （冒汗，提著塑膠袋，點頭問候）我跟英珠講十分鐘就走。
老闆 （看著阿顯再看英珠，萬般無奈）真受不了……只能十分鐘喔。（走出去）
阿顯 （擔心英珠，極力鎮定，看著老闆離開的身影，將門關上，從袋子裡拿出杯裝水果、三角飯糰、牛奶）你要吃什麼？
英珠 水果。
阿顯 （打開杯裝水果，遞給英珠，從口袋拿出三萬五千韓元）這些給你，這是我今天賺到的錢。
英珠 （心疼，收下錢，放進錢包）我會省著用。
阿顯 （心疼地看著英珠，發現她身上的汗）你不舒服嗎？怎麼流這麼多汗？
英珠 （吃水果，直白）我感冒了……我在網路上看到孕婦不能吃

藥。

阿顯	應該有孕婦可以吃的藥。
英珠	（吃到一半想哭，看著阿顯）……
阿顯	（擔憂）怎麼了？
英珠	你知道我們讓爸爸們很失望，狠狠傷害了他們吧？
阿顯	（眼眶泛紅）……
英珠	（用袖子擦去淚水，鎮靜）所以從現在開始，我們要更愛彼此，更信任彼此，對彼此更好。
阿顯	（接著說）我們一定要幸福，可是英珠，你回家吧，你不能待在這裡。
英珠	（擦去眼淚後吃水果）要是這裡的老闆打給我爸，即使是半夜，我爸也會來接我，我很了解他，雖然他氣到不想挽留我，但最後還是會認輸，我爸過來如果看到你會生氣的，你先回去吧。
阿顯	（不捨，無奈）我們一起回去吧。
英珠	我回去就輸了，就要跟他去醫院了，在爸爸來之前，我要待在這裡。（翻開書）我要讀書了，你走吧。
阿顯	（無奈）
（E）	（咚咚咚聲響）

第12幕　浩息的家外，夜晚。

浩息將來家裡的阿顯趕出門外（O.L），浩息一隻手冰敷著臉，一隻手抓起阿顯的衣領，光著腳走出門外，將阿顯抵在牆上，生氣到眼睛充血。

浩息	（結巴）你這傢伙……是想死才來找我嗎？
阿顯	（握住浩息抓住自己衣領的手，痛苦卻真摯地感到歉意）你可以打我，但請讓英珠回家吧。叔叔，不對，爸爸，我是認真的，也真的很疼惜英珠，爸爸。

浩息	（氣呼呼，抓著衣領，哆嗦）你愛她、珍惜她，怎麼還會讓她懷孕？你這個⋯⋯臭小子，臭傢伙。
阿顯	（喘不過氣，誠實，心痛且真摯）真的很對不起，英珠在市區的旅館，但是她感冒了，叔叔、大哥、爸爸，拜託你讓英珠回⋯⋯
印權	（E，冷酷）我還以為是什麼聲音，原來是你在打我兒子。
阿顯／浩息	（看向印權）
印權	（瞪著阿顯與浩息，低聲威脅）給我放手，他是我兒子，要打也只有我能打，如果你還想活就放開他。
浩息	（用冰敷袋砸在阿顯臉上，冰敷袋破裂，裡面的水噴濺在阿顯臉上，持續抓著阿顯的衣領）你去轉告英珠，（心痛卻不讓步）這次的事不會如她所願，她爸爸⋯⋯絕對不會認輸，你這個流氓雜種。（說完關上門）
阿顯	（悲慘）
印權	（瞪著浩息的背影，下樓）
阿顯	（落魄地走下樓）

第13幕　印權家內，夜晚。

印權回到家，坐在廚房的椅子上，阿顯進門後正想坐下。

印權	（生氣）給我跪下。
阿顯	（放開椅子，跪在地上，內心生氣）
印權	（忍住氣，斜瞪阿顯，語氣冷靜）學校老師和補習班老師都說你今天沒去上課，你為什麼會半夜十二點才回家？
阿顯	（堅定）我去打工。你不要接學校老師的電話，這樣我就會被自動退學。
印權	（受不了）補習費呢？你拿去給英珠了？
阿顯	我自己用完了。
印權	（不可理喻，乾笑，瞪著阿顯）學校和補習班都不去，還偷

拿我的錢。（用手推阿顯的頭）喂，別相信女人，看看你媽，（激動）最後還不是丟下你跑了？只為了讓她自己好過！

阿顯　　（抬頭，氣憤，低聲說）話要說清楚，媽媽不是拋棄我，她拋棄的是你。

印權　　（瞬間發怒，甩耳光，眼睛充血，忍住怒氣）你說什麼？

阿顯　　（不認輸，眼眶泛紅）媽媽沒有拋棄我，是我讓她走的。（回房，大力關門）

印權　　（難過，對著門高聲大喊）少胡說八道！臭小子，是男人的話就要承認事實！你跟我都被你媽拋棄了！懂嗎！

第14幕　　阿顯的房內，夜晚。

阿顯坐在床邊，難受地看著窗外。

印權　　（E）不要相信女人，英珠到最後也會拋棄你，你現在連學校也不去了，她何必一輩子跟著你？

第15幕　　印權的客廳，夜晚。

印權　　就算你們現在愛得死去活來，最後她還是會把你當成破鞋子一樣丟掉！你明天給我去上學，不然就死定了……（打開客廳窗戶，因提起阿顯媽媽而感到心痛）

第16幕　　道路＋車子，天未亮的凌晨。

春禧、玉冬走著。
惠慈與阿姨1：「大姊！你們怎麼在這裡？」

春禧、玉冬看著前方的車子，惠慈與阿姨們坐在車上。
玉冬與春禧也搭上車。

＊跳接－車內》
玉冬、春禧搭車後看見阿顯，覺得有些奇怪，阿顯（神情尷尬）與阿姨們打招呼，玉冬坐在阿顯旁的空位。

惠慈	出發吧。
司機	（發動車子）
春禧	（看著阿顯覺得奇怪）你怎麼會在這裡，我們要去橘子倉庫，你不去上學嗎？
惠慈	（笑）阿顯輟學了。這裡的工頭在網路上應徵工讀生，他就來應徵了……阿顯現在要工作賺錢買東西給英珠吃，哈哈。
阿姨們	（笑）
阿姨1	唉唷，這根本不夠用。
惠慈	（開玩笑地說）阿顯，你跟英珠真的上床了？你真的知道怎麼跟女人上床嗎？
阿顯	（難受但不表現出來）
阿姨1	（無奈笑著）唉唷，你爸跟英珠爸爸肯定很傷心……
春禧	（沒好氣，對其他人說）好了！別對人家的事七嘴八舌……就愛嚼舌根……（無奈地看著窗外）
惠慈	（閉嘴）
玉冬	（看著阿顯，不知該說什麼好，握著阿顯的手，低聲說）……那英珠呢？英珠也不去上學嗎？
阿顯	（想哭，忍住）她有去上學……
玉冬	懷孕上學一定很辛苦……（緊緊握住阿顯的手，心疼地望向窗外）

第17幕　每日市集，白天。

印權揮著汗水，推血腸推車，用藍芽接聽電話，一邊走著。

旅館老闆　（Ｅ，無奈）哥，是這樣的，浩息哥的女兒英珠昨天晚上住在我們旅館，怎樣都不肯離開，浩息哥也不接電話，我想不到辦法，只好打給你了。

印權　　　（推著推車）我家阿顯也去過了嗎？

旅館老闆　（Ｅ，為難）呃……來了一下子……

印權　　　（掛電話，推車，抱怨）真是亂來，那我也要照你的方式來……

＊跳接－恩喜的店附近》
其他的冰塊商家在恩喜的店放下冰塊後離去，攤商1說：「老吳，我們這裡也要冰塊！」攤商2也附和：「我這裡也要！」冰塊商家頻頻點頭說「好、好、好」，開心地四處販賣冰塊。

＊跳接－恩喜的店內》
恩喜打電話給浩息。
民君、梁君往漁獲上倒冰塊。

梁君　　　（抱怨）吳大叔的冰塊都融化了，還是浩息大哥的冰塊最棒了。

恩喜　　　（掛斷電話，再次撥號還是未接，拿起外衣走出去，滿臉無奈）這個人再怎麼難過……還是要工作啊……難道想餓死嗎？（看見經過眼前的印權，大喊）喂！就算你再怎麼氣不過，也不能打浩息啊。

印權　　　（停下，生氣地怒瞪）

恩喜　　　（覺得不該提，簡短說）當我沒說，你去送貨吧。（離去）

印權　　　（生氣，離去）

第18幕　冰塊店前＋海邊，白天。

　　　　　　浩息（口袋裡的手機不斷響起）坐在堤防上，看著遠方的
　　　　　　大海，後方能聽見恩喜的聲音。

恩喜　　　（鬱悶，聽見浩息身上傳來的電話聲，走至他身邊坐下）接
　　　　　電話啦！你因為英珠的事，連訂貨電話都不接，想餓死嗎？
浩息　　　（望著大海，口袋裡的電話聲停止）
恩喜　　　（無奈）英珠有去上學嗎？
浩息　　　（看著大海）她離家出走了。
恩喜　　　（無奈，看著大海又看向浩息）我知道你很難過……不過你
　　　　　就認輸吧。
浩息　　　（轉頭，視線冰冷）？
恩喜　　　（迅速，面向大海）當我沒說。
浩息　　　（再次看著大海）鄰居們都在討論英珠吧？
恩喜　　　（無奈）大家都很多嘴。
浩息　　　以前我揹著英珠在市場工作時，被人指指點點，現在換英珠
　　　　　被人說閒話了。
恩喜　　　（轉頭看向浩息）但你還是要去找英珠啊。
浩息　　　（盯著大海，直白）何必呢？只要過一星期，她就會發現生
　　　　　活的困難，自己投降回家，我這次死都不會認輸。
恩喜　　　（無奈，安慰）如果她沒有懷孕，我會認為你是對的，但她
　　　　　現在有了孩子，你能怎麼辦？
浩息　　　（怒瞪）
恩喜　　　當我沒說。
浩息　　　（自口袋拿出手機，撥放〈離去的船〉）
恩喜　　　（看著浩息，覺得無能為力）當我沒說，當我沒說，我什麼
　　　　　都沒說。（起身離開，轉頭）不過你還是得去賣冰塊啊！
浩息　　　……
恩喜　　　（無可奈何，嘟噥）好吧，你就盡情痛苦吧，如果這麼痛苦
　　　　　可以找到答案的話……（離去）

浩息　　　　（聽歌盯著大海）……

第19幕　　通往旅館的路，河川小徑，白天。

英珠（穿體育服，揹書包，額頭有汗，未穿束腹，腹部明顯突起）似乎相當不舒服，額頭全是汗水，邊走邊打字。

英珠　　　　（E）阿顯，我感冒很嚴重，我只有去上學，沒去補習班，現在要回旅館。

第20幕　　倉庫，白天。

春禧、玉冬、惠慈等人將橘子放入箱子，阿顯（汗水淋漓O.L）將裝好的箱子放到推車上，走到一半推車倒下，阿姨們驚慌說著：「天哪、天哪。」阿顯面有難色，趕緊將箱子放回推車上，司機也下車幫忙。這時，手機響起，阿顯直覺是英珠的訊息，急忙對司機說：「我去一下洗手間。」快速離開後拿出手機。

阿顯　　　　（E，擔心生病的英珠）英珠，如果很不舒服要去看醫生。

第21幕　　經過河川的石頭路（河川間有石頭鋪路）＋阿顯的倉庫，白天。

英珠走著，瞬間感到疼痛，抱著腹部蹲下，撫摸著腹部，忍住疼痛，再次站起後打字。宣亞迎面而來，察覺到英珠的異樣。

英珠	（E）我不需要去醫院，只是不舒服的時候就好想你，打工結束後來找我，好嗎？
阿顯	（E）英珠，我很擔心你，回家吧，好嗎？還是去看醫生？有可能不是感冒啊！
英珠	（看見宣亞，覺得有些奇怪，繼續打字，E）我知道是感冒，如果你只是要叫我回家或看醫生，我就不傳訊息了。
阿顯	（E）好吧，我打工快結束了，再等我一下。
宣亞	（經過英珠身邊）
英珠	（E）要快點喔。（將手機收起，與宣亞錯身，腹部再度疼痛，抱著腹部蹲下）啊……

宣亞的聲音傳來。

宣亞	需要幫忙嗎？
英珠	（抬頭看見宣亞，雖然痛苦）沒關係。（起身，書包掉落在地，不知如何是好）
宣亞	（走上前，將包包拿起）走吧。（提著包包過橋）
英珠	（跟在宣亞身後過橋）

宣亞過橋後，看著英珠走來的身影，等她過來後將包包掛在她身上。

宣亞	（語氣溫柔）你……懷孕了嗎？
英珠	（緊張，略害怕，輕微點頭）？
宣亞	（溫暖地笑，小心翼翼地說）我可以……摸摸你的肚子嗎？
英珠	……
宣亞	我這樣好像太失禮了。（正要離去）
英珠	（看著宣亞離去的身影，聲音顫抖）可以……摸。
宣亞	（回頭靠近，小心翼翼地將手放在腹部，感受著胎動，看著英珠，淺笑，發自內心地說）恭喜你。（離去）
英珠	（看著宣亞，眼眶泛紅，看著自己的腹部，平靜地說）寶

寶⋯⋯恭喜你⋯⋯來到我的懷裡。

第22幕　倉庫，白天。

工頭數著萬元鈔票，將七萬韓元遞給阿顯。
阿顯有禮地道謝，阿顯身後能見玉冬、春禧、惠慈等阿姨靠近。

惠慈	（開玩笑地對阿顯說）阿顯，那些錢你要給英珠嗎？
阿姨們	（嘻笑）
春禧	（看著嘻笑的阿姨們）有什麼好笑的？他要是在我們那個年代早就當爸了⋯⋯（不悅地說）叫你老公收斂一點。（說完上車）
惠慈	（不舒服，搭車）我老公現在清醒了，跟濟州市的女人分手了。
玉冬	（看阿顯）阿顯，上車啊。
阿顯	（轉頭）我沒有要回家。（道別後看時間，撥打電話，快步離開）
玉冬	（看著阿顯的背影，搭車）

第23幕　冰塊店前，海邊＋道路，交錯，白天。

浩息看著大海，手機撥放音樂，突然音樂聲中止變成電話鈴聲，待鈴聲斷了之後，音樂再次響起，不久後電話又響起。浩息覺得煩躁，拿著手機起身，往家的方向走去，接起電話。

浩息	（不知是阿顯的來電，語氣不耐煩）房家冰塊，你好。
阿顯	（打斷，害怕但鼓起勇氣）叔叔⋯⋯英珠生病了，可是她不

| | 去醫院，請幫幫我，她不肯聽我的話……請你幫幫我們吧！ |
| 浩息 | （掛斷電話，擔心想哭，快速走著） |

第24幕　旅館櫃台，白天。

透過窗口能看見旅館老闆擔憂的神情。
印權態度冷靜。

老闆	哥，你怎麼會來？
印權	（不耐煩地問）英珠住幾號房？
老闆	203號。
印權	（走上階梯）
老闆	（眼神擔心，關上櫃台門，看電視）

＊跳接－走廊》
印權走至203號房外，表情煩悶，敲門。
英珠在裡面喊：「是阿顯嗎？」不作多想打開門，看到印
權後愣在原地。

印權	（簡短地說）……出來吧。
英珠	（害怕，低頭，想關門）
印權	（面無表情，擋住門，抓住英珠的手，心痛卻裝作狠心）我來解救你跟阿顯的人生……走吧，（拖著）我們去醫院。
英珠	（無法抵抗，不想去卻無法掙脫）叔叔，你不要這樣，我不想去醫院。
印權	（忍住難受的心情，拉著英珠走下階梯，雙眼直視前方）繼續固執只會傷到你自己。我也很難過，但你們這樣不對，你跟阿顯還有大好前程……乖乖跟我走吧，我沒有你爸爸這麼好說話，跟我過來。
英珠	（邊哭）叔叔，我手好痛，請你不要這樣。

＊跳接－旅館大廳》

印權表情難受，拉著英珠走出來。

英珠　　（邊哭，被拉走，用不過大的聲音喊著）叔叔……叔叔……
老闆　　（看著電視）

＊跳接－旅館外》

印權拉著英珠，英珠哭喊：「叔叔，我好害怕，請你不要這樣！」阿顯流汗跑來，看見這一幕。

阿顯　　（忍住怒氣，語氣堅決）放開英珠的手。
印權　　（生氣）臭小子，讓開！
阿顯　　（忍住哭泣，握緊拳頭）你不要那麼野蠻，（大聲說）放開英珠的手！
印權　　（氣呼呼，眼睛充血，緊抓著英珠手腕，瞪阿顯）野蠻？是啊，臭小子，你爸就是個野蠻的流氓，你想怎麼樣？你要生下小孩，毀掉自己的人生嗎？（路人交頭接耳，對阿顯說）臭小子，趕快讓路，別丟我的臉！（再次拉走英珠）
英珠　　（哭泣，經過阿顯）阿顯、阿顯……

＊跳接－馬路》

浩息開著貨車抵達，看見阿顯站在一旁，印權拉著英珠。困惑的浩息急忙下車，想直接穿越車道，卻因來車寸步難行。

＊跳接》

阿顯　　（越來越生氣，看著印權，憤怒低聲說）放開她的手……
印權　　（拉著英珠）
阿顯　　我叫你放開她！（衝上前，使勁推印權的背，使他跌倒）
印權　　（失去重心後放開英珠的手，跌至廚餘桶間，面部朝下導致

臉部被刮傷，膝蓋也受傷，抓著膝蓋痛得大喊）啊！

阿顯雖生氣，卻緊握著英珠的手拉她起身，示意她去一旁
等候。英珠用袖子擦去眼淚，浩息困在車陣中，想過去卻
無法。

阿顯	（對印權難過地大吼）我丟你的臉？（強調）你已經……讓我丟臉了一輩子！早知道我就跟媽媽一起走了……當初我是同情你，才留下來的……但我不想再當你的兒子了，我受夠了！（走向英珠，兩人離開）
印權	（身體太過疼痛，無法起身，大吼）你這傢伙……把英珠帶回來！你也給我回來！我要帶她去醫院，快給我回來！
浩息	（跑過來，看著遠方的英珠，再看向印權）
印權	（嘗試起身）阿顯！
浩息	（氣呼呼，氣得雙眼發紅）你對我女兒做了什麼？
印權	（想站起來，但膝蓋太疼痛，難受，看著浩息）怎樣？我要帶她去醫院。
浩息	（在印權說完前，用腳踢他下巴，坐在他的腹部上揮拳）

印權翻身跨到浩息身上，浩息與在市場時不同，不願服
輸，用力咬了印權耳朵，印權痛得大吼，浩息趁勢坐上他
的腹部，再度揮拳。

| (E) | （警笛聲） |

第25幕　警局內，夜晚。

浩息與印權被拘留在警局內，印權（傷得很重）、浩息
（只有昨天的傷）靠著牆壁兩側，兩人都尚未消氣。

警察	（無可奈何）真是的……都是鄰居，何必搞得這麼難看……大家都是成年人了，真是丟臉……做完筆錄就回去吧。（關上鐵窗）

一陣沉默。

印權	（還在生氣，安靜一陣後，看著浩息）難不成你要讓你女兒把孩子生下來嗎？
浩息	（眼神兇狠）我女兒的事我自己會看著辦，收起你那沒用的棉花拳吧，廢物。
印權	（雙眼發怒）你這傢伙……
浩息	誰敢動我女兒，我就跟他拚命。
印權	要不是你陰險地咬我耳朵，現在你已經死了！真是氣死我了！（大嘆一口氣，望向天花板）
浩息	（喃喃自語）你這個連自己小孩都嫌丟臉的臭流氓。
印權	（盛怒）
浩息	（直盯著，不服輸）我告訴你，這跟你對我做的事比起來，根本不算什麼。
印權	（忍住氣）好啊，不然你告訴我，我到底怎樣得罪你，讓你這麼恨我？國中、高中時我沒有照顧過你嗎？當你被其他同學打，是我幫你打回去的，有時候還會替你挨打，你自己說說看啊！而且你後來還跟我借錢去賭博，無論我怎麼勸都沒有用，你這傢伙，我到底哪裡對不起你了？我有拐走你老婆嗎？我到底怎麼了啊！
浩息	（瞪著印權，譏諷的口氣）「靠女兒討錢，你很開心嗎？你這個臭乞丐。」
印權	（困惑，看著浩息）？
浩息	（盯著印權）我老婆跑掉的那天……我帶著還小的英珠去跟你借錢買米，（流淚，太過心痛，想忍住，盯著印權）這是你當著英珠的面跟我說過的話，你忘了嗎？
印權	（看著浩息想起當年，面露無奈）……

浩息	（面對印權，咬牙，流淚，直言）我忘不了，因為那時候……我能依靠的人只剩下你了，你卻當著我女兒的面，說我是乞丐……說我靠女兒來要錢……
印權	（愧疚卻也生氣，委屈想解釋）那、那是因為，我想要把你罵醒……你成天賭博輸錢，甚至還想學我加入黑道……而且臭乞丐也不算很難聽的話吧？我們之間什麼難聽的髒話沒有講過？臭乞丐連髒話也不算啊！
浩息	（眼淚迸出）因為那時候我真的身無分文……
印權	？！
浩息	我是真的乞丐……（不看印權）我將你的錢丟在地上，去找曾經嫌我窮而離開我的恩喜，你知道我去跟她開口借錢時，是抱著什麼樣的心情嗎？
印權	（難受，拍打身後的牆）我怎麼會知道！
浩息	（看著）被自己的子女打，是什麼心情？
印權	（眼眶泛紅，看著浩息）
浩息	是不是……很想死？當時我的心情，就跟你現在一樣……（看了一眼印權後，凝視前方）
印權	（眼眶泛紅，心痛，緊抿嘴唇，看了一眼浩息後，再看向前方，難以忍住淚水）

第26幕　定俊公車的所在位置＋公車內，夜晚。

定俊喝著咖啡，望向大海，若有所思，比起憂鬱更是納悶。

＊跳接－畫面閃過，回想，港口前方，便利商店（沒拍攝過的戲，需拍攝）》
定俊駕車，便利商店老闆的聲音傳來。

老闆	定俊！

定俊	（停車）
老闆	我問你一件事，你們那個海女英玉的媽媽，真的是畫家嗎？
定俊	？

*跳接－閃過，回想，水協前，白天》

裴船長	你清醒一點。喂！我可是被她騙了幾百萬韓元的酒錢。英玉就是那種女人，對每個男人都嘻皮笑臉，藉此騙他們酒錢，你也會被騙，小心點。

*跳接－現在，定俊的公車內，夜晚》
定俊很無奈，將咖啡杯放到一旁，走至公車裡的壓克力板前，拿起水性筆在板子上寫。

*跳接－閃過，回想，船內（第6集）》

惠慈	船長，你知道英玉滿口謊言嗎？
定俊	？
惠慈	不知道就記著，我們打算把她逼走，她一定有男人，因為每天都有人打給她。

*跳接－回想，大海，白天（沒拍攝過的戲）》
英玉浮球內的手機響起。
定俊在船上升起旗子。
基俊收拾著船上的塑膠布，看著英玉的浮球說：「英玉姊怎麼那麼多電話？」

*跳接－回想，英玉的店前，夜晚》

定俊	（跟著英玉往外走，怕夜路不安全，遠遠地跟在英玉身後，考慮要不要上前搭話）

英玉　　　（語氣不耐煩，看見定俊後轉身走回去）

　　　　　＊跳接－現在，定俊的公車內，夜晚》
　　　　　定俊用水性筆靜靜地書寫。

　　　　　＊跳接－插入，文字內容》
　　　　　「我能愛一個滿口謊言的人嗎？」

　　　　　＊跳接》
　　　　　定俊看著文字，片刻後寫下答案。

　　　　　＊跳接－插入，文字內容〉
　　　　　「不能。」

　　　　　＊跳接》
　　　　　定俊直盯著「不能」再次下筆。

　　　　　＊跳接－插入，文字內容》
　　　　　「那我該怎麼做？」

　　　　　＊跳接》
　　　　　定俊看著文字，手機響起，是英玉，定俊平靜地接起。

第27幕　英玉的房內＋定俊公車內，交錯鏡頭，夜晚。

　　　　　英玉穿睡衣躺在床上，似乎真的很思念定俊，直白地講著
　　　　　電話。

英玉　　　我想你。

定俊	（看著文字）……
英玉	你不想我嗎？
定俊	（看著文字，再望向大海，不自覺地露出害羞的笑容）……我也想你。
英玉	我們兩個……要不要去旅行？
定俊	……（再次看著文字後思索）

第28幕　玉冬的廚房，夜晚。

玉冬煮茶，將熱茶倒入兩個杯中，放在托盤上，抬頭看到門前嚇了一跳。

玉冬	唉唷……

這時，春禧打開房門。

春禧	怎麼了？（看了一眼玉冬後再望向門外，也一同嚇到）天哪……

＊跳接》
阿顯與英珠握著手站在門外。

阿顯	（愧歉）我們沒有地方去了。
英珠	（眼眶泛淚）奶奶，請收留我們……

第29幕　蒙太奇。

1. 公寓前方，夜晚。
浩息開著貨車靠近，下車走進公寓。

後面接著印權的貨車，印權也下車走進公寓。

2. 浩息熄燈的家內＋英珠的房內，夜晚。
浩息走進家門，打開英珠的房間，看著空蕩的房間，坐在床尾，悲傷，不知該如何是好，傷心難受。

3. 印權的家內，夜晚。
印權孤獨地打開冰箱，將燒酒倒進大碗，一口氣灌入，打開泡菜盒，拿起一塊吃。

＊跳接－回想，西歸浦，市區馬路旁的人行道，白天》
印權（臉上有傷）被流氓追趕，拚死奔跑。
人們議論紛紛，印權大喊要前方的人閃開。
這時聽到「印權！」的聲音，印權朝聲音的方向一看，看見印權母親將托盤（上頭有血腸湯飯，正在外送）頂在頭上，她看見印權與流氓們不知所措。
印權看見母親，難受卻還是急於躲避追趕。
印權母親喊出印權的名字，頂著托盤橫跨馬路，一台車輛快速迎面而來，印權聽見一聲急煞後轉頭（慢動作），印權母親被撞倒在地，血流不止。

＊跳接－現在》
印權吃著泡菜，平靜地將泡菜盒放回冰箱，再次喝酒。

＊跳接－回想，印權的家，夜晚》

阿顯　　　（抬頭看，氣憤，低聲說）話要說清楚，媽媽不是拋棄我，她拋棄的是你。

印權　　　（突然傷悲，呼自己巴掌）

＊跳接－現在》

印權走向窗邊，打開窗戶，盯著大海。

＊跳接－回想，醫院走廊，白天》
印權（接續前面的回想，衣著相同，臉部擦傷）呆坐在椅子上，印權的妻子（本島人，不說方言）淚眼汪汪，無神地坐在一旁。

印權妻子　（為印權母親感到難過，對印權冷淡地說）媽走了。
印權　　　（沒有看著妻子，低下頭，心痛呆滯）
印權妻子　我跟你也結束了。
印權　　　（一動不動）
印權妻子　媽有遺言要告訴你。
印權　　　……
印權妻子　她叫你別讓自己的孩子蒙羞。（說完離去）
印權　　　（茫然）

＊跳接－回想，旅館前，白天》
阿顯跑上前，推印權的背。

＊跳接－回想，旅館前，白天》

阿顯　　　（對印權難過地大吼）我丟你的臉？（強調）你已經……讓我丟臉了一輩子！早知道我就跟媽媽一起走了……當初我是同情你，才留下來的……但我不想再當你的兒子了，我受夠了！（走向英珠，兩人離開）

＊跳接－現在》
印權看著大海，眼眶泛淚，心疼，不知該如何是好。

＊跳接》
鏡頭拍攝印權，往上移後拍攝浩息，他與印權以同樣的姿

勢看著大海，一樣眼眶泛淚，表情茫然。

第30幕　玉冬的屋內，夜晚。

英珠用餐中，阿顯夾菜想遞給英珠，春禧與玉冬看著他，阿顯覺得有些尷尬，將手收回來，把菜放進嘴裡。

春禧　　（覺得可愛，心疼）夾了就給她吃啊，哪有人這麼小氣，要夾給人家又拿回來自己吃？
阿顯　　（笑著，再次夾起小菜放在英珠的湯匙上）
英珠　　（尷尬地笑，吃飯）
玉冬　　（覺得可愛，淺笑，看著春禧）真可愛，年紀輕輕就要把孩子生下來⋯⋯真了不起。
春禧　　（點頭）是啊。（對英珠說）我已經跟你爸說了你在這裡，他要是來了，你就跟他回去吧。
英珠　　（不自在地吃飯）
阿顯　　（夾菜給英珠，像是替她加油，淺笑）
英珠　　（吃飯，也夾菜給阿顯，擠出笑容）
玉冬　　（看著春禧，小聲說）那你有跟印權說阿顯在這裡嗎？
春禧　　（點頭，在玉冬耳邊小聲說）他只說了句抱歉就掛電話了。
玉冬／春禧（看著英珠與阿顯兩人，心疼又疼惜）

第31幕　阿顯的房內，天未亮的凌晨。

印權開門後關上，面容疲憊。

第32幕　印權家門前的走廊，浩息家門前的走廊，天未亮的凌晨。

印權步出家門，走在樓梯上，鏡頭拍攝背影，突然跌倒，（鏡頭未跟著印權）只聽到一陣哐啷聲響，浩息正好走出家門，嚷嚷著「什麼聲音？」，下樓後看見印權倒臥在樓梯間動也不動，浩息一驚，趕緊上前拍打印權的臉頰。

浩息　　天哪？你怎麼了？醒醒啊！（猛然）哥！印權哥！誰趕快幫忙叫救護車！

第33幕　醫院全景＋急診室內，白天。

印權吊著點滴自病床上醒來，環顧四周發現恩喜看著自己。

印權　　（困惑）？
恩喜　　（平靜，對經過的醫生說）他醒了！
印權　　（看著恩喜，再呆望前來的醫生〔20歲左右的住院醫師〕）……
醫生　　（語氣疲憊）你昏倒了。
恩喜　　你得了不治之症。
印權　　　？
醫生　　（不悅地看恩喜，再看印權）這是糖尿病急性併發症。（看病歷）你平常都沒有在做健康檢查嗎？
印權　　（慌張）因為，我還年輕……
恩喜　　（無語，諷刺）哪裡年輕……
醫生　　放任糖尿病不管會出事的，你應該聽過糖尿病足這種併發症吧？嚴重的話可能手腳都要截肢，首先先吊點滴，我會開今日份的藥，但是待會兒或是明天一定要來掛門診，你耳朵還有傷……不來看醫生的話，後果會很嚴重。（離去）
印權　　給我水。
恩喜　　（拿起一旁的水瓶倒水）真會使喚人。

印權	（坐起身喝水）我怎麼來醫院的，我只記得從家裡走下樓梯。
恩喜	（直挺挺地看印權）浩息揹你過來的。
印權	（大口喝水）怎麼可能？那個傢伙幹嘛送我來醫院。
恩喜	對啊，他幹嘛送你來醫院，他應該放任你死在那邊……幹嘛白費力氣。
印權	（不敢置信）？
恩喜	（難受）我也就你跟浩息兩個朋友，為什麼你們總是每天吵架？
印權	你哪裡只有我們兩個朋友？你還有美蘭啊。
恩喜	別提美蘭了。你給我好好照顧身體，要死也得先還我錢，我要回去剁魚頭了。（起身）
印權	（拔下點滴）
恩喜	你幹嘛？
印權	我今天要煮血腸。（走出去，無奈地說）謝謝。（離去）
恩喜	（對著印權的背影）你要謝就去謝浩息……（打電話給阿顯）阿顯，你爸怎麼老是講不聽？

第34幕　學校諮商室內＋外，白天。

英珠站在諮商室外靠著牆，看著裡面的班導與浩息。
班導與浩息（頹廢，眼睛布滿血絲，只聽不發言）兩人的談話時間。
班導說服浩息說：「校方已經決定根據《學生人權條例》接受英珠跟阿顯了，所以即使英珠懷孕，還是能來上學。所以英珠爸爸您也原諒她吧，我能理解做爸爸的心情，但是為了孩子的未來，您也聽聽她的說法吧。」

第35幕　學校操場，白天。

浩息失魂落魄，悵然若失地走出教室，經過操場。

英珠跟在他身後，眼眶泛淚。

浩息穿越操場，走至校門。

英珠	（看著頭也不回的浩息覺得難過，流淚）你真的要這麼離開嗎？一句話也不跟我說，連看我一眼都不願意？
浩息	（轉身看著英珠，看見突起的腹部，心痛萬分，極力保持冷靜）我會幫你找房子，看你要跟阿顯住，還是跟孩子住，你自己決定。（離去）
英珠	（哭著）老師跟同學都能體諒我了，為什麼爸爸你不能，為什麼？
浩息	（停下，轉身）你很開心嗎？
英珠	（哭泣）
浩息	（忍住淚意）老師們、同學們、阿顯，甚至你的孩子全站在你那邊，所以開心了？
英珠	（心痛，哽咽）爸爸，你認輸吧。
浩息	人生在世，不可能凡事都如你所願，這就是人生。（離去）
英珠	（對離去的浩息大喊）我死都不會認錯！我的孩子不是個錯誤！但是──
浩息	（走著）
英珠	我真的很抱歉。
浩息	（心痛走著）
英珠	抱歉讓你這麼孤單。
浩息	（停下腳步，落淚）
英珠	爸爸的世界……只有我……很抱歉讓你這麼孤單，可是爸爸，我也很孤單，雖然我有阿顯和寶寶，但沒有了你，我還是很孤單。（說完離去）
浩息	（臉頰掛淚，離去）

第36幕　公寓前，白天。

　　阿顯騎著摩托車，在急轉彎處摔倒，外送箱翻倒在地，碗盤全都滾出來，摩托車也受損，阿顯愣在原地。

第37幕　餐廳內＋外，傍晚。

　　老闆對阿顯發火，阿顯因愧疚低下頭。

老闆　　我叫你跑外送，結果你把機車撞壞！到底在搞什麼！賠我修車費！
阿顯　　（從口袋拿出十幾萬韓元）真的很抱歉，我只有這些了。
老闆　　（數錢）給我走！真倒楣。
阿顯　　抱歉，真的很抱歉。（走出餐廳，經過不動產）

　　浩息自不動產走出來，與老闆道別。

老闆　　今天您看的房子若是有滿意的，請盡快跟我聯繫。
浩息　　好，謝謝。（離去時看見一名抱著孩子的母親，一手提著行李，想起英珠，心痛，越過那名母親而去，想哭）

　　這時，天空傳來轟隆聲響，下起大雨。

第38幕　血腸工廠（偏僻之處，類似鐵皮屋）＋室內，下雨的夜。

　　阿顯撐著簡便雨傘，印權的車子駛近後下車，淋著雨將桶子搬下車。阿顯見狀丟下雨傘，上前幫忙，印權甩開阿顯的手，眼神兇惡。

印權	別碰。

印權提著桶子走進工廠。
阿顯逕自搬運桶子。
印權不悅地看著他，脫去外衣，穿上塑膠工作服，戴上橡膠手套，開始工作，然後瞪著阿顯。

印權	（低沉地說）你出去。
阿顯	恩喜大姐說你有糖尿病⋯⋯要去掛門診才行，但你沒有去⋯⋯

印權不發一語，將桶子裡的內臟倒在桌上，看著阿顯。

印權	（用剪刀剪去內臟的肥肉）關你什麼事？
阿顯	（難過地說）糖尿病放任不管會很嚴重的，你身上還有很多傷⋯⋯要是惡化怎麼辦？
印權	（砰的一聲放下剪刀，看著阿顯直說）那就直接讓我死了算了。
阿顯	（心痛，難受，稍微大聲）爸！
印權	（眼眶泛淚，心疼）我讓你丟臉了一輩子？
阿顯	（心痛）
印權	（想哭、氣憤但忍住）臭小子，你說說看，我哪裡讓你丟臉了？因為我醜讓你丟臉嗎？那又不是我的錯，還是因為我要在這種鐵皮屋裡煮豬頭皮，讓你覺得丟臉？
阿顯	（心痛但誠實）都不是。
印權	（氣憤，心痛，捶打胸膛）臭小子，我為了不讓你蒙羞，為了好好養育你，（用倒一旁的桶子）我365天全年無休，每天24小時聞著血腥味洗豬腸，拚命地認真生活！雖然對我媽來說，我是個逞兇鬥狠的小混混，現在就算遭天譴，我也毫無怨言，所以你媽要離開時，我什麼都沒說，就讓她離開了。但是臭小子！我對你問心無愧，我從來沒有對不起你！

（流淚，想離開，又轉過身）我在這世上一無所有，你就是我唯一的驕傲，但你竟然覺得我讓你丟臉？不想再當我的兒子？好啊，我們就斷絕父子關係吧，臭小子……（正要離去）

阿顯　　（抱住正要離去的印權，哭著說）爸，對不起，我錯了，爸爸……

印權　　（難過痛哭，像孩子般用手遮住雙眼）

鏡頭轉向窗外，浩息撐著雨傘，眼眶泛紅地看著兩人，以三人畫面結束。

第九集　　　　　　　　　　東昔與宣亞2

東昔哥，雖然你很粗魯，
但你知道你很溫暖吧？

第1幕　　印權的公寓前＋階梯＋印權家，夜晚。

雨停後潮濕的街道。
印權（接續第8集臉上的傷）心亂如麻，表情複雜地將車
駛進公寓附近，進入公寓後踏上樓梯，抬頭一看家門前，
浩息淋得渾身濕，坐在階梯上。

印權　　幹嘛？
浩息　　（盯著）
印權　　（煩躁，有點火氣）你最好別惹我，我才剛跟阿顯吵完架，
　　　　沒力氣跟你鬥了，你回去吧。（打開門）
浩息　　（起身，二話不說推開印權，進入家裡）
印權　　（重心不穩，大吼）你搞什麼……給我出來！（進屋）

鏡頭跟著印權的身影經過玄關，進到屋內。

印權　　你是真的活膩了嗎？（看著客廳裡的浩息）
浩息　　（表情複雜地站著，接著跪下，雙眼直盯著地板，眼眶泛
　　　　紅，格外淒涼）
印權　　（無奈，傷心，看了浩息一眼，從冰箱拿出一罐燒酒，從洗
　　　　碗槽拿出兩個杯子，在杯中斟酒，一杯給自己，一杯遞給浩

息，平靜地說）你坐著就好……

浩息　（心痛，忍著羞辱，正襟危坐）

印權　喝吧。

浩息／印權（不發一語地喝酒）

浩息　（喝酒，不看印權直盯著地板，眼眶泛紅）讓他們兩個……把孩子生下來吧。

印權　（茫然，看著窗外眼眶泛紅，不表現心痛，但難以忍耐）……起來，你走吧。

浩息　（直白，並非請求語氣，沉著地說）我們……這輩子大概就是這麼沒出息了，但我不希望我們的孩子被人指指點點。

印權　（瞬間發脾氣，看著浩息）該死，誰敢對我們的孩子指指點點？我們是他們的爸爸，我們含辛茹苦扶養他們長大，所以有資格打罵管教，那些外人為他們做過什麼？憑什麼罵他們？誰罵他們了？我現在立刻衝去賞他們一記耳光！

浩息　（難受，忍住淚水）五日市集的鐵匠老金……

印權　（生氣）還有誰？

浩息　（流淚）海女惠慈大姐、賣冰塊的老張，以及……

印權　（生氣）跟誰？

浩息　你。

印權　（愣住）？！

浩息　（想忍住淚水，卻還是潰堤）你說我們英珠沒管好自己的身體！跟我道歉！我叫你道歉！（用袖子擦去眼淚）

印權　（喝酒，看一眼窗外，無法直視浩息，盯著地板，心痛）……對不起。

浩息　（哭泣）……謝謝。

印權　（冷靜）……你回去吧。

浩息　我已經叫英珠回家了，所以你……我是說，哥，你也原諒阿顯吧。

印權　……（煩躁）我叫你回家啦！（將酒杯拿回水槽清洗，內心受傷）

浩息　（起身，看著廚房的印權）然後也原諒我吧，從今以後，我

印權	（洗到一半放下，瞪著浩息）我們又沒血緣關係，叫什麼哥。
浩息	（看著）……
印權	叫親家啦。
浩息	（淚水滿溢）？！
印權	（直白）親家，回去吧，你應該也累了。（洗碗，想哭）
浩息	（感動，忍住淚水，低聲且真心地說）謝謝你，親家。（離去）
印權	（洗碗，撥打電話，氣呼呼）趕快回家，然後離開前一定要記得跟玉冬大姐道謝。（掛電話，煮飯）

印權的背影，F.O，F.I。

字幕：東昔與宣亞2

第2幕　蒙太奇。

1. 濟州島某處，白天。
東昔的貨車上傳來東昔的叫賣聲：「魷魚、魷魚……」
東昔在貨車後方，將貨品裝袋，奶奶及阿姨們排隊購買。

東昔	（神情專注，將蔬菜裝袋，遞給阿姨）包含上上禮拜的一共是五萬韓元。
阿姨	（付錢，不悅）便宜個五千韓元吧。
東昔	（無言，生氣）你怎麼每次都愛殺價？
阿姨	我沒錢啊。
東昔	沒錢就少吃點啊！（從袋子裡拿出兩把菠菜）這樣四萬五千韓元。
阿姨	（斜瞪，給五萬韓元，將菠菜放回袋子）真的的，以後不跟你買了！

東昔	（將一旁的玉米拿給阿姨）這樣也不跟我買嗎？
阿姨	（開心地接過玉米）哈哈。
東昔	（笑著）你兒子最近有乖乖聽話，沒惹事吧？
阿姨	（雀躍）當然！
東昔	（笑到一半，收起笑意問奶奶）奶奶，今天要什麼？乾烏賊還是白帶魚？
奶奶	幫我去內臟，我的手沒力氣。
東昔	（嫌棄仍拿起刀）原本去內臟要多收三千韓元，我就免費幫你處理吧。（無奈地看向奶奶2）爺爺現在還在醫院嗎？沒辦法下床？（對一旁翻動貨物的爺爺說）爺爺，不要這樣翻來翻去。

2. 濟州海邊道路，白天。
東昔哼著歌，比起心情愉悅更接近輕鬆自在，行駛於道路間。

3. 市區洗衣店，白天。
東昔在洗衣店外，自貨車內拿出要洗的衣物。

4. 洗衣店內，白天。
東昔將衣物塞進洗衣機，關上門。

5. 洗衣店外，白天。
東昔坐在洗衣店外的椅子上，吹涼杯麵後大口吃下，吃完一碗後，又拿起另一碗吃，全都吃完後喝口湯，抬起頭看見一旁的建築物，是小時候曾去過的遊樂場。再度喝湯，盯著那處，若無其事地吐口水，專心吃麵。

| 載玖 | （E）喂，你叫什麼名字？ |

第3幕　遊樂場內，白天，回想。

宣亞（國二，穿制服，沒有名牌，獨自玩遊戲機），一旁的男學生們玩遊戲，向宣亞搭話，她沒理會，只顧著玩。

載玖　（高二，穿便服，玩遊戲，看著另一桌的宣亞）我在問你話，你叫什麼名字？

宣亞　（專注玩遊戲）

男學生1　（穿便服，玩遊戲）人家在問話怎麼一點反應都沒有……你住哪裡？你是國中生吧？

載玖　（玩遊戲，覺得無言）才幾歲就每天待在遊樂場，你是轉學過來的吧？是從首爾？還是釜山？大邱？木浦？（玩遊戲）喂、喂、喂，（大聲說）我問你從哪裡轉來的？

這時，一個紙杯砸中載玖的臉。

載玖　啊！誰啊？（望向紙杯飛來的方向）

東昔　（高二，臉上有舊傷，脖子也有傷痕，專注玩著俄羅斯方塊，面無表情）吵死了。（手指繼續玩遊戲，眼神直視載玖）

載玖　（懦弱但不想認輸）我只是看她一個小女生每天不回家，老是跑來遊樂場，又待那麼久，有點擔心而已……

東昔　（平靜地說）她輪得到你擔心嗎？

載玖　（喪氣，轉過頭繼續玩遊戲）

東昔　（回頭繼續玩遊戲）

這時，宗澈靠近，用腳踢東昔的椅子。

宗澈　（低聲說）李東昔，別玩了，起來。

宣亞　（拿起書包，放著遊戲，起身出去）

宗澈　（聲音低沉，不悅地瞪東昔，用腳踢椅子）我叫你起來，臭小子，我哥在等你。

東昔	（不在乎，專心玩遊戲）……
宗澈	（無語）居然不理我，我數到三，（加速）一、二、三！
東昔	（在數到三的同時遊戲結束，效果音響起，隨即起身，大步朝門口走去）
宗澈	（跟在東昔身後）
載玖	（滿心不悅，玩著遊戲）

第4幕　遊樂場前階梯，白天，回想。

東昔不甚在乎地走下樓梯，宗雨（高三，穿便服，體型壯碩）瞪著走下去的東昔。

東昔面無表情地走著，宗雨用腳拐倒東昔，使他跌倒。宗澈、宗雨趨前，用腳踢東昔，東昔即使疼痛也不回手，一股腦地被打。宣亞從便利商店購買東西，提著塑膠袋走出來，絲毫不在乎四周發生的事情，逕自走上階梯往遊樂場而去，宗澈與宗雨也不顧宣亞，繼續痛毆東昔。

宗雨	今天我有點忙，先到此為止，明天再繼續打你。（離去）
宗澈	（又踢了東昔幾腳，跟著宗雨離去）

東昔不以為意，面無表情地站起身，走回遊樂場。

第5幕　遊樂場內，白天，回想。

東昔滿臉是傷，在位置上玩遊戲，一旁的宣亞忽然遞上一罐牛奶，東昔玩著遊戲，即使不轉過頭，也知道宣亞的動作，並將旁邊的巧克力棒放在宣亞桌上。宣亞不看東昔，吃起巧克力棒，東昔也不看向宣亞，撕開牛奶大口喝下，宣亞拿出一條毛巾放在桌上，東昔拿起毛巾擦拭嘴角，再

放進口袋，繼續玩遊戲。兩人的氣氛自在不陰鬱，這時窗外傳來轟隆聲響，下起大雨。

第6幕　　濟州泥巴路＋東昔的車內，傍晚，現在。

東昔開著車，突然發出奇怪聲響，車輪陷進泥濘中，東昔無奈地嘗試了好幾次，仍無法開出來。他穿上雨衣走到車外，確認輪胎狀況，四處張望，看見路邊石塊，將石塊放在輪胎下，再次發動，卻仍陷在泥巴中。他打開貨車後方，看見空的漁獲箱子，將其踩成碎塊，拿起一塊墊在車輪下，再次發動，使盡全力想將車子駛離。

第7幕　　遊樂場前，下雨的夜，回想。

宣亞站在屋簷下看著大雨，試圖撥電話給爸爸，卻未接聽，她聽著撥號音站在原地，不久後人們紛紛從遊樂場走出來，搭上車子或跑進雨中。
載玖和東昔也走出來。

載玖　　　東昔，我走了。（跑進雨中）
東昔　　　（走向另一側，發動老舊的摩托車，戴上破舊的安全帽，躲避同學們的視線，假裝沒看見宣亞，直接騎走）
宣亞　　　（獨自留在原地，將手機放進口袋，冒雨走向公車站）

這時，東昔騎著摩托車，來到宣亞面前。

東昔　　　（淡然，指摩托車後方）要載你嗎？
宣亞　　　（點頭）
東昔　　　（下車，自後座拿出安全帽，替宣亞戴上，脫去外衣披在宣

亞身上，坐上摩托車）

宣亞	（看著東昔後坐上車，抱住東昔的腰）
東昔	小心別摔車，抓好了。
宣亞	（更加抓緊東昔，將頭靠在東昔身上）
東昔	（平靜地看著前方）今天一樣送你到公車站……還是因為下雨，直接送你回家？
宣亞	……（難為情）送我回家，今天走沿海那條路吧。
東昔	（直視前方，平靜地說）這樣回家會很晚了……
宣亞	沒關係。
東昔	（轉頭）你不怕我嗎？
宣亞	不怕。
東昔	（燦爛地笑）
宣亞	（羞澀）
東昔	（騎摩托車，行駛在雨中）

＊跳接》

東昔與宣亞在摩托車上淋著雨，沿著海岸公路前進。

第8幕　旅館全景（宣亞、英珠留宿處），下雨的夜，現在。

老闆　（E）唉唷，淋得這麼濕，你是去哪裡了？

第9幕　旅館內＋浴室內，夜晚。

東昔脫去濕透的衣物，換上乾爽衣服。老闆拿來瓶裝水，看著東昔。

東昔　（更衣，平靜）還能去哪裡？當然是到處做生意啊。

老闆	（無奈）你賺來的錢都拿去幹嘛了？幹嘛不買間房子？每天都睡路邊、車上，不然就是跑來睡旅館。
東昔	（將衣服拿進浴室，浸泡在浴缸裡，淺笑）你快走啦，話這麼多。
老闆	（沒好氣地問）204號房的女人是做什麼的？
東昔	（踩進浴缸，用腳洗衣，無奈地笑）旅館老闆需要知道客人是什麼來頭嗎？
老闆	（無奈）不是啊，有人說那個女人之前試圖跳海？臭小子，你幹嘛把那種女人帶來我這裡啊！
東昔	（踩著衣服，困惑）？
老闆	（無奈，發自內心擔憂）現在不只蔚藍里，整個西歸浦市都知道有個首爾女人跳海，被海女們救上來，都是因為你把那個女人帶來，（指外面的房間）我因為她都睡不好了！
東昔	（無語地笑著說，用腳踩衣）你都已經有老婆了，幹嘛因為別的女人睡不好？你失眠啊。
老闆	（沒好氣地說）204的女人真的很奇怪啦，她住在這裡的期間也不知道在忙什麼，每次都凌晨出門，半夜才回來。我見到她都會打招呼，問她睡得好不好，但她一律不回應，就只是輕輕一笑，然後她大概兩天前開車出門了。
東昔	（認真聽老闆說話，用腳踩著衣物）？
老闆	所以她已經三天沒回來了！我一直想她會不會跳海失敗，改在車裡燒炭，還是在我的房裡上吊……你知道我真的快瘋了，你趕快告訴我204號房那個女人到底是誰？你跟她又是什麼關係？
東昔	（專心洗衣，不在乎）你把204號房的鑰匙拿來。
老闆	（瞪大眼）她人不在，你要直接進去嗎？出事你要負責嗎？（離去）
東昔	（踩著衣物，看起來不在乎）

第10幕　304號＋204號房內，下雨的夜。

東昔毫不猶豫地走出房間（304號房），走下樓梯，用鑰
匙打開宣亞的房門。

老闆跟在身後，嘟噥著：「出事的話，你要負責喔！知道
嗎？」

東昔不放在心上，逕自將門打開，開啟電燈。

＊跳接－宣亞的房內》
棉被摺得整齊乾淨擺放在一側，衣架上的衣物也完好如
初，床上還有宣亞與小烈開心的合照，這時，突然一陣打
雷閃電。

老闆　　（被雷聲嚇得哆嗦）唉唷，嚇我一跳……
東昔　　（冷靜地環視房間）
老闆　　東、東昔，你去看看浴室……
東昔　　（在老闆說完話之前，脫掉鞋子，大力開啟浴室門）
老闆　　（太過害怕，縮在門的一側，沒有進房）東昔……她在裡面
　　　　嗎？

＊跳接－浴室內》
浴室也乾淨整齊，有使用過的肥皂、洗髮精，擺放端正。

＊跳接》
東昔見狀打給宣亞，未接，他收起手機。

老闆　　（E）東昔，她在裡面嗎？
東昔　　（不悅，離去）
老闆　　（E）你要去哪裡？

第11幕　旅館外，下雨的夜。

東昔隨手抓件衣物，走向貨車，老闆撐著傘走出來。

老闆　　喂，你要去找她嗎？雨下這麼大，你要去哪裡找她？明天再去吧，等雨停了再去，不會有人打算尋死，還把房間整理得這麼乾淨，你明天再去吧！

東昔　　（不管老闆，發動貨車，拿出手機，尋找宣亞的電話，將手機放在固定架上，驅車離去）

老闆　　（擔憂地看著東昔離去）東昔，要小心喔！

第12幕　濟州大海前（宣亞落水處），下雨的夜。

東昔開著車，望著宣亞站過的堤防，空無一人，他漸漸擔心宣亞的安危，有些生氣、無奈，固定架上的手機響起撥號音，直到轉入語音留言時，東昔將電話切斷，思索著宣亞可能的去處，似乎想起某處，再次駕車前往。

第13幕　宣亞以前的家（宣亞大伯家，小康家庭的房子），下雨的夜，回想（與之前的戲不同天）。

宣亞（自補習班放學，穿便服，揹書包）從院子看進客廳，宣亞父親翻倒餐桌，大伯抓著他的衣領，搧了一記耳光。宣亞父親盛怒，砸壞家中物品，不停大吼大叫，嬪嬪喊著：「宣亞爸爸，不要對哥哥這樣！」家裡一片混亂。

宣亞父親　（砸東西）你算什麼哥哥，把我爸、我媽的財產還來！
大伯　　　（揍著宣亞的父親）臭傢伙，你瘋了嗎？爸的財產全被你拿

去做生意敗光了，你跟女兒來借住在我家，還敢撒野！

宣亞父親　（推大伯）

嬸嬸　（走向大伯，扶起他，傷心哭腔）你們為什麼要這樣？一喝醉都要吵架！

宣亞父親　（憤恨不平）你不是用盡各種方法拿走了爸爸的財產嗎？（砸爛東西）像是這塊地跟這間房子啊！把存摺拿來！把錢還來！

＊跳接》

宣亞在院子裡直盯客廳後，走出外頭，內心煩悶，面無表情。

第14幕　東昔養父的家（高級的傳統濟州島式房子）內＋外，下雨的夜，回想。

宣亞敲擊東昔已經關燈的窗戶，東昔（比之前更多傷口，還有OK繃）睡眼惺忪地打開門，往外探頭。

宣亞　（全身濕透、發抖，看著東昔）我爸爸跟大伯父又吵架了……可以讓我借住一晚嗎？

東昔將窗戶關上，不久後撐著雨傘走出來，打開大門讓宣亞進房，待宣亞進房後，東昔看著其他已關燈的房間，看了一眼主臥室後正要關起大門，這時，宗澈、宗雨撐著雨傘使勁打開大門，東昔被門撞擊，兄弟倆朝東昔的臉吐口水，辱罵道：「死廢物。」然後走回自己的房間。東昔面無表情，看了一眼兩兄弟後，又望向主臥室，這時，玉冬（40歲後半）提著臉盆站在主臥室外，直盯著東昔（有看見兄弟對東昔的作為，但沒看見宣亞），透過開啟的房門能看到正房虛弱地躺著（吊著點滴）。東昔瞪著玉冬，用

手掀起外衣，讓玉冬清楚看見他身上的瘀青（在門前燈光的照射下，傷口更加明顯）。玉冬毫無表情，整個人失神地看向東昔，然後將房門關上，把臉盆放在地上。這時，另一間大房間的門開啟，養父出現，對玉冬說：「進來吧。」玉冬留下東昔在原地，走進養父的房間，東昔冷淡地看著這一切，將衣服拉下回房。

第15幕　東昔的房內，下雨的夜，回想。

東昔攤開大棉被，像屏風般舉起，眼睛直盯地板，宣亞在另一側更換濕透的衣服，換上東昔的衣服。

宣亞　　我換好了。

東昔　　（這才抬起頭，用棉被包裹住宣亞的身體）

宣亞　　（盯著東昔的傷口）哥……你是因為不會打架，才被打嗎？

東昔　　躺著吧。

宣亞　　（看著東昔，躺下）

東昔　　（枕著手臂，躺在宣亞旁邊，沒有蓋棉被）我的力氣很大。

宣亞　　（直白）那……為什麼要挨打？

東昔　　（毫無情緒）我媽是小妾，我想讓她看到我受傷而難過……

宣亞　　（因寒冷而打顫）可是你也會痛啊……

東昔　　（從身後看著宣亞，抱緊她，閉上雙眼）你好像很冷……我會抱著你，不會做其他的事。

宣亞　　（哆嗦，閉眼）……如果有人進來怎麼辦？

東昔　　（替宣亞取暖，睜開眼）這個家的人，沒有人在乎我……你睡吧……

宣亞　　（閉眼）……

東昔　　（抱緊，閉眼）

以俯瞰的視角拍攝兩人，雨停。

第16幕　偶來小路，雨停的夜，現在。

東昔的車駛近，在車內擔心地左顧右盼，道路一片漆黑，內心焦急，電話響起，螢幕顯示是宣亞的來電，東昔著急又生氣，趕緊接起。

東昔　　（著急，直接，語氣不過重）你在搞什麼？

宣亞　　（E，從容不迫，冷靜地說）……你有打給我？我現在才看到未接來電。

東昔　　……（心急，沉住氣）你在哪裡？

宣亞　　（E）以前跟我爸住的家。

東昔　　（望向窗外，沒看見宣亞，沉住氣看向周邊）我也在附近，可是這裡的房子都被拆掉，改建成養馬牧場了……你到底在哪裡……（望見遠處的燈火，慢慢駛近）

＊跳接－偶來小路旁的廢屋前》
宣亞的車在一旁，外頭有三、四盞燈，整間屋子燈火通明，宣亞穿工作服，坐在門前階梯上通話，廢屋內大部分的門與窗皆拆除，地板也有拆除的痕跡，一旁有油漆桶，宣亞的旁邊是通往屋頂的梯子。

宣亞　　（通話，困惑為何沒有聲音）哥……哥？（聽見汽車聲響後抬頭〔頗有距離〕，看見遠處有車燈，因亮度而皺眉）

東昔　　（開車頭燈，在車內望見宣亞，覺得受不了、生氣，不明白為什麼她隻身跑到這裡，讓人擔心，生氣又著急）

宣亞　　（拿著手機，努力看清車內，確認是否為東昔）哥？

東昔　　（看著宣亞讓自己擔心又毫不在乎，更加生氣）……

宣亞　　（放下手機起身，知道是東昔，走近車邊）

第17幕　無人的海邊，白天，回想。

一側有著脫下的制服，書包也隨意丟在一旁，有一處篝火，不久後東昔只穿褲子，抓章魚上岸，望見某處覺得奇怪，仔細一看，載玖將書包揹在一邊，用手拉著皮帶跑出來。東昔覺得有異，將章魚放下，快步走向載玖走出來的廢屋（與宣亞所在的廢屋不同），想確認發生什麼事。

第18幕　濟州的偶來小路，雨停的夜，現在。

東昔坐在貨車上，看著走向自己的宣亞，暗自生悶氣，想要從此斷絕關係，開車走人。

＊跳接》
宣亞看著東昔的貨車離去，困惑。

第19幕　廢屋外＋內，白天，回想。

東昔走上前，探頭望進廢屋的窗內。

＊跳接－廢屋內》
宣亞坐著，緩緩扣起制服鈕釦。

＊跳接－廢屋窗外》
東昔心頭一沉，雙眼無神，明白來龍去脈後轉頭，眼神轉為兇惡，跑向海岸道路，跑步聲讓宣亞望向窗外。

第20幕　行駛中的東昔貨車內，夜晚，現在。

東昔生氣，手機放在固定架上，手機響起宣亞的來電，不在乎地繼續開車。

第21幕　遊樂場附近，白天，回想。

載玖從商店吃著冰淇淋走出來，東昔跑過來撲倒載玖，載玖倒在垃圾桶旁，一臉驚慌，東昔二話不說痛毆載玖。這時學生聞聲湊近，紛紛起鬨：「趕快打！贏了我們就認同你！快揍他啊！」宗澈、宗雨上前看著東昔。

宗澈　　（譏諷）這種廢物竟然還會打人⋯⋯

東昔在宗澈講完話前，大力將載玖拉起來，推向宗澈，兩人一同跌倒，並向宗澈揮拳而去，還用腳踢。宗雨在一旁說：「這傢伙竟然打我弟弟⋯⋯」然後朝東昔揍過去，但是東昔躲開拳頭，然後使勁地毆打宗雨，載玖想趁亂逃走，還是被東昔抓回來，抓他的頭撞擊牆面，並且還想抓看戲的男學生們來打，男學生們落荒而逃，東昔再次揍向宗澈、宗雨。

宣亞　　（E）這裡是遊樂場門口。
東昔　　（揮拳至一半，因聲音轉向宣亞那側）
宣亞　　（離打架之處大約兩、三公尺，眼眶泛紅，心痛，看著東昔）警察先生，請趕快過來，有個流氓要打死人了⋯⋯（掛斷電話）
東昔　　（聽見對話內容，更加憤怒，將載玖抓回來繼續痛毆）

警笛聲響著。
宣亞忍住淚水，看著東昔，宣亞父親（不知道東昔正在打人）開車駛近，宣亞搭上車。

東昔流下淚水，再次毆打三人，經過的街坊鄰居慌張地大喊：「天哪！快住手！」想要拉開東昔，儘管眾人阻止，他還是忍不住怒氣。

第22幕　濟州偶來小路，夜晚，現在。

東昔想起往事覺得心痛，宛如當時般憤怒，固定架上的手機不斷響起，畫面顯示為宣亞，東昔相當難受，開到一半將車子緊急停在一旁，接起電話。

東昔　　（沉住氣，裝作若無其事，用不太沉重、大聲的語氣）當我們還小，你還住在濟州的時候，你為什麼要那樣對我？

＊跳接－交錯》

宣亞　　（走回廢屋的路中，大概明白了）……？
東昔　　（想冷靜，極力裝作不在乎，但語氣能聽出情緒）你覺得要我很好玩嗎？
宣亞　　（走著，坐回階梯上，聽著東昔的話，理解他的心境，覺得心疼、愧疚，不過也有自己的苦衷，因此專心聽東昔說，眉頭稍微皺起）……
東昔　　（想冷靜卻無法，大聲說）說話啊！你當年為什麼要那樣對我！
宣亞　　……（心疼卻極力冷靜）哥。
東昔　　（打斷，想釋然卻無法，生氣，誠實）我當時只是18歲的男孩子……人生了無樂趣……只有跟你在一起時能無憂無慮……（斥吼）你到底為什麼要那樣對我？（突然覺得為什麼要因為過往的事生氣，深吸一口氣）
宣亞　　（心痛，靜靜聽著）……
東昔　　（無法冷靜，心急，極力想鎮定）旅館老闆看到你沒回去，

快擔心死了……（不明白自己講這些意義何在）喂，你如果真的想死，就去別地方，安安靜靜地死，為什麼偏偏要來濟州，要出現在我的眼前……無論是當時還是現在，都讓我很在意，我無法忽略你的存在！（激動，想冷靜）……算我拜託你了，我真心地請求你，拜託你離開我的人生，媽的！（掛斷電話，開車，心裡煎熬又生氣）

宣亞　（放下手機，起身走進屋子，拿起地板上的螺絲起子，扭開門扉上的螺絲，內心難受，再次拿起手機撥號，下定決心，不過度沉重或憂鬱）

東昔　（開車，看見固定架上的手機響起，煩躁地接起）你又要幹嘛？

宣亞　（直白）你剛才問我當年為何要那樣對你，那怎麼不聽回答就走了？……回來吧，我會告訴你，告訴你我為什麼會那樣……（掛斷電話，拆下門扉上的螺絲，平靜）

東昔　（生氣，但還是想聽緣由，在能迴轉的地方迴轉，開回廢屋，開得近乎要撞上去）

宣亞　（忙碌，聽見聲響，走向玄關〔只有門框，沒有門〕看著東昔的車，平靜地坐在階梯上）

東昔　（快速駛近，停在不遠處，下車後大步走來，站在宣亞面前，將手插在外套口袋，盯著宣亞，煩躁卻不激動，直白）你那時候為什麼跟載玖發生關係？

宣亞　（平靜坐著，心疼地看著東昔）……

東昔　（直盯宣亞雙眼，心痛卻冷靜）是你主動的嗎？還是他強迫你？

宣亞　（心疼地看著東昔的雙眼，冷靜）……

東昔　（對自己生氣，忍住）你那時候……知道我喜歡你、愛你吧？（對這些字眼感到生疏）

宣亞　（盯著他的雙眼）……

東昔　（對視，心痛，低聲說）你不是說要告訴我嗎？你說要回答我的啊。

宣亞　（理解東昔）我知道……

東昔	（嘲諷，心疼，極力裝作不在乎）你知道？你明知道還跟我的朋友做那種事？你到底在想什麼？
宣亞	……（看著東昔，直白）我總不能要求我愛的人來毀了我吧？
東昔	（聽到愛覺得詫異，皺起眉頭，盯著宣亞）……？
宣亞	（眼眶些微濕潤，心痛卻冷靜地看著東昔，些微鬱悶）也不可能開口……要求一個愛我的人……毀了我，你肯定不會答應……
東昔	（不明白，皺起眉頭直盯）
宣亞	（整理頭髮站起身，轉過頭，迴避視線，內心複雜，難為情，低聲說話，極力不流露情緒）雖然現在回想起來，都是千瘡百孔的記憶，但你當時也是我唯一的避風港……我也愛過你……

東昔感受到宣亞的真心，覺得心疼，也覺得眼前的情況很尷尬，不知所措地左顧右盼，內心憤怒與悲傷交錯，覺得無奈。望見四周有鐵桶，拾來一個放在屋子前，並撿了些木柴，從貨車上拿出油，澆淋在鐵桶內，從口袋掏出打火機與香菸，點燃後全放進鐵桶內。火焰熊熊燃燒，東昔與宣亞靜靜地看著柴火。

第23幕　定俊的巴士內，夜晚。

定俊（靜靜地笑）與英玉（輕鬆地笑）並肩而坐，喝著茶，望向大海聊天。

英玉	我約你去旅行，你怎麼沒有回答我？欲擒故縱嗎？
定俊	（尷尬地淺笑，看著大海，用溫暖沉著的眼神，轉頭看向英玉）？
英玉	（淺笑，看著定俊，讀出他的眼神，開玩笑地說）你這是什

麼眼神？「我還沒準備好跟你步入下個階段」？是這個意思嗎？（說完看著定俊，喝茶，看向大海，開玩笑地說）真無聊，算了。（說完望向大海）

定俊　　（溫暖地看著英玉）

＊跳接》
畫面從定俊的視線到英玉看著大海的模樣，慢速播放。

定俊　　（仔細看著英玉的模樣，充滿愜意，轉頭望向大海）你對那種到處撒謊的人，有什麼看法？

英玉　　（盯著大海，自在，毫不猶豫馬上回答，語氣理所當然）我最討厭那種人了，超級討厭。

定俊　　（看著大海，語氣輕鬆）那你這輩子說過謊嗎？

英玉　　（看向定俊）有啊，小時候我買一萬韓元的參考書，結果我跟爸媽說是兩萬韓元。

定俊　　（看著英玉，直白）長大後呢？

英玉　　（望向大海，思考，語氣平和真摯）我想想……（想到，語帶輕鬆，皺起眉間）有，我現在就在說謊。

定俊　　（直視）？

英玉　　（盯著定俊，真心地說）我約你去旅行，你卻好幾天都不回應，其實我很不開心，心裡也很受傷，但還是假裝若無其事，這就是在說謊。

定俊　　（看著英玉，笑出聲，啜一口茶，認定這個女人不會說謊，望向大海，內心舒暢許多）……

英玉　　（看著定俊，困惑）你笑什麼？（喝口茶，以對朋友的語氣，隱藏失落）喂，如果你沒那麼喜歡我，就到此為止吧。

定俊　　（看著英玉，眼神滿是喜愛）……

英玉　　（看向定俊，直白）你是不是在試探我？

定俊　　（直視，平靜）對。

英玉　　（笑著，不敢置信，啜一口茶，再看向定俊的雙眼，開玩笑地說）對？

定俊	（自在）你也可以試探我。人總不可能平白無故就盲目相信沒能贏得自己信任的人吧？我們又不是小孩子。
英玉	（無言但認同，笑著）你這麼說也沒錯。（喝茶，看大海）
定俊	（看大海，自在）我們去旅行吧。
英玉	（看定俊，輕鬆）我又沒有贏得你的信任。
定俊	（看英玉）有啊。
英玉	（看定俊）什麼時候？
定俊	現在，你說你沒說謊，那就夠了。
英玉	（哭笑不得，覺得單純的定俊很可愛）你真特別。
定俊	（自在）我們去加波島騎腳踏車。
英玉	（開心地笑）加波島，好啊。

這時，傳來音樂與歌聲。

定俊／英玉（同時轉頭，望向窗外）？

　　　　＊跳接－公車外面》
　　　　恩喜、小月（用手機播放音樂）、星星（跳舞，用手語）
　　　　鼓掌，唱著〈窗外月光〉。

英玉	（看見恩喜、小月、星星，打開公車窗戶）你們怎麼一群人跑來？
小月	（唱歌跳舞）你們好配喔！
英玉	（笑）我們沒有在交往！
恩喜	（跳舞，大聲說）發什麼神經，瘋婆子……（唱歌，走到路上）
小月／星星	（唱歌跳舞，跟著恩喜，歌詞唱到「喔喔喔，我的愛」，一起對定俊、英玉發送愛心）
英玉	（走出公車，對恩喜一群人說）我們沒有交往，只是船長和海女在聊工作。（看著定俊）對吧？（對定俊眨眼）
恩喜	（跳舞）又不是獨立運動，船長與海女之間有什麼工作要聊

到深夜……騙誰。（笑著看定俊，戲弄地說）喂，你別跟她交往，她很倔強又很野喔。

定俊　（溫暖地笑）沒關係，我都可以接受！

恩喜／小月　哇！

恩喜　（訝異）不愧是我們定俊，男子漢耶！（手舞足蹈，看著英玉，真摯地說）你們好好交往啊，臭丫頭。（唱歌離去）

英玉　（跟在身後，笑著）我們不是認真交往的啦。

小月　（跳舞，邊走）別騙人了！

英玉　（對小月說）你有把店顧好嗎？

小月　今天晚上的營業額三十萬韓元。

英玉　（開心）真的嗎？

恩喜　（唱歌離去）

定俊在公車上，用喇叭聲道別，並將公車窗簾拉上。

星星　（看著定俊後，叫小月，使用手語）

小月　（對英玉說）星星說這世界上，找不到像他一樣的男人了！

英玉　（望了一眼定俊的公車，對星星比手語，笑著）我也這麼認為。（與小月一同搭肩共舞，唱歌離去）

第24幕　廢屋，夜晚。

一旁燒著柴火。
東昔與宣亞坐著看向柴火。

宣亞　（平靜和緩，看著柴火，O.L）我們真的什麼事都沒有發生……載玖哥衣服脫到一半突然說要是被東昔哥知道就死定了，然後就跑掉了。

東昔　（盯著火焰，再看著宣亞，些許不悅，用不過度質問的語氣）你當時不是還說，有個流氓要打死人了，在你眼裡我是個流

氓嗎？

宣亞	（悲傷淺笑，冷靜，看著東昔）當時你的眼神一副要打死人的樣子……我那麼說是為了阻止你……我沒有報警，只是假裝打電話而已。
東昔	（看著宣亞，丟一塊薪柴進去，不看宣亞）那時候……你只是個14歲的小女孩，為什麼想要毀了自己？
宣亞	（抬頭望天，看著星星，悲傷，但因為已是往事，能夠坦然面對）我以為只要我墮落……我爸就會振作，並且戒酒，會為了我努力工作，再也不打架、不生氣，我當時誤以為他說不定會像我媽還在時一樣，無微不至地照顧我……
東昔	（心疼，無奈，看著宣亞）……
宣亞	（看著東昔，淺笑）不過，既然你這麼好奇，為什麼七年前相遇時不問我？
東昔	（不在乎，眼盯柴火，直白）那時候不想問，但現在想，這樣不行嗎？
宣亞	（溫暖地笑，搖頭）
東昔	（再次看著火，嘮叨）啊！好想喝酒。
宣亞	（自在）喝啊，你車裡沒有嗎？
東昔	（看著火）我跟女生單獨在一起時不喝酒。（拿起旁邊的木塊丟進火中，不看宣亞，只看著火焰，若無其事地說）你也許會覺得我只是以前的鄰居哥哥，但不管是以前，還是再次重逢的現在，我都把你當成女人看待。
宣亞	（溫暖地笑，覺得東昔還是一如往常地誠實、單純，也想像他一樣，有些尷尬）……有水嗎？
東昔	（起身，從貨車拿出水瓶，打開瓶蓋，遞給宣亞）
宣亞	（接過水瓶，喝水，看著將薪柴丟進火裡的東昔）
東昔	（覺得奇怪，看著宣亞，語氣粗魯）幹嘛？
宣亞	（直白，從口袋裡拿出藥吃，看著東昔）沒什麼……只是像這樣和你在一起……我覺得有點陌生……也有點尷尬，（看著柴火）也有點熟悉，挺複雜的。（看東昔）不管是以前還是現在，你看似很粗魯，但其實是個很溫暖的人。

東昔	（無語）我哪裡溫暖了？因為我給你水嗎？你到底都過著什麼樣的生活？
宣亞	（認為自己一無所有，悲傷，丟柴火進火焰中）……
東昔	你都結了婚，生了小孩，這種小事哪裡溫暖了？
宣亞	（想起自己艱難的處境，隱藏內心的悲傷，看著周圍，裝作沒事）天好像要亮了……（看著東昔，淺笑）我們要不要去看日出？

第25幕　海邊日出，凌晨。

東昔的車駛近，宣亞與東昔下車，宣亞平靜地看著大海，走向海邊，東昔看著宣亞跟上前。

宣亞	（E）以前你和養父住的房子，好像都變成馬路了。
東昔	（不在乎，E）這樣正好，我根本不想看到那間房子……你剛才吃的是什麼藥？哪裡不舒服嗎？
宣亞	（淡然，E）憂鬱症的藥。
東昔	（困惑，E）為什麼？你很憂鬱嗎？
宣亞	（E）對。
東昔	（無意地問）每天嗎？
宣亞	（E，自在）沒有，有時候而已。
東昔	（E）為什麼，什麼時候開始的？
宣亞	（坦率，E）大概從我爸死的那天開始的。
東昔	……
宣亞	（直白，像談論他人的事，E）你打載玖哥的那天，我爸說要去兜風，就載我到遙遠的海邊……他突然說肚子餓，要我去買麵包……當我買完麵包時……
東昔	（靜靜聽著）……
宣亞	（E）我爸已經把車開進海裡了……

＊跳接－日出》

＊跳接》
東昔、宣亞在沙灘上看日出。

東昔　（心疼宣亞卻不表現來，盯著日出）……

宣亞　（看著日出，像講述他人的事，直白）我爸似乎比我想像的還要痛苦，他事業失敗，離了婚，我媽又再婚……他應該是承受不了……（坦然）那天我就去首爾了，我媽來把我帶走的。（再次走在海邊，尷尬地笑）人生真可笑，沒想到我竟然能平靜地講出這些話，可能也因為對象是你……

東昔　（走在一旁，平靜）那都是二十幾年前的事了，難道你要每天哭嗎……還是要像我媽（想起玉冬，覺得心煩）成天不笑，像是把世上所有的擔憂都攬在自己身上……人類一定要那樣嗎？我覺得那樣很奇怪……

宣亞　（感激東昔如常地對待自己，心疼，邊走邊看東昔）你是什麼時候離開濟州的？

東昔　（走著，裝作不在乎）跟你同一天，我在我媽面前把養父家裡的金飾與現金全都拿走……想著絕對不要再回來這個沒有任何美好回憶的濟州，可是該死的……四處流浪後，我還是回來了。（邊走，看著宣亞）你為什麼會離婚？

宣亞　（裝作不在乎，淺笑，一邊走著）因為有小孩，我原本不想離婚，但我老公受不了我的憂鬱症，所以最後才離婚。

東昔　（覺得荒唐）你們交往時，他不知道你有憂鬱症嗎？

宣亞　（走著，平靜）他知道。

東昔　（氣得停下，看著宣亞）神經病，到底搞什麼，老婆生病不是更應該好好照顧嗎？怎麼能拋棄生病的人？你們談戀愛的時候，他肯定為了跟你上床，滿口甜言蜜語，後來生活久了就膩了……混蛋……都生小孩了，還說要離婚……我如果遇到他，一定會把那個混蛋揍得頭破血流，臭小子。

宣亞　（在一旁走著，聽見東昔的辱罵覺得有趣）

東昔	（心煩，走至宣亞身邊，無奈地看著宣亞）很好笑嗎？（邊走）難怪你會得憂鬱症，該死。
宣亞	（停下，淺笑）我應該像你一樣學會罵髒話的，那樣罵好像很痛快。
東昔	（停下腳步，無語）直接罵就好了啊，這種事何必學？「你這個瘋子！」這樣說不出口嗎？你試試看，哪有什麼罵不出口的，直接罵就對了。
宣亞	（看著東昔，下定決心）兔……崽子。
東昔	那叫罵人嗎？是稱讚吧？（看著大海，用憤怒、生氣的語氣）媽的，你這個該死的混帳！喜歡的時候用甜言蜜語拐了她，為什麼現在拋棄她？說啊！我要撕爛你的臭腦袋瓜！你這個王八蛋！混帳！（說完轉身走著，內心傷感，無奈）

東昔的背影。宣亞的聲音傳來。

宣亞	（面向大海，傷心，眼眶泛紅，使勁地叫）喂！你這個神經病！兔崽子！
東昔	（走著，心疼宣亞，但留她獨處）
宣亞	（對大海哭泣，大吼）把我的小烈還來！把我兒子還來！把我兒子還來！他是我的！媽的！神經病！
東昔	（難過走著，平靜）我們去吃東西吧！我肚子餓了！
宣亞	（咬緊牙根，撥頭髮，看著海，想忍住淚水卻止不住）

第26幕　玉冬家的院子，凌晨。

玉冬拿著煮好的飯從廚房走出來，放在小狗、小貓的飼料碗中，動物們上前吃，玉冬抱起最小的動物，餵牠吃飯。

＊跳接－廚房》
玉冬穿著外出衣物（開市的日子），收拾好要在市集上販

賣的物品，瞬間感覺胃不舒服，走去洗碗槽作嘔，吐出一口血，然後若無其事地打開水龍頭，將血水沖去，這時傳來車子的聲音。

玉冬用手撐著洗碗槽，看上去相當不舒服，額頭也流下汗水，格外痛苦。

第27幕　玉冬的家門前，凌晨。

定俊開車，車上載著春禧及漁獲。

春禧　　（不解為什麼要問自己，詫異，看著定俊，無奈，E）關於海女們要不要趕走英玉……

第28幕　定俊的車內，凌晨。

春禧　　她們自己會看著辦，關你什麼事？

定俊　　（溫暖笑著，平靜）春禧大姐，我喜歡英玉姐。

春禧　　（無奈地看著）……？

定俊　　（看著春禧，直白，並非請託，已經決定即使英玉被趕走，還是要與她交往）她說喜歡當海女，也很喜歡這座島，惠慈大姐總是說英玉姐撒謊，是因為不了解她。

春禧　　（打斷，無法理解為何要跟自己說）如果我把英玉趕走，你們就不會交往了嗎？

定俊　　還是會交往。

春禧　　那就好了啊，還有什麼問題？不管英玉有沒有說謊，我都不在乎，一般人在正常狀況下何必說謊，她要是真的說謊，代表她肯定有理由，但如果……她繼續那樣捕撈……最後會死在這裡的。

定俊　　　？

春禧	（坦言，心疼英玉）英玉的野心太大了，她只要看到鮑魚，就會不顧危險衝過去。
定俊	她是在認真工作，而且有春禧大姐在，就不會有人喪命，要是出了什麼事，你救她就好了啊，就像你以前救了掉到海裡的我一樣。
春禧	（心悶，不看定俊，用手掌按喇叭，看見玉冬走出家門，看著定俊，摸他的頭，直白、溫暖地說）我已經老了。
定俊	（握住春禧摸自己的手，溫暖、真摯地說）在大海裡，你是最年輕、最敏捷的人，請你幫幫英玉姐。（說完下車，打開車門，替玉冬拿物品，扶她上車，替她繫安全帶後開車）
玉冬	（看著定俊，溫暖地笑，對春禧說）他真乖。
春禧	（點頭，無意間看到玉冬衣襟上的血漬，明白玉冬的身體狀況，掏出手帕，抹上口水，替她擦去血漬，低聲問）你又吐了？
玉冬	（若無其事）不用在意……
春禧	（看著窗外，小聲，眼眶泛紅，喃喃自語）看來人也快走了……
玉冬	（看見路邊獨自盛開的小花，開心）那朵花怎麼會獨自開在那裡？
春禧	（聞聲看向那朵花）……
玉冬／春禧	（即使車子駛遠也看著那朵花，覺得花朵很堅韌）
定俊	（沒看見，專注開車）

第29幕　浩息家前，凌晨。

阿顯（穿便服）走上樓，將身子靠著浩息家的牆等待英珠。不久後，英珠開門，對阿顯燦爛地笑，親吻他的臉頰。

阿顯	（牽起英珠的手，疼愛地看著她）睡得好嗎？

英珠	（牽手，下樓）睡得超飽。
阿顯	真想跟你住在一起。
英珠	別說這種話，到時候我們的爸爸又會打起來，他們答應讓寶寶出生已經很棒了。

＊跳接－公寓外》
阿顯與英珠手牽著手走出來。

英珠	你真的不後悔輟學嗎？
阿顯	當然不後悔，對了，昨天我升為餐廳的正式員工了。（對著英珠的腹部說話，語氣爽朗）小機靈，爸爸會負責賺你的尿布和奶粉錢！
英珠	（開心，感激，捧起阿顯的下巴，面向自己，親吻臉頰）

這時，喇叭聲響起，駕車的明寶與仁靜看見兩人，搖下車窗，覺得受不了。

明寶	（生氣）臭小子，你們在搞什麼！
仁靜	（無奈，生氣）這群乳臭未乾的傢伙，一大早就在社區內親來親去，成何體統？
印權	（E，淡然）明寶、仁靜，別管他們！

明寶、仁靜抬頭，印權靠在窗邊，鏡頭往上拍，浩息也如印權靠在窗邊。

浩息	（無語但支持）他們可是夫妻，雙方家長都同意了。
明寶／仁靜	（看著英珠與阿顯）？
英珠／阿顯	（謹慎地對明寶、仁靜問候，轉頭後很開心爸爸們支持自己）
印權	（看著明寶、仁靜）很驚人吧？這麼小的年紀，已經有老公、老婆，還有小孩，還有岳父與公公，你們應該很難相信，我也是很驚訝，親家，你說對不對？

浩息	當然了，親家。（對明寶說）你們快上班吧！

兩人同時安心地關上窗戶。
明寶、仁靜覺得不可置信，無法理解，搖頭離去。

第30幕　廢屋外，白天。

東昔從貨車上拿下電鑽、錘子、轉接頭，將電鑽連接上後，走進屋裡。
宣亞流著汗，正在用螺絲起子拔除門扉，東昔將錘子放在一旁，拿電鑽給宣亞。

東昔	你知道這個怎麼用嗎？
宣亞	知道，我以前做室內設計時有很多現場經驗。（拿起電鑽使用）你真是救世主。（笑著使用電鑽）
東昔	（疼愛）真屬害，你明明看起來這麼柔弱。（用錘子將牆邊的木板、釘子拆下）

＊跳接－一段時間後》
東昔冒著汗，使勁用長錘將牆上的釘子與木板拔除，宣亞把拆下來的門扉疊在房屋一側，認真地使用電鑽，畫面閃過兩人認真整理廢屋的場景。

＊跳接》

東昔	（舉起腐朽的門扉往屋外丟，表情無異動）我還要問一件事……你剛才明明說我是你的初戀，那為什麼七年前我們相遇時……我親了你，你表現得那麼不高興？讓我好丟臉。
宣亞	（使用電鑽，努力鑽動難以拔起的釘子，語氣自在）那時候我已經忘了初戀的感情，小時候我喜歡過你，但七年前我愛

的是暫時分手的前夫泰勳，這個很難理解嗎？哥，你該不會
要說你這輩子只愛過我這種空話吧？（無法鑽好釘子）哥，
幫我處理一下這裡。

東昔　（上前，拿起宣亞的電鑽替她處理，然後將電鑽還給她，無
　　　語地拿起地上的水喝）你還活得真自由自在，小時候我是你
　　　的初戀，七年前我是你的鄰居哥哥，現在把我當成做粗活的
　　　工人，真是隨心所欲，開開心心喔？（宣亞放在一側的手機
　　　響起，顯示朴亨燮的名字，東昔望向手機）

宣亞　（忙碌，走到手機前，將手機翻面）

東昔　（覺得奇怪，好奇，不過度干涉地問）你怎麼不接電話？

宣亞　是前公司的同事打的，他說首爾有案子……但我不想去，所
　　　以不接。（拿起地上的水喝，自在）不過你真的……一直喜
　　　歡我嗎？

東昔　（喝水，望向外面，若無其事）我也跟別人交往過，可是，
　　　（看著宣亞，半開玩笑地說）也許是第一步沒走好，導致後
　　　來一直不順利，每任女朋友都沒有好結果。

宣亞　（淺笑）你每次分手時一定都很恨我。

東昔　（拿起門扉，擺成方便上漆的角度）可是你真的要住在這裡
　　　嗎？繳一年的房租？

宣亞　（想喝水但發現沒水了）我是這麼打算。

東昔　自己一個人住？（拿起一旁的水瓶遞給宣亞）

宣亞　（喝水，拿著水瓶往外走）不，我要跟小孩一起住。

東昔　（不明白，看著宣亞後一起走向外頭）

第31幕　廢屋外，屋頂上，白天。

　　　宣亞爬上梯子至屋頂，坐在屋頂上欣賞風景，眼前有馬在
　　　草原上奔馳，語氣平和卻緊張，（因為想到官司）心情有
　　　些悲壯。
　　　東昔爬上屋頂，站著欣賞景緻，微風吹拂。

宣亞	（欣賞風景）我下週在首爾有審理監護權的官司，如果贏了就要立刻帶小烈過來這裡。雖然得在旅館住一陣子，但最後還是會來這裡生活，住在這裡會很幸福的，我和小烈都是。
東昔	（看著馬匹，喝水，有些無奈）……如果輸了呢？
宣亞	（看風景，風迎面吹上，堅定地說）不可能會輸。
東昔	（聽到宣亞意志堅決的回答，感到有些無奈，看著宣亞）判決結果不是你能決定的，是法官決定的吧？（心煩，再次看著馬匹）你沒想過要是輸了怎麼辦？
宣亞	（盯著馬匹，不安的心再度冷靜、堅定）沒想過。
東昔	（看著宣亞，有些生氣，大聲說）那你要想想啊！
宣亞	（不開心，起身離開）
東昔	（抓住宣亞手臂，因擔心而氣憤，直視宣亞的雙眼）你說說看，如果贏了官司，就要帶小孩來這裡，那你就會幸福快樂。但如果輸了，就不能帶小孩來這裡……那你……又會再次不幸嗎？是嗎？
宣亞	（看著東昔，眼眶泛紅，意志堅定，語氣稍強）我不可能會輸，這場官司我一定會贏。（轉身走下屋頂）
東昔	（無奈，擔心至生氣，無語）我要瘋了……

東昔大口灌水，看著宣亞的背影感到萬般無奈，畫面在此結束。

第十集　　　　　　　　　　東昔與宣亞3

以後你若是覺得生活鬱悶，就看看背後，
只要轉身就會看到另一個世界……

第1幕　　序章。

　　1. 西歸浦每日市集，恩喜的店前，夜晚。
攤商們收拾貨品中。
恩喜在店前專注地在水龍頭邊磨刀。
這時，民君、梁君穿下班便服出現。

民君　　老闆，我們下班了喔。
恩喜　　（磨刀）再見。
梁君　　（自在地笑）比老闆先下班好像有點過意不去。
恩喜　　（狐疑）是喔？那麼，（遞出刀）你們把刀磨一磨再走。
民君／梁君（趕緊道別）明天見。（轉身，臉上掛笑，討論要不要去喝
　　　　酒）
恩喜　　（無語地看著兩人）喂，你們給我直接回家！不要去喝酒！
　　　　（割到手）啊，好痛！（看著手指上流血的傷口，隨便用水
　　　　沖洗）可惡，我怎麼老是切到手，是老了嗎？總是不小心失
　　　　手。（繼續磨刀）

　　＊跳接－恩喜的店前，夜晚》
恩喜略帶無奈地整理著散落的保麗龍盒，用手撿拾附近的
垃圾，裝進袋中。

恩喜　　這些人當自己是員工就這樣隨便做事……真是的……如果他們是老闆一定不會這樣，真是愚蠢的傢伙。（整理環境、關燈，關電捲門，最後一個走出昏暗的市場）

2. 恩喜的浴室內（凌亂，能見發霉），夜晚。
恩喜使勁地刷牙，門鈴響起，她喊著：「好，來了！」趕緊刷牙漱口，動作匆忙。
3. 恩喜的客廳，夜晚。
環境凌亂。
恩喜（穿內衣）從房內包裹睡覺的棉被走出來，坐在電視機前，打開電視，選擇一部電影，自冰箱內拿出啤酒，自冷凍庫拿出冰杯，啜了一口。

恩喜　　（哆嗦，大聲說）啊，頭好痛，要冰死了，好涼快！辛苦了，鄭恩喜！現在是你的時間了！好好享受！（喝啤酒，看電影，吃了一口外送的炸雞，心情愉悅地享受美食。電話響起，是弟弟，不假思索地接起）你該不會大半夜要提錢的事吧？

弟弟　　（E，抱歉）姊，借我兩千萬韓元就好……我的車太爛了，下個月收到帳就還你……

恩喜　　（看著電影，冷淡）什麼下個月……我看你下輩子才會還，天亮再說。（掛電話，直盯電影）天哪，男主角好帥，畫面真美。（正說著，響起美蘭的視訊來電，看向手機）每次我想休息時，她就一定會打來……（將手機放在地上後接起，視線不離開電視，啃咬著雞腿，自在）義氣！

＊跳接－手機，視訊畫面》

美蘭　　（和按摩店的員工在KTV喝酒唱歌，有醉意，心情愉悅，聲音爽朗）義氣！哈哈哈……恩喜！我今天喝了超多酒！

恩喜　　（笑著，自在）一看就知道。

美蘭	我喝多了就好想你喔!你懂我的心情嗎?(將手機畫面拿給同事看)喂!打聲招呼,她是我朋友鄭恩喜,她超講義氣!是我的超級死黨!恩喜,他們是我按摩店的員工。
恩喜	(當美蘭將手機拿給員工看時)喂!臭丫頭,我只穿內衣耶!讓我穿件衣服!等等!(趕緊拿起一旁的上衣卻弄巧成拙穿反,再次脫去又穿上,誤將領口套進手臂,又再次脫去後穿起,相當狼狽)
美蘭	(在恩喜更衣的同時說)沒關係啦,你的身體沒什麼好看的,喂!把電話拿起來啦,恩喜!(撒嬌,開玩笑地說)恩喜啊!理我一下!
恩喜	(更衣,自在地抱怨)別吵啦……(將電話拿起來,若無其事地向員工們問好)你們好。
員工們	(男女皆有)你好!
美蘭	(喝醉,撒嬌)好了,打招呼到這裡!你知道我這個月要跟待在巴黎的女兒智允去環遊世界吧?
恩喜	(大口吃雞腿)你有傳訊息跟我說。
美蘭	你知道我很難過離開前沒能先見你一面吧?
恩喜	(真心,爽朗)知道,我也很難過,那你來濟州玩啊,都可以去巴黎了,為什麼不能來濟州?再怎麼忙,一年還是要見一次面吧,臭丫頭!
美蘭	(開朗)好啦,我從巴黎回來就去找你!
恩喜	(抱怨)你每次都說說而已,只有我在想你!壞蛋!
美蘭	不過你知道我是愛你的吧?既然如此,我的死黨,我要為你獻唱這首歌。(對同事說)喂,把那首歌切掉,播我的歌,我的愛歌!(唱歌,同事們在桌上一同唱歌跳舞,眾人歡唱的畫面透過美蘭的手機畫面撥放)
恩喜	(聽著開心的音樂,覺得美蘭很有趣)哈哈哈哈……喂!你很厲害耶!我們美蘭!真的好棒!真有活力!哈哈哈!
美蘭	(在手機畫面裡開心地唱歌跳舞)

字幕:東昔與宣亞3

第2幕　廢屋內＋外，夜晚（與第9集不同天）。

宣亞用砂紙打磨門扉，額頭滿是汗水，表情認真。
周遭放了好幾支亮著的手電筒。

＊跳接》
宣亞坐在自己的車上吃飯捲，眼神銳利地盯著房子看，心
想何時能蓋好，不願認輸，內心些許著急，加速用餐，似
乎要在車上過夜，四周有幾條毛毯。這時，貨車的聲音逼
近，她轉過頭，看見東昔將車停好後走下來，好像已經持
續過來好幾天，他沒看宣亞，只看了一眼火已熄滅的鐵
桶，加了一些薪柴，再從車裡拿出油品倒在鐵桶上，拿出
打火機，點燃地上的紙張後放進鐵桶內一同燃燒。

宣亞　　　（打開車窗，擔憂地看著東昔）我都說你不用來了，你才剛
　　　　　做完生意，去睡覺吧，你已經……好幾天沒睡了……對不
　　　　　對？
東昔　　　你繼續吃飯吧。（從車上拿出打磨機，連接車上的電源，走
　　　　　進屋內）
宣亞　　　（吃著飯捲，困惑）

＊跳接》
東昔使用打磨機磨平門扉。
聽到拍手聲，東昔轉頭。
宣亞吃著飯捲，朝他比出大拇指，然後將飯捲遞給東昔。
東昔吃著飯捲。
宣亞拿起磨平機，神情專注。
東昔吃著飯捲，拍手。
宣亞轉頭，東昔向她比出大拇指。
宣亞開心地笑，繼續認真打磨門扉。

第3幕　廢屋內，另一天，早上。

宣亞替打磨好的門扉上漆，認真、專心，額頭冒汗，似乎想起出庭日，內心有些不自在。

*跳接－廢屋外》
東昔的汗水沾滿木屑，用電鋸切割著木柴，拿起鋸好的木柴走上梯子，將木柴放在屋頂上，自工具包中拿出幾顆螺絲，用嘴巴咬著，然後用電鑽使其固定，看起來相當熟練。
這時，喇叭聲傳來，東昔自屋頂上望向道路。
遠處能見恩喜的貨車。

恩喜	（從車上拉長脖子看著東昔，覺得困惑，因為距離遠，所以用較大的聲音喊）東昔？！
東昔	（疲憊，喝水，大聲回應）幹嘛？
恩喜	你在那裡做什麼？
東昔	（再次埋頭做事）蓋房子！
恩喜	（困惑）蓋房子？
東昔	（專注做事，不耐煩）你走開啦，幹嘛什麼事都愛問？
恩喜	神經……（瞇起雙眼，看見宣亞，好奇）
宣亞	（認真上漆，從沒有門的入口處望見恩喜，隨即繼續上漆）
恩喜	（來回看宣亞與東昔，輕微用頭部示意宣亞）她是誰？
東昔	（不想回答，專心做事）
恩喜	喂，下次市集你會來嗎？客人跟你媽都在等你！
東昔	（聽到媽這個字，感到不悅，瞪了一眼後繼續工作）
恩喜	（無奈地看東昔）這傢伙，姐姐在問他話，竟然不回答？（因為鬱悶，撥電話給東昔，看了一眼宣亞後，眼神擔心）喂，她是不是那個跳海被海女救起來的人？你怎麼偏偏跟那種女人交往啊？整個社區的人都很擔心，你想想你那可憐的媽媽吧，去找正常一點的女人交往，怎麼跟一個想跳海自殺的。

東昔	（煩悶，不在乎，掛斷電話，繼續做事）
恩喜	東昔？！（電話掛斷，看著東昔發牢騷）真是的……怎麼挑了個跟自己一樣命苦的女人交往……（無奈搖頭，開車離去）
東昔	（工作至一半喝水，聽見馬匹奔跑的聲音，對底下的宣亞直喊）宣亞！
宣亞	（流汗，專注）嗯？
東昔	（看著馬，大聲問）你小孩喜歡馬嗎？
宣亞	（將已上漆的門扉翻面，卻失手將其弄倒，對自己感到生氣，因為接下來的出庭而變得敏感。門扉很重，仍咬牙放回原位，語氣一如往常）他很喜歡！以前我買了一個黃色杯子給他，他因為杯子上的馬，非常喜歡那個杯子！
東昔	（盯著馬）我們去首爾吧！
宣亞	（專注，看了一眼時鐘，專注）時間還早啊。
東昔	（盯著馬，平和）我們去騎馬！
宣亞	（疲憊，喝水，略微無奈）騎什麼馬……下次吧！
東昔	（已經爬下屋頂，看著宣亞，不由分說）哪有什麼下次，現在就去！（脫去骯髒的工作服，進貨車裡換褲子）
宣亞	（看了一眼東昔，專注工作）你自己去，我要忙。（繼續手邊的事）
東昔	（打開貨車，按喇叭示意出發）
宣亞	（無法理解，繼續忙碌）？
東昔	（用腳按喇叭，手忙於更衣）
宣亞	（停下工作，看著東昔，不明白他為何堅持，煩躁）

第4幕　牧場入口，白天。

宣亞（穿上要去首爾的衣服）看著遠處牧場裡東昔（戴帽）與牧場主人（漢修妹妹，漢淑）對話的模樣。她走近兩人，東昔向漢淑要求拍騎馬的照片，宣亞無法理解東昔的行為，自己為了孩子要來住在做準備，急著想要趕緊完

成，不明白為何東昔要擅自主張來騎馬。她極力裝作沒事，卻還是生氣，漢淑牽馬過來，東昔抓住韁繩上馬，繞牧場一圈。

宣亞　　（不明白，乘船時間將近，看著時間再看東昔）哥，不好意思，我這幾天情緒比較緊繃，也很擔心過兩天的官司，而且我還要去見小烈，擔心會錯過船班。

東昔　　（騎馬，自顧自地說）你知道濟州島一家親的文化吧？島上的人彼此都認識⋯⋯這座牧場也是我認識的哥哥的妹妹經營的⋯⋯你真的不騎嗎？

宣亞　　（煩躁，小吸一口氣，忍住氣，低聲說）走吧，我們會錯過船班的，我看導航說要花一個半小時以上才能到濟洲市。

東昔　　（看手錶）只要一個半小時啊，現在還剩三個小時。

宣亞　　搭船前的手續也會費時啊。

東昔　　（騎馬，來到宣亞面前）絕對不會遲到，你用我們吵架的時間騎馬，我們就可以早點出發了，臭丫頭。

宣亞　　（對東昔的行為感到無語，忍住緊繃的情緒）⋯⋯我不想騎。

東昔　　（不顧宣亞）你可以試著提起興趣啊。

宣亞　　（認真，難受，些許大聲）我說了不想！

東昔　　　？

宣亞　　（撥髮，想要冷靜，卻無法隨心所欲）你騎吧，我想把這些時間拿來多蓋一點我和小烈要住的房子（朝向廢屋的方向）。我剛才就說很多次了，而且我說要自己搭飛機去，你硬要我搭船去⋯⋯

東昔　　你小孩若是看到你騎馬的照片會很開心。

宣亞　　（打斷，生氣東昔不顧自己的感受，忍住氣）他只要有馬的玩偶就夠了，我們走吧，會錯過船班的。

東西　　（自帽子裡拿出手機，仍坐在馬上，拍攝全景照片）好，那既然我都騎了，我繞一圈再回來，你用手機錄下我騎馬的樣子，再傳給我。

宣亞　　（無語，沉住氣，拿出手機）快去吧。

東昔	出發！（開心地騎馬）
宣亞	（煩悶，無可奈何地拍攝影片）

宣亞無奈地拍攝影片，東昔自遠處突然迴轉朝宣亞而來，讓表情完整呈現於鏡頭前，開心眨眼、高聲呼喊地騎乘著馬匹。宣亞因為東昔的行為笑了出來，覺得拗不過東昔，比起剛才心情好了許多，輕鬆地拍攝影片，這時東昔再次來到宣亞身邊並下馬。

宣亞	（將手機放進口袋）好了嗎？
東昔	（自帽子拿出自己的手機，把韁繩拿給宣亞）你站在馬的旁邊笑一個，拍一張也好。
宣亞	（無奈，照做，沒有笑容）快拍吧。
東昔	笑一個！
宣亞	（刻意地笑）
東昔	你不想早點過去嗎？笑得開心點！像這樣！（爽朗地笑）
宣亞	（受不了，擺出開心的笑容）

東昔笑著，不斷按下快門。

第5幕　　自牧場走向遠處的貨車，白天。

宣亞與東昔（看著宣亞拍的影片）一同走著。

東昔	我拍得真好，我把我拍的影片傳給你了，我幫你拍的照片也很好看吧？
宣亞	（有點無奈，淺笑）你怎麼變得這麼蠢？
東昔	（將手機放進口袋，邊走邊看宣亞，粗魯地說）我哪有？
宣亞	（邊走，偶爾看向東昔）昨天我在忙的時候也是……出島明明很累，叫你別過來，你還是來了，甚至還熬夜做事。你總

是想做什麼就一定要做，嘴上老是說沒有下次，但每次仍一定要做自己想做的事。

東昔　（望著前方）因為真的沒有下次。

宣亞　（邊走邊看他）為什麼沒有下次？

東昔　（走著，毫不在乎，語氣粗魯）我爸過世之後，我跟我媽、我姊三個人一起生活……我們家境貧窮，我媽有一天從屠宰廠帶了豬內臟回來炒，我姊看到菜一上桌，就把東西全都往嘴裡塞，連我的份都吃了。我很生氣，就罵了一句髒話，還把一旁的尿壺拿起來潑到她臉上。

宣亞　（訝異，停下看著東昔）你真的很壞。

東昔　（笑著）裡面的尿全噴到我姊的嘴巴和鼻子上……

宣亞　（跟著東昔走）

東昔　我姊又哭又鬧……當下我也覺得很抱歉……我打算隔天放學後跟她道歉……（無奈，不過分沉重，事不關己般）可是當我放學後，我看見我姊癱躺在海女春禧大姊的背上，從海裡被揹出來，那是我最後一次看見她。

宣亞　（心疼，停下看著東昔的背影）……

東昔　（走著）當時我就明白了，媽的！沒有所謂的下次。（離去）

宣亞　（心疼東昔，也懂得人們活著的艱辛，看了一陣後離去）

第6幕　開往木浦的船班，白天。

宣亞靠在欄杆上看海，東昔背對大海，望向漢挐山，畫面沒有出現漢挐山。

宣亞　……（看著大海）一直看海浪頭好暈。

東昔　（沒好氣）你怎麼跟我媽一樣傻？

宣亞　（看東昔）？

東昔　轉過來。

宣亞　（轉身）

東昔	（用頭部指向漢拏山）
宣亞	（看往東昔所指的方向）

＊跳接－插入，巍峨的漢拏山全景》

＊跳接》

宣亞	（看著漢拏山）哇……！
東昔	（也望著漢拏山，直白）以後如果覺得生活鬱悶，就轉身看看背後，轉過身就能看到另一個世界……（想起玉冬）不要只是傻傻地看著大海。
宣亞	（平靜地看著）
東昔	（想起玉冬，心情不悅，皺起眉頭，緊盯著漢拏山）……我是在說我媽。（無奈，如說他人的事，毫不在乎）我爸乘船出海喪命，我姊又下海捕撈過世，而我媽卻成天看著大海，她明明只要轉身就能看到我跟漢拏山，只要轉過身，就不必面對我爸、我姊所喪命的大海……可是她卻每天望著大海埋怨……（朝船內走去）
宣亞	（看著漢拏山，再看東昔，自在地說）以後……等小烈來了，我們再一起去漢拏山吧。
東昔	（邊走，粗魯）之後的事之後再說，現在先別說，我說過了，沒有下次。風真大，你吹吹風就趕快進來吧，我要去睡一下。
宣亞	（看著東昔再望向漢拏山，想拍照給小烈看，拿出手機）

第7幕	往首爾的道路＋行駛中的東昔車內，濃霧的凌晨。

東昔駕車，宣亞坐在一旁眉頭深鎖地睡著。
一側有車自濃霧中按喇叭衝出來，快速切進東昔的前方，東昔嚇得想罵髒話，想起一旁還有宣亞，查看宣亞的狀

況，只見她皺著眉頭，心煩意亂的模樣。

東昔　　（嘟噥）睡覺為什麼還要皺眉頭？（覺得宣亞很可愛，淺笑，在濃霧中專注地繼續駕車）

第8幕　　蒙太奇。

　　1. 首爾批發市場內的商家內＋外，白天。
　　東昔咬著麵包，走到工作服（花紋褲）的商家。（挑選衣物的跳接畫面）挑選衣服，攤開每一件衣物確認圖案、設計、布料、縫線（跳接），表情認真，商家老闆推薦說：「這塊布料真的很好，是韓國製的！縫工也很細，兩千件打九五折。」東昔咬著麵包，語氣輕鬆。

東昔　　兩千件九折？
老闆　　兩千件九三折。
東昔　　（放下衣服，毫不猶豫地走往別處）
老闆　　（看著離去的東昔）好啦！不然九二折。
東昔　　（離去）
老闆　　（煩躁）唉唷，居然有這種人。
東昔　　（吃著麵包回頭）我有聽到，你小心一點。（再次瀟灑地轉身離開）

　　2. 玩具店商店街，白天。
　　宣亞有些情緒緊繃地翻著玩偶，一旁全是玩偶，她看著小馬玩偶似乎不中意，又放下走出去，走進另一間店裡翻找，表情認真，找不到喜歡的小馬玩偶，心情焦急，看手錶，擔心能否趕上與孩子會面的時間。

　　3. 其他間衣物商家，白天。

東昔認真地看著衣物樣本。

老闆　　每一款你要拿幾件？
東昔　　（看著樣本）每款200件！考慮到可能賣不完，你幫我打九五折吧。
老闆　　（笑）太多了，九七折。
東昔　　（無奈）開什麼玩笑？
老闆　　（笑）唉唷，好啦，九五折。
東昔　　（這才露出微笑）早說嘛，（挑選）你的腳好了嗎？
老闆　　差不多了。
東昔　　（認真地挑衣服）小心點，記得回去看醫生。

4. 玩具店商店街，白天。
宣亞正在結帳，拿出信用卡，講著電話。

泰勳　　（E，生氣）你怎麼能不經我的允許就跟小烈見面？
宣亞　　（緊繃，看著老闆結帳，忍住氣，無奈，語氣冷酷不大聲）為什麼我見小烈要經過你的允許？
老闆　　（結完帳將信用卡還給宣亞）
宣亞　　（拿回卡片與玩具）我是出於禮貌才傳訊息跟你說我要見小烈，不是在詢問你的許可。

＊跳接－工地前，交錯》
泰勳停好車，邊講電話邊下車，往工地走去。

泰勳　　（不悅，忍住氣）明天就要開庭了，到時候再見他不就好了？
宣亞　　（邊走，查看其他玩具店，依然在找小馬玩偶）開庭歸開庭，今天是小烈的生日啊。（看著玩具店老闆）請問有小馬玩偶嗎？
老闆　　（揮手表示沒有）

宣亞	（無奈，走出去後往東昔車輛的方向）
泰勳	（無奈）今晚我們有家族聚會，你明天再跟他見面。
宣亞	（無法放棄小馬玩偶，邊走）我今天就要跟他見面，我們約好今天了。

＊跳接－市場一角，東昔貨車前，白天》

東昔流著汗，將服飾裝進貨車。

宣亞提著玩偶的袋子，走向東昔。

泰勳	（無奈，E）你有按時吃藥嗎？
宣亞	（生氣，停下，精神緊繃，語氣冷靜）為什麼現在要提這個？

＊跳接》

東昔聽到聲音，停下看著宣亞，心想是前夫打來的電話，專注地整理貨品，並將宣亞手上的袋子放進車內，然後打開副駕駛座的門，與宣亞對視，示意她上車。

泰勳	（E，無奈）好吧，那晚上六點前把小烈送回我爸媽家。
宣亞	十點。（搭車）
泰勳	（E）小烈九點就要睡了，八點五十分前帶他回來。（掛斷電話）
宣亞	（掛電話，敏感，生氣，繫安全帶，語氣冷淡，想平復心情）你有買到要賣的衣服了嗎？
東昔	（直白）你好像很生氣，怎麼了？
宣亞	（短暫思索，鬆開安全帶，緊繃）我再去一下玩具店。（離開）
東昔	（擔心，從車上下來，直白）怎麼了？
宣亞	（走回玩具店，煩躁、敏感）我沒有買到要送小孩的小馬抱枕，因為他晚上怕黑，我想買可以抱著睡的小馬抱枕給他，但是找不到，我在電話裡答應他一定會買……

東昔	（跟上）你有去看過商店街最尾端的抱枕店了嗎？
宣亞	（不看東昔）我去過了……但只有大概看一下，我再仔細看看。
東昔	（明白宣亞的著急，跟著走過去）

第9幕　抱枕店全景，白天。

宣亞	（E，有點不安）請問……那個好像是馬……
女老闆	（E，煩躁）哪裡？

第10幕　抱枕店內，白天。

宣亞看著貨架的最高層，心急、敏感，想要保持冷靜。

女老闆	（看不見，望著高處的抱枕，不耐煩地問）哪裡？哪裡有馬抱枕？
宣亞	（用手指）那裡啊……那裡！
東昔	（看著疊高的抱枕之間，有一個小馬抱枕用透明塑膠袋裝著，只能看見頭部，埋在抱枕間）那裡……棕色的……最上面，在角落裡……對耶，那是馬頭。
宣亞	（對老闆說）請幫我拿那個。
女老闆	（為難，麻煩，不想賣）不是吧，那好像是長頸鹿的頭……
東昔	（無奈，看著老闆，平淡地說）那怎麼可能是長頸鹿的頭？長頸鹿是黃色的底、棕色的斑點，那整隻都是棕色的，哪裡是長頸鹿？而且如果是長頸鹿（用手在頭上比角）頭上會有角，（拿起一旁長頸鹿的玩偶）你看，要像這樣有角才對，那個任誰看都不是長頸鹿。
女老闆	（不耐煩）不是，那是長頸鹿。
宣亞	（打斷女老闆，意志堅決）就算是長頸鹿也沒關係，請幫我

女老闆	（揮手謝絕，不耐煩）唉唷，我拿不到！拿不到啦！我不賣！我先生去送外送了，我一個人拿不了！
東昔	（環顧四周，找梯子）哪裡有梯子？我來拿。
女老闆	（指著一旁壞了的梯子）梯子也壞了，要等我先生回來才能修。
宣亞	（為難，看著已經走至門外的東昔）？
東昔	（突然開門，朝隔壁店家說）老闆，不好意思！跟你借個梯子！

＊跳接》

東昔拿著梯子回來，放在地上搖晃幾次，準備攀上。

東昔	這個梯子好像也不太穩。
宣亞	（緊張）你小心點。
女老闆	（覺得受不了）唉唷，真麻煩，買個禮物給孩子，這麼大費周章……
東昔	（開玩笑地說）因為他好不容易才出生的，是靠人工授精生下他的。（朝宣亞擠眉弄眼，要她理解，一邊攀上階梯）
宣亞	（尷尬，扶著梯子，擔心）小心。
女老闆	小心一點，這個梯子看起來也不太穩……

＊跳接》

東昔爬上不穩的梯子，在眾多抱枕中好不容易拿出小馬抱枕，弄得滿身汗，宣亞、女老闆在底下擔心他的安危。

女老闆	（緊張）小心一點，你這樣其他東西會掉下來！小心點啊！
宣亞	（擔心）你小心。
東昔	（拿出玩偶）唉唷，拜託你們安靜一點，真是的！（專注地拿出玩偶）……來、來，快拿到了，馬兒，跟我回家吧……（好不容易拿出小馬抱枕，在手中搖晃，開心，大聲說）是

馬！馬！

這時，疊在層架上的抱枕全都落下。
宣亞、女老闆嚇得紛紛閃避。
東昔急忙抓住落下的抱枕。

東昔　　　（慌張，對女老闆說）抱歉。

第11幕　　通往幼兒園的小路，白天。

東昔的車子駛近，停在一旁。

第12幕　　東昔的車內，白天。

宣亞對著手中的鏡子塗抹護唇膏，有些著急。
東昔看著宣亞這副模樣，感到不可思議，覺得她很漂亮，
有些尷尬地笑著。

東昔　　　其他媽媽也都跟你一樣嗎？見小孩要打扮得美美的？好像一
　　　　　副要去見情人的樣子。
宣亞　　　（將護唇膏收進包包，淺笑）我喜歡小烈勝過任何情人。（盯
　　　　　著幼兒園的大門看，有些緊張）
東昔　　　（心想或許媽媽都是這樣，有些羨慕小烈，疼愛宣亞，輕輕
　　　　　微笑）你會緊張嗎？
宣亞　　　（雙眼直視幼兒園，沒看東昔）我們很久沒見了，小烈該不
　　　　　會認不得我了吧？我們第一次分開這麼久。
東昔　　　（看著宣亞，望見孩子們從幼兒園裡出來）下車吧，孩子們
　　　　　放學了。
宣亞　　　（解開安全帶，提著小馬抱枕及其他玩具）

東昔	記得要笑。
宣亞	（看著東昔，沒有笑）我再打給你。（往幼兒園走去）
東昔	（將車轉彎）

*跳接－幼兒園前》

孩子們在司機的協助下紛紛搭上娃娃車，宣亞貼在牆上看著孩子們放學，表情緊張。這時，小烈走出門外，她瞬間眼眶泛紅，臉色豁然開朗，將其他玩具放在地上，只抱著小馬抱枕衝向小烈。小烈有些訝異，看著小馬隨後望向宣亞，宣亞眼眶泛淚，張開雙臂迎接小烈。

小烈	（開心）是媽媽！（抱住）
宣亞	（緊緊抱著好一陣子）

*跳接－迴轉的東昔車內》

東昔透過後照鏡看著兩人溫馨的模樣，嘴角勾出和煦的微笑，駕車駛去，慢動作播放。

第13幕　水族館，白天。

小烈一手拿著小馬抱枕，另一手是滿滿的玩具，直盯著大型水族箱看。
宣亞在一旁講解海洋生物。

宣亞	（微笑）那個是鯊魚，那是飯匙鯊，那是水母，另外那是貝類……
小烈	（開心）好多喔！（拿起小馬抱枕）可是我還是比較喜歡馬。（抱住小馬抱枕）
宣亞	（突然想起）媽媽讓你看真正的馬，好不好？
小烈	真的嗎？

宣亞	當然是真的。（坐在地板上，讓小烈坐在她的腳上，拿出手機給小烈看東昔拍的影片和自己與馬的合照）
小烈	（拿著手機，相當興奮）天哪！媽媽，你去騎馬嗎？
宣亞	（笑）我要等你一起去，所以沒有騎。
小烈	（看影片）哇！馬真的好大喔！比媽媽還大，甚至比爸爸更大！馬有山這麼大嗎？
宣亞	（覺得小烈很可愛，笑著）雖然比山小，但大概有十個小烈這麼大。
小烈	（盯著手機，開心無比）那真的好大！
宣亞	（開心，心情好）真的很大喔！

第14幕　烤肉店內，晚上。

東昔扭開汽水喝下，與以前當代駕司機的三名朋友一同吃飯喝酒，相處愉快。

東昔	（朋友們喝著燒酒，他喝汽水，互相乾杯，氣氛愉悅）喂！真是小看人，本島雜貨車能跟離島比嗎？
朋友1	（笑著）離島的生意再好不就那樣嗎？（遞上旁邊的大醬湯）你喝點湯，別吹牛自己賺很多了。
東昔	（將大醬湯推至一旁）我不喝大醬湯。什麼我吹牛？真好笑，喂，你做代駕能賺多少？
朋友1	（笑）臭小子，賺很多啦。
東昔	小子，我生意好的時候，一個月可以賺一千萬韓元。
朋友2	（笑）我看你去濟州，只學會吹牛吧！
東昔	（笑）太誇張了嗎？哈哈哈，不過，小子們！（看著朋友們）你們都是收信用卡的款項對吧？（自口袋拿出一把鈔票，拿在手上搖晃）我可是都收現金！你們這些傢伙！
朋友們	（笑著，面露驚訝，想要抓住紙鈔）喂，是真的錢耶，借我摸一下。

東昔	（為了不讓紙鈔被搶走，再次放進口袋）好啦，今天這桌算
	我的！盡量喝！（替朋友倒酒，朋友們替他倒汽水）以後如
	果過得太累，就來濟州島！我們都要健健康康的！
朋友們	健健康康！（眾人乾杯）

第15幕　漂亮玻璃窗的KTV，晚上。

鏡頭照向窗邊。
宣亞與小烈（拿著小馬抱枕）唱著〈香蕉恰恰〉，在包廂
裡玩鬧，所有玩具都拆去包裝，桌上還有披薩、飲料罐、
餅乾等，十分凌亂。
KTV的掛鐘逐漸接近九點三十分。
宣亞包包裡的手機響起，但她沒聽見。

第16幕　泰勳家門前，夜晚。

泰勳和泰勳哥哥一家（弟弟、弟媳各自抱著一名孩童），
自家裡走出來。

泰勳	（生氣，鬱悶）抱歉。
弟弟	等小烈回來，一定要跟我們說，不然我們會擔心。
弟媳	（擔心）請一定要聯絡我們。
泰勳	好。

弟弟一家人乘車離開。
泰勳想要回家，卻因擔心而再次撥電話給宣亞，並探頭望
向馬路。
宣亞的手機通話中。
這時，東昔坐在一旁的貨車內與宣亞通話，看見泰勳經過

自己的車子時留意了一下，直覺那就是泰勳。

泰勳	（直白）我還能在哪裡，我在你傳給我的地址附近等你，你怎麼還沒出現？
宣亞	（E，平淡、冷靜地說）我快到了，再等一下。
東昔	（看著泰勳，放下手機，透過後照鏡看泰勳）

＊跳接》
泰勳走著，一輛計程車駛近，停在他面前。
宣亞抱著已經入睡的小烈，交給泰勳。

宣亞	我太晚了對不對？幫我拿一下車上的玩具。
泰勳	（忍住氣，自車上拿下玩具）
宣亞	（對司機說）謝謝。
司機	（離去）

＊跳接－東昔的貨車內》
東昔看著兩人的模樣，不知道兩人交談的內容，打開手機放音樂，不想看他們。

＊跳接》

泰勳	把小烈給我。
宣亞	（不想跟小烈分開，有些難受、悲傷）我抱他到門口。（想抱著小烈離去，不想分離，不甘、傷心）
泰勳	（不悅地看著宣亞的背影，跟在身後）今天因為小烈生日，我爸媽、弟弟、弟媳、姪兒們全都在等他回來過生日。我叫你八點五十分回來，你說要十點，但你知道現在都快要十一點了嗎？若是等官司結束你還是這樣，我絕不會善罷干休。
宣亞	（走著，想到要與小烈分別就很傷心，經過東昔的車，幾乎要到家門口了）

泰勳	把小烈給我。
宣亞	（抱著小烈，請求語氣，但不過度）今晚可以讓我跟小烈一起睡嗎？
泰勳	（生氣，低聲說）把小烈給我。
東昔	（聽著音樂，無意間望見兩人）
宣亞	（心疼，想要理智氣壯卻無法，也不過度激動）如果我贏了官司，我隨時都能讓你見小烈，今天就讓我帶他回去吧。
泰勳	（生氣）我不相信你，把小孩給我！你要是帶他一走了之怎麼辦？
宣亞	（即使傷心還是冷靜說明）我為什麼會一走了之？我們還有官司耶。
泰勳	（鬱悶）如果像之前一樣發生意外呢？你打算怎麼辦？把小孩給我。（想從宣亞身上抱回小烈）
小烈	（醒來，小聲說）媽媽……
宣亞	（傷心，眼眶泛紅）小烈，媽媽在這裡！（握住小烈手臂，想要搶回孩子）
小烈	（被宣亞抓住手臂感到疼痛）啊，好痛！

＊跳接－慢動作播放跳接鏡頭，聲音為實際聲音，不做慢速處理》
這時，東昔望向哭泣的小烈，覺得困惑。

泰勳	（大吼，E）他的手會痛，別拉他！

＊跳接》

宣亞	（失去理智，想抓住小烈手臂）小烈，來媽媽這裡，好不好？
小烈	（哭泣）
泰勳	（在小烈哭的同時，用力想抱回他）

＊跳接》

東昔驚慌下車，想要跑向宣亞，卻因前方經過的車子無法過去。

＊跳接》
泰勳已經抱回小烈，拿出口袋裡的車鑰匙，打開停在家門前的車，快速上車後關門。

＊跳接》
宣亞跑上前，想要打開車門。

＊跳接》

泰勳　　（發動車子）他說他的手會痛！我要帶他去醫院！
宣亞　　（心痛，也想一起去，想打開車門，泰勳卻將門上鎖。眼淚迸出，沮喪）開門，我也要一起去醫院！
小烈　　（繼續哭）
泰勳　　（稍微搖下車窗，大聲對宣亞說）你沒看到小烈都痛到哭了嗎？讓開！（發動車子）
宣亞　　（來到泰勳的車窗邊敲打，一邊哭著，想確認小烈的傷勢，著急，情緒不穩）開門！我也要一起去醫院！

這時，東昔衝至宣亞身邊抱住她，讓她遠離車邊，即使宣亞想再次靠近，還是抱著她，不讓她過去。

東昔　　（對泰勳說）走！快點！
泰勳　　（看見東昔，怒氣沖沖，將車子開走）
宣亞　　（因為東昔的阻擋而動彈不得，看著泰勳的車子哭泣）我也要一起去！

＊跳接－泰勳的車內》

泰勳　　　　（難受，駕車，心疼小烈痛哭的模樣，專注地加速開車）

第17幕　　醫院急診室，停車場，夜晚。

　　　　　東昔在車裡略為焦躁地等待，不久後，宣亞用哭腫的臉走
　　　　　出來，來到東昔的貨車邊（不過度沮喪），搭上車。

第18幕　　東昔的貨車內，夜晚。

東昔　　　（平淡地問）孩子怎麼了？
宣亞　　　（繫安全帶，極力冷靜）吊完點滴就可以出院了，醫生說他
　　　　　有點嚇到。
東昔　　　你沒見到孩子嗎？
宣亞　　　（靠在窗邊，茫然，極力想冷靜卻無法）沒有，他說不想見
　　　　　我，因為我弄痛他……所以不願意見我……
東昔　　　（無奈）……你說要回去之前的住處吧？在哪裡？

第19幕　　宣亞的公寓，電梯內，夜晚。

　　　　　宣亞（心煩意亂，認為若是就這樣結束該怎麼辦，但不會
　　　　　太過不安）與東昔搭乘電梯。

第20幕　　宣亞的公寓內，夜晚。

　　　　　宣亞進房，將屋內的電燈打開。

宣亞　　　進來吧，喝杯水再走。

東昔	（走進玄關，環顧屋內，全是與孩子有關的物品）房子好像太久沒人住，冷颼颼的，溫控器在哪裡？
宣亞	（在廚房洗杯子，倒水）在客廳的牆上。
東昔	（找到溫度控制處，打開暖氣，拉開窗簾，看著窗外夜景）
宣亞	（拿來兩杯水，一杯遞給東昔，一杯給自己）
東昔	（看著夜景〔同時看旅館位置〕大口喝水，遞出杯子）你好好休息，明天結束後打給我，那段時間我會順便在首爾買一些必需品。（往玄關走去）
宣亞	（平靜，將杯子放在一旁）你要在哪裡過夜？
東昔	這裡。
宣亞	？
東昔	當然不是，是那邊。（走到客廳窗邊，指向遙遠的旅館）有沒有看到那間旅館？
宣亞	（走近）有。
東昔	我會住那邊。（離去）
宣亞	（感激東昔的體諒）謝謝。
東昔	（打開門後，有些無奈）如果你明天輸了官司……
宣亞	（看著他，緊繃）
東昔	（無奈）沒事，明天的事明天再說，晚安。（笑）
宣亞	（看著東昔離去的玄關，轉過身，走至客廳，打開窗戶往下看）

第21幕　公寓電梯內＋公寓外，夜晚。

東昔在電梯裡若有所思，抵達1樓後走出去，走向車子，抬頭往上看，開心地露出笑容揮手。宣亞收到東昔的心意，也淺笑回應並揮手，東昔隨後坐上貨車，微笑緩緩消失，最後以平靜的表情離去。

第22幕　宣亞的公寓內，夜晚。

宣亞目送東昔的貨車離去，關上客廳的窗，轉過身時，家裡一片漆黑，再次望向窗外，夜景裡的燈火一一熄滅，甚至連天上的明月也不見，水滴從下巴、指尖、衣服滴落，她相當害怕這份憂鬱感，流淚，不知如何是好，想勇敢面對卻動彈不得地站著。

第23幕　旅館內，夜晚。

東昔的手機傳出音樂聲，東昔清洗完自浴室走出來，從塑膠袋中拿出啤酒，自冰箱裡拿冰塊放入啤酒，走至窗邊往宣亞家的方向望去，啜了一口啤酒，身體隨音樂擺動，掛念官司，但想在此時此刻享受啤酒與音樂。

第24幕　法院全景，白天。

第25幕　法院停車場，白天。

東昔將車子停在停車場，看著時間。

第26幕　前往法官辦公室的路上，白天。

泰勳（穿正裝）步上樓梯，後方宣亞（穿正裝）跟著。

宣亞　　（盯著前方，盡力冷靜）你不是說小烈沒事了，為什麼不帶他來？

泰勳	（心痛、無奈，看著前方）……
宣亞	官司一結束，我馬上就會帶小烈去濟州，你再把他的東西寄過來就好。
泰勳	（敲門）

第27幕　法官辦公室內，白天。

宣亞與泰勳坐在法官座位前方。

泰勳	（盯著法官的位置）雖然我不可能打輸官司，但如果真的輸了，我會上訴，絕不可能讓你把小烈帶去濟州。
宣亞	（冷靜地看著前方）……

這時，法院員工打開門。

員工	法官到了，請起立。

宣亞、泰勳起身。
法官走進來，坐在位置上。

法官	請坐。
宣亞／泰勳	（坐下，神色緊張）

第28幕　東昔行駛的貨車內，漢江，白天。

宣亞坐在副駕駛座痛哭。
東昔平靜（？）地開車，想安慰宣亞，但認為自己可能會弄巧成拙。

＊跳接－時間經過》
東昔的貨車持續行駛，白天轉為夕陽。

宣亞　　（依靠窗邊，悵然若失地看著漢江，不知該如何是好）
東昔　　（開車，看時間，輕聲說）我們去吃飯吧，我餓了。

第29幕　餐廳內，夜晚。

東昔將白飯倒入泡菜湯中，大口吃著。
宣亞想著小烈的事情發呆，完全沒動筷子。

東昔　　（吃到一半，看向宣亞，若無其事，卻不自覺地直率）你真
　　　　的不打算吃飯？
宣亞　　不吃。
東昔　　（粗魯）你只是輸了官司，人生還是要繼續。快點吃飯。
宣亞　　（茫然，但語氣不過度沮喪）我先出去，你吃完再出來。（起
　　　　身打開餐廳的門，靠在一旁牆上，想著小烈，反省自己當時
　　　　為什麼要抓住孩子的手臂，提醒自己要振作，心煩意亂，心
　　　　痛的同時又對自己感到生氣）
東昔　　（看著宣亞，不在乎，也將宣亞的飯拿來吃）

第30幕　市區大馬路（類似江南林蔭道），夜晚。

宣亞雙手環抱自己，眉頭深鎖，若有所思。
東昔走在一旁。

東昔　　（鬱悶卻不表現出來，看著前方直言）你不是要上訴？然後
　　　　贏了就能帶孩子去濟州，有什麼好煩惱的？
宣亞　　……

東昔　你還在想什麼？

宣亞　（不看他，邊走，想著小烈）我在想小烈。

東昔　想小烈？

宣亞　（不看他，專心走路〔因為煩惱，腳步微快〕想著小烈，眉頭深鎖）萬一他不喜歡我了怎麼辦，討厭我了怎麼辦，如果他再也不想見我了怎麼辦？

東昔　（鬱悶，裝作若無其事）那你打電話問他。

宣亞　（心痛，生氣，語氣略強硬）不要，我會怕，我怕他真的會這樣說。

東昔　（停下，看著宣亞，再次快速走，擋在宣亞面前，〔宣亞停下〕心生不滿，語氣強烈）那你想怎麼樣？你要走去哪裡？走到地球盡頭嗎？

宣亞　（眼眶泛淚，看著東昔，再看四周，太過心痛，對自己感到生氣，想忍住卻流下眼淚）我的頭好痛，滿腦子只有小烈，完全無法思考其他事情。

東昔　（心疼卻感到萬般無奈，大吼）那就盡力去想其他事情啊！你就是因為太執著於這些念頭，才會這樣！想想你要上訴的事！想想你要找個好律師！想想你要蓋好房子，跟小烈一起住！只要你願意，還有那麼多事情可以想！

宣亞　（看著他哭，心痛真摯）我辦不到……我也想換個念頭，但我做不到。

東昔　（生氣，鬱悶）你辦得到！

宣亞　（難受，看著東昔，哀求，想祈求幫忙）哥，求求你幫幫我。

東昔　（用手捧起宣亞的臉，親吻）

宣亞　（哭泣，稍微推開東昔的手，心痛，微微搖頭）不是這種……

東昔　（心痛，馬上放下手，抓住宣亞的手腕，拉著她大步往前走）好，我幫你，跟我走。

宣亞　（哭著，被拉走）

第31幕　遊樂場內，夜晚。

人潮眾多，盡情玩著遊戲。
東昔、宣亞玩賽車。

東昔　　（專心玩遊戲）你就像小時候那樣，專心玩遊戲就好，像我
　　　　一樣一心想著獲勝就好！不要去想別的事。（看著隔壁的宣
　　　　亞）你小時候不是很會玩遊戲嗎？（再次專注在自己的賽車
　　　　上）

宣亞　　（勉強忍住對自己的怒氣，無法專心，想專注玩遊戲，最後
　　　　還是翻車）

東昔　　（看著）再試一次。（專注在自己的賽事）

宣亞　　（再次咬牙，想集中精神玩遊戲，但遊戲畫面上的車子一出
　　　　發就翻倒，不斷嘗試還是一樣，難過想哭）

東昔　　（玩遊戲）

宣亞　　（嘗試好幾次仍失敗，氣憤，覺得猶如自己的人生，難受想
　　　　哭，起身往外走）

東昔　　（看著往外走的宣亞，專注在遊戲上，勝利完賽後走出遊樂
　　　　場）

第32幕　遊樂場外，繁華街道，夜晚。

東昔走出遊樂場，左顧右盼，最後看到宣亞走在遠處。
東昔跑上前，有些不悅、無奈。

宣亞　　（不看東昔，自顧自地走著，心疼，眼眶泛紅，語氣冷酷，
　　　　但不過分）哥，我想走走。（邊走邊流淚，心痛、難受，總
　　　　是想指責自己）

東昔　　（抓住宣亞手臂，忍住無可奈何的心情，直率）我送你回
　　　　家，坐我的車。

宣亞	（甩開東昔的手，走著）我想走走。
東昔	（跟上前）你的包包不是在我車上？你也沒有錢啊。
宣亞	（滿腦子只想著小烈，快速走著）
東昔	（在旁邊走著，傷心難受，也有些生氣，直率）你適可而止吧，幹嘛一副要自我毀滅的樣子？你已經在車上大哭了好幾個小時……臭傢伙，該振作了啊！飯也要吃！你連水都不喝，你還有孩子，就應該想辦法堅強活下去啊！
宣亞	（停下來看著東昔，心痛，不過度激動）你別跟我前夫還有我媽說一樣的話！
東昔	（難受，瞪著）
宣亞	（傷心欲絕，生氣，有些激動）別老是問我要難過到什麼時候，或什麼時候才要走出陰霾，我也不知道自己要到什麼時候才能不再憂鬱，我就是因為不知道這些事的答案才會這樣。
東昔	（心痛，無奈，看上去有些生氣）
宣亞	（心痛，有些激動，但還是理智地說）你看我這樣覺得很煩嗎？那你可以走啊，就像小時候我媽那樣，像我的前夫泰勳那樣，我不會挽留你。（大吼）拜託你別管我！就這樣別管我。
東昔	（打斷，大吼）然後放任你去死嗎？
宣亞	（心痛）對！（心痛，咬牙切齒，大步走著）
東昔	（看著宣亞，跟在後面，生氣、無奈，忍住）……也對，如果我是你，大概也不會想活。小時候你媽自私地把你拋下，遠走高飛，你爸也因為生意失敗最後自殺，老公跟你離婚，你又因為憂鬱症讓孩子被搶走，這樣還有什麼心情吃飯？活著還有什麼樂趣可言？好啊！隨你便！你就這樣行屍走肉，要死要活隨便你！
宣亞	……（邊哭邊走，心痛）
東昔	最後你兒子也會像你一樣，長大後步上你的後塵。
宣亞	（停下，心痛，對自己生氣，不看東昔）
東昔	（來到宣亞面前，狠狠地看著她，心痛，諷刺語氣）難道我

有說錯嗎？

宣亞　　（哭著，以埋怨的眼神看著東昔）

東昔　　（心痛，希望能以強烈言語喚醒宣亞）他爸因為他媽有憂鬱
　　　　症而離婚，於是他媽每天以淚洗面，最後抑鬱而終……你覺
　　　　得有這個榜樣，他的人生會有多快樂？

宣亞　　（心疼地看著，害怕此話成真）

東昔　　（心疼，但故意殘忍）他要不是像你一樣一輩子自甘墮落，
　　　　就是一有機會就尋死，或是成天怪自己八字不好，再不然就
　　　　是像我一樣混吃等死。

宣亞　　（心痛，抽泣蹲下，用雙手摀住臉哭泣）

東昔　　（心疼宣亞，無奈，走到另一邊，一下子靠著牆，一下子坐
　　　　在階梯，看著街道）……（整頓心情，看著哭泣的宣亞，心
　　　　疼，眼眶泛紅，努力不表現過多情緒）我不是說你不能難
　　　　過，只是希望你別像我媽一樣只會難過（強調）！你可以難
　　　　過（強調）！也可以哭泣（強調）！但還是要吃飯（強調）！
　　　　睡覺（強調）！媽的，也要讓自己過得開開心心，快樂地笑
　　　　（強調）！

宣亞　　（痛哭）

東昔　　（心痛，語氣直率）不能跟孩子一起生活，你已經快氣瘋
　　　　了，要是你還把自己過得不成人樣……那你的人生就真的太
　　　　糟糕了，蠢蛋……（說完起身）哭夠了就起來，我們去走走。

第33幕　走在漢江，夜晚（前一場戲經過一段時間後）。

　　　宣亞、東昔邊喝咖啡走著。

東昔　　你也知道我沒讀什麼書，你跟我簡單講解一下，憂鬱症是什
　　　　麼感覺。

宣亞　　（哭過後冷靜下來，雖仍傷感但已平復，直白、不過度黑暗）
　　　　這沒辦法說明。

東昔	你試試看。
宣亞	該怎麼說……身體很像被蓋上一床濕透的棉被……眼前一片漆黑……就算在這種燈光通明的地方，只要憂鬱症一發作……我什麼也看不到，眼前一片漆黑。
東昔	（難以理解）很常這樣嗎？
宣亞	偶爾。
東昔	（喝著咖啡，直率）那也沒什麼嘛，都是錯覺啊。
宣亞	（走著，看到東昔直白的模樣覺得很自在，淺笑）
東昔	你笑什麼？我沒說錯啊，那都是錯覺，難不成是真的嗎？燈光明明那麼亮，哪裡黑了？以後又看到那種場景，你就告訴自己那都是錯覺跟假象，你只是精神狀態不好才會那樣，像唸咒一樣說服自己，不然就馬上打給我，我會大聲告訴你：「你這傢伙給我清醒一點，那都是錯覺。」不過憂鬱症治不好嗎？
宣亞	……（對於醫治產生動力）醫生說治得好，我之後打算做心理諮商，可能因為我之前只有吃藥，效果不大。
東昔	（安靜走著，理解宣亞）好啊，有什麼方法都試試看，外面連晚上都這麼亮，如果你覺得眼前一片黑，什麼都看不到，那有多可怕。
宣亞	（得到安慰，內心平靜）
東昔	任何方法都試試看，不管是諮商還是吃藥……你有錢吧？
宣亞	（笑）有。
東昔	（開玩笑地說）沒有的話跟我說。
宣亞	（笑）好。
東昔	（一同溫暖地笑）笑什麼，我看起來很窮嗎？
宣亞	（笑著）不是，只是很感謝你……
東昔	（笑著開玩笑地說）感謝的話，要跟我在一起嗎？
宣亞	（笑著）
東昔	（開玩笑的語氣，溫暖地笑）怎麼？沒那麼感謝我嗎？

第34幕　漢江公園，天未亮的凌晨。

宣亞吹著風，看著江水，心情平和。
東昔手機連接耳機，似乎聽著什麼，同時用手機記錄。
宣亞看著東昔。

宣亞　　　你在幹嘛？
東昔　　　工作。
宣亞　　　什麼工作？
東昔　　　整理叫賣的錄音，（遞上耳機）你聽聽看。
宣亞　　　（戴上耳機）
東昔　　　（E）鯖魚、鯖魚，魷魚、魷魚，雞蛋、雞蛋，豆腐、豆腐，嫩豆腐、嫩豆腐，豆渣、豆渣，菠菜、菠菜，蕨菜、蕨菜。
宣亞　　　（因為東昔的音調而笑出來）
東昔　　　（E）高麗菜、高麗菜，葡萄、葡萄，養樂多、養樂多，爆米餅、爆米餅，玉米、玉米，古早味米果、古早味米果，鋁鍋、鋁鍋，不鏽鋼鍋、不鏽鋼鍋，平底鍋、平底鍋，鉗子槌子螺絲起子、鉗子槌子螺絲起子，上衣下服、上衣下服……
東昔　　　（看著宣亞，不露出笑容，認真）這裡，我要刪掉上衣下服，把今天買的新品放進去。（對著手機錄音，相當認真）粉紅裙、花裙、軟墊椅、農用椅、繡花鞋、雨鞋，像愛人般溫暖你心的毛靴。
宣亞　　　（被真摯的東昔逗笑，自在地笑）
東昔　　　（無奈地看著宣亞，覺得可愛）你也笑太久了。

＊跳接－插入－日出場景，時間經過》

＊跳接》

宣亞　　　（冷靜後有些悲傷，也感到希望）好想變得幸福……真的。
東昔　　　（看著日出，心疼，心中也有一樣的盼望，不過度期待，直

白）我也……超級想……真的很想。（想哭，起身背對日出）

宣亞　　（看著東昔也想哭，起身往旁邊走，握住東昔的手，看著他，雙眼泛淚，理解東昔的感受，想給予支持）

東昔　　（邊走，看著宣亞，理解她的心情，想哭但忍住，緊握宣亞的手，放進口袋中）

太陽在兩人身後昇起，結束。